REDWALL
红城王国

Redwall

红城勇士

[英] 布赖恩·雅克 著

周 莉 译

人民文学出版社　天天出版社

著作权合同登记：图字 01-2011-1802

Redwall: copyright © Brian Jacques, 1986
First published in Great Britain by Random House Children's books
Simplified Chinese translation copyright © 2015 by Daylight Publishing House
ALL RIGHTS RESERVED.

图书在版编目（CIP）数据

红城勇士 / (英) 雅克著；周莉译. — 北京：天天出版社，2015（2024.1重印）

（红城王国）

ISBN 978-7-5016-0979-6

Ⅰ.①红… Ⅱ.①雅… ②周… Ⅲ.①儿童文学 – 长篇小说 – 英国 – 现代

Ⅳ.①I561.84

中国版本图书馆 CIP 数据核字 (2015) 第 100148 号

责任编辑：郭剑楠　　　　　　　　美术编辑：林　蓓
责任印制：康远超　张　璞

出版发行：天天出版社有限责任公司
地址：北京市东城区东中街 42 号　　　　邮编：100027
市场部：010-64169902　　　　　　传真：010-64169902
网址：http://www.tiantianpublishing.com
邮箱：tiantiancbs@163.com

印刷：三河市博文印刷有限公司　　　经销：全国新华书店等
开本：710×1000　1/16　　　　　　　印张：23
版次：2015 年 9 月北京第 1 版　印次：2024 年 1 月第 4 次印刷
字数：330 千字

书号：978-7-5016-0979-6　　　　　　　定价：49.00 元

致中国读者

亲爱的读者们，欢迎来到红城勇士王国！

1984 年，我开始写第一个故事，那时，我还没想到公开出版，只是想给利物浦皇家学校的孩子们写点有趣的东西。幸运的是，我以前的一位老师读了我的手稿之后，把它送给了出版商，他们很喜欢这个故事，并决定出版。

就这样，"红城王国"系列诞生了。这些年来，我创作了 22 本关于红城动物勇士们的小说。无数年轻的朋友因此进入了红城王国，获得了不少乐趣。听到有中国的出版社准备出版这套书系，我非常高兴！

中国的男孩女孩们，爸爸妈妈们，叔叔阿姨们，爷爷奶奶们，欢迎你们光临红城动物勇士王国。我相信，大人们也会喜欢我的书，特别是那些童心未泯，喜欢冒险故事和英雄主义的人。

红城王国是勇士们和冒险者的乐园。在这里，老鼠、刺猬、獾、鼹鼠和水獭抵抗着耗子、白鼬、黄鼠狼和狐狸的侵略，保卫着自己的家园；在这里，正义与邪恶展开了永恒的斗争。

来吧，加入快乐的勇士联盟！歌唱吧，狂欢吧，战斗吧，到他乡去探险，到迷宫去摸索。

来吧，朋友们，到我的红城来！

布赖恩·雅克于英国

2010 年 12 月

布赖恩·雅克和他的"红城王国"

马爱农

2011 年 5 月，我应爱尔兰文学交流协会的邀请，到都柏林小住近一个月。当时陪伴我的不仅有爱尔兰的醉人风景和淳朴民风，还有手头正在翻译的英国作家布赖恩·雅克的"红城王国"系列作品。书中那些聪慧机灵的小动物，那些滑稽有趣的故事情节，给独在异乡的我带来了许多欢乐。

怀着感激和敬意，我找到"红城王国"网站，写信过去表示希望与布赖恩见见，聊聊"红城王国"系列。回信很快来了，内容却令我震惊而惋惜：布赖恩于三个月前突然病故……但是网站的工作人员仍然邀请我到利物浦的布赖恩工作室看看。

到了英国利物浦，我循址而去。布赖恩的弟弟吉姆到车站接我，带我走向那座红色二层小楼。进得门来，里面是一个多彩灵动的"红城王国"世界。书架上摆满了各种版本的"红城王国"系列图书，墙上挂着"红城王国"系列在世界各地获得的奖项，以及布赖恩生前跟小读者交流的照片；柜子里、壁炉上，摆着形态各异的"红城王国"动物玩偶。我欣喜地认出了勇士马丁，鼠贼康夫，还有慈祥的獾……

吉姆向我讲述了他那位神奇的哥哥的许多往事。布赖恩·雅克是土生土长的利物浦人。他的经历极为丰富，15 岁就跟船出海，去过世界上许多地方。回到利物浦后，在创意艺术方面取得了辉煌的成就。他还是一个职业民歌手，是利物浦一家剧院的编剧，所写剧本多次获奖，好评如潮，而且多年在当地电台独自负责一个栏目，

1

单打独斗地广播连续剧。

当然，他的最大成就是22本的"红城王国"系列，自1986年出版第一本以来，早已闻名世界，累计销售千万册，被译成德语、法语、日语、荷兰语、希腊语等29个语种。在世界各地拥有无数粉丝，赢得多项大奖。

吉姆深情地回忆起哥哥生前的趣事。年少时，兄弟俩同住一屋，布赖恩总会编出惊险的故事，绘声绘色地讲出来吓唬弟弟。"不知道他怎么有那么多想法！"吉姆赞叹地怀念。他还告诉我，布赖恩最喜欢的食物是意大利通心粉，最喜欢的气味是月桂香，在学校里学得最差的科目是数学，学得最好的是英语，小时候最喜欢的书是《所罗门王的宝藏》，而且，他最喜欢的自己创作的形象是鼠贼康夫！

从吉姆给我的一些资料中，我对这位神奇的作家更增添了了解。布赖恩生前曾接受采访，介绍自己以及"红城王国"系列的创作：

问：您是从什么时候，怎么开始写作的？

答：我几乎一辈子都在写：诗、歌词、报纸专栏、剧本，还给电台和电视台写东西。后来，我产生一个愿望，想给我资助的利物浦皇家盲童学校的孩子们写一个故事，"红城王国"系列就这样诞生了。我本来无意出版，但我以前的一位老师读了我的手稿，一时兴起就把稿子寄给了出版商。幸运的是，出版商爱上了我的故事，于是就一发而不可收了。

问：您小时候读过的什么书给您印象最深刻？

答：我小时候读的书都是父亲推荐给我的。他很严厉，只要他说"儿子，读读这个"，我就会照办。那些书都是老派的探险故事。

问：您为什么选择写动物故事呢？

答：因为动物更容易被小读者们接受，唤起他们的同情心。

脏兮兮的海耗子、狡猾的狐狸、滑腻腻的蛇、勇敢的老鼠、亲切的獾……都是欧洲民间故事里常有的角色。小读者可以想象自己就是书里的小英雄，而坏蛋都是凶残、狡猾和野蛮的。没有中间地带，英雄恶棍一目了然。我研究小动物，它们令我好奇和着迷。我喜欢想象它们怎么说话，怎么行事。

问：您怎样给自己的作品分类？

答：我不喜欢"奇幻文学"这个说法，里面充斥着利剑、巫术、恶龙、地牢，那不是我作品的感觉。我愿意把我的书想象成老派的冒险故事。实际上，我只把它们称为好听的故事。

问：您认为您的书适合哪个年龄段？

答：我知道，对这些书最感兴趣的是9岁到15岁的少年。但也有许多读者不满9岁，或年龄很大。不少成年人和爸爸妈妈给孩子念这些故事，然后写信给我。这么说来，我读者的年龄是从7岁到70岁。

问：您是怎么写作的？

答：用纸笔，或一台老旧的手动打字机。5月到9月，英国的气候温暖宜人时，我在花园里写作。我喜欢这种感觉，周围都是熟悉的景物。作为一个讲故事的人，冬天被困在屋里，令我感到情绪压抑。我痛恨现代科技，从不用电脑、电动打字机或文字处理机。简而言之，我是个老派的作家！

吉姆带我走进书库，那一排排架子上，都是从世界各地寄来的各种不同语言的"红城王国"系列图书。我无语叹服，内心无限感慨：布赖恩创造出了一个多么辉煌而神奇的王国啊！告别时，吉姆说，希望中国的小读者们也能成为"红城王国"系列的粉丝！

我对此深信不疑，因为我自己早已深深地爱上了马丁，爱上了康夫，爱上了布赖恩带给我们的这个"红城王国"系列！

正义的勇士

马赛厄斯

马赛厄斯原是一只滑稽的小老鼠，他套着肥大的绿袍子，拖着不合脚的草鞋，一不留神就被自己绊倒。可是，马赛厄斯心里一直有着自己的梦想，他崇拜已逝的勇士马丁，梦想有一天拥有心中英雄的全部本领。他在对抗恶魔之鞭克鲁尼的战斗中成长为了真正的勇士。

雌獾康斯坦丝

雌獾康斯坦丝是红城的忠实守护者，她的吼叫和力量令敌人胆寒。她一次次地拯救红城于危难，是红城的中流砥柱。

野兔巴兹尔·雄鹿

野兔巴兹尔是一位可爱又可笑的勇士，他高大而瘦削，具有贵族气派。他威风凛凛，擅长后腿搏击。他成为马赛厄斯最好的战友。他那疯狂的食欲使得他的尊贵略打折扣。不过，他为红城立下了几件大功，相比起来，贪吃就不是什么不能忍受的大毛病啦。

头鼹

头鼹的口音有趣又亲切。他是鼹鼠的头领，擅长挖地道，对地道的宽度、挖掘的方法、前推力等专业知识非常了解，是一流的挖掘好手。头鼹有一副乐于帮忙的热心肠，他帮助马赛厄斯和玛士撒拉解开了字谜线索，也为寻找勇士马丁的宝剑贡献了自己的力量。

麻雀战喙

战喙被红城的老鼠误伤后，气势汹汹地挑战马赛厄斯，却被制服。最终，她成为了马赛厄斯的好朋友，带他进入雀鸟宫廷，去寻找宝剑的下落。

❧ 邪恶的敌人 ❧

✕ 恶魔之鞭克鲁尼

恶魔之鞭克鲁尼是一只大耗子，他通体漆黑，精壮的身体上遍布灰色和粉色的伤疤。他戴着一只黑色的眼罩，因为他的一只眼睛在与一条狗鱼的恶战中被撕咬了下来。他的尾巴就是他战斗的武器，并为他赢得了响亮的名号——恶魔之鞭。

✕ 影子

影子跟随克鲁尼多年，谁也说不准他究竟是耗子，是黄鼠狼，还是两者的混合体。他的身体细长柔韧，一身光滑的黑色皮毛没有一丝杂色。他的双眼奇异地上挑，里面黑洞洞的。他极会攀爬，行动无声，正是他盗取了马丁的画像。

✕ 蝰蛇阿斯莫德

蝰蛇阿斯莫德是所有林地动物的噩梦。他有力的缠绕、催眠的眼睛、剧毒的獠牙让所有遇上他的动物丧命。然而，他败在了勇士的剑下。

✖ 雀鸟大王公牛

大王公牛是雀鸟宫廷的暴君，他疯狂又偏执，狡猾而多疑。他从上一代雀鸟王手中得到马丁的宝剑，在苔花林里用剑挖蠕虫，非常卖弄。蝰蛇阿斯莫德突然到来，公牛在慌乱中失落了宝剑。后来，他发现了马赛厄斯的计谋，展开了疯狂的袭击。

✖ 狐狸猎鸡贼

猎鸡贼和他的母亲希拉是游方郎中，暗地里干着双重间谍的勾当。他们为恶魔之鞭克鲁尼治伤，也试图向红城传递情报，获取利益。他们的心思被克鲁尼发现，希拉惨死，猎鸡贼捡回一条命，逃到了红城。红城医治了他，但他盗取了红城的财物，还杀死了老修士玛士撒拉。

CONTENTS
目 录

引 子

晚玫瑰之夏伊始，苔花林在静谧的薄雾中温柔地闪烁着，惬意地沐浴在每一个闪烁露珠的清晨，在正午的阳光下绚烂怒放，在六月温柔的黑夜降临前的绯红的暮色中渐渐慵懒。

四方的红城修道院稳固地伫立在苏格兰与英格兰之间古老的南部边界上，两侧是幽深的苔花林林地，另两侧则是绵延起伏的草地，古老的正门面对着西边长长的土路。

从空中鸟瞰，红城仿佛一块迷人的深色宝石，落在由浅绿色的丝绸和深绿色的天鹅绒拼织成的绿色斗篷间。最先建造红城的老鼠们用从东北方遥远的采石场的石坑里采来的红色砂岩，修建了修道院。修道院主楼的南墙上攀附着一种名叫五叶地锦的常春藤，秋天的阳光会将藤蔓染成一块火焰般的披风，更为红城修道院的声名和传奇增添了几分荣耀。

·第一卷·

恶魔来袭

第一章

小老鼠马赛厄斯

马赛厄斯套着过于肥大的见习修士袍，拖着不合脚的大草鞋，步履不稳地行走在修道院的回廊上，尾巴在长袍蓬松的衣褶下若隐若现。这套不合身的衣装，让他看起来显得瘦小而滑稽。他停下脚步，本打算抬头凝望无云的蓝天，却被脚下巨大的草鞋一绊，不得不一个跟头摔倒在地，爪子中灯芯草篮里盛着的榛子散落在草地上。

砰！

小老鼠发出了一声沮丧的尖叫。他轻轻揉着自己湿漉漉的扁鼻子，好一会儿才发觉：他恰巧摔倒在莫蒂默院长的脚边。

马赛厄斯立刻四爪并用，一边手忙脚乱地将散落在地上的榛子装回篮中，一边避开老院长严肃的目光，笨拙地低声道歉。

"呃，对不起，院长神父。您瞧，我摔了一跤，踩在了我的院长上，袍子神父。哦，天哪，我是说……"

院长神父的眼睛在眼镜上方严肃地眨动着。又是马赛厄斯。他可真是只滑稽的小老鼠！就在几天前，他在点蜡烛时，还烧焦了老修士玛士撒拉的胡子。

老院长严肃的表情缓和下来，看着小见习修士在草地上忙得直打滚，与满怀的榛子奋战不息，滑溜溜的榛子似乎总是想逃脱他的掌控。莫蒂默院长努力藏起笑容，摇摇因岁月而花白的头，弯下身去，帮忙捡拾散落的榛子。

"哦，马赛厄斯，马赛厄斯，我的孩子，"老院长疲惫地说，"你什么时候才能学会不慌不忙地生活，不卑不亢地走路啊？你总是这样横冲直撞，从胡子到尾巴没个正形，像只发了疯的兔子，怎么有指望成为红城修道院的老鼠呢？"

马赛厄斯将最后一捧榛子扔进草篮，站起身，局促不安地在草丛间拖着脚上的大草鞋。他怎样才能大声说出自己的心里话呢？

老院长用爪子搂住小老鼠的肩。他感觉到了小老鼠心中的渴望。多年来他睿智地管理着红城修道院，对于如何教导小老鼠们已掌握了丰富的经验。他低下头冲小老鼠微笑着，柔声说："随我来，马赛厄斯。我们该谈谈了。"

一只好奇的画眉落在一棵多结的梨树上，看着两只老鼠认真地低声交谈着，迈着不慌不忙的步子向大礼堂走去——一只身着修士的深棕绿色长袍，另一只穿着见习修士浅绿色的袍子。自以为聪明的画眉飞扑向他们留下的篮子。骗子！草篮中盛的只有坚硬的榛子，果仁被牢牢地封在坚果壳内。画眉唯恐别的鸟目睹了他所犯的愚蠢错误，于是装出一副不屑的样子，开始欢快地吹奏起悦耳的夏日歌曲，若无其事地漫步到回廊的墙边，开始猎寻蜗牛。

大礼堂内很清凉，一束束带着虹彩的阳光从高处多个窄小的彩窗斜泻而下，上百万颗色彩缤纷的微尘随着两只老鼠踏在古老的石头地面上的脚步而旋舞不停。院长神父在挂有一幅长壁毯的墙壁前停下了脚步。这幅壁毯编织了红城的喜悦和骄傲，修道院的创建者们编织出了最古老的部分，后继的每一代都有所增添，因此这幅壁毯不仅是无价的珍宝，而且是早期红城伟大的编年史。

院长问了马赛厄斯一个问题："你在看什么，我的孩子？"不过睿智的长者审视着小老鼠眼中叹慕的神色，心中早已知道了答案。

马赛厄斯指向壁毯中钩织的一幅肖像。那是一只英姿勃勃的老鼠，他身披铠甲，帅气的脸上露出无畏的笑容，悠闲地斜倚着一把巨大的宝剑。在他身后，狐狸、野猫等坏蛋惊恐奔逃。小老鼠仰慕地注目凝望。

"啊，院长神父，"他慨叹道，"我真想成为马丁那样的勇士。他是有史以来最勇敢无畏的老鼠！"

院长慢慢低下身，背靠着墙，在清凉的石头地板上坐定。

"听我说，马赛厄斯。你虽是林地老鼠，但从你失去双亲，第一次来到修道院门口恳求收容时起，你便像是我的孩子。来，坐到我身边来，让我看看能不能向你解释清楚我们修会的宗旨。

"我们是和平的老鼠。啊，我知道马丁是老鼠勇士，但那是在需要武力的蛮荒岁月，需要像勇士马丁那样的力量。那是一个严冬，红城的先辈们被野猫们压迫。幸运的是，马丁来了，他是那样勇猛的一个斗士，独对强敌，无情地将他们远远地赶出了苔花林。马丁打了一场以寡敌众的恶仗，用他那古老的宝剑杀死了野猫，那把剑便成了这片土地上的一个传奇。但在最后一场血腥的战斗中，马丁受了重伤，倒在了水边。老鼠们找到了他，精心照料他的伤势，直至他恢复了力量。

"但那场恶战之后，他似乎感悟到了什么，奇迹般地变平和了——那只能被称作老鼠的奇迹。从此，马丁悬起宝剑，放弃了尚武之道。

"正是在那时，我们的修会订立了自己的会旨。所有的老鼠庄严发誓，绝不伤害别的生物，除非是妄图用暴力伤害我们的敌人。大家发誓治疗病患，照顾伤者，助穷救苦。会旨便这样被记录下来，为后来世世代代的老鼠所遵循。

"如今，我们的修会享有极高的名誉和声望。不论我们去往何处，甚至是远离苔花林的地方，所有的生物都会对我们以礼相待，连食肉动物也不会伤害任何一只身穿我们会袍的老鼠——他们知道我们是救伤助困的老鼠。红城的老鼠能借道各块领地，去往各处，而不会受到伤害，这已是不成文的法规。无论何时，我们必须得对得起这份礼遇。这是我们的原则，是我们生命的意义。"

莫蒂默院长宣讲的声音越来越响亮，越来越庄严。马赛厄斯在他严厉的目光下，谦恭至极。老院长站起身，将一只枯皱的爪子轻轻放在他面前的这颗小头颅的两耳之间，那两只柔软的耳朵因羞愧而耷拉着。

老院长的心再次对这只小老鼠柔软起来。"可怜的马赛厄斯，你的雄心不逢时。勇士的年代已经过去，我的孩子。感谢上天，我们生活在和平的岁月。你只需考虑服从我，你的院长，遵照嘱咐办事。等到将来我长眠的时候，你会回想起这一天，并感念我，因为那时你会成为红城真正的成员。好啦，我的小朋友，高兴起来。如今是晚玫瑰之夏，我们将拥有很多很多天的暖阳。回去拿上你那篮榛子。今天是我担任院长的第五十个纪念日，晚上我们要举办一场盛宴庆祝。等你把榛子拿到厨房，我要交给你一项特别的任务。你知道的，晚宴桌上需要些美味的鱼肉。拿上你的钓竿和渔线,让阿尔夫修士驾上小船，带你去钓鱼。那是小老鼠爱干的事,不是吗？说不定你们能钓到一条体面的鳟鱼，或几条棘鱼！好了，快去吧，小家伙。"

快乐溢满了马赛厄斯全身，从胡子直至尾巴。他向老院长迅速行了一礼，拖着鞋子跑开了。老院长面带慈祥的微笑，目送他跑开。真是个小淘气！他得跟管理员说说，看能不能为马赛厄斯找到一双合脚的草鞋。难怪这只可怜的老鼠总是摔跟头！

第二章

恶魔之鞭克鲁尼

高悬的太阳暖暖地照着恶魔之鞭克鲁尼。

克鲁尼来了！

克鲁尼是一只邪恶的大耗子，他粗野彪悍，皮毛残破，弯曲的牙齿参差不齐。他戴着一只黑色的眼罩，那只眼睛是他在与一条狗鱼的恶战中被撕咬掉的。

克鲁尼丢了一只眼睛。

那条狗鱼丢了一条性命！

有传闻说克鲁尼是只葡萄牙耗子。另一些传闻却说，他来自辽阔海洋另一边的丛林。关于他的来历，众说纷纭，神秘莫测。

克鲁尼是一只舱底的耗子，是从航船上跳上岸的最大、最凶残的啮齿动物。他全身漆黑，强壮的身体上遍布灰色和粉色的伤疤。这些伤疤从湿漉漉的鼻尖，向上经过狭长的黄绿色眼睛，越过两只残破的耳朵，沿着布满寄生虫的脊背一路向后，延伸至巨大的鞭子状的尾巴。正是这条尾巴为他赢得了名号：恶魔之鞭克鲁尼！

现在他与五百个手下正坐在一辆运送干草的马车后部。这是一支强大

9

的耗子军：阴沟耗子、酒馆耗子、码头耗子、水耗子，他们惧怕克鲁尼，却又追随着他。克鲁尼的副将红牙手持一根长杆，杆顶固定着一只雪貂的头骨，那是专属于克鲁尼的旗帜。克鲁尼曾杀死过一只雪貂。从未有任何生物让他感到惧怕。

无人驱驾的马瞪大双眼一路狂奔，鼻孔内耗子的气味令他惊恐不已。克鲁尼并不在乎马车会将他带往何处。受惊的马笔直地向前飞奔，将立于道边泥土中的一块路碑甩在身后，没有谁留意石碑上刻着的字：红城修道院，十五英里。

克鲁尼啐出一口浓痰，浓痰飞过车边，飞向两只在田野中玩耍的小兔子。美味的小东西，可惜马车没停，他想。

高悬的太阳暖暖地照着恶魔之鞭克鲁尼。

克鲁尼是战神！

克鲁尼在逼近！

第三章

红城盛宴

红城大礼堂下方，老鼠们的凯文洞中，蜡烛在墙烛台中明亮地燃烧。这将是一个非同寻常的夜晚！

马赛厄斯与阿尔夫修士合力钓上了一条成年河鳟。他们与这条大鱼奋战了将近两个小时，终于将它引入浅水，拖上了岸。这条近两磅的大鱼证明了阿尔夫修士垂钓的技艺、马赛厄斯强壮的体力以及他们共同的热情。

雌獾康斯坦丝被急唤来帮忙。她用强壮的双颚牢牢咬住大鱼，跟着两只老鼠，帮助他们将捕获物送往厨房。放下鱼后，她道了别，他们将在今晚的庆祝宴会上再见。不仅是康斯坦丝，苔花林内的众多居民都已受邀参加庆典。

阿尔夫修士和马赛厄斯骄傲地站在熙攘忙碌的厨房中，站在他们捕获的大鱼旁。雨果修士终于注意到了他们。尽管忙得不可开交，胖到极致的雨果修士（除了"修士"以外，他可不乐意有别的名号）还是停下手头的工作，用尾巴卷着一朵蒲公英抹着额头的汗，摇摇摆摆地走来翻看大鱼。

"唔，闪闪发光的漂亮鳞片，明亮的眼睛，新鲜诱人。"雨果修士笑得

11

如此欢畅，他的脸几乎都消失在了深深的酒窝里。他握住阿尔夫的爪子，又在马赛厄斯的背上热情地猛拍一掌，同时笑嚷道："拿白鹅莓酒来！再拿些迷迭香、百里香、山毛榉果和蜂蜜来，快！现在，朋友们，就现在，"他用尾巴疯狂地摇晃着蒲公英，吱吱叫着，"我，雨果，将烹制一道能融化在老鼠口中的美味：红城河鳟。鲜奶油！我需要大量的鲜奶油！再拿点薄荷叶来！"

雨果修士继续欣喜若狂地叫嚷着，阿尔夫和马赛厄斯离开了，他们要去沐浴梳洗，完成红城老鼠在参加重大晚宴前例行的多项准备工作：梳理胡子，盘曲尾巴，擦亮鼻子，等等。

凯文洞的屋梁在动物们的笑声和兴奋的交谈声中应声作响，各种动物济济一堂：刺猬、鼹鼠、松鼠、林地的各种动物以及各种老鼠——田鼠、篱鼠、睡鼠，甚至连贫困的小教堂鼠一家也来了。态度亲切的服务员们四下奔忙，每只动物都有宾至如归的感觉。

"你好，教堂鼠太太！让孩子们坐下吧！我去给他们拿些木莓果汁。"

"啊，河堤鼠先生！见到你可真是高兴！你的背怎么样？好些了？太好了。给，请尝一尝这种用桃子和接骨木果酿的白兰地吧。"

马赛厄斯年轻的脑袋已经晕眩，他长这么大，从未记得经历过这样的欢乐。水獭维妮弗蕾德轻轻推了他一下。

"嘿，马赛厄斯。以爪子发誓，你和老阿尔夫是在哪儿钓到那条巨大的鳟鱼的！真希望我也能捕到一个那样的美人。差不多有两磅呢，是吧？"

马赛厄斯有些飘飘然。难得的赞誉，而且是来自捕鱼冠军——水獭女士的亲口赞誉！

教堂鼠的孪生宝宝蒂姆和苔丝摸着马赛厄斯胳膊上强壮的肌肉，响亮地发出赞慕的笑声。马赛厄斯帮他们拿了两份苹果味的薄荷冰淇淋。小双胞胎真可爱。马赛厄斯帮助斯蒂芬妮修女治好他们的软尾症真的只是三个月前的事吗？他们长得可真快啊！

莫蒂默院长坐在雕花的柳树椅中，满面笑容地感谢新来的宾客，他们一个接一个地把家庭自制的简朴礼物放在院长脚边：松鼠的礼物是一个由橡子做成的杯子，水獭的是一套鱼骨梳，鼹鼠的则是用苔绒树皮制作的草鞋……还有许多精美的礼物，数量太多，无法一一列举。院长摇头惊叹，还有很多的宾客要来呢！

他把雨果修士叫到身边，小声商谈起来。马赛厄斯只听见了只言片语。

"别担心，院长神父，足够所有的来宾吃好。"

"酒窖的储量如何，雨果？"

"足够灌满修道院的池塘，神父。"

"坚果呢？坚果千万不能不够啊。"

"无论哪种坚果，我们都有，甚至包括糖栗子和橡子脆，能让这个地区吃上一年。"

"奶制品呢？"

"说到这个，我做了一块切达奶酪，四只獾都推不动，还有其他十种奶酪。"

"好，好，谢谢你，雨果。哦，我们还得感谢阿尔夫和小马赛厄斯，感谢他们钓到了那样一条漂亮的大鱼。他们的垂钓技术太出色了！那条鱼足够让整个修道院吃一个星期！优秀的老鼠，干得好。"

马赛厄斯激动得满脸通红，一直红到了尾巴尖。

"水獭！水獭！"

三只水獭身穿小丑服跳了进来，凯文洞内哄然响起欢叫声。多么出色的杂技表演啊！他们翻滚、旋转、恢复平衡，在摆满食物的桌面上滑稽地跳跃，却没有惊动哪怕一颗葡萄。在热烈的掌声中，他们顺着一束常春藤从屋梁上倒翻下来，结束了表演。

刺猬尖刺安布罗斯表演了他的拿手好戏，他的魔术技艺令所有的动物感到惊奇：从松鼠的耳朵里拿出了鸡蛋；让小老鼠的尾巴像蛇一样直立起来跳舞；还在一群小禾鼠面前表演了最让人称奇的大变贝壳，小禾鼠们不断地尖叫道："他把贝壳藏在刺里了。"

真是这样吗？安布罗斯做了几个神秘的传送动作，然后直接从一只老鼠宝宝的嘴里取出了贝壳，老鼠宝宝惊呆了。这是魔法吧？

这当然是魔法。

修道院钟塔内的约瑟钟敲响了八点，一切活动停止，所有动物安静地走向已安排好的座位。他们低下头，虔诚地站在座椅后。莫蒂默院长起身，庄严地伸开双爪，放在宴会台两侧，开始感恩祷告：

生有毛皮的，长有胡子的，
生有牙齿的，长有爪子的，
所有入我门的生灵。
坚果和香草，树叶和水果，
浆果和块茎，植物和根茎，
猎杀的银鱼，
我们只取一餐所需。

所有动物感恩地大声说："阿门。"

一片拖动椅子的声音响起，身形交错，所有动物都落了座。马赛厄斯发现自己坐在蒂姆和苔丝身边，而在双胞胎的另一侧落座的是田鼠矢草菊。矢草菊的年岁还不大，但无疑非常漂亮。她拥有马赛厄斯见过的最长的睫毛、最明亮的眼睛、最柔软的皮毛、最洁白的牙齿……

马赛厄斯笨手笨脚地切着一棵芹菜。他羞涩地扭过头，看那对双胞胎是否能照顾好自己。这些教堂鼠的宝宝，谁能说得准呢。

一道接一道的菜肴被端上桌来：配着奶油和玫瑰叶的鲜嫩淡水虾、用橡子酱烹制的辣麦粒珠、苹果和胡萝卜脆、饱吸奶油白芜菁和肉豆蔻汁腌的卷心菜梗。阿尔夫修士评价说，雨果修士超越了他自己的最佳水平。

在一片惊叹声中，六只老鼠推来一辆巨大的台车。是那条鳟鱼。一圈圈香气在凯文洞弥散，鱼烤得完美至极。雨果修士走了进来，他摇摇晃晃的笨拙姿态中又增添了些得意的摇摆。他用尾巴摘下厨师帽，用略显夸张的声音宣布："院长阁下，各位苔花林地区尊敬的来宾，修道院的会员们。咳咳，我要呈献我特别烹制的——"

"哦，接着说呀，雨果！"

矮矮胖胖的雨果修士用寒冰般的目光环视着全场，寻找那个"罪犯"，屋内传来几声按捺不住的窃笑。之后，修士再度摆出神气的架势，坚定地宣告："红城河鳟。"

在一片礼貌但热切的掌声中，雨果将鱼切开，把热气腾腾的第一份盛入盘中，庄重得体地献给了院长。院长礼貌地向他表示了感谢。

所有的眼睛都望着院长神父。他拿起一把精致的叉子，不大稳当地叉起热气腾腾的鱼肉，小心地从盘中送至嘴里，细细咀嚼着；他抬起双眼，随即又合起，用两颚不断有力地咀嚼着，胡子根根颤动；随后他用尾巴卷起一块餐巾，灵巧地将嘴擦拭干净，再度睁开眼，笑得仿佛仲夏清晨的太阳。

"太美味了，完美的佳肴！雨果修士，你真是我最出色的主厨。请给我们的宾客送上你的杰作吧。"

热情的欢呼淹没了他之后的话语。

第四章

亲见危机

克鲁尼大发雷霆，邪恶地咆哮。

马已经精疲力竭，停止了奔跑。这可不行！他的心里有个魔鬼告诉他，他还没有到达目的地。克鲁尼的独眼射出邪恶的光。

克鲁尼军团的耗子们从干草车的深处望着他们的头儿。他们太了解他了，知道在他大发雷霆的时候最好躲得远远的。他暴戾无常。

"骷髅脸。"克鲁尼厉声叫道。

草堆中响过一阵沙沙声，露出一张凶恶的脸。

"在，头儿，有何吩咐？"

克鲁尼突然甩出有力的尾巴，将那个不幸的家伙拉到身前，将一双肮脏而尖利的爪子插入骷髅脸的皮毛中。骷髅脸吓得瑟瑟发抖，克鲁尼冲那匹马点点头。

"利索地跳到那东西的背上去，狠狠地咬它一口，那会让那头懒畜生再跑起来。"

骷髅脸紧张地咽下一口唾沫，舔舔干涩的嘴唇。

"可是头儿，它可能会回头咬我。"

嗖！啪！克鲁尼挥动着有力的尾巴，仿佛那是一根牛皮鞭。"鞭子"抽打着骷髅脸瘦骨嶙峋的背，受难者疼得大声尖叫。

"这是反叛，抗命！"克鲁尼咆哮道，"以魔鬼的牙齿发誓，我要把你抽得稀烂。"

骷髅脸痛苦地叫道："别！别再抽我了，头儿。瞧，我这就去。"说着，他急忙爬上车夫的座位。

"抓紧后面的绳子。"克鲁尼对手下的部众喊道。

骷髅脸疯狂地一跃，落在马背上。那受惊的动物并没等耗子来咬，就感觉到有可憎的重物落下，抓伤了他裸露的脊背。他随即惊恐地发出一声响亮的哀鸣，猛然弓背跃起。惊恐的力量促使他像一辆失控的重型卡车那样疾驰而去。

骷髅脸刚发出一声恐惧的尖叫，便掉下了马，箍着铁圈的车轮从他身上碾了过去。他躺在死亡的血雾中，生命从他残破的身体中散去。在黑暗夺去他的生命前，他最后看见的是恶魔之鞭克鲁尼那张狞笑的脸。克鲁尼在马车颠簸的背板上嚷道："告诉魔鬼，是克鲁尼派你去的，骷髅脸！"

耗子们再度上路。

克鲁尼逼近了。

凯文洞中，享用盛宴的速度已经放缓。

同样放松的还有许多条腰带！

红城的老鼠们和他们的宾客挺着肚子，靠在椅背上，可餐桌上还有大量没有吃完的食物。

莫蒂默院长在雨果修士耳边轻声说："修士，你能不能拿个大麻袋，装些榛子、奶酪、面包、蛋糕什么的——只要你认为合适的就行，然后尽量避开别人的注意，把它们偷偷送给教堂鼠太太。一位像她那样要喂那么多张嘴的老鼠太太，心头总会缠绕着贫困的阴影。哦，千万别让她的丈夫疑心你的举动。教堂鼠约翰虽然不富裕，却很骄傲，他恐怕不会接受施舍。"

雨果领会地点点头，一摇一摆地走去完成院长的嘱托。

矢草菊与马赛厄斯已经相当亲密。他们是同年的小老鼠，虽然性格不同，但他们有一个共同之处——都喜爱教堂鼠家的双胞胎蒂姆和苔丝。他们与小家伙们开玩笑、做游戏，度过了一个愉快的夜晚。苔丝已经爬到马赛厄斯的腿上，沉沉睡去，而小蒂姆则睡在矢草菊腿上柔软的皮毛里。矢草菊抚摩着蒂姆的小脑袋，冲马赛厄斯微笑道："啊，他们的爪子可真小！他们的睡相真平静，不是吗？"

马赛厄斯点头同意，心中洋溢着满足。

哧哧偷笑的野鼠科林说了句相当愚蠢的话。"噢，看马赛厄斯和矢草菊照看两个宝宝的样子，多像一对老夫老妻。如果不像我说的，我家就房倒坡塌！"

阿尔夫修士厉声斥责道："嘿，把你那条愚蠢的舌头拴上，野鼠科林！你难道不知道，马赛厄斯总有一天会成为红城的老鼠修士吗？也别让我听见你诽谤小矢草菊。她是个端庄的姑娘，来自正派的家庭。记住我的话，野鼠少爷，我可有那么一两件事可以跟你的父母说说。就在昨天晚上，我看见你和那只小禾鼠玩'扑水烛'了，她叫什么名字来着？"

野鼠科林的脸烫得都快把鼻子烧干了。他嗖嗖摆动尾巴，怒气冲冲地走了，嘟囔着要去外面透透气。

马赛厄斯发现院长冲他一点头，递来一个眼色。他向矢草菊道了一声歉，将熟睡的苔丝温柔地放在自己的椅中，向院长走去。

"啊，马赛厄斯，我的孩子，你来了。喜欢我任职第五十个纪念日的晚宴吗？"

"喜欢，谢谢您，神父。"马赛厄斯回答说。

"好，好，"院长笑道，"现在，有一桩特别的差事，我本打算让阿尔夫修士或埃德蒙去做，但他们已经不是年轻老鼠了。再说夜也深了，他俩看上去已经相当疲倦。所以，我想应该可以请钓到大鳟鱼的主力，帮我完成这项特别的任务。"

马赛厄斯情不自禁地挺直了身子。

"您说吧，我听从您的差遣，先生。"

院长俯下身，偷偷地说："看见教堂鼠一家了吗？嗯，他们可要走好长的路才能回到家呢。而且，老天，他们的数量可真不少！我想，要是你用修道院的车送他们回家，顺便捎上其他同路的动物，会是个很棒的主意。当然啦，是让雌獾康斯坦丝拉车，你就担任向导和警卫。随身带上根结实称手的棍子，马赛厄斯。"

小老鼠并不需要第二次嘱咐。他将身体挺得笔直，行了个帅气的军礼。"交给我吧，院长神父。老康斯坦丝的脑子转得不太快，我会担起全部的责任。"

院长摇摇头，默默地笑着，目送马赛厄斯士兵般神气地阔步走开。踢拖、踢拖，马赛厄斯脚下一绊，一屁股坐在尾巴上。

"哦，天哪，我一定得给那只小老鼠找双不那么大的草鞋。"院长在同一天里再次提醒自己。

啊，多好的运气。矢草菊一家住得竟然离教堂鼠一家这么近！马赛厄斯太乐于顺路载他们回家了。

矢草菊小姐会不会愿意坐在他身边呢？

她十分乐意！

矢草菊的父母坐在车里，她的母亲帮助教堂鼠太太照顾着小宝宝，她的父亲则与教堂鼠约翰一边聊天，一边共享一管陈年的野蕨烟丝。

雨果修士走了出来，将一个鼓鼓的麻袋放在教堂鼠太太身边。"院长说，谢谢您借给我们碗和桌布，太太。"肥胖的修士冲她用力挤了一下眼睛。

"后面的人都坐稳了吗？"马赛厄斯叫道，"好啦，我们出发，康斯坦丝。"

在大家的道别声中，身材巨大的雌獾冲老看门鼠玛士撒拉点点头，拖着车慢步离开了。车行上土路时，繁星密布的夏日夜空中，一弯金色的月亮正向下俯瞰着。马赛厄斯抬头凝望，感觉自己似乎正随着沉默的地球慢慢旋转。周围一片宁静；车内的老鼠宝宝在他们秘密的幼小梦境中偶尔抽噎几声。康斯坦丝缓步前行，仿佛根本未拖任何分量，而只是在夜间外出散步。那根结实的梣木棍被遗忘在脚踏板上。

矢草菊靠在马赛厄斯的肩头轻睡。她能听见父亲和教堂鼠约翰柔声哼唱的摇篮曲，草地上的夜间昆虫在如此温暖芬芳的夏日夜晚哼鸣着为他们伴奏。

晚玫瑰之夏……这个词在矢草菊脑中盘旋。半梦半醒间，她想到了修道院花园中那株繁茂的玫瑰。往年此时，它已开满红色的花朵，然而今年不知怎么迟迟不肯开花。现在已经快六月底了，它满株娇嫩的花苞仍在沉睡——这样的事可不常见，这往往预示着一个漫长的炎夏。老玛土撒拉活了这么久，也只记得另外三个这样的夏天。因此，他建议在日历上将今年夏天标为"晚玫瑰之夏"，并载入修道院的编年史。矢草菊的头垂得更低了，她沉入了梦乡。

已使用多年的车顺着悠长的土路缓缓前行。还有一小半路程，他们就能抵达残破的圣尼尼安教堂了，那里是教堂鼠约翰的家。在他之前，那里也是他的父亲、爷爷以及曾祖的居所。马赛厄斯已沉沉睡去。连康斯坦丝也无力阻止眼皮下垂，她走得越来越慢，似乎魔幻夏日的魔咒已然罩住了小车以及车上的乘客。

突然，雷鸣般的马蹄声将他们惊醒了。

没有谁能判断出声音源头。马蹄声越来越激烈，充斥在周围的空气中，隆隆的声音令大地也随之颤抖起来。

康斯坦丝的第六感发出警报，她要离开土路，躲藏起来。强壮的雌獾猛一使劲，脚下的钝爪搅起路边的泥土。她将车从山楂树篱上的一处缺口拉到排水沟的斜坡上，又将脚爪抠入斜坡，把车牢牢稳住，教堂鼠约翰和矢草菊的父亲跳下车，用石块将轮子稳固地掜住。

一匹巨马疾驰而过，惊得马赛厄斯倒抽了一口凉气。巨马鬃毛四散，眼睛被蒙住，身后拖着一辆干草车，正剧烈地左右颠簸。马赛厄斯看见了干草中的耗子，但他们不是普通的耗子，而是毛皮褴褛的大耗子，比他所见过的任何耗子都大。他们的胳膊布满刺青，挥舞着各式武器——刀、长矛、鱼叉，还有锈迹斑斑的短剑。站立在干草车后挡板上的是一只从噩梦中溜出来的最大、最凶猛、相貌最邪恶的耗子！他一爪握着一根长杆，杆顶钉有一只雪貂的头骨，另一只爪子握着他粗健的尾巴，像抽动鞭子那样把尾巴抽得啪啪作响。他疯狂地大笑着，古怪地高声咒骂着，很有技巧地左右摇摆着身体。马车顺着土路叮叮当当地驰入夜色之中，正如他们突兀地出现一样，他们突然消失了！

马赛厄斯握着木棍，走上土路，散落的小缕干草在他身后飘落下来，他的双腿在止不住地颤抖。康斯坦丝将修道院的车拖回路上。矢草菊帮助母亲和教堂鼠太太止住孩子们惊恐的眼泪。在纷纷飘落的尘土中，他们一同站在马车留下的车辙中。

"你看见了吗？"

"看见了，但是我无法相信！"

"老天，那究竟是什么？"

"那应该是地狱里的东西。"

"那么多耗子！还那么大。"

"啊，特别是站在后挡板上的那只！他看上去就像魔鬼。"

康斯坦丝发现马赛厄斯还没有从刚才发生的事中缓过神来，于是接掌了指挥权。她将车掉转了方向。

"我看我们最好回修道院去，"她坚定地说，"院长神父一定要立刻了解情况。"

马赛厄斯知道雌獾远比自己有经验，因此他就任了副手。"那好，矢草菊，上车照顾好母亲们和小宝宝，"他说，"田鼠先生，教堂鼠先生，请你们跟着康斯坦丝走在前面。"

老鼠们默默地遵从指令，车移动了，马赛厄斯立在车后护卫。他背对着保护的对象，面朝干草马车离去方向的土路，紧紧握住木棍。

第五章

克鲁尼来了

马安全地逃走了，干草车却损毁得厉害。

戴着眼罩的马在向南的路上狂奔，不顾一切地左冲右撞。他没看见右侧的两根石门柱——一个疯狂的侧转，马车重重地撞上了门柱。哗啦，车辕裂成了碎片。马拖着缰绳、挽绳和残余的木料继续疾驰。

干草车翻入路边的排水沟，扭弯的车轮样子古怪地转动着。克鲁尼闪电般的反应使他毫发无损，他干净利落地跳下车，猫一般四足落地。

疯狂的旅程以及死里逃生的庆幸令他感到振奋，他大步走到排水沟边。被马车轧住的耗子们发出的惨叫声传入他的耳中，他眯起完好的独眼，鄙夷地吐出一口浓痰。

"快点，从沟里爬出来，你们这群窝囊废，猫的口中食。"他怒吼道，"红牙！黑爪！报告情况，不然我会用你们的脑袋玩九柱游戏。"

克鲁尼的两个亲信摇晃着昏沉的脑袋，从沟里攀爬上来。

啪！嗖！鞭子般的尾巴迅速将他们拖到了克鲁尼的身边。

"三条腿和挠痒痒死了，头儿。"

"死翘翘了，马车把他们轧扁了，头儿。"

23

"蠢货，"克鲁尼咆哮道，"活该！其他的呢？"

"老虫尾丢了一只爪子。还有一些重伤。"

克鲁尼发出冷笑。"啊，他们会好的，等我收拾他们的时候，他们会伤得更重。他们变得太胖了，挺着大肚子，动作太慢！他们在海上的风暴里活不过五分钟。快点，你们这些半死不活的废物！爬上来集合。"

耗子们挣扎着从沟底以及马车中攀爬上来，狂乱地挣扎着，想尽可能快地遵从冷酷的命令。耗子们团团围在完好无损的门柱旁，他们的头儿将门柱选为宝座。没有一只耗子胆敢哭泣或抱怨伤势。谁知道霸王的情绪如何呢？

"好啦，把耳朵竖起来，听我说，"克鲁尼吼道，"首先，我们得查明落脚的地点，在这里探探方向。"

红牙举起爪子。"这里是圣尼尼安教堂，头儿。那边的布告板上是这么写的。"

"嗯，不管怎样，"克鲁尼厉声说，"在我们找到更好的地方之前，我们暂且就在这儿落脚。火牙！奶酪贼！"

"在，头儿。"

"打探一下这一带的情况，看能不能为我们找到强过这堆碎石的住处。回头向西打探，我们在路上应该经过了一个很宽阔的地方。"

"是，遵命，头儿。"

"血蛙！酒糟鼻！"

"在，头儿？"

"带五十个兵，去看看能不能招集几只熟悉地形的耗子，要强壮的大耗子，但也招些黄鼠狼、白鼬和雪貂，必要的时候他们会派上用场的。听着，用不着废话，把他们的洞穴砸了，让他们无家可想就行了。有谁拒绝加入，就地处决。明白了吗？"

"明白，头儿。"

"破耳！癞皮！带二十只耗子去找给养。其余的进教堂。红牙，黑爪，检查装备，看看有没有什么能用作武器，比如尖头的铁栅栏杆——教堂的墓地周围经常有不少这些东西。快去。"

克鲁尼来了!

第六章

克鲁尼的恶行

马赛厄斯长这么大，从未整晚失眠过，但他只感到那么一丁点疲倦。他莫名地兴奋，他带回的消息似乎已推动了一些大事。

一听完干草车事件，院长立刻宣布——召集红城所有的动物，举行特别商议会。凯文洞再度被挤满，连门都被堵住了，但这一次集会的目的却与庆典时截然不同。康斯坦丝和马赛厄斯站在长老会的长老们前面，周围响起一片窃窃私语声。

莫蒂默院长摇响一只小铃，让大家肃静。

"各位，请集中精神。康斯坦丝，马赛厄斯，请你们把今晚在去圣尼尼安的路上所见到的告诉长老会。"

雌獾和小老鼠尽可能清楚地讲述了令人胆寒的耗子干草车事件。

长老们开始盘问他们。

"你说见到了耗子，马赛厄斯，什么样的耗子？"克莱门斯修女问道。

"巨大的耗子，"马赛厄斯回答说，"但我恐怕说不上来他们的种类或来自哪里。"

"那么你呢，康斯坦丝？"

"嗯，我知道一点，我的老爷爷曾经见过一只海耗子。"她答道，"根据他的描述判断，我看他们应该像海耗子。"

"那你看车上有多少只耗子？"院长神父问道。

"说不准，院长神父。应该有好几百只吧。"

"马赛厄斯？"

"是的，神父，我认为康斯坦丝说得对，至少有四百只。"

"关于那些耗子，你还注意到了别的什么吗，康斯坦丝？"

"是的，院长神父。我雌獾的直觉立刻告诉我，那些耗子十分邪恶。"

雌獾的话引起一片叫嚷。

"胡说，完全是瞎猜。"

"没错！这是在给耗子泼脏水！"

马赛厄斯毫不犹豫地举起爪子，高声叫道："康斯坦丝说得没错，我也感到了他们的邪恶。车上有一只拿着长杆的大耗子，杆上顶着一只雪貂的头骨。他的样子我看得很清楚——他看上去就像可怕的怪兽。"

在这番话带来的寂静中，院长站起身，面对着马赛厄斯。他微微屈身，凝视着小老鼠明亮的眼睛。"仔细想想，我的孩子。你注意到那只耗子有什么特别之处吗？"

马赛厄斯思索了片刻。每一双眼睛都在注视着他。

"他的体形比其他耗子都大，神父。"

"还有呢？想想，马赛厄斯。"

"我想起来了！他只有一只眼睛。"

"左眼还是右眼？"

"应该是左眼。对，是左眼，神父。"

"那么，你想得起来，他的尾巴有什么特别吗？"

"没错，"马赛厄斯叫道，"那应该是世界上所有耗子中最长的尾巴。他像握着鞭子那样，用爪子握着它。"

院长开始焦虑地踱步，然后转身面对着大家。

"我这一生中，曾两次听旅行者谈起这只耗子，连狐狸在漆黑的午夜也不敢轻声说出他的名号——恶魔之鞭克鲁尼！"

凯文洞里陷入死一般的寂静。

恶魔之鞭克鲁尼！

应该不可能吧？他只存在于民间传说中，是妈妈用来吓唬不听话的小孩子的。

"去睡觉，不然克鲁尼就来把你抓走！"

"把晚饭吃完，不然克鲁尼就来了！"

"马上过来，不然我就告诉克鲁尼！"

很多动物甚至不知道克鲁尼是什么，他只是活在噩梦和臆想中的妖怪。

轻蔑的哼声和嘲弄的笑声打破了沉寂。毛茸茸的胳膊肘推搡着绒绒的侧肋，老鼠们开始露出完全放松的微笑。恶魔之鞭克鲁尼，哼！

马赛厄斯和康斯坦丝有点尴尬，他们望向院长，恳求他的帮助。莫蒂默院长苍老的面庞一片肃然，他用力摇铃，让大家安静。

"红城的老鼠们，看来你们当中有一些还不相信你们院长的话。"

平静但威严的话语令长老会的长老们有些困窘失措。约瑟夫修士站起身，清了清嗓子说："咳咳，呃，仁慈的院长神父，我们都敬重您，寻求您的指导。可是真的……我是说……"

克莱门斯修女微笑着站起身，展开双臂。"我们深夜不睡，克鲁尼或许会来把我们捉了去的。"

这句讽刺的话引起一阵哄堂大笑。

康斯坦丝后背的硬毛直立起来，她发出一声怒吼，紧接着又发出一声凶猛的吠叫。老鼠们害怕得挤在一起，没有哪只老鼠曾在长老会上见过雌獾发怒。

在他们惊魂未定时，康斯坦丝后腿直立起来，严厉地说："我从未见过这么多头脑空空的笨蛋。你们应该替自己脸红，竟然像笨笨的水獭宝宝抓住了一只甲虫那样傻笑。我从未想到，这辈子会见到红城的长老们这样行事。"康斯坦丝隆起厚实的肩，凶猛地怒目环视，令老鼠们瑟瑟发抖，"现在你们给我听好了，仔细听你们的院长神父要说的话。再有哪个家伙吱吱叫一声，我便让他好看！明白了吗？"

雌獾庄严地深鞠一躬，用她巨大的钝爪示意。"请您发言，院长神父。"

"谢谢，康斯坦丝，我忠实的好朋友。"院长轻声说。他环顾四周，沉重地摇摇头。

"关于克鲁尼的问题，我说不出更多了，但看来你们还不大信服。那么我提议，我们派两只老鼠去门房换班。让我看看，嗯……鲁弗斯修士和乔治修士，能不能请你们去换一下玛士撒拉修士？请他带上记载旅行者言语的卷册来我这里。不要近期的记录，要从前的老卷册。"

鲁弗斯和乔治都是身形强壮又头脑聪明的老鼠，他们给院长行了正式的一礼，马上离去。

透过高处的窄窗，马赛厄斯发现，拂晓金粉色的手指已偷偷探入凯文洞，烛火开始跳动，余烬的白烟袅袅升起。一夜之间——庆典与危难——接连发生了两件大事。而他，马赛厄斯，在两件大事中都担任了重要的角色：先是钓上了那条巨大的鳟鱼，随后又发现了马车。对于一只小老鼠来说，这些都是了不起的大事。

在所有动物的记忆中，老修士玛士撒拉一直负责保管修道院的记录，那是他一生的工作，寄托着他全部的热情。除了红城正式的编年史，他还存有他个人记录的卷册，记载着许多珍贵的信息。旅行的动物们：迁徙的鸟、游荡的狐狸、絮叨的松鼠和饶舌的野兔都会驻足，与这上了年纪的老鼠交谈，享受他的热情款待，从没有哪只动物会想到去伤害他。玛士撒拉拥有非凡的语言天赋，能理解任何动物的语言，甚至包括鸟语。这只极为长寿的老鼠独自住在门房里，与他的众多卷册为伴。

玛士撒拉坐在院长神父的专座中，从苔绒树皮的匣中拿出眼镜，小心地架在鼻梁上。他翻开一本记录册，用耳语般的声音开了口，所有动物都聚拢过来，侧耳倾听。

"唔，唔，锡德里克院长阁下。是锡德里克，对不对？啊呀，真是的，您是接替锡德里克的另一任院长，莫蒂默。唉，您瞧，我见证了那么多位院长的交替。唔，唔，莫蒂默院长阁下，红城的成员们，我现在所引的是六年前冬日的记录。"说到这里，年迈的老鼠花费了好一会儿一页页地翻动着卷册，"唔，啊，是了，在这里。'小甜栗年，十一月末，一只从遥远的北方飞来的冻僵了的雀鹰……'——一个特别的小家伙，口音很奇怪。我接好了他右翅的毛羽——提到一场由一只凶残的海耗子所造成的矿难。那只名叫克鲁尼的巨大的海耗子长有一条奇特的尾巴，他想把军队驻扎在矿井里，拥有矿井的獾及其他动物们将他们赶了出去。当天夜里，克鲁尼率领手下的一群耗子，回到矿井，啃断了支撑矿井的木柱，导致矿井在次日坍塌，矿井内的动物们无一幸免。"

玛士撒拉修士合上卷册，从眼镜上方望着大家。"没有必要再读下去了，我闭着眼睛也能说出他的其他恶行。在过去的六年中，随着恶魔之鞭克鲁尼的耗子群不断南下，我听闻了他的许多其他恶行：同年末，一家农舍起火……一整窝小猪被耗子活吃了……克鲁尼的军队在家畜群中传播疾病。两年前，一条城市狗甚至给我带来这么一条消息：一群耗子令受惊的牛群冲入村庄，造成了混乱及严重的破坏。"

玛士撒拉喘了口气，他的眼睛在眼镜上方眨动着。"你们竟敢质疑院长的话，认为恶魔之鞭克鲁尼不存在？真是愚蠢啊！"

玛士撒拉的话令大家惊慌失措，许多老鼠开始不安地舔舐爪子。所有的老鼠都深信玛士撒拉所说的是实情，在他们之中最年长的还是没睁开眼的无毛小崽，呜咽着要妈妈喂奶时，玛士撒拉已是睿智的长者。

"哎呀，哎呀。"

"我们是不是最好收拾东西搬家？"

"或许克鲁尼会放过我们。"

"哦，天哪，天哪，我们该怎么办哪？"

马赛厄斯挥着木棍跳入场地正中，凶猛的气势连他自己都吃了一惊。

"怎么办？"他叫道，"让我告诉你们该怎么办！我们要做好准备！"

院长不禁钦佩地点了点头。看来小马赛厄斯很有隐而未显的深度。

"啊，谢谢，马赛厄斯，"他说，"说得再好不过了，那正是我们该做的，做好准备！"

第七章

噩　梦

恶魔之鞭克鲁尼在做噩梦。

在他的手下去往各处,执行分派的任务时,克鲁尼躺倒在教堂鼠家的床上,心安理得地睡起了大觉。他本不该空着肚子睡觉,但疲倦战胜了饥饿。

在克鲁尼的梦中,一切都笼罩着红色的迷雾。谷仓在熊熊燃烧,船只在汹涌的红色海浪中沉没,死于他手下的亡魂的惨叫在空中回荡。在动物们的悲鸣声中,他与曾夺去他一只眼睛的狗鱼奋战。霸王克鲁尼挥舞着鞭子、杀戮、征服,将梦中的一切摧毁。

那个鬼影突然出现。

那鬼影其实是一只老鼠,身穿带有兜帽的袍子,起初他的身形并不大,但克鲁尼不想见到他——他不知道为什么。然而老鼠在不断向他逼近,平生第一次,克鲁尼转身逃开了!

奔逃的克鲁尼仿佛一只从地狱中飞出的蝙蝠。他回头张望,满眼所见都是他曾一手造成的屠杀、死亡和苦难。大耗子疯狂大笑,加快了奔跑的脚步:他不停地奔跑,穿行在红色的迷雾中,跑过一幕幕由他——恶魔之鞭克鲁尼——所造成的荒凉和破败，但他发现古怪的老鼠依然紧跟在身后。克鲁尼的心中充满了对追击者的仇恨。那只老鼠似乎变大了，他的眼神冷酷无情。克鲁尼心里很清楚，他根本吓不倒那只身穿古怪袍子的老鼠。现在，老鼠挥舞着一把寒光闪闪的宝剑——一件神秘而又恐怖的上古兵器，战痕累累的剑身上刻着几个字，但他看不清。

汗水从克鲁尼的爪子上滴淌下来，就像灼人的酸液。克鲁尼脚下一绊，古怪的老鼠越发逼近了，他已变成巨兽！

克鲁尼的肺仿佛在燃烧。他意识到自己的脚步已经变慢，老鼠则越追越近。他试图加力奔跑，双腿却不听使唤地越跑越慢，越跑越沉重。他大声咒骂着自己灌了铅的双腿。突然，克鲁尼发现，他被困在了冰冷的泥潭中。平生第一次，他领会了无能为力时惊恐慌乱的含义。

他慢慢转过身。太晚了，敌人已向他扑来，而他却无助地陷在原地。复仇的老鼠高举宝剑。宝剑劈下时，致命的剑身闪出百万道光芒。

当！

远处约瑟钟的巨响猛地将克鲁尼从凶险的噩梦中拉入冷酷的现实。他浑身发抖，用颤抖的爪子抹去皮毛上的冷汗。钟声救了他。

克鲁尼很困惑。这可怕的梦意味着什么呢？克鲁尼从不相信预兆，但这个梦……太清晰，太逼真了。他打了个冷战。

一只爪子怯怯地敲响了门，克鲁尼一惊，回过神来。是他手下的破烂王、破耳和癞皮。他们知道他们找到的那些可怜的东西很可能会让头儿发怒，因此他们都想躲在另一个的身后溜进房内。他们猜对了。

克鲁尼恶狠狠地盯着他们，用灵活的长尾翻着从他们的爪中掉落的破烂供品：几只死甲虫、两条蚯蚓、一些不知名的植物，以及一只死去已久的麻雀那可怜的尸身。

克鲁尼冲破耳和癞皮微微一笑。

他们松了一口气，也冲着克鲁尼咧开嘴笑了。头儿的心情不错。

大耗子的爪子闪电般伸出，无情地抓住了他们的耳朵。两个笨蛋亲信的身子离了地，在空中摇摆着，发出可怜的惨叫。盛怒中的克鲁尼猛然将两颗头颅对撞。昏昏沉沉的破耳和癞皮被扔向门口，克鲁尼的怒骂声在他们的脑内回荡着。"甲虫、蚯蚓、腐烂的麻雀？！给我肉，鲜嫩的、血淋淋的肉！下次你们再给我这样的垃圾，我就把你俩戳在烤肉叉上，用你们自己的体液把你们烤熟。听明白了吗？"

癞皮用爪子责难地指向同伴。"真的，头儿，这是破耳的错。要是我们穿过田地，而不是沿路向北——"

"别相信这个又肥又大的谎话精，头儿。是他提议沿着路向北走的，不是我——"

"滚！"

两只耗子急忙闪退，想从门口一同挤出去，但手忙脚乱中，却笨拙地撞作了一堆。克鲁尼猛地倒回床上，鼻中发出不耐烦的哼声。

接着来汇报的是血蛙和酒糟鼻。

他们带来的消息让克鲁尼的心情好了一些。他们招来一百多名新兵，大部分是耗子，但也有不少雪貂和黄鼠狼，还有几只白鼬。其中一些是被强拉来的。血蛙的一顿狠揍，再加上惨死的威胁，令这些被抓的壮丁很快便醒悟到——最明智的决定就是加入克鲁尼的部队。其余的新兵是饥饿的流浪汉，他们渴望抢夺劫掠，并乐于加入他们断定会是赢家的一方，他们巴不得跟随臭名昭著的克鲁尼。红牙和黑爪给新兵们配备了武器，他们在教堂的墓地里，面无表情地站立成排，等待着霸王的检阅。

克鲁尼满意地点点头。下贱的耗子、饥饿的雪貂、狡诈的黄鼠狼、邪恶的白鼬——正是他需要的。

"给他们讲讲规矩，红牙。"他厉声说。

红牙在墓地的小路上趾高气扬地来回踱着步，背诵着军规。"没错，直视前方。恶棍们，恶魔之鞭克鲁尼现在是你们的头儿！逃跑就是死。后退也没命。不听命令更别想活。我是红牙，克鲁尼的副将。记住，你们听队长的命令，队长听我的命令，而我听克鲁尼的命令。现在，谁想试试打败克鲁尼，成为头领？一个、两个、一群，甚至你们全上都行，给你们机会。"

克鲁尼猛地冲入新兵队列中，眯起眼睛，龇出牙齿，疯狂地挥动着鞭子般的尾巴，凶猛地抽打着，抽得新兵们满地乱滚，混乱退散，躲藏到墓碑后。克鲁尼仰头大笑。

"没胆子，嗯？哈，也不错！在我找到一场合适的仗让你们打之前，我还不想杀了你们。可是记住，到时候，我要看见你们拼命。现在，举起武器，看你们知不知道谁是你们的主子。"

杂乱的各式凶器划乱了无云的天空，新兵们疯狂的叫声在空中回荡着。

"克鲁尼，克鲁尼，恶魔之鞭克鲁尼！"

第八章

起来，保卫红城

　　莫蒂默院长和雌獾康斯坦丝一同在庭院内踱着步。两只动物都沉思不语，倘若说出他们的脑中所想，一定是同一个主题——保卫红城。

　　长久以来，在所有动物心中，古老而美丽的红城修道院是幸福、和平的庇护所。勤勉的老鼠们照料着一块块整齐的小菜地，而小菜地则在每一季依次产出大量的新鲜蔬菜：卷心菜、嫩芽甘蓝、西葫芦、芜菁、豌豆、胡萝卜、番茄、莴苣、洋葱，等等。老鼠们还在花圃中种植了无数种醉人的夏日香花，从玫瑰到平凡的雏菊应有尽有，交由勤劳的蜜蜂打理，蜜蜂则回赠给红城大量的蜂蜜和蜂蜡。

　　两个朋友继续漫步。他们从池塘边走过，清晨的阳光在水面粼粼闪动，掩去了咬钩的鱼儿翻起的涟漪。阿尔夫修士每天傍晚都会在池塘中放下穿好饵的钓线，任其漂浮一夜。前方延展着由覆盆子、黑莓和越橘组成的浆果篱，以及一片草莓园。每年八月，总能发现小动物们在园中熟睡，因饱食熟透了的草莓，小肚子鼓鼓的。他们绕过古老的大栗树，渐渐步入了果园。这里是院长最喜爱的地方，阳光明媚的下午，他常在园中悠闲地小憩，成熟水果的芳香萦绕在胡须间：苹果、梨、榅桲、梅子、李子，连攀爬在朝南温暖的红色石墙上的一株野葡萄藤，也结出了成熟的果实。古老而仁慈的自然赐予了红城一个温暖而友善的庇护所。

如今克鲁尼却威胁着红城的安全。两个老朋友怀揣忧虑，审视着他们居住了一辈子的丰美家园。寂静中响起了小鸟的歌声，甜美的歌声令康斯坦丝悲伤不已，如此平和的景象即将不再。她眨眼忍住即将掉落的泪水，喉中发出粗重的呼吸。院长感到了同伴的悲痛，他伸出爪子，轻轻拍了拍雌獾厚实的皮毛。

"好啦，好啦，老朋友，不要烦躁。在红城的历史中，奇迹曾多次阻止了悲剧。"

康斯坦丝轻哼一声，没有反驳，她不想破坏老友的幻想，但在内心深处，她知道阴影已笼罩在红城上方。再说，危机就在眼前，而不是在充满英雄传说的过去。

马赛厄斯一早便坐在凯文洞中吃着早餐：坚果面包、几个苹果，还有一碗新鲜的羊奶。矢草菊与其他林地动物留在了红城避难，他们睡在善良的修道院老鼠们提供的临时宿舍中。马赛厄斯感到自己一夜之间长大了，他主动将责任揽上肩头。如果红城遭到外界的威胁，就必须反击，虽然红城的老鼠是和平的动物，但绝不是软弱的象征。马赛厄斯麻木地咀嚼着，思索着应对的方法。

"专心吃，马赛厄斯，没有必要饿着肚子处理问题。填饱肚子，头脑才有养分。"

小老鼠惊讶地发现老修士玛士撒拉正看着他，双眼在那副每天架在鼻梁上的古怪眼镜后闪动着。年迈的老鼠发出一声轻叹，在早餐桌边坐下。

"不要一脸惊讶的表情，小家伙。对于到了我这样年纪的老鼠，你的脸就像一本翻开的书。"

马赛厄斯喝光碗中的最后一点羊奶，用爪背抹去胡子上的奶滴。"请给我些指点，玛士撒拉修士，"他说，"您会怎么应对？"

年迈的老鼠皱起鼻子。"我的做法将会和你的完全相同——要是我年轻些，老身子骨不是这么僵硬的话。"

马赛厄斯感觉找到了同盟。"您是说您会战斗？"

玛士撒拉用干瘦的爪子轻轻敲击桌子。"当然，那是唯一明智的办法。"

他顿了顿，用一种古怪的神色凝视着马赛厄斯。"唔，你知道吗，小家伙，你有些特别之处。勇士马丁第一次来到红城的情形，你听说过吗？"

马赛厄斯热切地向前倾身。"马丁？告诉我，修士，我爱听那位加入修会的勇士的故事。"

玛士撒拉压低声音，隐秘地轻声说："红城悠久的编年史中记载着，马丁成为勇士时非常年轻。应该跟你差不多大，马赛厄斯。他刚来到苔花林时，跟你一样冲动，跟你一样满怀着年轻老鼠的天真。但史书中也写道：马丁拥有天生的领导才能，在危难时刻，他的指挥能力强于那些远比他年长、远比他经验丰富的动物。史书中说，他们仰赖马丁，宛如仰赖强大的父亲。"

马赛厄斯的心中充满叹慕，却又忍不住困惑。"您为什么要告诉我这些，玛士撒拉修士？"

年迈的老鼠站起身，凝视着马赛厄斯好一会儿后，转身拖着脚步慢慢走开了。离开时，他扭头说："因为，马赛厄斯……因为你跟他很相像！"

小老鼠还没来得及追问，就听见约瑟钟敲响了警报。马赛厄斯拖着草鞋，冲入庭院，险些撞到院长和康斯坦丝身上。他们也跟其他动物一样，正赶往门房。

鲁弗斯修士和乔治修士要报告一件事。刚才，一只样貌邪恶的大耗子出现在门口，他满身刺青，拿着一把生锈的短剑。他假装受了伤，企图进入红城。那只耗子拖着一瘸一拐的腿解释说，他所乘的干草车翻入了沟中，他的许多朋友被压在车下，正在大声呼救，他问红城里的动物能不能跟他去帮助他的朋友。

鲁弗斯修士可不是傻瓜。"坐在车上的共有多少只耗子？"他问道。

"哦，两百只。"耗子随口回答。

"那么为什么，"鲁弗斯修士责问道，"耗子们不救援自己的同伴呢？两百只耗子不会都被压了吧？"耗子避而不答，却夸张作态地揉起伤腿来，问能不能放他进去，包扎一下伤口，至少给口吃的。

乔治修士答应了，条件是耗子必须交出武器。

耗子假装要交出武器，却猛然扑向乔治修士，但被鲁弗斯修士一棍打翻在地。耗子发现与他对抗的两只老鼠孔武有力，而且绝不会轻易上当，便破口大骂起来。

"哈！你们等着，老鼠，"他狂怒地骂道，"我们整支部队就驻扎在南边的教堂里。等我告诉克鲁尼你们是怎么对我的，哈哈，你们就完了！你们就等着吧，我们会回来的！我以獠牙发誓，我们会回来的！"骂完这些，耗子灰溜溜地走了，咒骂着世上所有的老鼠。

聚集在一起的动物们默默消化着这条糟糕的消息。教堂鼠太太开始抽泣。"哦，天哪，你听见了吗，亲爱的？他们肯定是住进了我们的家，圣尼尼安教堂。哦，我们该怎么办哪？我们可爱的小家，住满了可怕的耗子。"

教堂鼠约翰先生尽力安慰妻子。"好啦，好啦，别哭，老婆，丢了房子总比丢了性命强。幸好我们留在了红城避难。"

"可那片地方的其他动物怎么办？"马赛厄斯叫道。

"理智的老鼠，"康斯坦丝说，"尖刺安布罗斯在哪儿？最好让他去各处转转，告诉动物们尽快来红城避难。安布罗斯不会受到伤害的，只要他团起身子，没东西能碰他。"

大家衷心赞同这个主意。阿尔夫修士前去寻找刺猬。

院长建议大家全部进入修道院，静观事态的发展。马赛厄斯再次高声建议："我们最好在墙头布岗放哨。"

较为年长的老鼠，克莱门斯修女傲慢地斥责了马赛厄斯。她高高在上地厉声说："见习修士马赛厄斯，安静地服从院长的命令。"

令大家大为惊讶的是，院长却替马赛厄斯说起话来："等等，克莱门斯，马赛厄斯说得有理。让我们听听他要说的，我们谁也没老到无法学习的地步。"

每双眼睛都转向马赛厄斯，小老鼠大胆陈述着他保卫红城的计划。

六月晴朗的上午，十一时，约瑟大钟嘹亮的声音震动了苔花林林地和草地，教堂鼠约翰遵照康斯坦丝和马赛厄斯的吩咐，奋力拉拽着钟绳。

当！当！当！当！林地和田野中最小的动物也听懂了钟声的含义，哪怕他们只会自己的语言，还听不懂任何其他的语言。"危险！避难！"

在克鲁尼发动袭击前，林地的动物们——松鼠、老鼠、野鼠、鼹鼠、水獭等，除了空中的鸟——他们反正是安全的——都携带着必需的简单行李，拖家带口地从四面八方匆忙赶往红城避难。他们走在长长的土路上，母亲们在前面引领着孩子，父亲们则在后面保护。

玛士撒拉修士与院长站在修道院门口，他向每一群动物翻译着院长的口信，又向院长一字不差地传译回动物们的感谢，以及他们保证忠诚地帮助红城修道院的誓言。有哪只动物未曾无偿地得到善良的红城老鼠的资助和治疗呢？所有动物都知道，他们的生活全都仰仗着这位院长和修道院。

红城曾向所有的动物赠予医药、食物、庇护和良好的建议，现在到了团结起来，用力所能及的帮助回报红城的时候了。很快，红城便会需要所有林地盟友的知识和技艺，而他们将乐于效劳！

马赛厄斯和康斯坦丝站在外墙高高的墙头，盯着土路，正午的阳光直射着他们的头顶。尽管天气炎热，马赛厄斯却命令所有的老鼠戴上兜帽，这出于两个考虑：一是为了遮挡刺眼的阳光，二是为了隐蔽。所有的老鼠拿着结实的棍棒，默默站立。红色的砂岩墙高高耸立，其高度不是普通的动物能够翻越的。马赛厄斯本能地意识到，岩墙会起到极大的震慑作用和良好的防御作用。

康斯坦丝感到后背的硬毛开始根根直立。她嗅了嗅气味——虽然热浪在草地上闪光，她却发起抖来。雌獾捅了捅马赛厄斯。

"听。"

马赛厄斯支起耳朵倾听，不解地望着她。

"连鸟都不唱了。"康斯坦丝轻声说。

小老鼠握紧了木棍。"没错，听不见任何声音，蚂蚱也不叫了。"

康斯坦丝凝望着下方的土路说："这在夏天可不正常，小朋友。"

当！

约瑟钟发出的巨响令所有站在岩墙上的动物吓了一跳。教堂鼠约翰站在高高的钟塔里叫道："他们来了，在土路上！我看见他们了，我看见他们了！"

第九章

克鲁尼示威

约瑟钟的巨响令克鲁尼的军队一时停下了脚步。尘埃落定后，火牙讨好地望向头儿。

"他们又在敲那口大钟，头儿。哈！哈！他们也许以为钟声会把我们吓退吧。"

霸王凶恶的眼神落在他的侦察员身上。"闭嘴，笨蛋。要是你照我说的做，像奶酪贼那样立刻回来报告，现在我们可能已经在修道院里了！"

火牙溜回队伍中。他希望克鲁尼已经忘了他的过失，但克鲁尼即使在作战时也几乎不会忘记任何事。奇袭的机会已经失去，现在必须尝试另一种策略——炫耀武力。大军全副武装的阵势曾吓垮敌手，克鲁尼相信这次也会奏效。一般性情温和的动物们一见到克鲁尼率领的军队，便会惊慌失措。除了在被怒气冲昏头脑的时候，克鲁尼都是位狡诈的统领，何况要对付的只是一群愚蠢的老鼠，何需动怒？

克鲁尼深知将恐吓作为武器的力量。

但克鲁尼自己从来都无所畏惧。

他褴褛的黑色长披风是由蝙蝠的翅膀制成的，并用一只鼹鼠的头骨固定在脖间，头戴的巨大战盔上装饰着乌鸫的羽毛和锹形虫的角。倾斜的面甲下，他的独眼邪恶地瞪视着面前的修道院。

马赛厄斯严厉的声音从高高的墙头清晰地传来："站住！来者是谁？"

红牙大摇大摆地走上前，借头儿的名号应战。他冲着墙头嚷道："所有的动物，都看清楚了，这是恶魔之鞭克鲁尼的大军。我叫红牙，替我们的头儿克鲁尼传话。"

康斯坦丝毫不畏惧地厉声回答："话说完了就快滚，耗子们。"

在一片寂静中，红牙和克鲁尼低声商议了一阵，随后他再度回到墙边。

"恶魔之鞭克鲁尼说，他不跟獾打交道，他只跟老鼠的头儿谈。让我们进去，我们的头儿要坐下好好地跟你们的头儿谈谈。"

红牙的要求引来一片高声的嘲笑和好几块投掷下来的碎石，红牙左躲右闪地撤了回去。这些胖乎乎的小老鼠可不像第一眼看上去那样温和。

耗子们望着克鲁尼，但克鲁尼紧盯着刚走到康斯坦丝和马赛厄斯身边的院长。他们似乎在轻声商议着什么。克鲁尼专注地观察着，似乎年迈的老鼠和他的两个参谋意见不合。商议片刻后，马赛厄斯走到石墙边，用爪子里的棍子指着克鲁尼和红牙。

"你，还有你，院长要跟你俩谈谈。其余的必须留在外面。"

耗子群发出一片嘈杂的抗议声，克鲁尼抽动着尾巴，一声脆响让手下闭上了嘴。他抬起面甲。

"好，老鼠，让我们进去。"

"为了安全起见，咱们是不是要扣押几只老鼠？"红牙发出吡吡声。

克鲁尼鄙夷地吐出一口浓痰。"说什么蠢话。你认为一群穿着可笑袍子的老鼠能扣住我？"

红牙不安地啃噬着一只开裂的爪子。"应该不能，头儿，但是你要不要防着那只雌獾？"

克鲁尼撇撇嘴低声说："不用担心，我一直在观察她，十足的大乡巴佬。没关系，那些是讲尊严的老鼠，他们宁愿死，也不愿意破坏许下的诺言。相信我！"

克鲁尼和红牙走向门房时，康斯坦丝叫道："放下武器，耗子。把武器扔掉，向我们证明你们来这里没有恶意。"

红牙气急败坏地说："去他的！她在那儿发号施令，以为自己是谁？"

克鲁尼向他投去警告的一瞥。"闭嘴。照她说的做。"

两只耗子除下武器，堆放在路上。马赛厄斯冲克鲁尼喊道："你要真的是恶魔之鞭克鲁尼，那你的尾巴也是武器，所以你得把尾巴紧紧地捆在腰间，让你无法使用它。"

克鲁尼发出阴森的大笑。他斜眼瞥着马赛厄斯，猛然甩动尾巴，发出一声脆响。

"小老鼠，"他叫道，"你要求得对，在你眼前的确实是恶魔之鞭克鲁尼。"

说完，他用爪子抓起尾巴，摘下尾巴尖上的毒战刺，扔在武器堆中，然后将尾巴打个结，系在腰间。

"现在能让我们进去了吧，老鼠们？你们看见了，我们没有携带任何武器。"

沉重的大门缓慢地打开了一条缝，两只耗子穿过森森的棍棒林，大门随后在他们身后轰然关闭。

克鲁尼和红牙低着头，穿过隧道般的拱门，向修道院的庭院走去。克鲁尼一边走，一边在脑中测算着砂岩墙非同一般的厚度。庭院内，康斯坦丝和马赛厄斯在阳光中等待着。红城的守卫者们紧跟着两只耗子，用棍棒威胁着他们。

马赛厄斯简短有力地命令道："走开，守卫们，回墙头的岗哨去。"

但老鼠们不愿服从马赛厄斯的命令，他们要保护院长。克鲁尼对马赛厄斯轻蔑地说："嘿，老鼠，瞧瞧我怎么让他们动起来。"

他突然转身扑向不安的老鼠们，露出爪子和獠牙，独眼在眼窝中疯狂转动着。他吼叫道："哈哈！我可急着要吃老鼠呢！你们最好躲到高墙上去。

哈哈！"

克鲁尼纵身跃起，老鼠们惊恐地四下逃散。

康斯坦丝响亮地发出一声愤怒的吠叫，阻止了克鲁尼的行动。"嘿！够了，耗子。你是来跟院长会谈的。快走。"

马赛厄斯庆幸自己走在了耗子们的身后，他的脸羞臊得发红。刚才克鲁尼竟把守卫者们吓得如同狂风中的蝴蝶般四散奔逃。马赛厄斯气得发狂，这下敌人知道了，他要对付的是一群没有接受过训练，没有经历过考验的兵。

一队动物向凯文洞走去的途中，克鲁尼能感到那只拖着肥大的草鞋，走在他身后的小耗子散发出来的阵阵敌意。奇怪，红城竟然会让一只这么年轻的老鼠领军，他想。而且，这小家伙看来并不怕他。啊，不必想太多，到时候我会好好收拾他的。现在嘛，大耗子打量着周围的环境，心下赞叹，多么令人震撼的地方！

他不由得展望了一下未来。将来这里将被叫作"克鲁尼城堡"，他喜欢这个名字！不用担心外敌来犯，尽情享用这片土地的丰美。他在脑海中勾勒出全景：他会奴役那些老鼠和林地动物，让他们全为他服务；只要眼睛看得到的地方都是他的领地；他拥有权力，东征西战。美梦成真了——他即将成为国王克鲁尼！

进入修道院时，动物们停下脚步，为一只端着托盘的漂亮小田鼠让路。

"哦，马赛厄斯，"她说，"我端来一些小吃，给你和——"

"谢谢，矢草菊，请放在桌上吧。"马赛厄斯急忙说。

红牙捅捅克鲁尼。"矢草菊，呃。撒旦的鼻子啊，这可是个配得上你的漂亮小妞！"

克鲁尼没有说话，他站在那里无礼地盯着矢草菊将小吃摆放在餐桌上。长得的确很标致！

院长示意落座。大家都坐了下来，除了克鲁尼。他倚着餐桌，把脚搁在椅子上，瞪着红牙，直至红牙起身，在他身边站定。他随手端起一碗蜜奶，尝了一口。

呸！他将奶吐在地板上。

院长将爪子笼在长袍宽大的衣袖里，平静地望着克鲁尼。"你想从红城修道院得到什么，我的孩子？"

克鲁尼一脚踢翻椅子，放声狂笑。大笑的回声在屋内渐渐消失时，他的脸变得阴冷无情。

"你的孩子？哈！真好笑！老鼠，我来告诉你我要什么。我要这里的一切！这块土地上的一切！听懂了吗？"

马赛厄斯的椅子翻倒在地，他挣脱院长拉扯的爪子，跳了起来。

"听着，耗子，你吓不倒我！我来回答你，你什么也得不到！你听明白了吗？"

院长将气得浑身发抖的马赛厄斯拉回椅中坐下，然后转向克鲁尼。

"请原谅马赛厄斯，他年轻易怒。至于你的提议，那恐怕不可能实现。如果你或者你的士兵需要医疗救治、食物、衣服，或者旅途上所需的帮助，我们会很乐意提供……"

克鲁尼无礼地打断了院长的话，他不断地重击桌子，直至院长沉默不语。他用爪子一指红牙。

"给他们读读条约。"

红牙举起一张残破的羊皮纸，清了清喉咙。"以下是恶魔之鞭克鲁尼及其军官爪下的所有动物必须遵从的投降条约。第一条：必须无条件彻底投降；第二条：带头反抗的都将被处死；第三条：征服所得的一切财物完全属于恶魔之鞭克鲁尼，包括房产、食物、庄稼、土地，以及所有居住在上述土地上的动物，他们将成为克鲁尼的私产——"

啪！

红牙读不下去了。马赛厄斯忍无可忍，一棍子洞穿了羊皮纸的正中。被捅破的条约飘落在地板上，红牙龇牙怒吼，扑向马赛厄斯。

扑到半空中的红牙被一只巨大的钝爪拍倒在地。他昏昏沉沉地躺在地上，康斯坦丝怒视着他。

　　"干吗跟只小老鼠过不去？你这样强壮的大耗子肯定能对付一只老雌獾吧？来吧，跟我试试身手。"

　　要不是莫蒂默院长及时阻止，红牙便没命了。

　　"康斯坦丝，让那只耗子起来吧？虽然我很想看见他得到应有的下场，但你要记住，我们不能破坏修道院待客的规矩。"

　　红牙小心地躲开雌獾，摇摇晃晃地站了起来。克鲁尼用轻蔑的语气说："你，老鼠院长，明天傍晚前答复我。"就像刚才什么都没发生。

　　以前几乎从不动怒的院长一脸冰冷的怒气，怒视着克鲁尼的眼睛。

　　"我不需要等到明天，耗子，我现在就可以给你答复。你怎么敢带着手下那群强盗，到这里来向我宣读死亡和奴役条约？我告诉你，只要我或我方任何一只动物还有一口气来与你抗争，你和你的手下便永远也踏不进红城一步。这是我的誓言。"

　　克鲁尼冷笑着转过身，跺跺脚向外走去，红牙跟在他身后。在凯文洞通往大礼堂的楼梯上，他止步转身，冷酷的声音在两间大厅内回荡："那你们就一个也别想活：公的、母的、小的，一个也别想活！你们拒绝了我的条约，就等着受克鲁尼的折磨吧。你们会跪下来哀求死得痛快点，但我会让你们在断气前，经受长久的酷刑！"

　　康斯坦丝那一刻的举动令动物们在后来津津乐道了很多年。

　　她用尽一只雌獾全部的力气，举起了凯文洞内巨大的餐桌。那是张用橡木做的巨大而结实的桌子，没有十二只老鼠，根本无法移动。康斯坦丝将餐桌举过头顶，餐具被摔得粉碎，食物散落了一地。她怒吼道："滚出去，耗子！从修道院里滚出去！我听烦了你们的声音。在我坏了待客的规矩前快滚，免得我事后要请求院长原谅。趁你们的脑袋还没掉，滚！"

　　克鲁尼尽量保持风度,快步抢上楼梯。跟在身后的红牙紧张地笑道:"真是个大乡巴佬，是不是，头儿？你要是再多说一句，她真会把桌子扔过来，把咱俩砸死。"

他竟用这种无礼的语气对头儿说话，回过味来的红牙战战兢兢地等待克鲁尼重击一拳惩罚他，但什么也没有发生。

克鲁尼呆呆站立。

他呆立着，凝望着壁毯，忘记了周围的一切，连马赛厄斯和院长跟着走上楼梯也没有察觉。

"那只老鼠是谁？"他喘着粗气问道。

马赛厄斯顺着耗子凝视的目光看去。他伸出爪子，走向壁毯。

"你是说这只老鼠？"

克鲁尼木然地点点头。

马赛厄斯依然举着爪子，骄傲地宣告："这是勇士马丁，我们修会的创立者。我还要告诉你，耗子，马丁是有史以来最勇敢的老鼠。今天要是他在场，他会直接拿起他巨大的宝剑，让你还有你那群恶棍滚蛋。让那些他还没有砍碎的家伙滚蛋！"

令所有动物吃惊的是，克鲁尼乖乖地被送了客。走向门房的一路上，他仿佛丢了魂。

放哨的老鼠们静静地看着克鲁尼和红牙被放出大门，走上土路。耗子群立刻聚集在霸王及其副将周围，等待命令。红牙在克鲁尼的授意下嚷道："列队。都回教堂去。"

克鲁尼迈着机械的步子，困惑地摇晃脑袋。

勇士马丁，正是那只在噩梦中追杀他的老鼠。这意味着什么？

在红牙迈步离开时，墙头上一个声音叫住了他。他转身向上望去，那张被捅破了的羊皮纸条约裹着一团腐烂的蔬菜，啪的一声砸在他的脸上。红牙气得脸色发青，他用爪子将脏东西从眼睛上抹开，发现康斯坦丝靠在墙头，带着条纹的嘴角挂着一抹高兴的坏笑。

雌獾嘲弄地叫道："别忘了再来拜访啊，耗子，见到你我会很开心。好把我们还没结的一些账算完——和你单独算，红牙！"

耗子还没来得及回答，雌獾已经从他视野中消失了。

全林地警戒

当天傍晚，阿尔夫修士在他那段墙头巡逻时，发现苔花林边的蕨草丛中有动静，便立刻叫来了康斯坦丝和马赛厄斯。他们在墙头张望，阿尔夫修士指着蕨草摆动的地方。

"就在那儿，那株山杨的右边。瞧，又动了。"

马赛厄斯的夜间视力强于两个朋友，他第一个认出了滚跌在草地上的可怜身形。

"是尖刺安布罗斯，他受伤了。我们快下去。"

"等等，"康斯坦丝警告说，"这也许是圈套。"

一只受伤的动物躺在眼前，却无法立即救援，马赛厄斯很难过，但他必须听从朋友的建议。克鲁尼很可能安排了一些耗子，准备伏击冒险走至幽暗的苔花林边的动物。但是，马赛厄斯的心中越来越焦躁。

"我们不能让可怜的安布罗斯躺在那儿，康斯坦丝，他会死的。我们得想想办法。"

雌獾将口鼻埋在两爪之间，坐倒在地。"是啊，我们得想想办法。谁有主意吗？"

50

两只老鼠也坐了下来。马赛厄斯刚坐下，便一跃而起。

"我想到了。你们待在这儿，我很快就回来。"

目送着小小的身形踢踢拖拖地跑了，阿尔夫修士摇摇头，叹了口气。"你认为我们的马赛厄斯想到了什么点子？"

雌獾慈爱地笑了，她已越来越信任马赛厄斯，他似乎天生具备领导才能和制订战术的能力。"别担心，阿尔夫修士。不管是什么点子，你可以用你的修士袍打赌，都会是马赛厄斯独创的好主意。那只小老鼠的脑袋里可不是只有一堆橡子。"

阿尔夫修士探头望着草地上一动不动的身影。"我们会不会营救太迟了，安布罗斯都不抽搐了。瞧，他的身子已不再卷成球形。"

马赛厄斯的出现中止了进一步的猜测。随他前来的还有六只鼹鼠。

鼹鼠的头领探头望了望刺猬，用爪子在墙上草草做了些计算，然后转向马赛厄斯。"啊，偶（我）看偶（我）们能把刺猬搞回来，莫（没）问题。你们把偶（我）们弄出门，立着瞅吧。"

头鼹——那是他的正式头衔——转向自己的队员，开始讨论地道的宽度、倒根的挖掘、前推力等各种专业细节，对于每一只合格的地道鼹鼠来说，这些只是常识。

马赛厄斯对康斯坦丝和阿尔夫修士小声说："头鼹和他的队员们是一流的救援好手，他们经常救援卡在地洞里的动物。我们只需站在东南的小门边警戒，等待他们安全返回。"

"好，那我们还等什么？走吧。"雌獾说。

他们悄悄溜出绿色的小铁门。刺猬依然躺在地上，离他们站立的地方约有一百五十个老鼠步。马赛厄斯费尽了目力，焦急地观察刺猬是否还有生命的迹象。

鼹鼠们解开吊索，两名队员开始挖掘，头鼹站在一边指挥。

马赛厄斯惊奇地看着：一分钟前他们还在地面上，一分钟后，只见一阵泥土雨，他们便消失在地下——他们简直是天生的专家。

湿漉漉的鼻子从挖掘的洞中探出，转眼间两只鼹鼠又冒出地面，向头鼹汇报地底的情况。

"哈，土细软，莫（没）问题。莫（没）石头，莫（没）树根挡着，觉着能直挖。"

头鼹满意地率领其余队员走向测试的地洞。"偶（我）在前头挖，奴（你）们加宽。盖弗，玛吉，跟在后头撑。"他冲着马赛厄斯和康斯坦丝尊敬地抽动鼻子，"奴（你）们绅士待着，等偶（我）们回来。"

又是一阵柔软的黑土急雨，鼹鼠们从地面上消失了。

康斯坦丝嗅着风中的气味，马赛厄斯则聆听夜间林地的动静。他们眼见随着鼹鼠们的地道向尖刺安布罗斯推进，地面隆起的小丘不断向前涌动。夜晚始终平和宁静，但马赛厄斯和康斯坦丝保持着警惕，他们知道如果漏过丝毫的风吹草动，后果将是致命的。

马赛厄斯激动地走了几小步。"瞧，他们挖到可怜的老安布罗斯正下方了！呀，了不起的鼹鼠。好啊，他不见了！鼹鼠们肯定把他接进地道了。"

鼹鼠们返回的时间短得惊人。他们不让雌獾或老鼠帮忙，用挎在背上的吊索将刺猬抬出了地洞。头鼹不断抽动鼻子。

"别，别，奴（你）们只会把爪子搞脏。"

大家尽可能迅速地将安布罗斯送入修道院的医疗室，由院长亲自诊治。经过迅速的诊断，他们发现一道极长的锯齿状伤口从刺猬的耳背一直延伸至爪尖。阿尔夫修士同情地点点头。

"大概就是这道伤口让老安布罗斯昏了过去。疼痛，再加上失血。他肯定忍着伤痛走了很远。他应该不会死吧，院长神父？"

院长轻声笑了。他清洗完那道长长的、丑陋的伤口，又在上面敷涂了草药膏。"不用惊慌，阿尔夫修士。尖刺安布罗斯是由皮革和尖刺构成的，这个老坏蛋结实得像块石头。瞧，他已经快醒了。"

果然没错，在发出几声古怪的嘟哝，以及反复团身、展开之后，刺猬睁开双眼，环顾四周。"啊，耳朵好疼。院长神父，你不能眼睁睁地看着尖刺家可怜的孩子受这种苦，却喝不上一滴去年十月酿的果棕色麦芽酒，湿一湿灼热的喉咙吧？"他哀求道。

　　所有的动物放声大笑，笑声中带着看到老朋友恢复活力的宽慰和欣喜。

　　在安布罗斯认为自己恢复了足够的气力，可以汇报情况前，他喝下了大量的果棕色麦芽酒，量大得令马赛厄斯惊愕。刺猬响亮地咂咂嘴。

　　"啊——舒服多了。现在，让我想想。我遵照嘱咐，尽我所能，向尽可能多的动物报了警。约瑟钟的警报帮了大忙。嗯，长话短说吧。我抵达野鼠坡时，应该接近中午。我向野鼠一家通报了坏消息。那个小笨蛋野鼠科林开始尖声乱叫，说他们一家都会被杀死在床上，真是见了鬼了。相信我，我根本没办法让那个小笨蛋闭嘴。那些出来抢粮的耗子不知怎么听见了他的动静。我们还没来得及叫一声，他们已经把我们围住了。整整一群耗子！我没有办法，只好团起身子。耗子们抓走了科林和他的父母，但不管他们怎么尝试，就是没办法在我尖刺安布罗斯身上下爪。就是这样的，先生们。于是其中的一只耗子用教堂墓地的尖铁栅栏杆给了我一下，扎伤了我，那个魔鬼！他们以为我死了，又觉得我刺太多，不好吃，于是拖着野鼠一家走了。我躺着不动，直至危险过去。我撑着走到苔花林后，便不省人事了。呃，那罐子里还剩有酒吗？伤口真疼，我需要酒来治疗，院长神父。"

　　马赛厄斯垂下头，发出一声绝望的呻吟。野鼠一家被抓，那么等待那些可怜的动物的不是死亡，便是奴役。救援刺猬的成功令马赛厄斯胆气大增，他本想提议，由他和康斯坦丝带领一些精心挑选的帮手，去圣尼尼安教堂冒险营救。但院长和康斯坦丝似乎同时看穿了他的想法。莫蒂默院长叹息一声，冲马赛厄斯摇摇头。雌獾的话则更多些。

　　"马赛厄斯，算了吧，不要妄想从克鲁尼的鼻子底下救出野鼠一家。想想吧，我们几个对付几百只全副武装的耗子，而且在他们的大本营里，太荒谬了。我们还是防着克鲁尼的诡计，守住红城为好。马赛厄斯，你是只非常勇敢的小老鼠，所以请给其他动物做个榜样，不要犯傻送命。"

经过深思，他领会到雌獾的忠告是明智的，大家各自散去休息，马赛厄斯却一直坐在那里思忖着。一百个疯狂的主意在他脑中冲击，每一个主意都比前一个更疯狂。他茫然无措，于是漫步走入大礼堂，站在壁毯前。他不自觉地开始向勇士马丁倾诉。

"哦，马丁，你要是我会怎么做？我知道我不过是只小老鼠，一个见习修士，甚至还不是红城正式的成员。可是你也曾经年轻，我知道你会怎么做。你会披挂战甲，拿起巨大的宝剑，去教堂跟那些耗子战斗，直至他们释放野鼠一家，或死在你的剑下。但是，唉，那样的岁月已经过去。我没有魔剑的帮助，只有明智的长者的忠告，我必须听从的忠告。"

马赛厄斯坐倒在冰凉的石头地板上，热切地仰望勇士马丁——他多么骄傲，多么勇敢，多么英姿勃勃。而低头看看自己，穿着肥大的绿袍和不合脚的草鞋，羞愧沮丧的热泪不禁从马赛厄斯的眼中滚滚而下，滴淌至他稚嫩的胡须上。他泪流满面，哭得无法自抑。一只温柔的爪子轻抚着他的背，令他转头看去。是矢草菊。

马赛厄斯希望自己不如死掉算了！

他迅速把脸转开，但他知道矢草菊已看见了他的眼泪。

"矢草菊，你走吧。"马赛厄斯呜咽道，"我不想让你看到我这个样子。"

小田鼠却不愿离开，她在马赛厄斯身边坐下，用围裙边温柔地擦去马赛厄斯的眼泪，她这样一只害羞的小田鼠竟说了好一番话："马赛厄斯，不要感到羞臊，我知道你为什么伤心哭泣。那是因为你正直善良，不像耗子克鲁尼那样冷酷无情。请听我说，有时候，连最强壮、最勇敢的动物也忍不住哭泣，那证明他们拥有伟大的心——会同情怜悯其他动物的心。你很勇敢，马赛厄斯。对于你这样年轻的老鼠，你所做的已经很了不起。我只是一只头脑简单的乡下田鼠，可连我也能看出你身上的勇气和领导才能。燃烧的火炬将引领方向，你的火焰将一天比一天更明亮。马赛厄斯，你很特别，你的身上有成就伟业的征兆。总有一天，红城和这片土地将感激你。马赛厄斯，你是一位真正的勇士。"

马赛厄斯收住眼泪，高昂着头，站起身来，他觉得从未站得这么挺拔。帮助矢草菊起身后，他向矢草菊鞠了一躬。

"矢草菊，我该怎样感谢你刚才的那番话呢？你也是一只很特别的田鼠。现在时候已经不早了，去休息一下吧。我想在这里再待一会儿。"

小田鼠解下束发带，那是她最心爱的一条浅黄色发带，边缘绣着代表她名字的矢草菊。她将发带系在马赛厄斯右肘的上方，就像少女为她得胜的勇士戴上的徽章。

矢草菊悄悄走了。马赛厄斯感到心在胸膛中怦怦跳动，他对着马丁的绣像说道："谢谢你，勇士。你通过矢草菊向我说了这番话。你给了我需要的神迹。"

第十一章

影子的特殊任务

克鲁尼坐在圣尼尼安教堂的一堆碎片中，那堆碎片曾是布道坛。红牙、黑爪、奶酪贼和火牙懒洋洋地坐在开裂的旧草垫上，围在克鲁尼脚边。克鲁尼又陷入了某种古怪的情绪中，他丝毫没有兴趣理会抓来的野鼠一家，只下令看好他们，等他得空处理。克鲁尼手下的兵除了在外站岗的，大多在唱诗席上或圣母堂中呼呼大睡。

几名队长小心翼翼地观察克鲁尼。他长长的尾巴焦躁地扭动着，那只独眼死盯着朽烂的读经台上一只展翅飞翔的老鹰雕像。恶魔之鞭克鲁尼黑暗邪恶的头脑里在想什么？终于，他抬眼说道："去找影子，带他到我这儿来。"

黑爪和火牙遵命急急去了。剩下的爪牙们默默等待，眼中闪动着期待的邪光。

头儿有计划了。这个计划将和他所有的计划一样，狡诈得纯粹，坏得出色。如果说到战略，克鲁尼是最出色的将领。

影子已跟随克鲁尼多年，谁也说不准他究竟是耗子还是黄鼠狼，或者是两者的杂合体。他的身体十分细长柔韧，一身光滑的黑色皮毛没有一丝杂色，比漆黑的深夜还要黑。他的双眼奇异地上挑，里面黑洞洞的，没有任何光亮，仿佛死者的眼睛。

影子来到克鲁尼面前。黑暗的教堂中，克鲁尼竭力用那只独眼确认影子的确已站在他面前。

"影子，是你吗？"

影子的回答轻柔得仿佛一块湿润的丝绸拂过光滑的石板。"克鲁尼，是我。你有何吩咐？"

影子的声音令几名队长打了个冷战。克鲁尼向前倾身说："今天你有没有看见修道院的岩墙？"

"影子在场。影子都看见了。"

"跟我说实话，你翻得过去吗？"

"就我所知，没有动物能翻过那堵墙。"

"除了你？"

"除了我。"

克鲁尼用尾巴招呼。"那好，你上前来，我告诉你该怎么做。"

影子在布道坛最高的台阶上坐下，克鲁尼开始发布命令。"你要翻过修道院的岩墙。墙头有很多巡逻的岗哨，要非常小心。要是你被抓住，对我就没用了。门房守卫森严，光靠你一个想攻下门房，打开大门是不可能的，所以别管大门。"

克鲁尼无意间说中了影子的心思，但他一言不发，一动不动地听克鲁尼继续说道："一翻过岩墙，你便直奔修道院主楼的大门。要是门在夜间上了锁，用你全部的本事，悄悄打开它。你必须进去。里面的第一个房间是主厅，老鼠们称作大礼堂。走进去，转身向左，墙上挂着一幅织有多个图案的长壁毯。现在，听仔细了，在那幅壁毯底部的右角，有一只老鼠的肖像，他身穿铠甲，倚着一把巨大的剑。我要那幅绣像！割、撕、扯，把它给我搞来。我必须得到它！拿不到你就别回来！影子。"

四名偷听命令的队长一脸困惑。

一只老鼠的绣像？

从来不知道克鲁尼还有收藏画像的嗜好。

火牙轻声问奶酪贼："一只老鼠的画像对头儿有什么用？"

克鲁尼听见了。他走到布道坛边，抓住读经台两侧，仿佛魔鬼的牧师，望着他的小群会众。

"啊，火牙兄弟，让我来解释一下，告诉你，为什么你和所有你这一类的家伙始终只能当奴才，而我却永远是主子。你今天没看见那些老鼠的脸吗？一提到勇士马丁，他们便欣喜若狂。你难道看不出，马丁是他们的象征。他的名字对于老鼠们的意义好比我的名字对于部众的意义：指向或许不同——马丁象征天使，而我却相反。动动脑子，如果我出了什么事，你们瞬间就会变成缺乏领导的乌合之众，一群无脑的暴徒。所以，假如老鼠们丢了最宝贵的象征——马丁的像，他们会变成什么样子？"

红牙双爪一拍胯部，笑得前仰后合。

"厉害，头儿，这招太狠了！没了神奇的马丁，他们就会变成一群吓破胆的小老鼠。"

克鲁尼的尾巴重重地抽在朽烂的读经台上，读经台碎成了几段。

"而我们就在那个时候进攻！"

有力的尾巴猛然向后甩去，卷住影子的身体，将影子拖至他面前，脸对着脸。克鲁尼腐臭的呼吸喷在影子的脸上，他咬牙切齿地吐出每一个字。

"把那幅绣像给我带回来。成了，等我坐上红城修道院的院长椅，重重有赏。可要是让我失望，你的惨叫将传到草地和林地之外！"

恶魔之鞭克鲁尼发话了。

第十二章

马丁的宝剑

第一道阳光冲开了黎明的大门，红城的居民们早已起床。早饭后，院长宣布了日常安排。除了负责保护红城的，所有动物都要耕种，收贮粮食，以防被长期围困。年轻的水獭们打鱼，收割水田芥。矢草菊带领一队老鼠，收割早麦。孩子们则打理蔬菜园。夏日明媚的早晨，红城里响起了勤劳的林地动物们忙碌的劳作声。

尖刺安布罗斯已完全恢复了精神，他坐在贮藏室里清点存货：大量的坚果和去年秋天加工保存的浆果干，储量丰富的苹果和梨。可惜，刺猬不能检查酒窖，酒窖只有两把钥匙，在埃德蒙德修士和雨果修士手里。想到大桶的果棕色麦芽酒、够劲的苹果酒、滑口细腻的黑啤，以及小桶的各色好酒，刺猬舔了舔嘴唇——啊，可爱的小酒桶们——灌满了接骨木果酒、用桑葚酿的白兰地、用黑醋栗酿的波尔图酒，还有用野葡萄酿的雪利酒。

"呃，刺猬，偶（我）们该把这些根和蒲公英搁哪儿？快着点，达（它）们老沉了。"

安布罗斯发出一声渴望的叹息，开始帮助两只在一捆蒲公英和植物块茎的重压下步履不稳的小鼹鼠。

“啊，搂稳点，比尔。呃，顶起来，走。”

又来了几只小鼹鼠。安布罗斯用爪子摸着伤口上的绷带，刺猬的工作没个完。

马赛厄斯和康斯坦丝站在回廊中，他们负责兵器作战训练。林地动物们都展示了专长。在和平时期，这些本领只用于集会表演和体育比赛，但现在形势所需，它们将被用来杀敌。

水獭们身挎装有光滑卵石的包，拿着用藤蔓做的弹弓，精准而有力地投掷卵石。一群群田鼠射手把用蓟刺制成的箭搭在弓弦上，这些小个子的射手曾用弓箭赶走过许多抢粮的鸟。红城的老鼠们则组成小队，操练棍棒的攻防。

墙脚下的草地上，头鼹在指挥队员挖掘壕沟，院内唯一的海狸负责将沟中布上尖桩。绳索和滑轮构成的系统将一篮篮石块和壕沟中的碎石运上墙头，守卫者们将它们堆在墙垛边。

马赛厄斯带领一群红城老鼠，向他们教授棒法——他发现，舞弄长长的楟木棒，他天生在行。学习棒法的老鼠们没有一只曾参加过任何形式激烈的体育竞赛，他们胆小而笨拙。让他们在跟随康斯坦丝学习短棍和摔跤，或跟着马赛厄斯学习长棒之间做个选择，他们宁愿选择后者。

马赛厄斯发现他必须严格要求。因此，为了激发较为胆怯者的勇气，让他们反击，马赛厄斯几下重击，让他们狠狠摔了几个跟头。

“护住头，安东尼修士！”

啪！

“我警告过你的，修士！现在小心，我又来了。”

啪！

“不，不对！别傻站着，修士！护住自己！攻击我。”

啪，啪！

这一次，马赛厄斯重重坐倒，昏沉地揉着疼痛的头。康斯坦丝轻声笑道：

"咳，马赛厄斯，这只能怪你自己，是你要求安东尼修士打你的，不是吗？他无疑是遵令执行。我得把安东尼修士招到我的短棍班！他很有前途。"

马赛厄斯站起身，懊悔地笑了。他放下握着的木棒。"没错，他很强壮，但我真希望我们能有一些真正的战时武器——剑、匕首等，用木棒可杀不了多少耗子。"

"或许是杀不了多少，"雌獾回答说，"可你要记得，我们的任务是保卫，而不是进攻和杀戮。"

马赛厄斯扔下木棒，从橡木桶中舀起一勺水，痛饮了几大口，然后将剩下的水浇在疼痛的脑袋上。

"说得对，康斯坦丝，但请你把这话试着告诉克鲁尼和他的手下，瞧你能不能说服他们。"

当天的午饭在果园分发，马赛厄斯与其他林地动物一同排队领取食物：一碗新鲜的牛奶，一大片小麦面包和几块羊奶干酪。矢草菊在分发食物，她递给马赛厄斯一块特别大的干酪。马赛厄斯卷起袍袖，拉出发带的一角。

"瞧，矢草菊，一个非常亲近的朋友昨晚送了我这个。"

矢草菊冲他笑道："去吃你的午饭吧，老鼠勇士，不然我可要用这块干酪，向你展示一下我掷得有多精准了。"

马赛厄斯在果园斑驳的阴影中漫步穿行，寻找玛士撒拉。在一棵李树下，小老鼠就地坐倒，开始大口吃午餐。玛士撒拉闭合双目，背靠着那棵李树，看上去正在睡觉。开口询问马赛厄斯时，他并没有睁眼。"作战训练进展如何，小格斗专家？"

一些小蚂蚁正在搬运马赛厄斯掉落的面包屑，马赛厄斯眼睛观察着蚂蚁，口中回答道："相当顺利，玛士撒拉修士。你的研究进展如何？"

玛士撒拉从眼镜上方斜睨一眼。"学无止境。知识是智慧之果，要细细品味，充分消化，而不能像你吃午饭那样狼吞虎咽，小朋友。"

马赛厄斯将食物放在一旁。"跟我说说，你最近消化了什么知识，老先生？"

玛士撒拉拿起马赛厄斯的牛奶碗，喝了一小口。"我常有种感觉，你这么年轻的老鼠，却长了颗十分怀旧的脑袋。关于勇士马丁，你还想知道什么？"

马赛厄斯一脸惊诧。"你怎么知道我想问有关马丁的事？"

玛士撒拉皱起鼻子。"蜜蜂怎么知道花中有花粉？问吧，小家伙，趁我没再睡过去。"

马赛厄斯犹豫片刻，突然问道："玛士撒拉修士，请告诉我马丁葬在哪里。"

年迈的老鼠发出几声干笑。"接下来你就要问我，去哪里找老鼠勇士巨大的宝剑了。"

"可——可你是怎么知道的？"马赛厄斯结结巴巴地说。

老迈的看门鼠耸耸消瘦的肩。"剑一定随葬在马丁的墓里，过世英雄尘封的白骨对你当然没什么用。这么简单的推理，即使我这样老迈，也推得出来。"

"那你知道马丁的墓在哪里？"

玛士撒拉摇摇头。"没有动物知道马丁葬在哪里。多少年来，我翻译研读古代手稿，苦苦思索，寻找隐藏的线索，始终只得到一个结果：一无所获。我用尽了我的语言天赋，向蜜蜂等动物打听，他们能够去往我们去不了的狭小地方，然而结果也总是一样——谣言、传说和古老的鼠类故事。"

马赛厄斯为蚂蚁们搓下更多的面包屑。"那么，马丁的宝剑不过是个传说？"

玛士撒拉愤怒地向前倾身。"谁说的，我这么说了吗？"

"没有，但是你——"

"呸！那绝不是传说，小老鼠。仔细听我说。我藏有一条重要的消息，我有种古怪的感觉，我一直保留这条消息，应该就是为了你。"

马赛厄斯忘记了午饭，全神贯注地倾听。

"大约在四年前的夏天，我治好了一只雌雀鹰，她拉伤了脚上的肌腱，无法正常使用爪子。嗯，我记得，我让她发了个誓，永远不捕食老鼠。她是只凶猛可怕的鸟。你有没有接近过雀鹰？啊，你当然没接近过。那我告诉你，他们是天生的杀手，能用凶恶的金色眼睛催眠小动物。那只雀鹰的话引发了我的思考。她提到麻雀，她把麻雀称作长翅膀的老鼠。她说，麻雀在多年前偷走了属于我们修道院的一样东西——一样属于老鼠的宝贝，但她不肯说出那样东西是什么，就飞走了。不过，谁会指望雀鹰感恩呢？"

马赛厄斯插嘴道："你有没有跟麻雀们问起那样'东西'？"

玛士撒拉摇摇头。"我太老了，没办法爬到麻雀筑巢的屋顶上去。再说，麻雀是种古怪的鸟，他们总是用怪异的声音唠叨吵闹个不停。他们喜欢争斗，十分野蛮，却又极其健忘。没等你有机会接近麻雀部落的巢穴，他们已将你扔下房顶摔死了。是啊，我太老了，已经冒不了那种险，马赛厄斯；而且，不管怎么说，我也不太肯定雀鹰讲的故事的真实性。有些鸟要是想撒谎，可以满嘴胡言。"

马赛厄斯还想继续询问玛士撒拉修士，但温暖阳光的魔法在老看门鼠身上产生了效力。这一次不再是假装，老看门鼠坐在果园中，享受着六月午后的平和宁静，真的沉沉睡去。

第十三章

窃取马丁像

空中飘浮的云遮蔽了一轮瘦弱的弯月，约瑟钟已将午夜的信息送往宁静睡去的乡间。一场温柔的暖雨飘洒在干渴的草地和缺水的林地上，压下了土路上的浮尘，舒缓了一日的炎热和干燥。

排水沟中，一只青蛙被灌木篱处传来的轻微动静惊扰，睁开了双眼。他眨眨眼，匍匐前进的是三条身影，还是两条？青蛙保持绝对安静。似乎是两条身影和某种阴影。月亮从云后探出头来。

是两只巨大的耗子……和一个漆黑的影子般的东西！

他们在灌木篱的掩护下，向老鼠们住的大宅子爬去。耗子是猎杀者，幸好他们没注意到他。青蛙保持静止不动，任凭耗子们从眼前经过，这可不关他的事。

克鲁尼、破耳和影子无声地走向红城。这项任务太过重要，克鲁尼决定同来，亲自监督。影子的腰间挎着一个小皮袋，里面装有一条结实的细绳、一把加有软垫的抓钩、一小瓶油、几把撬锁工具，以及一把匕首。这是影子夜间偷盗的常用装备。

破耳迈着轻松的步伐，骄傲地跟在一旁。得蒙头儿特别挑选，陪同头儿执行如此重要的任务，令他激动万分。他却不知道，克鲁尼选他只是作为一种安全保障。如果形势不妙，便可以舍弃破耳这个傻瓜，好让自己单独逃脱。

三只耗子停在修道院高高的岩墙下。克鲁尼摆动尾巴，让他们保持安静，随后没入夜色中。破耳与影子独处，感到十分紧张，他尝试和影子小声攀谈。

"这场小雨好啊，是不是，影子？对草好。啊呀，这墙真高，幸好是你爬，不是我，我可爬不上去，太胖了，哈哈哈。"

破耳的声音越来越小，影子充满死气的黑眼睛瞪视着他。在影子蛇怪般的目光下，他无措地捋动胡子，瑟缩发抖，闭上了嘴。

不到十分钟，克鲁尼回来了。他抬头点了点墙垛的方向。"我沿着墙来回走了很长的一段，站岗的老鼠都睡着了，一群蠢货！他们以前从没站过岗——一到晚上，眼皮就垂下去了。这就是过舒服日子的结果。"

破耳忙不迭地点头同意。"没错，头儿。他们要是在我们的队伍里，被老红牙抓着打瞌睡，他——"

"闭嘴，蠢货，"克鲁尼嘶声说，"准备好了吗，影子？一定要按指示办。"

影子露出黄色的尖牙，开始爬墙。他用爪子寻找藏在砂岩中的凹槽和缝隙，慢慢向上爬去，仿佛一条长长的黑色爬虫。他充分利用岩墙上的每一条缝隙和每一个拼合处，不断向上。有时，他停止攀爬，反臂攀在墙面上，思索下一步的动作。克鲁尼的军中没有第二只动物能尝试这样的攀爬，影子是罕见的攀登高手，他全神贯注地攀爬，有时仅凭一只爪子抓着岩石。地面上，克鲁尼和破耳竭力向上张望，他们已经难见影子的身形，他已经离墙头不远。

影子调整着姿势，用后腿和尾巴保持平衡。他将爪子搠入岩缝，一寸寸地向上探去。

墙头上，埃德蒙德修士偎在一堆碎石中，裹着温暖的毯子，轻声打着呼噜，兜帽盖在头上，遮挡小雨。他丝毫没有察觉，锋利的长爪子已抠住了墙垛的边缘。片刻后，一颗光滑的黑色头颅探出墙垛，两只漆黑的眼睛紧盯着熟睡的老鼠。影子成功地爬上了修道院的岩墙。

他宛如一只蜿蜒游走的黑色蜥蜴，从熟睡的动物们身边滑过，绕过碎石堆，没有发出丝毫声响。雨果修士在睡梦中呢喃，头部一动，兜帽滑落下来，细雨洒在胖修士的脸上，险些将他唤醒。影子仿佛夜晚的微风，轻柔地将兜帽拉回原位。在停顿片刻，观察完四周后，影子沿着下行的石阶，从墙垛走入回廊。他利用灌木丛作为掩护，鬼祟地前行，从不无谓地冒险，或仓促地行动。他不时驻足等待，任凭时间一分一秒地过去，等他计划好下一步的动作，便像月光投射在地上的云影那样一掠而过。

大礼堂的门没有上锁。影子判断，老旧的门闩或许会吱嘎作响。他掏出那瓶油，涂抹在门闩和合页上，随后小心地将门一寸寸地推开——除了一声轻微的吱嘎声，门不费力地开了。他溜进门内，但他错误地没带紧门，夜晚的微风将门突然关闭，发出一声闷响。

影子心中暗骂一声，飞身躲至附近的柱后。他屏住呼吸，不敢有任何动静：一分钟、两分钟、三分钟，好！关门声没有惊动任何动物。他壮胆走出，审视挂在墙上的壁毯。

哪怕是一只黑色的蛾子在没有月光的夜晚也逃不过影子的眼睛，他并不需要灯，便看清了眼前的东西。那么这就是克鲁尼急着想要的老鼠勇士的绣像啦。影子用锋利的尖牙，从流苏边开始，向上撕咬古老的壁毯。

马赛厄斯在床上辗转，他非常疲惫，却无法入睡，一大堆问题和计划在脑中盘旋：宝剑、马丁的墓、红城的安全、矢草菊。在反复蹬踢发皱的床单后，睡意终于来了。他置身于某个早已废弃不用的房间内，这房间有点像大礼堂。一个声音呼唤着他："马赛厄斯。"

"哦，走开，"小老鼠迷迷糊糊地低声说，"去找别的动物吧，我很累。"

但那个声音继续向他的脑子里钻。"马赛厄斯，马赛厄斯，我需要你。"

马赛厄斯向黑洞洞的大厅尽头张望。"什么事，你为什么需要我？"

马赛厄斯迈步向声音走去。一声邪恶的窃笑和一声绝望的呼喊相继传入他耳中。"马赛厄斯，帮帮我，别让他们带走我。"

马赛厄斯向前奔去。大厅似乎变长了。

"你是谁？你在哪儿？"

在阴暗的远处，马赛厄斯依稀辨认出一个模糊的身影，从墙中探出身子，是一只身穿铠甲的老鼠。

"请求你，马赛厄斯，一定要快来帮我！"

砰。

马赛厄斯摔落在卧室的地板上，身上缠绕着床单。他慢慢坐起身，揉了揉眼睛。多古怪的梦：长长的大厅、呼救的喊声、身穿铠甲的老鼠……马赛厄斯感到后颈的毛直立起来。

当然，一定是这样！

大礼堂。勇士马丁。楼下正在发生可怕的事，迫切需要他的帮助。

马赛厄斯踢开身上的床单，一跃而起，冲出卧室，赶至宿舍走廊的尽头，匆忙跑下盘梯。穿过凯文洞时，在黑暗中磕磕绊绊，不断被家具绊倒。他的心在胸膛中响亮地跃动，快速起落的双腿仿佛一对活塞。在最后一阶台阶上，马赛厄斯摔倒了，他爬入大礼堂，躺在地板上，透过昏暗，望向壁毯。马丁还在，可是……他在动。

是风吗？不，不可能。老鼠勇士的绣像在急急摆动，似乎有一股力在拉扯它。马赛厄斯看见一道阴影，但没有什么东西能投向那道阴影。他跳起身，跑上前去，就在那一刻，马丁的像从壁毯上被撕扯下来。

一只耗子拿着绣像！

马赛厄斯脑中毫无怀疑，那是只耗子,通身漆黑,几乎与黑夜混为一体。

影子听见了身后地板上的脚步声，他通过超然而冷静的计算，闪身避开对手的攻击。他击败这么一只小老鼠毫无问题，但他所接受的命令是取得绣像，而不是打败小老鼠。此外，后续的危险始终存在，小老鼠可能会呼叫救援，并缠住他等待援兵抵达。影子如同由滑腻的烟构成的幽灵一般，使出一招一举两得的聪明招式。他团身向前一滚，将马赛厄斯像九柱戏的柱子那样撞倒，随即跳起，蹿出门去。他将门甩上，穿过回廊逃走。

马赛厄斯跳起身，用最大的声音喊道："快拦住那只耗子！快拦住那只耗子！"

站岗的老鼠们立刻惊醒了。影子在逃跑过程中，发现康斯坦丝正快速横穿庭院，穿插的角度切断了他沿石阶登上墙垛的路。影子改变方向，向下一组石阶跑去，边跑边在心中暗骂雌獾。现在，他必须用爬绳，迅速降落至土路上。

马赛厄斯跑出修道院，看见影子改变了方向。他迅速做出反应，向斜对角跑去，在石阶底部赶上了窃贼。马赛厄斯飞身阻截，抱住了影子的双腿，令他重重摔倒在下层的石阶上。

影子像鳗鱼一样扭动，爪子中依然紧抓着壁毯。他翻转身，用挣脱的一只脚凶狠地踢小老鼠的头。马赛厄斯英勇地努力坚持，但比他身高体壮的敌手一次又一次凶恶地踢在他的脸上。多骨大脚的蹬踹，加上尖利爪子的抠挖，很快便令马赛厄斯伤痕累累，小老鼠失去力气，晕死过去。

康斯坦丝已登上远处的石阶。一上墙头，她便开始奔跑，一路闪避着一堆堆的碎石。眼见马赛厄斯在凶猛的踢打下倒了下去，她跑得更快了，但周围四散惊逃的老鼠阻碍着她，老鼠们以为遭到了大举进犯。除了康斯坦丝，只有矢草菊的父亲尚有理智，看清了事态。相比于雌獾，他距离那段石阶的顶部更近，因此他跑上前，直面来犯者。影子正忙着掏取爬绳。

"投降吧，耗子，我抓住你了。"田鼠先生紧抓住盗贼叫道。影子在皮袋中翻取爬绳时，摸到了匕首的柄。他迅速抽出匕首，将它两次插入田鼠没有防备的身体。

正当田鼠伤重跌倒时，康斯坦丝赶到了。影子举起匕首，向她猛然发起攻击。康斯坦丝抡起胳膊，挥出有力的一掌，结实地打在影子的下巴上。

这一击的力量打得盗贼站立不住，康斯坦丝还没来得及抓住他，他已失去平衡，发出一声骇人的惊叫，从墙垛边扎了下去，向下直坠，身体撞在坚硬的砖石上发出钝响。随着一声令人恶心的碎裂声，影子砸落在湿漉漉的土路上。

克鲁尼冲到坠跌的影子身边，破耳紧随其后。尽管伤势骇人，影子勉力用一只爪子撑起身子。

"克鲁尼，我受伤了，帮我。"他喘息说。

那片壁毯飘落在路上，克鲁尼急切地一把抓起。夹杂着老鼠们愤怒的喊声，身后传来拉动门房门闩的声音，他无情地踢开影子残破的身子。

"起来逃走，不然就待在这儿，蠢货。我可不背废了的笨蛋。"

克鲁尼把受伤的影子留给老鼠，自己迅速向路边跑去。他用力一跳，跨过宽阔的排水沟，跑入草地。在开阔地，他能把胆敢追来的老鼠远远抛开。克鲁尼挥舞着壁毯，在兴奋的大笑声中，加速奔跑。

破耳完全慌了神。他无法跳过排水沟，于是他跑下土路，逆着来时的方向仓皇而逃。

阿尔夫修士带领一群老鼠，试图涉过排水沟，爬上草地。不幸的是，雨水使脚下打滑，难以行走攀爬。克鲁尼带着壁毯，早已不见踪影。

追捕者们转回红城时，遇到了马赛厄斯。他昏昏沉沉地靠在雨果修士的胳膊上，痛苦地蹒跚走至土路上影子所躺之处，忍痛四下搜索泥泞的土路，寻找壁毯的残片。

"应该就在这里面。"马赛厄斯叫道。他扑向受伤的影子，检查他腰间的皮袋。

影子充满死气的黑色眼睛已变得暗淡，他望着马赛厄斯，以冷静得出奇的声音简短说道："太迟了，老鼠，现在马丁在克鲁尼手里。"

这是影子的遗言。他最后颤抖了一下，断了气。

第十四章

马赛厄斯的决心

　　降临的黎明似乎知晓昨晚的事件，灰沉沉的天和连绵的雨笼罩着红城和苔花林地区。

　　莫蒂默院长在凯文洞发表晨会讲话，他的面容苍老而严肃，凯文洞里的气氛十分压抑。

　　"在站岗时睡觉，让敌人溜进修道院，偷走了我们最珍视的东西！这就是你们保卫红城的方法？"院长疲惫地垂下肩。现场一片尴尬的沉默——怒气和负罪感浓浓地弥漫在空气中。慈善的老院长摇摇头，安抚地举起爪子。

　　"请原谅我，朋友们，我对你们的批评并不公正，我们都是平和的动物，不擅长作战。可今天早晨，我查看了晚玫瑰，我不愿有此发现，但晚玫瑰的叶子都枯萎了，娇小的花苞也死去了。勇士马丁离开了修道院，离开了红城，离开了我们。没有他守护我们，未来的日子将会艰难而痛苦。"

　　老鼠和林地的动物们盯着地面，不安地移动双脚，他们知道院长神父说得不错。然而希望总会突然出现，一个洪亮的声音响起——是马赛厄斯——他说："有条好消息，我刚去过医疗室，田鼠先生挺过来了，他已没有生命危险。"

凯文洞内响起宽慰的叹息，紧张的情绪得到了缓解，连院长也暂时忘记了自己悲观的预言。

"感谢你，马赛厄斯，"他大声说，"多么可喜的消息。田鼠先生所受的伤太可怕了，我得承认，我一度做了最坏的预测。可是看看你自己，我的孩子，你应当休息。你的脸因为与那只黑耗子的战斗，还肿着呢。"

马赛厄斯轻快地耸耸肩，挤出一个歪斜的笑容。"别担心我，院长神父，我没事。"

老鼠们露出骄傲的笑容。马赛厄斯，勇敢的小勇士，他给了他们新的信心。而马赛厄斯接下来的话令他们更加坚定。"哼，的确是只黑耗子！他甚至没能抓伤我。嗯，也许抓伤了一点。可现在那只狡诈的耗子在哪儿？如果虫子们妥当地完成了分内的工作，他应该已深埋在地下。听我说，朋友们，我们红城的居民是杀不死的。他们没能杀掉尖刺安布罗斯，是不是？连握有匕首的黑耗子也杀不死田鼠先生。所以，一两道抓伤对于我这样的老鼠来说算不了什么。"

动物们为马赛厄斯的这番演讲齐声欢呼，声震屋梁。康斯坦丝跳到马赛厄斯身边，纵声大喊："就需要这种精神，朋友们！现在回到你们的岗位上去。这一次，我们将睁大双眼，好好收拾进犯红城的肮脏耗子！"

朋友们的心中燃烧起崭新的热情，他们发出对于平和的老鼠来说非常不典型的狂野呼喊，抓起棍棒，冲出了凯文洞。此后不久，康斯坦丝陪同院长前去探望田鼠先生，马赛厄斯则和玛士撒拉去往大礼堂，一同检查撕破的壁毯。

小老鼠双爪交握站在壁毯前，一脸不快。老看门鼠拍拍他的肩。"我理解你的感受，马赛厄斯。看得出来，你只是为了给其他动物打气，才尽力振作。做得好，那说明你正在学习成为睿智的领袖。你藏起了自己真实的感受，鼓励他们不要放弃希望。"

马赛厄斯小心地触摸脸上的瘀肿。"啊，可能是吧，老先生，但你我都看得到，马丁不在了。没有他，我认为我们无法获胜。"

玛士撒拉深有同感地点头。"你说得对，小朋友，可是该怎么办呢？"

马赛厄斯脚下有些不稳，他斜靠在墙上，用爪子按揉额头。"我不知道。事实上，我现在只知道一件事。院长说得对，我看我最好躺一会儿。"

小老鼠拒绝了玛士撒拉的帮助，步履不稳地向宿舍走去，留下年迈的老鼠独自凝望撕破的壁毯。

在盘梯上，马赛厄斯遇到了矢草菊。

"你好，"他尽量欢快地说，"你父亲的情况怎么样？"

矢草菊关切地看着马赛厄斯。"他恢复得不错，谢谢你，马赛厄斯。我正要去帮院长取些草药。你是不是该躺躺？你的脸肿得可怕。"

马赛厄斯一脸痛苦，倚靠在楼梯扶手上。"是啊。其实，我正要去房间好好休息一下。你放心，用不了多久，我就会让那些耗子因为伤害你父亲而付出沉重的代价。"

马赛厄斯虚弱地蹒跚走入房内——可一关上门，他就变了个样子。他伸出爪子去床下摸索，双眼明亮而急切。他掏出曾属于影子的腰袋，将长匕首别在腰间，又将爬绳绕在肩头。他自言自语道："好，克鲁尼，我来跟你算算账。"

马赛厄斯躲在他与鲁弗斯修士之间的土丘后，悄悄将爬绳捆在墙垛边的一处突起上。真走运，鲁弗斯当时正在看相反的方向。马赛厄斯开始用绳子滑下岩墙，修道院那一侧的墙最靠近苔花林。

马赛厄斯本以为向下滑降的过程会很困难，但令他吃惊的是，他滑得很轻松。随着他的信心不断增加，他迅速滑降，无声地落在长满蕨草的土地上。蹲伏在蕨草丛中，他在脑中回顾了一下行动计划：他要穿过林地，避开土路上的岗哨，去往圣尼尼安教堂。到了教堂，便要找到放置那片壁毯的地方。然后，他要想办法创造机会，引开敌人的注意。等克鲁尼的手下分神时，他便夺取壁毯，全速返回红城。

马赛厄斯潜入更深处的蕨草丛，很快，你只能看见一道无声的波纹穿过苔花林夏日葱郁的绿色，去往圣尼尼安教堂。

第十五章

正面袭击

在恶魔之鞭克鲁尼的营地，耗子军正为开战做准备。

兵器已在教堂的墓碑上磨利。教堂后的停柩门边，一队耗子正在红牙挑剔的目光下，从快要散架的栅栏上，啃咬下一条长木板。其余的耗子有些在收集石块，为弹弓准备弹药，有些则在身上缠绕绳子。

教堂内，克鲁尼坐在唱诗席上，凶恶而威严。他一爪握着鞭子般的尾巴，另一爪握住战旗，战旗上顶着雪貂的头骨，还挂着一片残破的四方壁毯，上面绣着勇士马丁。负责护理铠甲的耗子为他披挂战甲时，他骄傲地凝望勇士。

在克鲁尼脚边，捆绑着野鼠一家。克鲁尼用尾巴抽打他们，讥笑道："哈，瞧瞧我，你们这些没骨气的小动物！你们见过像恶魔之鞭克鲁尼这样善战的头领吗？很快我就要让所有的动物都跪下来服从我。"

野鼠艾布拉姆先生勇敢地怒视囚禁自己的敌人。"肮脏的耗子，废话连篇，为什么我要——"

"闭嘴！"克鲁尼咆哮道，"管好你的舌头，野鼠。不然的话，在出发攻克你珍爱的修道院前，我会在这儿先解决了你和你的妻小。看见我的新

74

战旗了吗？这是勇士马丁。没错，就是那个按理应该保护那所老修道院和那群蠢老鼠的勇士。现在他是我的了，他更适合为真正的勇士引路，他会引领我们取得胜利！"

克鲁尼叫嚷不休，眼中闪动着疯狂的火光。"那些胆敢反抗克鲁尼的，摧毁和死亡将会是他们的奖赏。我只会饶过那些选来伺候我的下人。"

野鼠太太挣扎着站起身，却被酒糟鼻和火牙强行再度摁倒。盛怒令她的牙关咯咯作响，她对克鲁尼叫道："红城不会屈服于你邪恶的意志，正义将获胜！你瞧着吧，克鲁尼。我们虽然被绑住了手脚，可我们的精神是自由的。"

啪！

克鲁尼甩出长长的尾巴，将野鼠一家打倒在地。尾巴第二次抽来时，野鼠艾布拉姆先生挣扎着，用身体护住妻子和儿子。

"动人的小演说，野鼠，可是你错怪我了，我不想囚禁红城的灵魂，而是要摧毁它！把这些哭哭啼啼的动物带出去，锁在后面的棚子里，让他们想象一下他们在我回来后的命运。"

野鼠科林吓得尖声大叫，他的父母则在被拖走时勇敢地抗争。

红牙大步走进来，向克鲁尼敬了个礼。

"部众准备好出发了，头儿。"

负责护理铠甲的耗子将战盔稳稳地戴在克鲁尼头上。克鲁尼猛然拉下面甲，一脚将为他把毒刺固定在尾巴上的耗子踢开。

克鲁尼大步走入教堂墓园，登上破损的门柱。他凶恶的目光扫过大军：黑耗子、棕耗子、灰耗子、花耗子、偷偷摸摸的黄鼠狼、鬼祟的白鼬，以及诡诈的雪貂，全都集合起来，爪子里的兵器挂着雨滴，闪闪发亮。克鲁尼刺激着他们，他们则用狂热的吼声回答。

"克鲁尼的军队攻向哪里？"

"红城！红城！"

"克鲁尼的法则是什么？"

"杀！杀！杀！"

"谁将带领你们获胜？"

"克鲁尼，克鲁尼，恶魔之鞭克鲁尼！"

霸王跃入自己的军队，将战旗在头顶高高挥舞。随着一声大吼，恶魔之鞭克鲁尼的部众开拔上土路，向红城修道院进发。

第十六章

野兔巴兹尔·雄鹿

破耳彻底迷了路！

被克鲁尼抛下后，他无法冷静思考。跑下土路后，他惊恐地沿着错误的方向不断奔逃，突然的一声鸟叫吓得他盲目地冲入了苔花林。他在这片古怪的陌生领域中，越走越深，直至黎明的微光降临，他才停下脚步，瘫倒在一丛灌木下，浑身湿透，疲惫而沮丧。他可怜地缩成湿淋淋的一团，合眼睡去。

大约正午时分，破耳被脚步声惊醒。马赛厄斯走过时，他伏在地上，暗暗恭喜自己。多妙的发现，一只小老鼠！他可以活捉这只老鼠，带回去献给克鲁尼。那样的话，他便可以赢回些尊严，克鲁尼甚至有可能忘掉他在修道院惊恐奔逃的事。

马赛厄斯冒险扭头，迅速回望了一眼。一只耗子正笨拙地试图跟踪他，那只胖耗子笨手笨脚，但依然是敌人。小老鼠大步向前走，冷静思索对策，他不害怕，他相信自己能够应付。

破耳笨拙地从一棵树跌跌撞撞地扑向另一棵树，踩断了不少嫩枝。他一面盯着老鼠，一面在脑中臆想。

"他们一共有六只，头儿。他们想要包围我，可是我像魔鬼那样战斗！我对自己说：'破耳，我说，你最好活捉这最后一只，带回去让头儿审问。'"克鲁尼便会对我说："破耳，能干的老破耳，我就知道能指望你。不然我为什么一开始就带你去呢？癞皮，为我的老伙计——勇敢的破耳上酒上菜。"哈，没错，然后我就拍着头儿的背说："以撒旦的胡子发誓，老耗子！你就从来没想过退休，让我领导部众吗？啊，由我这样的勇士领——"

啪！

一根长鞭般的松枝突然弹出，劈打在破耳头上，将他砍倒。

马赛厄斯按摩着爪子，走出藏身处——长时间拿着松枝真累。他解开影子的爬绳，将破耳的手脚捆在一棵粗壮的橡树上。他没有时间等待耗子醒转，还要赶好长一段路呢。小老鼠抛下被捆在树上还未清醒的敌人，继续前行。

雨停了。没过几分钟，六月的烈日便开始烘烤苔花林，似乎在为之前的缺席谢罪。冒着蒸汽的薄雾从林地的地面上蒸腾而起，与透过树木斜斜照射下来的一束束金色阳光融合。鸟开始歌唱。一花一叶都戴上了由闪光的雨滴构成的珠宝项链。

这乍来的温暖涌遍马赛厄斯全身，令他欢快地前行。他无声地哼着小曲，坚定地大步向前，险些脱离树木的掩护，径直冲入平坦的草地，他及时刹住了脚。正前方的一大片地杂草丛生，那既不是牧场也不是草地的地方，曾是圣尼尼安教堂场院的公用地。

马赛厄斯蹲伏在林地边。他已经能够看见远处教堂的背面，那里有十只或十二只巡逻的耗子。但在对付那个问题前，先要解决如何穿过公用地的问题——一簇簇的蓟和微微起伏的小土丘将会是他唯一的掩护。小耗子自言自语道："嗯，这可能会有点小问题。"

一个陌生的声音应答道："问题，小问题？嗯，至少还不是个长足了的大问题。"

马赛厄斯发出一声惊叫，他旋风般转身，寻找神秘声音的来源。周围没有任何动物的影子。马赛厄斯定定神，挺起胸膛，勇敢叫道："立刻出来，别躲躲藏藏！"

那个声音回答道："我出来了！你需要多少双眼睛，小家伙，嗯，嗯？哎呀呀，真糟糕！哎呀，哎呀！"声音似乎就来自马赛厄斯面前。

马赛厄斯眯起双眼，仔细寻找……还是什么也没有。

"我警告你，立刻出来现身，"他暴躁地叫道，"我可没有心思玩游戏。"

宛如魔法般，一只瘦长的野兔跳至马赛厄斯身边。这只古怪的动物毛色有点杂。他浅灰色的皮毛上夹杂着灰色的斑点，白色的肚子上带有浅棕色的斑点。他非常高大，后腿健壮得可怕，鼓鼓的脸却很滑稽，头上两只巨大的耳朵自由招展。野兔伸腿，用老式的宫廷礼优雅地鞠了一躬。他的声音中有些造作的颤音。

"野兔巴兹尔·雄鹿听候吩咐，先生！我是侦察能手，用后腿战斗的勇士、荒野中的向导、隐蔽专家，咳咳，以及幼嫩小苗、胡萝卜、莴苣之类怪东西的解救者。敬请赐教我有幸与之交谈的尊驾的身份，并望能一闻您遇到的小问题的性质。"

马赛厄斯认为这只奇特的野兔如果不是神经有些不正常，就是喝醉了，但野兔过时的礼节却无疑很友善，于是小老鼠迎合野兔，将爪子收在腰间，深鞠一躬。

"日安，野兔巴兹尔·雄鹿先生。我叫马赛厄斯，是红城老鼠修会的见习修士。我此刻的难题是如何穿过这片地，去往那边的教堂，却不被看守的耗子发现。"

野兔巴兹尔·雄鹿用一只巨大的脚掌轻击地面。"马赛厄斯，"他笑道，"的确是个古怪的名字！"

小老鼠也笑着应道："那可远不如你的名字古怪，谁听说过一只野兔名叫巴兹尔·雄鹿？"

野兔突然不见了。片刻后，他又出现在马赛厄斯身边。"啊嗯，你也知道，野兔是我的姓。父母给我起名叫巴兹尔，虽然我的老母亲曾想叫我哥伦伯恩·阿格尼丝，她一直特别想要个小丫头。"

"可你为什么叫雄鹿呢？"马赛厄斯问道。

"雄鹿可是高贵的动物，"野兔感叹道，"我有没有告诉你，我想变成雄鹿——一只神气的皇家雄鹿，长有衣架般的巨大鹿角？所以，一天晚上，我走到古老的小河边，为自己施洗，起教名为雄鹿！两只蛤蟆和一条蝾螈见证了洗礼，啊，没错。"

马赛厄斯禁不住笑意，他坐倒在地，笑出了声。巴兹尔也笑起来，在马赛厄斯身边坐下。

"我想我会喜欢你的，孩子，"他嚷道，"现在，看看怎样带你到那边的教堂去？啊，没有比这更简单的了。还有的是时间，小家伙。还是跟我说说，你为什么会来这儿？我喜欢听好故事，你知道。哦，对了，希望你喜欢茴香和燕麦蛋糕。你当然喜欢！你要跟我一起吃午餐——没错——你这样的小家伙。"

眨眼间，巴兹尔已从灌木丛下拖出一个粗帆布包，在他们之间的草地上摆好了宴席。在接下来的半个小时里，马赛厄斯在大口品尝野兔美味午宴的间隙，讲述了自己的故事。巴兹尔专注地听着，只在一些需要解释说明的地方，才插嘴询问。

马赛厄斯讲完了故事，静静等待反馈。巴兹尔在消化食物和朋友的消息时，一双长耳朵像铁路信号旗那样一起一落。

"嗯，耗子。通过我的消息网，我知道他们总有一天会来，你知道的。我这双久经风霜的耳朵也感觉得到。至于红城，我太熟悉了。好得没话说，莫蒂默院长是个好心的家伙。我听见约瑟钟敲响了警报。哼，不知哪只厚脸皮的老刺猬甚至来通知我逃命。我当然不会逃。天哪，不，绝不。抛弃岗位的家伙可真够丢人的，哎呀，哎呀。那我宁愿独自一人，你知道。当然，我现在的朋友除外。"

"哦，当然。"马赛厄斯附和说。他已对野兔产生了极大的好感。巴兹尔士兵般利索地一跃而起，敬了个礼。

"好，先办要紧事！得先把你带到教堂去，小老鼠伙计。嘿，你穿的绿兮兮的东西——修士袍，是吧？真是绝佳的伪装。你试着躺在阴影里，哪里都行。相信我，你都难以找到自己。绝对完美的伪装！"

巴兹尔顿了顿，思索了片刻。他将耳朵垂下，立起，又指向不同的方向，然后再次开口说道："那么，在你拿到小壁毯什么的以后，直接返回，穿过公用地。别害怕，我会在那里接应。好！来吧，小伙子，我们不能整天坐在这儿，像两只啃芹菜的肥家兔。动手！说干就干！快点，小伙子。"

巴兹尔再次消失不见，随即又出现在大约三码外的公用地上。"快点，马赛厄斯。插左转右，快速迂回，俯身蜿蜒前进。瞧，很简单。"

马赛厄斯将巴兹尔的指导记在心中，快速跟上。这些招式出奇地好使，很快，两个朋友便已穿越了近四分之三的公用地，马赛厄斯甚至能够数清一些耗子胡须的数目。他用爪子掩住嘴，以免笑出声。

"真的很简单，不是吗，巴兹尔？我干得怎么样？"

野兔在他身边跳跃。"好极了！非常棒！真是如鱼得水，小伙子。你要不是我教过的最好的学生，就让我的耳朵立不起来。顺便问一句，我还能帮什么忙吗？"

马赛厄斯停下脚步，一脸严肃。"是啊，是需要你的帮助，巴兹尔，但我不大想把你卷入我的战斗。"

野兔巴兹尔·雄鹿哼了一声。"胡说，这可是我的战斗！你不会天真地以为，我会傻坐着，从挂在鼻子底下的粮袋里吃食，让某只丑陋的大耗子和他野蛮的团伙四处侵略我的乡土吧？哼，我可不会让大伙说，野兔巴兹尔·雄鹿在危险时畏缩不前！说吧，马赛厄斯，小坏蛋。"

野兔直立起来，挺起窄窄的胸，把爪子放在心口上，立起耳朵，闭上眼睛，等待命令。巴兹尔这高贵的姿态让小老鼠觉得好笑，他忍住笑意，赞叹地说："啊，野兔先生，你这样看上去真英勇！谢谢你！"

巴兹尔睁开一只眼睛，打量了一下自己。没错，他的样子的确很英勇，有点像峡谷中的君王①，或暮色中的雄鹿②。这些小老鼠可就不明白了。

马赛厄斯向"雄鹿"表达了自己的愿望："巴兹尔，在我取壁毯的时候，你能不能制造机会，引开耗子们的注意？"

野兔自信地抽动耳朵。"不用再说了，老弟。我这只雄鹿你算是找对了。听好，你插到他们的左侧，他们从停枢门边的栅栏上取下了一条木板，你就从那里溜进去。等你拿到想要的，便从原处出来。我会隐藏在附近，照看你。好，去吧。"

马赛厄斯依旧遵照巴兹尔教给他的办法，迂回穿插，快速而轻松地行至栅栏前，随后他回头察看同伴的情况。

巴兹尔飞跑起来。他纵身而起，跃过栅栏，拍拍距离最近的耗子的后背。

"嗨，老东西，那个带头的家伙在哪儿？那个你们叫克鲁尼，还是鲁尼什么的。"

那只耗子大吃一惊，大张着嘴呆站着。巴兹尔抛下他，跳至另一只耗子身边。

"唷！天哪，天哪，你们这些家伙从来不洗澡吗？听着，恶心的家伙们，难道你们不知道自己臭气熏天吗？呃，顺便问一句，你们的父母从来不叫你们臭蛋吗，还是他们闻着跟你一样臭？"

片刻后，惊呆的耗子哨兵们才回过神来，他们发出愤怒的吼叫，试图抓住无礼的野兔。

然而那却如同试图用爪子抓住轻烟一样。巴兹尔绕着他们奔跑，口中流水般不断的羞辱令耗子们越发愤怒，他们怒吼道——

"抓住那只瘦巴巴的大家兔，伙计们。"

"你们才是瘦巴巴的大家兔！猫的口中食！"

"我要把他该死的肠子挑在矛上。"

---

① 《峡谷中的君王》是 1851 年英国画家埃德温·兰西尔（1802—1873）绘制的一幅著名的油画，画中一只神气的雄鹿君王般站立于峡谷中。

② 《暮色中的雄鹿》，出自苏格兰诗人沃尔特·司各特爵士（1771—1832）1810 年出版的叙事诗《湖边夫人》。

"冷静，冷静！啧，啧！多粗俗的语言！别让你妈妈听见了！"

"该死，他滑得就像只涂了油的猪。"

"我最好的朋友有些的确是涂了油的猪，猪鼻子。哎哟！又没抓到，你们这些老黄油手。"

马赛厄斯看着眼前的一幕，钦佩地摇摇头，轻声笑了。在公用地上团团追逐兔子的十二只耗子头撞头，摔成了一堆。巴兹尔时不时停下，摆出"高贵雄鹿"的姿态，让耗子们来到近在咫尺的地方，然后敏捷地蹬出有力的长腿，踢得耗子们摔作一堆。他绕着摔倒的哨兵们跳舞，在他们身上撒下雏菊，不断地羞辱受伤的耗子们，直至他们骂骂咧咧地爬起来，继续追逐。

由于担心周围可能还有其他耗子，马赛厄斯通过一扇破损的彩色玻璃窗，爬入教堂，跳落在圣母堂。小老鼠厌恶地皱起鼻子，美丽的老教堂内充斥着耗子浓重的臭气。家具翻倒在地，雕塑被砸碎，墙也被弄脏了，赞美诗的书页被扯烂，扔了一地。

那片壁毯在哪儿？

克鲁尼和他手下其他的兵在哪儿？

马赛厄斯突然醒悟，心中猛然重重一沉。

他们去攻打红城了，而克鲁尼一定随身带着壁毯。想到这些，马赛厄斯心烦意乱。

他急忙爬出窗口，向栅栏赶去。走至一半，他注意到一间小棚屋，有动物在重重敲击棚屋锁死的门，并大声呼喊他的名字。

"马赛厄斯，快，这边，棚屋里。"

透过棚屋门上的一条小缝，马赛厄斯看见了野鼠一家。他们的手脚被紧紧地捆着，野鼠科林可怜地蜷缩在角落里的一些脏麻布上，而野鼠艾布拉姆先生和他的妻子则用捆在一起的爪子敲打着门。马赛厄斯透过门缝对他们说："别敲了！别出声！等我撬开锁，就救你们出来。"

马赛厄斯四下搜寻可以撬开挂锁和搭扣的东西。某只耗子的身上肯定有钥匙，但现在他没时间找钥匙了。

幸运的是，他拿到了其中一只耗子掷向巴兹尔的一支铁矛。他将铁矛插入锁环中撬动。

"丝毫没有松动。"他低语道。

野鼠科林开始在角落里大哭。"哦，等克鲁尼回来，我们还是被锁在这儿。我不想再见他！想想办法，马赛厄斯！救救我！"

尽管野鼠一家的处境很可怜，马赛厄斯还是忍不住鄙视科林。"别哭了，科林！那没有用。小声点，周围可能还有耗子。学着像你的父母一样勇敢。"

受挫的马赛厄斯挥起铁矛，砸向挂锁。铁矛被弹开，牢牢扎在搭扣和木门间。马赛厄斯发出恼怒的哼声，狠命一拽铁矛，想将它拉出，却失去了平衡，一跤跌倒。搭扣坏了，带着几只变了形的锈钉子掉了下来，门被猛然甩开。

马赛厄斯抽出匕首，急忙将捆绑着野鼠一家爪子的绳子割断。他一面割，一面命令说："跟着我，听我的命令，行动尽量迅速、安静。"

他们从栅栏的破损处小心地溜出，开始穿越公用地，耗子哨兵们不见踪影。马赛厄斯猜测他们正不知在哪里，努力活捉巧妙闪避的野兔。

下午已过去一半。公用地上阳光明媚，一片宁静。蝴蝶在蓟花上歇脚，蚂蚱们交替演奏着抑扬顿挫的小调。野鼠艾布拉姆坚持要与马赛厄斯握爪表示感谢。"马赛厄斯，我衷心地感谢你救了我的家人。我们本以为已经没有希望了。"

年轻的拯救者脸色肃然。

"不管怎么说，我们还没有回到家，野鼠先生。就算我们真的回到了修道院，我也不敢想象我们可能见到的场面。"

野鼠太太连连点头。"是啊，我们看见他们离开教堂，往红城去了。克鲁尼领着那群恶棍，旗杆上挂着马丁的像。哦，天哪，我一辈子也没见过那样多野蛮的流氓。"

马赛厄斯烦恼地皱起眉头。"真希望今天早晨我没有溜出修道院，但愿康斯坦丝能让所有的守卫者提高警惕。"

几秒钟后，马赛厄斯便希望自己刚才保持了警惕。

耗子哨兵们已厌倦追逐巴兹尔，他们疲惫地走出苔花林，回到公用地，一同坐在一座小矮丘后的草中休息。

马赛厄斯和野鼠一家直接走入了他们之中。

第十七章

阿斯莫德

克鲁尼将队伍集结在正对红城修道院的路边排水沟中,他则远远地站在排水沟后面的草地上,身边围着几名队长。在这里,他可以在射程以外,指挥全局。

但此刻,他并没能让一切都如他的愿。首先,他没有多少弓箭手,耗子制造弓箭的手艺和拉弓射箭的本领出了名地糟糕。

从红城修道院的墙头上,田鼠和禾鼠则射下一支支的小箭。虽然这些小箭的杀伤力并不大,却令克鲁尼军中的普通士兵挂彩、难受。

克鲁尼站在插于土中的战旗下,抽动着尾巴。"红牙、黑爪,命令投石手准备。我给出信号的时候,石块要密集地砸向墙头,那会让他们抬不起头。血蛙、酒糟鼻,你们两个组织一群兵,带上云梯和抓钩,监督他们全部爬上墙头,不准出岔子。"

耗子队长们前往排水沟中准备,克鲁尼则举起尾巴,准备给出信号。

墙头上,老鼠射手们将无情的箭雨不断射入排水沟。康斯坦丝爪握沉重的短棍,来回大步行走,鼓励射手们继续。"让他们尝尝厉害,老鼠们!继续拉弓!"

雌獾知道箭的存量有限，因此她望向沿着墙垛边堆放的卵石和石块。"鲁弗斯修士！头鼹！马上准备把那些扔下去。"

嗖、啪、咚、当！

随着克鲁尼在下方的草地上一挥尾巴，卵石和尖利的石块嗖嗖飞起，雹子般砸落在岩墙上。因为毫无防备，好几只老鼠被砸倒，一只鼹鼠被砸晕。

"大家低头！卧倒！"康斯坦丝叫道。

守卫者们立刻低头卧倒，投掷的石块雨更密集了。院长弯着腰，沿着墙头边跑边喊："担架员！这边！帮我把伤者抬下去，送到医疗室。"

水獭维妮弗蕾德躺在康斯坦丝旁边，对她轻声说："听，刮擦声！克鲁尼一伙正把什么东西靠在墙上。我猜他们是想乘我们不得不卧倒的时候，爬上墙头。"

就在维妮弗蕾德说话时，两个带着爬绳的抓钩叮当一声飞过墙垛，卡在了墙头。

"卧倒别动，朋友们，"康斯坦丝低声说，"给他们点时间离开地面。等大量的耗子悬在半空中，我们再开始行动。把这话传下去。"

下面的草地上，红牙挥舞短剑狂笑。"您的计划奏效了，头儿！瞧，老火牙和他的手下快到墙头了。"

克鲁尼抬起面甲，好看得更清楚些。但等他看见紧接着发生的突变，再呼喝提醒，已经太晚了。

泥土和石块如同雪崩般从墙头倾泻而下，径直砸在主云梯上，被砸下云梯的耗子大声惊叫，在半空中扑腾着，一路向土路坠落。主云梯向旁边倒去，猛撞向摆放在旁边的另一架云梯。两架云梯倒地，引发一片混乱，许多耗子被压在倒下的沉重云梯下。摔落在土路上、受伤严重的幸存者们惊恐地试图爬回安全的排水沟，却被埋在轰然而下的石块下。空中回荡着尖叫声和呻吟声。

克鲁尼怒气冲冲地咆哮咒骂。他抛下战旗，冲过草地，一步跃过排水沟，箭一般穿过土路，抓住一根爬绳，开始一爪一爪地向上攀爬。墙头唯一的海狸啃断了最后一股绳，克鲁尼从相当高的地方跌落下来，狼狈地趴倒在土路上。

克鲁尼扑入排水沟，将投石手和几名弓箭手重新组织起来，让他们等待命令。

墙头上，最后一根爬绳已被割断。空中响起一阵热烈的欢呼，红城的守卫者们冲出隐蔽点，检查他们的战果。

"开火！"克鲁尼吼道。

飞上墙头的箭和石块使红城卫士们受到损伤，好几只老鼠和林地动物惨叫一声，摔倒在地。这结果令克鲁尼振奋，他并非全败！他开始盘算下一步的计划。

苔花林中，破耳正与将他捆在橡树上的绳子奋战。他能听见远处的声响，那只说明一件事：头儿在攻打修道院。

他竭力折下脖子，以一种令他难受的角度，将牙齿啃入结实的爬绳中。如果他能够设法挣脱，那他就能偷偷溜回去，混入队伍里，尽力否认他未曾归队。如果他能够在战斗中出头露脸，克鲁尼或许也会对他的脱逃既往不咎。

口中的爬绳很臭，破耳从那股味道便知道，这曾是影子的爬绳。他一直就讨厌那个面无表情的阴沉家伙！破耳的牙又啃断了一股绳，他祝贺自己："哈，瞧这一下，绳子，还有这一下！没有绳子能长时间困住破耳，呵，呵，呵！可怜的老影子，真希望你看看你心爱的爬绳现在的模样！"破耳暂时抬起头，放松一下脖子。

笑声消失在他的唇间，惊恐的咯咯声从他的嗓中冒出，恐惧冰冷的爪子紧抓住他的胸膛。

距离他的脸一英尺外，世上最大、最粗壮、样子最邪恶的蝰蛇正摇晃着脑袋，仿佛在催眠。

耗子完全吓傻了，呼吸似乎已冻结在肺中。那邪恶的钝脑袋懒洋洋地、有节律地摆动着，分叉的舌头不断迅速进出，黑珠子般的圆眼一刻不离耗子的身子。蛇开口了，他的声音仿佛秋日的干树叶在风中发出的沙沙声。

"阿斯莫德①，阿斯——莫德，"他咝声说，"你可真好心，还把自己捆起来，耗子！跟我来吧，我会向你展示永恒！阿斯莫德，阿斯——莫德。"

蝰蛇闪电般地一击。破耳只感到脖侧猛然的刺痛，他的四肢变得绵软，眼前笼上了黑色的迷雾。破耳在这世上最后听见的是蝰蛇口中的咝咝声。

"阿斯莫德，阿斯——莫德。"

克鲁尼用爪子划着沟底，他下一步行动的计划都画在了上面。他将秘密地从苔花林的一侧攻打修道院。

那将会是一场奇袭。他会带领精心挑选的队员，执行计划，红牙则将穿戴他的盔甲，留在后方的草地上。红牙的伪装足以骗过远处高高墙头上的守卫者。排水沟的耗子们受令，将继续强攻，直至克鲁尼和队员从后面翻过岩墙，杀过庭院，打开修道院的大门。

在给其余的几名队长下达命令后，克鲁尼带领二十个混杂有耗子、黄鼠狼、白鼬和雪貂的手下，拖着从圣尼尼安教堂停枢门栅栏上取下的长木板，沿着沟底，无声地向北匍匐前进。等出了墙头的视野，他们爬出排水沟，穿过土路，进入苔花林。

克鲁尼坐在一根倒伏的树干上，向他的小队下达任务："我跟抬木板的等在这儿。其余的分散搜寻，看看这一带有没有长在修道院岩墙边高大的树木。选中的树要比墙高，而且不难爬。明白了吗？好了，去吧。"

克鲁尼看着他们快步走入灌木丛。先前的好情绪已离他而去，出征大军今日的表现令他越想越来气。他们竟被林地动物和老鼠们简单的战术羞辱！他怒哼一声，将有力的爪子抠入朽烂的树干中，扯下一大块海绵般的

---

① 阿斯莫德，犹太经典《塔木德》中的魔王。

朽木，惊得甲虫和树虱匆匆爬走。唉，一开始他吓住了他们。作为统帅，他深知恐惧的效果。然而老鼠们一旦在最初的小规模战斗中占据上风，便会忘记恐惧，变得大胆。那时战局便开始对他不利。没错，他赢得了一两个小胜利，但那些没什么好夸耀的，他无法利用它们作为例证，让军队重振信心。

克鲁尼只能寄希望老鼠们变得过于自信，最终犯下错误。这是一场长时间的游戏，就让老鼠们失误一次，那是他所需要的一切。同时，他还要克服一个比老鼠们更难对付的障碍：岩墙，正是这几堵该死的墙毁了他所有的计划。克鲁尼恶狠狠地撕扯朽木，直至大块的木屑飞溅入空中。如果这次的计划成功，岩墙便再也不会困扰他，他会进入墙内，如同狐狸进入刚出生一天的小鸡群中。

克鲁尼嗅了嗅空中的气味，感官告诉他，搜寻的队员们回来了。奶酪贼和一只名叫兔子杀手的雪貂冲出灌木丛，浑身抽搐发抖，看上去似乎都被吓得不轻。

好一会儿，克鲁尼才令他们恢复了些理智。奶酪贼一面惊恐地扭转头张望，一面断断续续地说："呃，呃，我们，好像……我们有点迷路，头儿。"

"迷路？在哪儿？"克鲁尼厉声问道。

兔子杀手用颤抖的爪子一指。"那边，大人，我们找到了一棵高大结实的橡树。"

"靠近岩墙吗？"

奶酪贼摇摇头。"不，头儿，那棵树在林子深处。这是我发现的，绑在树上。"

他拿出被啃断的爬绳，克鲁尼劈爪夺过。"这像是影子的爬绳，他已经死了，你们两个蠢货想告诉我什么？"

兔子杀手可怜地呜咽道："是破耳，大人。"

克鲁尼抓住那不幸的一对，用力摇晃。"你们两个疯透了吗？你们是想告诉我，你们被破耳那个蠢货吓得半死？"

奶酪贼抽泣着跪倒在地。"可你没见到他的样子，头儿。那样躺在那儿,脸全肿了，伸着舌头，舌头已经变成了紫色。啊！他全身肿得像……太可怕了！"

兔子杀手深表同意地连连点头。"啊，是啊。我们亲眼看见的，先生。可怜的老破耳，一直被倒拖着。"

"倒拖着？"克鲁尼重复道。

"没错，"雪貂说，"您的手下对我说，'有东西拖着破耳。'当然，因为那些灌木，我们看不见那是什么，所以我们把中间的灌木拉到一边，我们看见了什么？"

"咳，看见了什么？"克鲁尼不耐烦地厉声质问。

兔子杀手顿了顿，打了个冷战，他的声音中带着怀疑，似乎无法相信自己。"我们见到了从未见过的大蛇，一切蛇类的祖宗！他咬着可怜的破耳的脚，倒拖着他。"

克鲁尼睁大了独眼。"那条蛇看见你们什么反应？"

"他松开破耳，看着我们，"奶酪贼尖声说，"那条蛇瞪着我们，嘴里不断说，'阿斯莫德，阿斯莫德'。"

克鲁尼用肮脏的利爪挠挠头。"阿斯莫德？那是什么意思？"

"您不知道吗？那是魔鬼可怕的名字，先生，"雪貂哭道，"我知道，是因为我的老妈妈曾告诉过我。她总是说，不要盯着蛇的眼睛。所以我对这位伙计说，'奶酪贼，别看。逃命！'我们就逃了，先生。哦，您永远也不会知道，那有多可怕。我宁愿被捆在着火的谷仓里，也不愿再回到那儿去，我不去！那披着鳞片的巨大身体——"

"闭嘴,蠢货，"克鲁尼说，"我想我听见其他队员回来了。现在振作起来，关于那条蛇的事，不许吐露一个字，不然就让你们的后背感受感受我这条蛇的厉害。"克鲁尼的长尾巴在他们的鼻子下威胁地摆动，他们领会了他的意思。

一只名叫皮包骨的黄鼠狼跑来，极为简练而伶俐地汇报："修道院岩墙附近的大树，头儿，应该是榆树，比墙高得多，伸出许多树杈，非常适于攀爬。"

"到那棵树有多远？"克鲁尼问道。

"向东走大约十分钟。"皮包骨回答。

等其余队员回来后，克鲁尼让他们排成一列纵队，敏捷地向东走去。

那棵大树的确是榆树，古老而巨大的树身上盖满了突起的树结，伸出许多便于攀爬的树杈。克鲁尼目测了一下它的尺寸：正是他想要的，与岩墙间的距离十分理想。他转向自己的突击队员。

"听着，我们要爬上这棵树。等爬到足够的高度，我会找一根结实的树杈，我们就可以用木板架桥通向墙头。如果我们小心，老鼠们根本不会察觉，在他们还没反应过来之前，我们便会在红城里了。"

第十八章

营救野鼠

很难说是马赛厄斯和他的小队，还是耗子哨兵们更惊诧。

一秒后，一群动物打开了花。有几只耗子反应有点慢，但科林和他的母亲反应更慢，他们被动作较快的哨兵粗鲁地擒住。

马赛厄斯扭动、闪避，逃了开去，并绊倒了一只眼看就要抓住野鼠先生的耗子。小老鼠将野鼠推在身前，边跑边喊："快跑，别停，野鼠先生！设法跑进苔花林，藏起来。"

野鼠迟疑道："可是我的妻子、科林——他们被耗子抓了。"

马赛厄斯用力把他向前推。"如果你不快跑，也会被抓。快跑，野鼠。如果你也被抓，对你的妻儿没有好处。"

野鼠艾布拉姆听从马赛厄斯的建议，以双腿能承受的极限跑得飞快。马赛厄斯转身，捡起一根沉重的树枝，面对逼来的耗子们。

"只有十二只，"他嘲弄道，"我们来看看耗子是用什么做的。先来，先伺候。"

马赛厄斯挥舞树枝，呼呼地在空中扫动，令追来的耗子们停下脚步。马赛厄斯舞动树枝，扑向他们，口中以最响亮的声音喊道："巴兹尔，野

93

兔巴兹尔·雄鹿，你在哪儿？"

耗子们试图围住马赛厄斯，一只耗子凑得太近，被不见来路的木棒有力地击倒在地。

"哦，厉害，先生！真厉害！"

是野兔。

他蹦跳着跑来，嘴巴咧到了耳朵根，就好像在参加主日学校的野餐。科林和野鼠太太喘着粗气，跟在他身后。马赛厄斯松了一口气。

"巴兹尔，老天，你跑哪儿去了？"

野兔绕着圈跑，娴熟地躲开一只耗子，然后飞起双足，狠狠地踢在那只耗子的肚子上。耗子滚翻在地，完全喘不上气，彻底丧失了斗志。巴兹尔笑道："抱歉，马赛厄斯，老弟。那些家伙不再追我以后，我快快地回了趟窝。我得做个春季大扫除，你知道。我来得有些晚了，可我是个住在单身宿舍里的单身汉，哎呀！"

马赛厄斯哑然，他在这里与一打耗子战斗，努力救出野鼠一家，而巴兹尔却在打扫他的小窝！小老鼠有些忍不住火气。

"哦，你可真好心，野兔先生。很高兴你能与我们会合，"小老鼠一面与野兔合力击退耗子，催促野鼠一家快跑，一面讽刺道，"你应该没有架起水壶，准备喝茶吧？"

巴兹尔向野鼠太太鞠了一躬，伸爪扶住她。

"请允许我，太太。啊，没错，我的确准备喝茶。在经历过一番健康有益的运动后，再没有比一壶新鲜的薄荷茶更妙了，哎呀，哎呀。"

马赛厄斯用树枝的根部直接杵在一只耗子的脸上。野兔简直疯了。薄荷茶，哼！

"哼，你应该不会以为，我会坐在你的小窝里，喝一下午茶吧。"他嚷道。

巴兹尔扭住一只耗子的胳膊，将他甩了出去，又将另两只耗子踢倒在地。野兔冲马赛厄斯眨眨眼。

"当然不会，老弟。你瞧，那样就太尴尬了，因为我只有一套四个杯子的茶具。而且如果我没搞错的话，那位如同烫伤的鸭子一样跑入林中的小个子先生，明显是这位讨人喜欢的野鼠太太的丈夫，所以我也不得不邀请他，是不是？"

马赛厄斯用树枝绊倒一只耗子，那只耗子正准备扑向巴兹尔。

"啊，当然，野兔先生，我会是个多大的累赘啊。或许我该坐在这片公用地上，教耗子们做雏菊锁链。"

巴兹尔避开一只耗子，满意地笑道："没必要气哼哼的，小伙子。我认为，我最好把野鼠一家藏起来，以后再把他们安全地送回修道院。很明显，你得赶回红城去，野鼠一家只会拖你的后腿。"

马赛厄斯懊悔地笑了。"对不起，先生。十分感谢你给予的帮助。刚才我并不想那样没礼貌。"

现在，他们已来到公用地的边缘，耗子们暂时被甩开了。

巴兹尔握住马赛厄斯的爪子。"好老鼠。好啦，快走，小伙子。等我把托管的野鼠护送回修道院时，我们再见。"

没有了拖累，马赛厄斯独自冲入苔花林，拖着疲惫的双腿顽强前行。他意识到，他必须从苔花林的侧面进入红城，因为耗子们或许在攻打正门。守卫者们能撑住吗？他不在，康斯坦丝有没有组织有效反击？哨兵们有没有保持警惕？矢草菊安全吗？

马赛厄斯在灌木丛中奋力穿行，一个个问题从脑中闪过。他察看了一下自己的方位，不禁有些忧心，修道院的岩墙应出现在西北方。或许他没有充分估算苔花林延展的面积。对，一定是这样。或许他继续跋涉，很快便能看见岩墙。

前方某处传来潺潺的流水声。他想起已有一段时间没有喝水进食了，于是他改变方向，顺着水声，走到一条小溪边。

趴在一块微微探出地面的红色砂岩上，马赛厄斯喝了满满一肚子清凉甘甜的溪水。在溪岸下游，他发现了一些娇嫩的蒲公英。他采集了一把嫩叶和芽苞，回到被太阳晒暖的砂岩上，展身躺下，嚼着蒲公英，透过树冠间的空隙凝望六月无云的蓝天。多么紧张的一天！

经历了这许多惊心动魄，马赛厄斯很享受眼下短暂的休息。但他告诉自己，不能停留太久，他必须继续奋力赶往红城。他长叹一声，勇士的生活真累。

他暂时合上双眼，勇士马丁出现在他的脑海。马丁曾觉得累吗？身穿全副铠甲，用那样沉重的大剑保卫修道院，他一定也曾觉得累。那把剑去哪儿了？一定在什么地方。传说中的神器绝不会生锈磨损，不然便不会成为传奇。

一只蜻蜓在小老鼠的正上方盘旋，轻轻拨动老鼠的胡须。这只奇怪的动物在他的地盘上干什么？他滑翔得更低了些。看来这里很安全，这只身穿古怪袍子的动物并没有挑战他作为这片水域执法官的权威。他睡得很沉，像寒冬的松鼠一样打着呼噜，对周围的一切毫无所觉。

第十九章

宝剑迷踪

已近傍晚，尽管遭到一两次小挫折，克鲁尼及其小队最终爬上了榆树。一些耗子爬树的本领在克鲁尼看来完全指望不上，过程中有一番打滑、推撞。至于那个蠢货奶酪贼，竟然在爬到六码的高处后，才发现自己恐高。克鲁尼愤怒地想，要不是必须保持安静，他可要让那个蠢货尝尝厉害！

克鲁尼开始后悔之前没多带几只雪貂和黄鼠狼，他们天生具有良好的攀爬本领。还有那只黄鼠狼——他叫什么来着？皮包骨——是个得力的帮手，他激励、推动其他队员，甚至组织将木板抬上了树。那一只是队长的材料，克鲁尼在脑中记了一笔，以供将来参考。然而，尽管付出了这么多努力，他们依然在墙头以下。更高处的榆树枝条变得像细细的鞭子，不够结实，无法支撑木板的重量。

克鲁尼估计了一下形势，确实只能这么高了，这里还能为他们这项危险的任务留一点安全保障。他决定暂停一下。

"好，找掉不下去的地方喘口气。等上一两个小时，就到傍晚了，那时日光便会减弱，阴影会增多。到时候，老鼠们也会松懈一些，我们就来个出其不意。皮包骨，盯住这些家伙，让他们保持安静，明白吗？"

皮包骨利索地敬了个礼，随后又提供了一条很有帮助的意见。"我坐的这根枝条，头儿，我刚才试了试，感觉很结实。也许我们应该从这里架木板到墙头，很容易够到。我知道会有点向上斜，但爬起来应该不会太困难。我不看好更高的枝条——它们太细了。"

克鲁尼爬过去，坐在皮包骨身边，小声说："有头脑，黄鼠狼。没错，这根枝条可以。跟在我身边，皮包骨，你是个有用的兵。身边围着几个蠢货，我可能很快就要找一名新队长。你知道那意味着什么：额外的战利品，分到更多的财物。对于士兵的主动性，克鲁尼从来都有赏，皮包骨。好好干，你很快就会得到提拔。"

"谢谢，头儿。别担心，我不会让您失望。"皮包骨低声说。

在较矮的一根枝条上偷听的奶酪贼暗自讥笑。是，头儿。不，头儿。三袋满满的，头儿！那只下贱的黄鼠狼以为他自己是谁？

要是克鲁尼提拔黄鼠狼当队长，而不是同类的耗子，那红牙、黑爪和其他耗子可有话要说！那个暴发户，他不过来了一两天。只要有一丁点机会，奶酪贼便会结果了他。

莫蒂默院长抬头感激地望向天空，暮色已经降临，他们顶住了，耗子们毕竟没有攻破院墙。激烈的战斗大多已经放缓，现在克鲁尼的部众只是从排水沟中间歇性地发动进攻。利用间隙，守卫者们在墙头堆放了更多的卵石和石块。矢草菊和她带领的后勤队助手们走上墙头。他们俯下身，从一处岗哨走至另一处，为每只动物送上一碗炖菜、一些野葡萄和一小片涂了蜂蜜的栗子面包。

"矢草菊真是只冷静、高效的小老鼠。"院长对康斯坦丝说。

雌獾一面将一捆箭递给尖刺安布罗斯分发，一面应答说："啊，是啊，院长神父。可她看上去有点忧虑。是为马赛厄斯，你认为呢？"

"肯定是的，"院长严肃地说，"我、你、她都担心那只小老鼠。"

康斯坦丝摇摇巨大的条纹脑袋。"那样离开可不像马赛厄斯。我在得空的时候，到处找过了，可他不在修道院里。"

"嗯，不管他在哪儿，"院长回答说，"他肯定在帮助我们战斗，所以我们只要等他回来，我们需要他清醒的头脑和判断力。"

院长和康斯坦丝从矢草菊和助手们那里感激地接过食物。此时水獭维妮弗蕾德和头鼹抬出一架跷跷板，两个朋友见了大惑不解。

那架跷跷板是很久以前为林地的动物宝宝们做的玩具。在大家的记忆中，它一直放置在草莓园边，动物宝宝们每天在上面玩耍。作为跷跷板，它的工作性能完美。

维妮弗蕾德和头鼹将跷跷板安置在墙头。两只鼹鼠弯着腰，摇摇晃晃地抬来一块巨大的石头。头鼹指指跷跷板的另一头。"啊，搁那儿，漂亮的大石，美人。"

等"大石"到了位，维妮弗蕾德和头鼹紧紧抱在一起，一个点头，重重跳上跷跷板的近端。

呼!

巨大的石块猛然飞过墙头，几秒的寂静后，一声巨响，挤在下面排水沟中的耗子惊声惨叫。维妮弗蕾德和头鼹庄重地握爪。

"哟，偶（我）看拉（那）些讨厌的坏蛋头疼喽。"头鼹笑道。正说着，克鲁尼的部众展开了回击，墙头上的动物都跑开躲避。

战斗再次激烈起来。

老鼠射手们猛然起身，将箭射入下方的排水沟。水獭投石手迅速而凶猛地投掷坚硬的卵石。耗子们则向上掷出长长的标枪，造成不少守卫者的死伤。可突然又出现了新的危险。某只具有创造力的耗子发明了一种可怕的武器：教堂墓园中大量的铁栅栏条被拴上长绳，耗子们一圈圈地挥动绳子，获得动力，等判断好方向便松开绳子。铁栅栏条直冲而上，飞行高度是岩墙的两三倍，几乎飞出了视线外。然后它们邪恶地呼啸着，骤然落下，砸在墙头。被铁栅栏条砸中的守卫者不是当场死亡，便是重伤残废。即便铁条没有砸中目标，砸起的碎石和飞溅的铁屑也造成了危险。

康斯坦丝意识到这种新武器的危险，她命令除了少数几只选定的动物，其余的一律撤下墙头，待在修道院安全的庭院中。不过，这拴绳铁条分明是一件双刃武器。很多出手方向不对的铁条落回排水沟中，有时被砸死的正是扔出那根铁条的耗子。连穿着克鲁尼的铠甲、守在后方草地的红牙也不体面地匆匆躲闪了一次，以免被击中。但红牙看出，铁栅栏条打击了守卫者的士气，于是他命令投掷者继续。

康斯坦丝与她选出的小队勇士勇敢地站在墙头。每当有完好地落在卵石堆中的铁栅栏条，她便会抓住绑了绳的铁条，挺身立起，一圈圈挥动，在铁条已经转得快看不清的时候出手，她的投掷比任何一只耗子都更为有力而精准。敌兵从排水沟的掩体中，对康斯坦丝露出愤怒的獠牙——在红城所有的守卫者中，雌獾是他们最痛恨最害怕的一个。

克鲁尼坐在修道院北墙外的榆树枝上，看着阴影越拉越长，西边的天空已被落日染红。很快，他便会将木板架至墙头。老鼠们可要小心了！他们拙劣的组织根本无法对抗恶魔之鞭克鲁尼的力量。

看门鼠玛士撒拉站在红城大礼堂中，面对着受损的壁毯。他太老了，无法参加战斗，那么他能够帮助修会最好的办法，便是让他智慧的大脑转动起来。

某个地方肯定有线索，至少一条线索，能够指引他找到勇士马丁的安息处，或者能为修道院重新拿回宝剑。可是线索在哪里呢？

这么多年来，玛士撒拉时常在红城中搜寻马丁的墓和他的宝剑。现在，他加紧了搜寻，但毫无结果，他依然找不到重要的线索和答案。他需要更为年轻、精力更为旺盛的头脑的帮助。真可惜找不到马赛厄斯，那只小老鼠的确有头脑。高龄和大量脑力的耗费令年迈的老鼠疲惫，他站立不稳，于是伸爪扶墙稳住身子——他所触碰的正是曾经悬挂马丁像的那片石墙。

　　玛士撒拉发出一声满意的叹息，一丝微笑浮现在脸上。他的搜寻并非徒劳，爪下盖满灰尘的石墙上刻着字。

第二卷

夺剑之路

第二十章

不说话的小松鼠

马赛厄斯慢慢醒转。他眨眨眼，打个哈欠，舒展了一下全身。太阳正在西沉，将小溪变成融入了金红色的彩流，点染着浓重的阴影。他静静躺着，欣赏夏日林地傍晚的平和宁静。

他突然如遭雷击般想起了现实，顿时忘记了周围的美景，一跃而起。在红城修道院和朋友们遭到攻击时，他竟然躺在这里，像懒惰的小傻瓜一样呼呼大睡！

马赛厄斯对自己大为气恼，他气呼呼地大步走入渐渐变暗的苔花林。他找不到足够激烈的语言来表达对自己的鄙视。直到他跌跌撞撞地走了一会儿，疯狂地自我批评一番后，才冷静下来，发现自己彻底迷路了。没有一棵树、一条路，或一个地标看上去有一丁点熟悉的感觉，他绝望地认为再也见不到红城了。

黑夜降临了，笼罩着独自在苔花林深处徘徊的小老鼠。幽暗中闪过许多古怪而可疑的影子，可怕的怪声穿透了寂静的天空，树和灌木探出的枝条钩绊刮擦，仿佛生有爪子的活物。

马赛厄斯浑身发抖，躲在一棵被闪电劈开的老山毛榉树的树干中。过了一会儿，他又开始自我批评起来：威猛的勇士竟然像教堂鼠宝宝一样怕黑。头顶某处传来抓挠声。他鼓起全部的勇气，驱走胆怯，抽出影子的匕首，走入开阔处，大声叫喊，他希望声音并不粗哑。

"谁在发出刮擦声？如果是朋友，请出来现身。如果是耗子，那你最好快逃，不然就得对付我——红城的勇士马赛厄斯。"

说完这些，马赛厄斯感到信心又涌了回来，他绷紧身子，警觉地站着。然而除了他自己的声音引起的嘲弄的回声在黑暗的林中回荡，他并没有得到任何回应。

背后一声轻响，马赛厄斯举起匕首，迅速转身。面前是一只红色的松鼠宝宝，他正抬头好奇地望着马赛厄斯，同时吱吱呀呀地吮吸爪子。马赛厄斯放声大笑，差点把匕首掉在地上，那么这就是潜伏在黑暗中不知名的威胁？

小松鼠换着爪子，不断吮吸，毛茸茸的尾巴翘卷在小小的背后，比耳朵尖还高。

马赛厄斯弯下身子，为了不吓着松鼠宝宝，他柔声说："嘿，我叫马赛厄斯。你呢？"

松鼠宝宝继续吮吸爪子。

"你的爸爸妈妈知道你在外面吗？"

小松鼠点头。

"你迷路了吗，小东西？"

小松鼠摇头。

"你能说话吗？"

小松鼠摇头。

"你经常这样晚上出来溜达吗？"

小松鼠点头。

马赛厄斯露出放心的微笑，摊开两爪。"我迷路了！"他说。

小松鼠继续吮吸爪子，没有搭腔。

"我来自红城修道院。"

咂，咂，咂。

"你知道红城的位置吗？"

松鼠宝宝点头。

马赛厄斯喜出望外。"哦，小朋友，请你帮我指路，好吗？"他请求道。

小松鼠点头。

"太感谢了。"

小松鼠蹦跳着，抄近道插入林中。他把爪子从嘴里拿出来，转向马赛厄斯，示意他跟上。马赛厄斯不需要第二次催促。

咂，咂，咂。

"嗯，至少，"马赛厄斯自言自语道，"就算看不见那个小家伙，我还是能听见他的声音。"

松鼠宝宝笑了……他点点头……继续吮吸。

克鲁尼遭受重创

莫蒂默院长坐在修道院回廊的草坪上。他周围，从墙头上撤下来的守卫者们正在睡觉。由于不知道耗子们何时会停止攻击，看来他们会持续攻打下去，善良的院长建议那些撤下来的守卫者尽力睡上一会儿。

玛士撒拉拖着脚走来。他叹息一声，呻吟着坐倒在院长身边的草坪上。

院长礼貌地问候他："晚上好，玛士撒拉修士。"

年迈的看门鼠调整了一下眼镜，嗅了嗅空气中的味道。"晚上好，院长神父。抵抗耗子的战况如何？"

院长将爪子笼在大袖中。"我们打得很好，老先生。可一件造成生灵死伤的事怎么能被称作好呢，我无法理解。我们如今过的日子真古怪，我的朋友。"

玛士撒拉皱起鼻子笑了。"尽管如此，战事还是顺利的。"

"是的。可你为什么要笑，玛士撒拉？你对我隐瞒了什么秘密吗？"

"啊，院长神父，你把我看透了。我是有一个秘密，但是相信我，等时机成熟，你便会知道。"

院长耸耸肩。"毫无疑问。但是请快些，你和我都不年轻了。"

"好啦，"玛士撒拉说，"跟我比，你还是只壮年的老鼠。你和其他许多动物都认为我的感官已经衰退，可你观察到的东西不及我用昏花的老眼看到的一半。"

"是吗？"院长问道。

玛士撒拉用爪子摸着鼻子，一副洞悉一切的样子。"例如，你注意到今晚微微吹着南风吗？不，我看你没留意。再看看那棵高出墙头的老榆树的顶端。没错，小门边的那一棵。告诉我，你看见了什么。"

院长顺着玛士撒拉的爪子看去，看见了那棵有问题的树。他端详了一会儿，然后转向年迈的老鼠。"我发现那棵老榆树的树冠冒出了林子。可那有什么不正常吗？"

玛士撒拉责备地摇头。"他还是没看见，天哪！如果吹的是南风，按常理，榆树的枝条应该向北摆动。可那棵树却违背自然，它摆动的方向是东西向。那只可能意味着一件事，有动物在有目的地利用那棵树。至少，这是我的看法。你认为呢？"

院长没有回答，也没有露出任何惊慌的样子。他站起身，冷静地走至门房的墙边，悄悄叫来康斯坦丝。雌獾走下台阶，与院长轻声交谈，她冲着榆树的方向点点头。不到一分钟后，康斯坦丝带领水獭维妮弗蕾德、尖刺安布罗斯和另外几只动物，沿着墙头轻手轻脚地走去，努力不露痕迹。

苔花林一侧，克鲁尼的手下正将木板从榆树上的落脚点推架至墙头。克鲁尼轻声命令道："稳住，奶酪贼，蠢货。把你那头翘起来，让木板向上走，不是向下！"

奶酪贼努力服从命令。头儿坐着发布命令，自然轻松，他可不需要一边用一只爪子保持平衡，一边用另一只爪子将一块愚蠢的木板推来推去。奶酪贼脚下一滑，发出一声沮丧的尖叫，松开了木板，木板敲击在树枝上。

幸运的是，黄鼠狼皮包骨始终保持着警惕，他抓住了木板的尾端，稳住了它。奶酪贼重新获得了平衡，他可怜地死死抱紧落脚的枝条，听着克鲁尼对他嘶声怒骂。

"蠢货！笨手笨脚的傻瓜！滚开！把你懒散的胖身子移开，让皮包骨来继续干。"

奶酪贼被粗鲁地推至一边，高效的黄鼠狼顶替了他的位置，怨恨的怒火在奶酪贼胸中熊熊燃烧。克鲁尼瞄准他狠踢一脚，低声吼道："你就坐在那儿别动，看能不能不弄出大动静，把整个修道院吵醒。"

皮包骨娴熟而高效地行动着，充满自信地轻声给其他队员指挥方向。"向上一点，往左边一点，向前，稳住，好，稳住。"

长木板歪歪斜斜地向前向上，轻轻搭在了墙垛边缘，却很稳固。皮包骨向克鲁尼敬礼道："木板就位，头儿。"

奶酪贼向皮包骨投去恶毒的一瞥。

克鲁尼爬上木板，测试了一下。临时的木桥虽然有些晃动，但撑住了。

克鲁尼转向突袭队。"我先走。木板上最好每次只上一个。等我上了墙垛，我会扶住那一头。皮包骨，你第二个上。其余的跟着。"

克鲁尼爬到直至无法抓住树枝时才放手。很快，他便爬至木板中央，没有任何可帮助他稳定的东西。他努力不往下看那令人眩晕的高度，顺着木板一寸一寸地向上，往墙头爬去。

克鲁尼即将达成目的时，康斯坦丝突然出现在墙头，她用力一脚，将木板踢入空中！

克鲁尼发出一声绝望的惨叫，骤然坠往地面，砸断了众多枝条。水獭维妮弗蕾德用弹弓射出一块卵石，将一只雪貂从树上的落脚点利索地击入空中。皮包骨仍然扶着木板的尾端，他从榆树上危险地探出身子，察看克鲁尼坠落在何处。

奶酪贼抓住报复的良机，在皮包骨的背后用力一推，黄鼠狼像石头一样摔下树，木板压在他的身上。克鲁尼的手下尖叫着相互踢打，争相爬下高大的榆树。

康斯坦丝和朋友们倾身探出墙垛，看着惊恐的动物们向树下攀爬。水獭维妮弗蕾德用弹弓精准地射出几块石块，令他们加快了退逃速度。守卫者们严肃而满意地视察着他们的战果。

尖刺安布罗斯有些近视，他眯起眼睛，向下打量着黑黢黢的林地，试图估算伤亡的数目。

"我们收拾了几个？"他问道。

"这种光线下，很难判断，"维妮弗蕾德回答，"可是我发誓，被康斯坦丝掀下木板的是克鲁尼。"

雌獾皱起眉头，向水獭投去疑问的一瞥。"那么你也看见他了？真高兴你也看见了。刚才那一会儿，我还以为看见了克鲁尼的双胞胎。克鲁尼怎么可能同时在两个地方呢？不到十分钟前，我还看见他站在草地上，我肯定。"

维妮弗蕾德耸耸肩。"嗯，让我们希望那就是克鲁尼吧。就我个人而言，我希望他现在躺在下面的什么地方，彻底断了气。"

康斯坦丝向下张望。"很难说，真的。下面看样子大约躺着半打家伙。说不准，暗处和阴影太多。可不管怎么说，我看从这样的高处摔下去，没有动物还能活命。"

"也许我们该去看看。"安布罗斯建议。

守卫者们看向康斯坦丝。

"或许还是不看的好，"雌獾深思道，"不，这主意不好。我突然想到，这有可能是声东击西的策略，想把我们从门房的墙头上引开。如果从木板上掉落的是克鲁尼，那很好；可如果不是，那他就还在前面。清点死尸不会有什么帮助，我们还是回主战场去。"

在康斯坦丝的带领下，守卫者们排成一列纵队，快步离去。

奶酪贼从灌木丛中小心地溜出来，现在行动安全了，林地动物们已离开墙垛。突袭队的幸存者们抱怨着，从他身后一瘸一拐地走出来。奶酪贼不理会那些幸存者，从高处枝条坠落至地的共有四只耗子、一只雪貂，以及一只黄鼠狼，他一路检视着他们。三只耗子和一只雪貂已经断了气，他们躺在摔落的地点，四肢扭曲成怪异的形状。幸存者们立刻扑向摔死的同伴的尸身，抢夺他们垂涎已久的武器和衣物。一只独眼令奶酪贼的双脚钉在了地上。

克鲁尼还活着！

木板下，皮包骨呻吟着微微一动。他竟然也没有死。

皮包骨没有断气，这令奶酪贼大为吃惊。他相信宿命，什么也杀不死克鲁尼。他立刻行动起来。"快，把木板抬过来，你们这些家伙，我们得把头儿抬走。"

他们把木板用作临时担架，将克鲁尼小心地抬到上面。奶酪贼知道头儿在盯着他，他温柔地抬起克鲁尼垂下的尾巴，轻轻放置在头儿身边。"别动，头儿。安静地躺着，我们很快就把你抬回营地。"

队员们抬着担架，在苔花林中缓慢前行。奶酪贼避开克鲁尼的眼睛，一个主意在他脑中成形。他可怜地抽噎着，假装抹去了脸颊上的一滴泪。

"可怜的老皮包骨！多好的黄鼠狼！他好像还活着。你们这些家伙，听着:不要停，把头儿安全地抬回去。我折回去，看看能不能帮助皮包骨。"

幸存者们抬着木板上的克鲁尼，消失在夜色中，奶酪贼心中暗自窃笑。

马赛厄斯跟着松鼠宝宝，穿过荆棘和灌木。他试图和松鼠宝宝交流，可每次得到的回应都是小东西的一个点头或摇头。他们已经走了相当长的时间，当黎明苍白的手指探入天空时，马赛厄斯开始怀疑自己的同伴是否认识路。

突然，小东西用爪子指向东方。马赛厄斯辨认出了远处修道院的轮廓。

"家是最好的地方，"他感激地说，"你找路的本领真出色，朋友。"

依然吮吸着爪子的小松鼠羞涩地笑了，他握住马赛厄斯的尾巴，一同前行。老鼠热情地说着，松鼠热情地点头。

"我带你去雨果修士的厨房，保证让他给你一份你从未吃过的最棒的早餐。你说呢？"

呃，呃，点头，点头。

马赛厄斯来到墙边时，不禁想抚摩古老的红色砂岩。他转向同伴。"这里就是我的家。"

附近的一声响动令他俩顿时僵住，似乎是什么动物在呻吟。马赛厄斯和小松鼠本能地低身躲入蕨草丛，小心地向声源方向爬去。

他们无声地分开蕨草，惊恐地凝望眼前可怕的一幕。围着榆树的根部，躺着许多死去的动物。一只重伤的黄鼠狼以一种不自然的姿态躺在尸体中，不时扭动着发出呻吟。

两个朋友还没有想好该怎么办，一只耗子出现在眼前的场景中。他们赶紧隐蔽起来。

奶酪贼喜气洋洋，快活地低声哼着小曲，用脚踢了踢皮包骨。

"皮包骨，醒醒，是我，奶酪贼。哦，得了，你肯定记得我吧？你打算抢走他职位的那只蠢耗子。"

皮包骨痛苦地呻吟着，几乎睁不开眼睛。

奶酪贼假装同情地竖起耳朵，嘲讽道："怎么啦，皮包骨，老朋友？累了，是吗？没错，这样躺着，一定是累了。告诉你，我来帮你入睡，好吗？"

耗子用脚踩住黄鼠狼的咽喉，开始用力往下压。皮包骨虚弱地挣扎着，争取呼吸，却无法制止折磨他的耗子。奶酪贼从复仇中获得了邪恶的快感，他残忍地倾身，将全身的重量压在黄鼠狼咯咯作响的咽喉上。"嘘，睡吧，皮包骨，在梦里取到没能得到的指挥权吧。"

皮包骨发出最后一声喘不上气的呜咽，停止了挣扎。

奶酪贼满意地笑着溜走了。

藏在蕨草丛中的马赛厄斯和松鼠宝宝屏着呼吸，他们竟然亲眼目睹了一场谋杀！

马赛厄斯和小松鼠等待着，直至确信危险已经过去。终于，他们爬出蕨草丛，马赛厄斯将爪子环在嘴边，冒险地冲墙头低喊一声。没有回应。

小松鼠摇摇头。他用爪子指指地，这个手势被马赛厄斯理解为"待在这儿"。

小东西以惊人的速度和技巧，蹿上老榆树的树干，爬上高于墙垛的细枝条。他一边用力吮吸爪子，一边跑到一根细枝条的末端，将枝条作为跳板，敏捷地跳上墙头消失了。

马赛厄斯没等多久，附近墙上的小门开了，生锈的合页发出刺耳的声响。康斯坦丝小心地探出脑袋，看见了马赛厄斯。她飞跑过来迎接，小松鼠趴在她的背上。

马赛厄斯不知道等待他的是哪种态度的迎接。但看来完全没有必要担心，康斯坦丝抱住他，拍拍他的后背，又握住了他的爪子。

雌獾抢先拦住小老鼠已到唇边的解释，她示意马赛厄斯进门去，随后将身后的门关严。"晚些时候你可以向我们说明一切，马赛厄斯。现在，你必须去正门，有件事你必须去看看。"

一两分钟后，马赛厄斯、康斯坦丝、院长和小松鼠站上了门房的墙头，与无数其他的守卫者们并肩站立。克鲁尼的部队正沿着土路，撤回设在圣尼尼安教堂的营地。老鼠和林地的动物们发出兴奋的欢呼。

克鲁尼躺在木板担架上，红牙在他身上盖了床毯子，让他隐藏在队伍中间。红牙则依旧披挂着霸王的盔甲，继续假扮克鲁尼。但是没有动物上当！墙内外的双方都已听闻克鲁尼的不幸遭遇，以及其中所有血腥的细节。他们知道身穿铠甲、高视阔步的并不是恶魔之鞭克鲁尼。

红牙迈着大步昂然而行。克鲁尼的伤可能养不好了。而且，身穿如此霸气的盔甲，受到部众的敬仰，这种感觉令他陶醉。虽然他知道这只是暂借的羽衣，可是他始终希望，目前的职位能够变成永久的地位。

门房墙头的气氛很热烈。院长下了严令，不准发射武器攻击撤退的敌人。因此在欢呼声中，颇有一些不满的嘟囔。

为什么不彻底打垮克鲁尼的军队？

此刻他们溃退了，正是巩固红城辉煌胜利的好时机！但是善良的院长神父不愿听，他是只性情温和的老鼠，信奉得饶人处且饶人。

伤痕累累的耗子们抬着摔伤的头领，士气低迷。重伤残废的士兵在队尾痛苦蹒跚，那些一瘸一拐的残兵败将搅起的尘土与步履不稳的前队激起的灰尘混在一起。随着耗子的残兵沿着土路艰难地慢慢走远，在晨光中留下一柱烟尘，欢呼声也渐渐沉寂，墙头陷入怪异的沉默。

沉默的胜利者们也开始意识到，胜利的代价过于高昂，一个个新挖的墓穴和拥挤的医疗室默默见证着战争残酷的现实。

马赛厄斯感到他的爪子被温柔地握住了。是矢草菊，她的声音和眼睛中流露着安慰。

"哦，马赛厄斯。幸好你安全回来了！不知道你去了哪里，发生了什么，真是可怕。我以为你回不来了。"

"我就像一枚糟糕的旧便士，总是会回来的。"马赛厄斯轻声说。

"哦，对了，你父亲怎么样？"

矢草菊的脸上露出了光彩。"他恢复得好极了。他不肯在床上躺着，已经上墙头来帮忙了。爸爸总说，不能让一名合格的田鼠战士老是躺着。"

马赛厄斯不舍地向矢草菊匆匆道别后，便被带去了院长室，那里正在召开清晨会议。落座后，他环顾了一下桌边。参会的有康斯坦丝、安布罗斯、维妮弗蕾德、头鼹、院长，还有他的朋友——松鼠宝宝，他站在凳子上，用爪子蘸着一碗蜂蜜牛奶，欢闹地吮吸着。

"看来要是没有不说话的山姆帮忙，你就有麻烦了，马赛厄斯。"院长说。

小老鼠点点头。"的确如此，院长神父。那是他的名字？不说话的山姆？嗯，确实名副其实。"

"是啊，"院长应答道，"他的父母是我的老朋友。他们过一会儿就会发现他的踪迹，并顺着踪迹来这里接他。你知道吗，这个小家伙从一出生便没开过口，我在他身上试过红城所有的药方，可没有一个管用，所以他被叫作不说话的山姆。但你别被他不说话的样子骗了，他对于苔花林可是了如指掌，是不是，山姆？"

小松鼠舔爪微笑，他用黏糊糊的爪子画了一个大圈，又用不黏的爪子指指自己。

马赛厄斯探过身，真诚地握住了小松鼠的爪子。"谢谢你，不说话的山姆，你真是找路的高手。"

会议中大家交换了许多有用的信息。马赛厄斯讲述了圣尼尼安教堂的营救行动，以及他遇到的那只古怪野兔。

"你说的不会是野兔巴兹尔·雄鹿吧？"康斯坦丝叫道，"啊呀，没想到！那个老古怪还在四处蹦跶吗？看来大概在午饭的时候，我们就能见到他和野鼠一家了。据我所知，巴兹尔在从前的岁月里，从未放过任何一次享用免费午餐的机会。"

与会的动物们一致提议，感谢英勇而智慧的马赛厄斯，马赛厄斯的脸红了。然后他专注地倾听参加战斗的各位讲述他们认为重要的事件。在这样难忘的大战后，每个动物都有很多对于未来形势的猜测。

克鲁尼的伤养好了吗？他的部队遭到这样的惨败，有没有吸取教训？他们还会回来吗？

院长认为克鲁尼和他的乌合之众再也不会来骚扰红城，因为克鲁尼的伤势无疑是致命的。其余的动物却强烈反对这一论断，他们推选康斯坦丝代表他们发言。

"克鲁尼依然是重要威胁，"雌獾说，"那只耗子的身体比我们想象的强壮得多。他完全能够恢复并再次来攻打我们，只是时间问题。"

康斯坦丝用沉重的爪子在桌上用力一拍，一字一顿地说："完全可以肯定，恶魔之鞭克鲁尼会再次攻打红城，我可以用生命担保！想想吧，要是克鲁尼放弃攻占修道院的念头，在他统领的军队面前，他丢掉的不仅是面子，还有威信。而且，最重要的是，消息将传遍这片土地——克鲁尼并不是不可战胜的，老鼠也能击败他！

"这就意味着克鲁尼恐怖传说的终结。所以，你们看着吧，等克鲁尼恢复了，他必然再次攻打红城。"

桌边一片肃穆的沉默。

院长站起身，他已下定了决心。

"那好吧，我信赖的好朋友们，我听取各位的意见和忠告。虽然我渴望和平，但看来我必须基于你们的话做出判断，我知道你们说得对。因此，你们有要求尽管开口。我作为院长，将尽我权限所能帮助你们。我希望红城在遭到第二次侵犯时，康斯坦丝、马赛厄斯、维妮弗蕾德、安布罗斯、头鼹能全权负责指挥。我则专心救治伤者，为饥饿的动物提供食物。现在，朋友们，我得宣布散会了，我还有别的事要做。来吧，山姆，在你的父母来之前，我们得把这双黏糊糊的小爪子洗干净。哦，趁我还没忘——马赛厄斯，玛士撒拉修士想跟你谈谈，他在大礼堂。"

恶魔之鞭克鲁尼躺在床上，忍受着重伤的折磨。耗子队长们一同默默坐在病房的角落。克鲁尼摔断了一条胳膊和一条腿，多根肋骨开裂，尾巴及爪骨骨折；除此之外，还有一些未能查出的伤情。这可怕的伤势对于世上其他任何一只耗子来说都是致命的，但对于克鲁尼来说却并非如此。

红牙和其他四名队长可以扑向他们的头儿，永远地结果他。

但传说中的克鲁尼的力量太令他们畏惧！

谁也无法确定克鲁尼无情的生命力到底有多强大。看他此时，大桶般的胸膛一起一伏，强壮的尾巴依然不时抽动。克鲁尼的生命力令红牙惊叹，他甚至拿不准克鲁尼是不是在使诈，假装伤势严重，其实是为了设下圈套，测试几名队长。

棚屋已被修好，曾受命负责看守的十二名耗子哨兵被锁在其中。因为让野鼠一家逃脱，他们被重重地鞭打了一顿。他们还敢编造什么大野兔和小老鼠的谎言！作为撒谎的惩罚，红牙命令在没有另行通知之前，先让他们饿着。他对他们已经很仁慈了，克鲁尼会亲自用爪子将他们杀死。

教堂墓园中，缺乏领导的部众丝毫没有重新组队的意思。他们四下散坐，舔舐着伤口，静静等待头儿身体恢复似乎成了当日的命令。

克鲁尼发烧了，拿着古剑的老鼠勇士再度出现在他高热时的梦境中。

他又一次从架在修道院墙头的木板上跌落，向下直坠。下方，几个鬼影正等着他：顶着一张蓝脸的破耳，那张脸比平日肿了好几倍，一具穿着克鲁尼专属盔甲的耗子骷髅，一只生有一双大脚的巨大野兔，以及一条粗壮的毒蛇。克鲁尼试图在空中扭动，避开他们，可无论他如何转动，如何努力改变方向，只要他低头看去，总会看见那个目光犀利的老鼠勇士——高举宝剑，等待着，一直等待着他扎在剑尖上。克鲁尼想喊叫，却发不出声音，仿佛喉咙已被紧紧扼住。

他感到锋利的宝剑穿透了他的胸膛。

当！

红城内约瑟钟的钟声飘过田野，又一次惊醒了克鲁尼。火牙正试图将一片嵌在头儿胸膛里的榆树枝取出来，克鲁尼突然睁开双眼时距离他的眼睛不过几英寸，火牙惊得向后跳去。

"离我远点！"克鲁尼恼怒地说。

火牙喃喃地低声道歉，向后退去。克鲁尼怀疑地盯着他——他们一个也不能相信！

"如果你真想帮忙，去找几个当地的新兵，带到我这儿来。"克鲁尼喘着粗气说。

没过几分钟，火牙将一队新兵集结在克鲁尼的床边。

"黄鼠狼皮包骨呢？"克鲁尼低吼道。

奶酪贼走上前，假装用肮脏的爪背抹去脸上的泪水。"您不记得了吗，头儿？他从那棵大树上摔了下来。我将您照顾妥当后，回去找他，可等我到他身边，那只可怜的黄鼠狼已经死了。多么好心、善良……"

"啊，别哭丧了，"克鲁尼暴躁地说，"要是他死了的话，就算了。嘿，你们这些新兵，走近点，听我说。"

小队的新兵紧张地蹭前几步。克鲁尼微微抬起身子。

"你们有谁知道哪里能找到郎中？我不是指那些老鼠那样的。我需要的是知道用偏方治疗的动物，只要价钱合适，什么都能治的游方郎中。"

那只名叫兔子杀手的雪貂夸张地鞠了一躬。"啊，今天是您的幸运日，大人，我恰好知道那么一只雌狐。"

"狐狸？"克鲁尼重复道。

"没错，狐狸，先生，"雪貂回答说，"我的老妈妈经常说：'论修补谁也比不上狐狸。'在草地的那一头，住着一整群狐狸，先生。雌狐老希拉就是您要找的，只要给他们些好处。她和她的儿子猎鸡贼会让您完全康复。大人，您希望我把他们带来吗？"

克鲁尼的尾巴缓慢地缠住雪貂的脖子，将他拉到近前。

"带他们来，"克鲁尼粗声说，"找到狐狸，带到我这儿来！"

兔子杀手的喉间一鼓，他紧张地想要咽口水。"呃！一定办到，只要您松开我这只可怜的老雪貂的脖子，先生，我会尽快赶去，就好像魔鬼本人在追我。现在您躺下休养贵体吧，先生。"

克鲁尼放开雪貂，发出一声痛苦的叹息，躺倒下去。现在该提前盘算，下一次进攻将会不一样。

"红牙，"他叫道，"带些兵，搜搜周围，看能不能找到结实的大木头，可以用作攻城槌的大根原木或树干。"

以魔鬼的爪子发誓，老鼠们或许赢得了一场战役，但克鲁尼还没有输掉战争！

那些修道院的老鼠们将为他们对恶魔之鞭克鲁尼所做的一切，付出血的代价。

第二十二章

字谜线索

刻在墙上的字已被经年的尘土覆盖，玛士撒拉修士拿着一支毛笔和一罐黑墨，正忙着扫去字上的灰尘，然后在字中填上黑墨，这样可以使隐藏在壁毯后的信息读起来更容易些。

"啊，马赛厄斯，你来啦。"玛士撒拉说。

他从眼镜上方，冲小老鼠挤挤眼。"瞧，这就是我想让你看的。我非常偶然地发现了这些文字，就在曾经挂在这里的马丁像的后面。"

马赛厄斯的心中涌起难以掩饰的激动。

"这些文字说了什么，玛士撒拉修士？"他叫道。

老看门鼠打着喷嚏，从墙上的字母中扫下更多的灰尘。"要有耐心，小老鼠！喏，你也来帮点忙，把字里的灰尘掸掉，我来填墨。咱们俩分工，很快就能干完。"

马赛厄斯兴冲冲地干起来，他用力掸拭，激起一团团灰尘。玛士撒拉在打喷嚏的间隙，努力地跟上他的速度。

一小时后，两只老鼠在石头地面上坐下，一面用十月麦芽酒浇去尘土，一面欣赏自己的成果。

"是用旧体字写的，"玛士撒拉说，"可我能很清楚地读下来。"

马赛厄斯推推玛士撒拉，催促道："写的什么，老先生？快点读给我听听呀！"

"耐心点，小调皮，"年迈的老鼠责备道，"静静听好。它看起来像首诗：

说我已死者，

一无所知。

我——是那，

红城内的两只老鼠。

勇士沉睡在，

礼堂和凯文洞间。

我——是那，

承担我巨大的责任。

在流淌的月光下，

寻找宝剑。

夜间白昼的第一个小时，

反射向北。

从门槛上寻找，

便会发现：

我——是那，

我的宝剑将为我舞动。

马赛厄斯眨眨眼，挠挠头，望向玛士撒拉。"嗯，这是什么意思？我看像谜语。"

"没错，"年迈的老鼠说，"这的确是谜语。可是不用担心，马赛厄斯，我们一起解开它。我已经拜托矢草菊给我们送水和食物来。如果解不开这个谜语，你和我就不离开这儿。"

没多久，矢草菊端着托盘走来，里面放着两份早餐：坚果面包、沙拉、牛奶，还有几块雨果修士特制的榅桲馅饼。她刚想跟马赛厄斯说两句，玛士撒拉便打发她离开。

"嘘！去吧，小田鼠。马赛厄斯得保持清醒的头脑，他要帮我解开一个重要的问题，所以，去吧。"

矢草菊对马赛厄斯眨眨眼，又冲着玛士撒拉摇摇头，随后摆出一副高贵的样子，昂头走开了。"现在集中精神，小老鼠，我们必须一点点地研究，先看头两行。"

> 说我已死者，
> 　一无所知。

马赛厄斯的嘴里塞满了沙拉，他摇摇爪子，含糊地说："但我们知道马丁的确已经去世了。"

玛士撒拉喝下一小口牛奶，做了个鬼脸，伸出爪子去拿十月麦芽酒。"啊，可要是我们认为他死了，根据这两句的意思，我们便是一无所知。所以，让我们假设他还活着。"

"什么？你是说马丁还活在这世上？"马赛厄斯说，"我们会认出他的！除非他改扮成了别的样子。"

老看门鼠呛了一口，麦芽酒洒在袍子上。"哎呀！这个角度我可没想到。很好，小家伙。也许答案在下两行里。这两行是怎么写的？"

> 我——是那，
> 　红城内的两只老鼠。

马赛厄斯重复念了一遍，却无法理解。"'我——是那'，那是什么？'红城内的两只老鼠'，唔，提到了两只老鼠。"

"两只老鼠合而为一。"玛士撒拉应道。

他们默默地坐着，绞尽脑汁地思索。片刻后，马赛厄斯提出阅读墙上的文字时困扰他的地方。"我不能理解的是那个破折号。瞧:'我——是那'，看见了吗，'我'和'是'之间有一个小破折号。其实，整篇中同样的破折号出现了三次:这里，这里，还有这里。"马赛厄斯指出。

玛士撒拉调整了一下眼镜，凑近端详。"是啊。你说的或许有理，这可能是整篇的关键……'我——是那'，假设破折号分开了这一行，那么我们该看这最后两个字，'是那'。假如我们把这一部分去掉，那么应该读作，'我，红城内的两只老鼠。'"

马赛厄斯摇摇头。"你看出了什么?"

"完全无法理解，"年迈的老鼠回答，"让我们继续研究'是那'吧。"

"我完全被搅乱了。"马赛厄斯嘟囔说。

玛士撒拉猛然抬头。"再说一遍!"

"说什么?你是说'我完全被搅乱了'这一句?"

玛士撒拉欢快地跳了一小步，用爪子拍打着墙壁，叫道:"原来如此!原来如此!我为什么没看出来?都被打乱了，当然!"

年迈的老鼠喝下一大口麦芽酒，发出欢喜的笑声，用爪子指着马赛厄斯。"我明白了你不明白的事……'是那'……马赛厄斯。"

小老鼠皱起眉头。玛士撒拉似乎变成了一个不能自控的婴儿，看来老先生承受不住如此耗费脑力的工作，神志有些错乱。

"玛士撒拉，"他善意地说，"你是不是最好躺一会儿?"

但老看门鼠继续指着马赛厄斯，开始哼唱:

> 马赛厄斯，我是那，
>
> 马赛厄斯，你便是。

小老鼠气恼地用尾巴轻敲地面。

"希望你能告诉我，你为什么这么激动，"他严肃地说，"为什么提我的名字？"

玛士撒拉抹去眼中笑出的泪花，解释道："你说的'完全被搅乱了'这句话提醒了我。马丁提到两只老鼠，他自己和另一只老鼠。因此，'我'代表马丁，而另一只老鼠便是被打乱的'是那'，现在看出来了吗？"

马赛厄斯斜靠在墙上。"恐怕我没跟上你的思路。"

"哦，小傻瓜，"玛士撒拉笑道，"把'是那'的字母 am that is 打乱，再重新组合，就是你的名字……马赛厄斯 Matthias。"

"你确定？"马赛厄斯惊讶地问。

"千真万确，"玛士撒拉回答，"不可能有别的意思！你的名字里有八个字母，am that is 也是八个，一个 M，两个 A，两个 T，一个 H，一个 I，还有一个 S。不管你怎么看，Matthias 或是 am that is，结果都一样。"

"玛士撒拉，你知道这意味着什么吗？"

年迈的老鼠在马赛厄斯身边坐下，严肃地点头。"啊，是啊，我明白。这意味着，马丁以某种方式预知到，有一天你将延续他的生命。"

马赛厄斯打了个冷战。"他知道我！勇士马丁知道我的名字！你能想象吗？"

如此重大的发现令他们不知所措，他们默默地坐了好几分钟。突然，马赛厄斯跳起身。"那好，我们继续，看这几行。"

勇士沉睡在，
礼堂和凯文洞间。
我——是那，
承担我巨大的责任。

"嗯，这后两行很清楚，"玛士撒拉说，"是说，你作为马丁的接班人要完成重大的任务。"

"那头两行呢？"马赛厄斯说，"意思似乎也相当明白。大礼堂和凯文洞之间是一段楼梯。来吧，老先生。"

玛士撒拉抓住马赛厄斯的爪子，不顾自己的老迈，飞跑起来，速度快得让小老鼠都难以赶上。

大礼堂和凯文洞之间有七级台阶，问题是，哪一层台阶藏有答案？

"又要开动脑筋了，"年迈的老鼠说，"我们仔细检查一下这些台阶。"

两只老鼠一同仔细地检查台阶，每一层都反复检查多遍。

在最后一级台阶上，马赛厄斯耷肩坐倒。"没什么特别的，看起来就是七级普通的大石阶，与修道院里的其他各组石阶没什么区别，你说呢？"

玛士撒拉虽不甘心，却也不得不同意这一判断。马赛厄斯坐在台阶上，两眼四下打量。过了一会儿，他议论道："我刚注意到一点，两侧的墙上都刻着我们修道院的名字，上下两个方向都刻着 REDWALL。"

玛士撒拉沿着台阶上下走了个来回，检测马赛厄斯的话。"没错，的确如此。你发现了吗，每个字母都与台阶等宽？嗯，七个字母，七层台阶，这应该是某种暗示吧？"

两个朋友再度坐下，思索谜团。这一次轮到马赛厄斯激动起来，他用爪子指着同伴。

"我明白了你不明白的事。"

玛士撒拉气恼地噘起嘴。"你知道吗，马赛厄斯？作为一只传承勇士马丁的老鼠，你有时幼稚得出奇。"

"哼，不会比你更幼稚，不久前你刚对我说过同样的话。"马赛厄斯反驳说。

玛士撒拉咳嗽一声，在长袍上擦擦眼镜。"啊咳。呃，啊，嗯，我道歉。现在请告诉我你的发现。"

马赛厄斯解释道："如果把 REDWALL 这个词像墙上刻的那样正反双向放置，会发现，只有字母 W 出现的位置相同。而且，如果将 W 颠倒过来，就成为字母M，代表马丁、马赛厄斯，哦，还有我的老朋友玛士撒拉。"

"啊呀，了不得！这个小坏蛋挺有脑子。那么肯定是第四级台阶了，无论上下楼梯，它都在正中。"

论定的第四级台阶看来与其他台阶一样结实稳固，两个朋友合力也无法令它移动分毫。

马赛厄斯擦擦额头上的汗。"喘口气吧，老先生。我知道谁能解决这个问题——头鼹和他的小队。"

鼹鼠们很快便赶来了，他们聚在台阶边，嗅闻抓挠。头鼹权威地让他们移开，为他让路。

"呃，伙计们，闪开点，让狗嗅嗅骨头。"

头鼹从台阶一头走到另一头，又从一角走至斜对角。他用善于挖掘的大爪子轻敲台阶，随后在台阶上又闻又舔，还用毛茸茸的脑袋蹭了蹭。

"嗯，奴（你）们绅鼠咋晓得这台阶？"他问道。

马赛厄斯和玛士撒拉一起叙述了所有情况，头鼹专心聆听。在回味所听到的情况时，他眯起眼睛，不断眨动。

"啊，四上，四下。哟，沃尔特，啊，多比。奴（你）们的奶奶探老式碉堡时，找着的跟这一样不？"

"他说什么？"马赛厄斯小声问。

玛士撒拉将鼹鼠的古怪口音翻译过来。"头鼹说，向上的第四级台阶与向下的第四级重合，这我们已经知道了。然后他询问一对鼹鼠兄弟，沃尔特和多比。看起来，他们的奶奶在探测一座老式的城堡或堡垒时发现过一级台阶，跟这层台阶相似。你知道，鼹鼠是非常敏感的动物，看来他们已经知道如何解决我们的问题了。"

"能干的老头鼹！"马赛厄斯说。

"嘘。让我们听听沃尔特和多比怎么说。"玛士撒拉轻声说。

鼹鼠两兄弟对头鼹尊敬地抽动鼻子，然后回答道——

"啊，莫（没）错，嗯。"

"偶（我）们的奶奶探着好多。"

"啊，莫（没）错。达（她）莫（没）挖，莫（没）砸，掸掸灰就翻过来。"

玛士撒拉向马赛厄斯翻译道："看来他们的奶奶算得上是对付这样台阶的专家。那只聪明的老鼹鼠既不挖，也不砸，只是掸了掸灰尘后，就将台阶翻转过来。"

马赛厄斯礼貌地对头鼹说："对不起，先生，你现在知道怎么处理这级台阶了吗？如果你知道怎么处理，我和我的朋友非常乐意帮忙。"

头鼹笑了，整张脸几乎消失在黑丝绒的皱纹中。他友好地拍拍马赛厄斯的肩，他爪子的重量和力道令小老鼠惊叹，幸好这是友好的一拍。

头鼹沉声笑道："不用，不用，谢谢奴（你）的好心，马赛厄斯，奴（你）和玛士撒拉只是老鼠，还是交给偶（我）吧，偶（我）会处理。"

"他说他能够妥善处理，不需要我们俩。"玛士撒拉说。

头鼹从挖地道的装备中拿出一把细密的毛刷。他低低地弯下身去，奋力扫去第四级台阶上下两缘的尘土，一面扫，一面顺着刷子的路径，抽鼻子吹气。没多久石头巧妙的接缝便显露出来。掸去尘土后，绕着台阶的边缘露出一条头发丝粗细、连绵不断的裂缝。

头鼹又在装备中翻寻，掏出一罐油和一根结实的细铁条，铁条的一端宛如平头的铲子。他大方地将油遍涂在第三级台阶的表面，随即将铁条平头的一端插入第五级台阶的根部，又在钝头的一端灵巧地一击，将铁条牢牢地嵌在裂缝中，然后一个迅猛的动作，第四级台阶被撬开了一英寸，露出一条又黑又长的裂口。

头鼹满意地哼了一声，冲队员叫道："哟，伙计们，来，把挖地的爪子抠进缝。"

鼹鼠队员们把爪子抠入裂缝，齐心合力地拉，并一同哼唱道：

哈，达（它）动了，呵呵，

大石头动了，在油上滑。

在旁观的老鼠们的惊叹声中，第四级台阶在涂了油的石面上顺利地滑了出来。等第四级台阶完全翻转，一个黑洞赫然出现，洞中露出一段楼梯通往黑漆漆的下方。

第二十三章

双重间谍

雌狐老希拉含糊地低声哼唱咒语，不时绕病床舞动几步，但克鲁尼没有上当！

他看着狐狸一面在枕头上洒下"魔法草药"，一面吟诵另一条古怪的咒语。

老骗子，克鲁尼暗想，这些仪式和魔法都是没有意义的胡扯。如果她医术的确高明，为什么还需要这些？

希拉将由草药制成的疗伤软膏敷在克鲁尼的各处伤口上。将伤口利索地包扎妥当后，她又使用了一种能够镇痛催眠的药剂。

克鲁尼满意了。以前他接受过不少郎中的治疗，希拉比他们都强，所有那些哼唱舞动的多余花招不过是为了蒙骗愚蠢无知的动物，令她的名头更加响亮。

她是只狐狸，但她永远也骗不了我，克鲁尼暗想。希拉向他保证，经过三个星期的休息，再加上她疗伤的本领，他便可以再次出征。

"三个星期！"耗子头领盛怒地咒骂，这么长时间不能行动，他这辈子还是第一次。但他心底里知道狐狸说得不错。没有她，克鲁尼或许已经

130

死了，或者会变成永远的残废。

跟所有的狐狸一样，希拉很狡猾。帮克鲁尼治伤，她期望得到什么呢？

从红城劫掠的财物！

希拉从未获准进入修道院的大门，但她确信，如果克鲁尼的军队攻下红城，里面的财物会让最贪婪的动物高兴一辈子。

药剂生效了，克鲁尼在老希拉不断低声哼唱的安抚下，感到昏昏欲睡。可他要是知道狐狸真正的目的，就会像被烫伤的老虎一样清醒过来！

老希拉靠头脑谋生多年了，她天生是个双重间谍，在任何一场纠纷或冲突中，她从来同时向双方出卖机密。这种游戏很危险，但迄今为止，她玩得很好。自从进入克鲁尼的营地，她狡猾的金色眼睛就一刻也没闲着。

希拉准确地记下了尚有能力作战的耗子、黄鼠狼、白鼬和雪貂的数目。她还注意到，一队耗子正辛勤地啃咬一棵高大杨树的根部。如果那棵杨树不是要被用作攻城槌，那她老希拉就是条笨鳟鱼。而且，根据她自己诊断的疗养时日，下次攻打红城的时间便也明了了。

雌狐眼看克鲁尼在药物的作用下，闭上了眼睛。这些霸王都一样——认为除了自己之外，别的动物都没脑子。瞧这个大傻瓜，像冬日夜晚睡在洞穴里的狐狸崽子一样打着呼噜。

希拉转向拿着武器、看守病房的耗子，私密地轻声嘱咐："请别发出声音，你们的头儿必须充分休息。等他醒来，让他别动得太厉害。现在请容我告退。"

她向门口走去，火牙和红牙起身挡住了门。

"你想去哪儿，狐狸？"

希拉舔舔嘴唇，努力装出和善而急切的样子。"我是要回洞穴去补充草药的储备，如果你们希望我治好你们的头儿。"

红牙用矛捅捅希拉。"克鲁尼下了严令，在他康复前，你必须待在这儿。"

狡猾的狐狸咋呼道："可是明理的耗子们，你们肯定知道，我如果没有储备的草药，就什么都干不了吧？请让我出去。"

火牙粗鲁地猛推希拉一把。"坐下，你哪儿也不能去。"

希拉坐了下去，但脑筋动得飞快。"呃，那么至少让我去一趟教堂墓园，我得呼吸些新鲜空气。顺便，我可以告诉我的小助手需要什么草药，他可以帮我取。"

红牙不为所动。"但是头儿说，你得待在这儿。"

希拉心下暗笑，她已经抓住了他们的弱点。

她摆出一副严肃的表情，肃穆地摇摇头。"那么你们最好把名字告诉我，等克鲁尼醒来，伤口化脓，浑身疼痛的时候，我好告诉他。他肯定想知道是谁不让我想办法治好他。"

这一番狡诈的话生了效。两只耗子低声交谈几句后，红牙转向希拉。"听着，狐狸，你可以去教堂墓园，吩咐你的助手去跑一趟。但是火牙会待在你身边，用短剑顶着你的腰，只要走错一步，你就没命。听明白了吗？"

希拉谄媚笑道："当然，让你的朋友跟着来吧，我没什么要隐瞒的。"

希拉的儿子猎鸡贼坐在墓园的一块墓碑上晒太阳。

火牙没看见两只狐狸相互间偷偷地眨眼。猎鸡贼在谍报方面，跟他的母亲一样狡猾，倾听希拉的嘱咐时，他一脸纯真。

"仔细听好，儿子。这间教堂里有只重伤的耗子，急需我特殊的药物。我想让你跑回洞穴一趟，越快越好，拿一些蛇芽、杜鹃的口水、一张中等大小的鳗鱼皮、三条细柳树皮……噢，太多了，你记不住，我最好给你写下来。"

希拉转向火牙。"你身上有纸和笔吗，先生？"

火牙鄙视地一口唾沫啐在狐狸脚边。"你想捉弄我，郎中？你以为我是谁？哼，纸和笔！竟然想得到这个！"

希拉讨好地笑道。"啊，看来没有。抱歉，请别见怪。一根烧焦的树枝和一些树皮就行，请问这样的东西哪里能有？"

火牙绷着脸，用短剑一指。"做饭的火旁边，快点！"

几分钟后，希拉递给猎鸡贼一卷写了字的树皮。

"喏，这就行了。快去吧，儿子，路上可别停。是不是，队长？"

火牙挺起胸膛，狐狸称呼他的官衔令他很得意。他用爪子一指猎鸡贼。

"听你妈的话，小家伙，拿了单子上的东西，尽快回来。快去吧。"

小狐狸火箭般跑开了。火牙倚着短剑说："这才是对付小孩子的办法。"

希拉仰慕地看着火牙。"没错，先生。给我跑腿，他从没跑得这样快。很明显，你身上有领导的气势。"

火牙的脸有些泛红，这只雌狐狸看来不是那么坏。他用短剑温和地指指教堂。"呃，我看我们该回去了。你知道，命令嘛！"

"哦，没错。不能给你添麻烦，是不是？"希拉用最谄媚的声音说。

一跑出克鲁尼营地的视野，猎鸡贼便减慢速度，悠闲地行走。他解开树皮卷，阅读母亲的信息。

致红城修道院的院长：

　　我确切地知道克鲁尼的部队将于何时、何地，以何种方式攻打修道院。这么一条重要的情报，你开价多少？

雌狐希拉

猎鸡贼哧哧地笑了，他完全领会母亲要他干什么，他想起了希拉最爱说的一句话："我把鸡蛋卖还给母鸡，顺便偷走看守院子的狗的胡子。"小狐狸沿着土路，慢步向红城走去，树篱中回荡着他奸诈的笑声。

第二十四章

勇士马丁之墓

矢草菊的一天非常忙碌。

给马赛厄斯和玛士撒拉送去早饭后，她带领助手们去墙头，给哨兵们送吃的，并取回所有的碗盘。随后，她又为不说话的山姆的父母多做了两份早餐。两只松鼠礼貌地向她表示感谢后，津津有味地吃起来。小山姆站着吮吸爪子，眼巴巴地看着他们。松鼠宝宝特别触动矢草菊心底的柔软，于是她为小山姆又做了一份。刚做完，康斯坦丝又请求她，能不能帮忙再做四份——三份给刚回来的野鼠一家，一份超大的给野兔巴兹尔·雄鹿。矢草菊高兴地答应了。

过了一会儿，大家都吃了起来。矢草菊惊讶地瞪大了眼睛，她从未见过哪只动物能吞下这么多食物，连康斯坦丝和尖刺安布罗斯也不能。他们的确吃得很多，可是跟野兔巴兹尔·雄鹿比，他们只是业余选手。

巴兹尔用餐巾优雅地擦擦嘴，除了他总不满足的胃，他的用餐礼仪无可挑剔。对于红城美食的赞美从他口中滔滔涌出。"啊，完美！绝对顶级！你知道吗，我已经忘了红城传统的午餐能有多美味。嘿，亲爱的，能不能请你刷新单身老野兔的记忆？请再来一大杯那种可口的十月麦芽酒，也许再来一份十分美味的夏日沙拉。啊，我看我能再吃几块雨果修士的榅桲馅饼。好极了！啊嗝，请别忘了羊奶干酪，配上榛子，我爱死了那味道。快去吧，小可爱。哎呀，多么可爱的小田鼠姑娘。"

矢草菊派了两个助手去厨房。他们得绕一大段路，莫蒂默院长已宣布除了帮助马赛厄斯和玛士撒拉的动物，所有动物不得走入大礼堂和凯文洞。

在新发现的楼梯下方，两盏提灯在一片漆黑中投下两团金光，两只老鼠小心地走下了秘密楼梯。鼹鼠们则留在外面，随时准备在需要他们的时候帮忙。

空气干冷，两个朋友越走越深，终于走到楼梯末端，眼前出现一条蜿蜒下行的地道。地道挖得很巧妙，并用木桩支撑加固。马赛厄斯忍住没有发抖，已经有多久没有动物走入这条静静地飘着霉味的地道了？他挥去几张蜘蛛网，蛛网破了。玛士撒拉紧抓着袍子。他们时而左转，时而向右，突然又是一个左转，再左转，随后又向右。玛士撒拉的声音传入耳中空洞而古怪。"这条地道之所以这样挖，大概是为了获得更多的支撑力。你注意到了吗，马赛厄斯？我们好像还在向下走。"

"是啊，我们应该快走到修道院的地基下了。"马赛厄斯回答。

两个朋友继续前行，他们无法估算，他们顺着这条古老而蜿蜒的地道已走了多长的路。终于，壮着胆子走在前面的玛士撒拉停下脚步。

"啊，看来这就是地道的尽头了。"他说。

眼前是一扇门。

两只老鼠一同察看着。那是扇厚实的木门，箍着铁条，嵌着弗罗林钉。门看上去并没有上锁，却打不开。

马赛厄斯高举提灯。"瞧，门楣上有字。"

玛士撒拉大声读道：

　　　与礼堂中的台阶一样，

135

记得看中间。

密码又是红城，

是那单独进入。

年迈的老鼠没有掩饰他的失望。"哼！我用了那么多宝贵的时间，花了无数个小时研究，得到了大家的支持和帮助，结果竟然是这样！"

马赛厄斯对他的话充耳不闻，他在数嵌在门上的弗罗林钉。

玛士撒拉装出不感兴趣的神情，但他天生的好奇心很快便战胜了因无法通过那扇门而感到的委屈。

"需要帮忙吗，小老鼠？"

"四十二，四十三，嘘！你没看见，我正在努力数钉子吗？"马赛厄斯回答。

老看门鼠戴上眼镜。"嗯，你已经独自解开谜语了？"

马赛厄斯冲同伴挤挤眼。"没错。至少我觉得已经解开了。你瞧，在这几句里一共有三条线索：'跟台阶一样'，'看中间'，以及'密码是红城'。我们应该记得，红城 REDWALL 有七个字母，如果观察这些老式的钉子——"

"弗罗林钉。"玛士撒拉纠正说。

马赛厄斯继续说道："没错，如果观察这些弗罗林钉，便会发现它们的行列数都是七，与红城的字母数相同——从左到右有七列，从上到下有七行，共有四十九根钉子。因此，横向、纵向、斜向都是第二十五根的钉子位于正中间。文字中说：'看中间'。那应该就是这一根。"

马赛厄斯用爪子按住所说的那根钉子，门吱呀一声，向内打开。

木门打开的速度极慢，几乎是一种折磨，两只老鼠都感到背毛直立。

门完全打开了，马赛厄斯用爪子搂住玛士撒拉消瘦的肩。

"来吧，老朋友，我们一起进去。"他说。

"可是，"玛士撒拉反对道，"文字里说只有你能进去。"

马赛厄斯用洪亮而陌生的声音回答道："'我——是那'，老先生，马丁就是马赛厄斯。作为我信任的朋友和忠实的伙伴，我说你可以跟我进去。"他似乎一下子变成熟了，身形也仿佛高大起来。

玛士撒拉感到面前的小老鼠似乎比他经历了更多的岁月。两只老鼠将提灯高高举起，穿过门洞。

这是一间低矮的小室，一块大石位于正中。

勇士马丁的墓！

大石的四面刻着精致的浮雕，描绘了马丁生活中的画面，记载了他的英勇事迹和高超医术。大石顶部是真实大小的马丁像，穿着红城老鼠熟悉的修士袍，没有任何修饰，极为朴素。

马赛厄斯虔诚肃立，在安静的小室中凝望心目中传奇英雄冷静的面容。

玛士撒拉在他耳边小声说："你跟他像得出奇，小家伙。"

年迈的老鼠话还没说完，身后的门吱呀一声闭合起来！

马赛厄斯没有惊慌，他转身看去，门后挂着一面盾和一条佩剑腰带。

那是面旧时勇士使用的圆形钢盾，非常朴素，中央刻着字母 M，岁月并没有磨蚀它被打磨得极为光亮的表面。

佩剑腰带也完好无损，闪亮的黑皮柔韧得仿佛刚出自制革匠之手。腰带上吊着一个放置剑鞘的剑托。宽大的银色带扣在灯光下闪闪发亮。

马赛厄斯二话不说，解下腰间的细绳，递给玛士撒拉。随即他拿下佩剑腰带，扣在腰间。腰带完全合适，仿佛是为他定做的。他又小心地从门上摘下圆盾，尝试着戴在胳膊上。圆盾上有两个固定处，一个在手肘下，另一个则可用爪子握住，握住圆盾的感觉莫名地熟悉。

门背后悬挂圆盾的地方也有些文字。玛士撒拉读道：

       凭借那个时刻的月光，

       躺在门槛上。

看横梁反射我的力量，

将我剑与我身再度合体。

我——是那，

为大家而战的，

老鼠勇士啊，

保护红城。

马赛厄斯如同在梦境中一般恍惚，他轻轻推门，门开了。两只老鼠借着提灯的光亮，走出荒凉的小室，走回炎热六月正午的阳光下，走回红城修道院熟悉的欢笑和温暖中。

第二十五章

狐狸的情报

康斯坦丝站上墙头。她身子探出墙垛，看着小狐狸沿着土路走来，爪子中的枯枝上挂着一块休战的白色破布。

大雌獾有些不安，她认得这只狐狸，他是老希拉家的。应对那群狐狸，最好后脑上都长眼睛盯着！

"止步，说明来意，狐狸。"康斯坦丝粗声叫道。

猎鸡贼嬉皮笑脸，但是见到雌獾一脸严肃，他很快控制住了自己。

"我想见你们院长。"他叫道。

康斯坦丝立刻坚定地拒绝。"哼，不行！"

狐狸摇晃"白旗"，抬头眯眼看着康斯坦丝。"可我一定得见到院长！我没有恶意，我有重要的情报出售。"

雌獾不为所动。"我不管你要玩什么花招，你不能进这座修道院。如果你想通报消息，就告诉我。"

康斯坦丝看着垂头丧气的狐狸，又想了想，补充道："你要是不愿意，哼，可以夹着尾巴滚蛋。"

猎鸡贼很沮丧，这最后一句侮辱使他完全泄了气。他努力思索，希拉

139

会如何处理这样的情况。最后，他摊开树皮卷，高高举起，对康斯坦丝摆动。

"这条消息只能让院长看，很重要。"

雌獾冷冷地看着他。"那就扔上来，我会确保让他看到。"

再多的奉承欺哄也无法使冷嘲热讽的雌獾改变主意，她很坚定。最终，猎鸡贼不得不将树皮卷扔上墙头。他尝试了好几次，但力气不够，而且一次比一次更弱。眼看树皮卷又一次落回土路，康斯坦丝高声叫道："用点力，小软蛋，我可不会整天待在这儿。"

猎鸡贼用尽全身力气，用力一扔，他高兴地看到康斯坦丝探身接住了树皮卷。他满怀希望地喊道："我就待在这儿等回复。"

雌獾含糊地哼了一声。她坐在墙垛下，避开狐狸的视线，粗略地看完了树皮卷上的消息。她估算着时间差不多，便站起身，装出气喘吁吁的样子。

"告诉希拉，两天后十点，院长会在苔花林见她，她得去老树墩。一定要转告她——不许耍花招！"

猎鸡贼摇摇"白旗"，发出一阵无法控制的窃笑。"好，消息收到，胖子！让你们的院长一定要多带些财宝。拜拜，老灰背。"

康斯坦丝低头对无礼的小狐狸怒声说道："你最好快滚，青蛙脸！我这就下去，用爪子赶你走！"

康斯坦丝再次低身躲在墙垛后，用爪子大声敲击岩墙，然后站起身，看着猎鸡贼惊恐地沿着土路逃走了，激起一团烟尘。

"讨厌的小鼻涕包！"她低声说。

没有必要让院长神父为这些不讲信义的狐狸私下搞的勾当操心，她完全能够自行处理。

马赛厄斯饿坏了。他坐在桌边，与松鼠夫妇、不说话的山姆、野鼠一家，以及饶舌的野兔巴兹尔一同吃午餐。小老鼠机械地吃着，他不大想交谈，新近发现的那段提及月光、北方，以及未知门槛的文字十分让人费解，正折磨着他的头脑。玛士撒拉独自去了他门房内的书房，他说那里能让他的头脑更清醒。

马赛厄斯是桌上最不活跃的。他微笑、点头，但基本没留意野鼠一家和松鼠夫妇的闲谈。连不说话的山姆站在他的膝头，用黏糊糊的爪子拨弄他的胡须，也没让他分神。野兔巴兹尔·雄鹿盯着马赛厄斯几乎没碰的食物。

"抱歉，小老弟，要是你吃不完那些黑莓松饼和红醋栗馅饼……"

马赛厄斯心不在焉地把盘子推给巴兹尔，野兔可不需要更多的嘱咐。

莫蒂默院长走了进来。看见马赛厄斯脸上的神情，院长倾身凑在他耳边轻声说："光工作，不玩耍，可会让马赛厄斯变成一只无趣的老鼠。高兴点，孩子。"

"什么！啊，对不起，院长神父，我没想失礼。你瞧，我在努力解开难题。"

院长宽容地拍拍马赛厄斯。"我知道，孩子，玛士撒拉跟我讲述了你俩面对的一些困难。我的建议是，别让困难把你们压垮，放松一点，时间会提供所有的答案。迄今为止，你干得很好，马赛厄斯，但同时，你可不能忘记我们修道院待客的餐桌礼仪。"

马赛厄斯从苦思中猛然回过神来，不说话的山姆正在欣赏他的佩剑腰带，马赛厄斯笑道："你喜欢这个，山姆？这是一位勇士的佩剑腰带。"

小松鼠跳上桌，前冲后退，伸爪在空中虚刺，仿佛爪中握着剑。他指指马赛厄斯，小老鼠抱住他。"保佑你，山姆，可我还没有剑呢，但总有一天，我会拥有一把宝剑。"

不说话的山姆侧头指指自己，马赛厄斯捅捅他肥鼓鼓的小肚子。"也给你一把剑，山姆？嗯，这个我可说不好，你的爸爸妈妈应该不想让你全副武装地四处跑。"

野兔巴兹尔·雄鹿有办法。他拿出一把漂亮的袖珍刀，装在制作精巧的柳树皮刀鞘中。野兔把山姆叫到身边。"来，可怕的小捣蛋！我有样合适的东西给你。这是未满周岁的小野兔使用的匕首，每只小野兔都有一把。

喏，挂在身上试试大小，小海盗，哎呀，哎呀！"

巴兹尔捡起一只丢弃的旧草鞋，解下鞋绳，将装有小匕首的刀鞘穿在绳上，又将绳子系在山姆的腰间。

"喏，挂在左边，现在你看上去可正经是个小剑客啦。"友好的野兔笑道。

不说话的山姆高兴得上蹿下跳。他在桌面上，用新得的"宝剑"一面闪身戳刺烛台和调味瓶，一面奋力吮吸不握剑的爪子，样子很滑稽。

马赛厄斯和大伙一起放声大笑。在笑声中，松鼠夫妇向巴兹尔表示了感谢，感谢他赠予小儿子如此慷慨的礼物。马赛厄斯忘记了眼前的难题，与友好的林地动物们一起度过了快乐的一小时。矢草菊的出现令他更加高兴。矢草菊分享了马赛厄斯的椅子，她很高兴能坐下歇一会儿。巴兹尔捅捅马赛厄斯。

"那可是个出色的小姑娘！你知道吗，她能在眨眼间做出多得难以置信的美食。记着我的话，老鼠老弟，谁娶了她就有福了。嘿，你注意到她看你的样子了吗？雌鹿就是那样看雄鹿的。雄鹿可是高贵的动物。我想到了，你可能正是她的雄鹿。啊，想当初，我还只是个一等兵的时候……"

矢草菊的神情别扭得厉害，马赛厄斯正要喝止巴兹尔时，玛士撒拉突然出现在门口，急切地召唤马赛厄斯，小老鼠急忙向大家道歉离开了。巴兹尔一脸促狭的笑容，倾身凑近矢草菊。

"你不知道我以前是个一等兵，是吧，亲爱的？啊，那些在野兔边界巡逻队第四十七分队的日子！那时我第一次见到雄鹿！啊呀，我没有让你厌烦吧？你知道，对于老单身汉巴兹尔来说，打瞌睡等同于抛媚眼。"

玛士撒拉十分急切地引着他的小朋友走向门房。

"马赛厄斯，我发现哪里是门槛了！"

但直到他们安全地进入门房内的书房，将门牢牢关闭，年迈的老鼠仍不肯再多说。即使在书房内，他的话还是有些不知所云。他将马赛厄斯推在一旁，在一堆古老的羊皮纸和手稿中翻找，书稿散落了一地。

"在哪儿？五分钟前还拿着呢。啊，这是什么？哦，是《论红城的蜂群》！"玛士撒拉将这本尘封的专论扔至一边，差点砸到同伴，"等一小会儿，我应该是把它放在这儿了。"

马赛厄斯困惑地打量太过杂乱的书房，小小的房间内到处散落着书、手稿和羊皮卷轴。玛士撒拉兴冲冲地拉开书桌，一堆书稿雪崩般崩塌，几乎将他掩埋。

"嘿！冷静点，老先生！你在干什么？"马赛厄斯叫道。

玛士撒拉喜气洋洋地钻出来，手中紧握一册泛黄的书。"啊哈！就是这本！杰曼修女逐字翻译的《勇士马丁的修道院蓝图》。"

他飞快地翻动古老卷册蒙尘的书页。"让我们看看：'花园''回廊''钟塔'……啊，这里，'院墙及各扇院墙门'。"

年迈的老鼠调整了一下眼镜，冲马赛厄斯高兴地挤挤眼。"听这个：'西墙上将开一主门，供动物们来去，进出红城修道院。该门将派警卫全天把守，因其为主门，为修道院的门槛。'"

两只老鼠互相拥抱，在凌乱的纸堆中跳舞，高兴地唱道：

门房便是门槛，
门房便是门槛。

院长走过这里，听见了门房里的动静，他冲着迎面走来的尖刺安布罗斯摇摇头。

"他们大概是喝多了十月麦芽酒，院长神父。"刺猬说。

刺猬的猜测令院长感到好笑。"嗯，如果麦芽酒能帮助他们发现答案，安布罗斯，或许他们应该再多喝些，是不是？"

"没错，"安布罗斯响应道，"好喝的十月麦芽酒能给任何动物灵感。或许哪天，它能给您灵感，让我掌管酒窖的钥匙，神父。"

门房的书房内，两个伙伴再度开始工作，试图破解大礼堂内的文字。

"嗯，现在又多了一段谜语，"玛士撒拉说，"但我们操之过急了。在那之前，还有四行文字需要破解。"

> 在流淌的月光下，
> 寻找宝剑。
> 夜间白昼的第一个小时，
> 反射向北。

马赛厄斯插嘴道："从头两行看来，似乎只能在夜晚找剑。'在流淌的月光下，寻找宝剑。'"

"没错，"玛士撒拉应道，"但下一行至关重要，它说明了寻找的时间——'夜间白昼的第一个小时'。"

"唔，"马赛厄斯思索道，"让我们逐字研究这一行的隐义。"

他们一同将这一行慢慢地又念了一遍："'夜间白昼的第一个小时'。"

玛士撒拉颓然坐倒在扶手椅中。"恐怕我无法理解——"

"等等！"马赛厄斯叫道，"午夜十二点是一天的最后一个小时，那么同理，凌晨一点就是新的一天的第一个小时，但我们一般仍将它归入夜间，正如文字所说：'夜间白昼的第一个小时'。"

"你应该是对的，"年迈的老鼠说，"'夜间白昼的第一个小时'并不是天放亮的时候，而是凌晨依然黑暗的时候。"

马赛厄斯疲惫地斜靠在一垛书上。"但即使门房就是门槛，午夜后的一小时我们该站在哪儿观察呢？"

"那容易，"玛士撒拉笑道，"文字说：'从门槛上寻找便会发现'。那就简单了！现在我们的头顶上是什么？"

马赛厄斯耸耸肩。"应该是院墙。"

玛士撒拉用爪子在椅子的扶手上重重一拍。"没错，而墙上唯一能站的地方便是墙头。"

马赛厄斯突然明白过来。"哦，我明白了，"他叫道，"'门槛上'的意思是，我们必须站在门房顶部的墙头上。"

马赛厄斯在前，两只老鼠用最快的速度，沿石阶跑上墙头，跑过一个个墙垛。快跑至门房顶部，马赛厄斯停下脚步，用脚跺跺岩砖。

"我看大概是这个位置，你看呢？"

玛士撒拉看来有些不确定。"这个估算可能太粗略了些。"

马赛厄斯虽不情愿，却只得同意。他窘迫地四下张望，他们脚下的石墙与其余部分的石墙没有任何分别，线索似乎又断了。马赛厄斯沮丧地在一堆石块和卵石上坐下，自从红城遇袭后，这些石头便一直堆在这里。

"哼，我们现在该怎么办？在这里等到午夜后，等待奇迹？"

老看门鼠举起爪子，劝诫说："耐心些，小家伙，耐心。让我们回顾一下已知的情况。把你的刀借我用一会儿。"

马赛厄斯从腰带上抽出影子的匕首，递给年迈的老鼠，看着朋友开始在墙头的尘土中书写：

一、马丁是马赛厄斯。

二、已经发现了马丁的墓。

三、已经发现了马丁的盾和佩剑腰带。

四、任务是发现马丁的剑。

五、位置？这里，门房的顶部。

六、时间？凌晨一点，月光照射时。

七、方向？北方。

他们默默地坐着，领会这些列出的信息。过了一会儿，马赛厄斯开口道："看来我们应该望向北方。"

两只老鼠扭头向北。

"嗯，你看见了什么，小家伙？"玛士撒拉问道。

马赛厄斯的声音中透着一丝失望。"只是修道院、部分蜂巢、岩墙的北段，还有北墙外的众多树冠。你看见了什么，老先生？"

"跟你看见的完全一样，但可能有点模糊。可是别放弃希望，我们继续观察观察，或许会发现什么。"

两只老鼠继续盯着北方。除了接回匕首，马赛厄斯一动不动地坐着，凝望北方。最终他放弃了，他的眼睛已开始流眼泪，脖子也僵了。玛士撒拉已在午后的阳光中睡着了。

马赛厄斯气恼地将匕首猛地深深扎入卵石堆的边缘。"我告诉过你，这是浪费时间。你就不能清醒五分钟吗？你就一定得在一边睡觉吗？"

年迈的老鼠猛然惊醒。"呃，什么！哦，马赛厄斯，是你啊。哎呀，我一定是打了个瞌睡。抱歉，不会再发生了。"

马赛厄斯充耳不闻，他用匕首挖开卵石堆，玛士撒拉好奇地看着他。

"以老天的名义，你现在这是在干什么？"

马赛厄斯疯狂地挖掘，卵石四下飞散。"我想我发现了要找的东西！这下面的岩砖上刻着某种图形。问题是，上面的垃圾太多了，看来我们又需要头鼹帮忙了。"

头鼹带领小队跟着马赛厄斯，气喘吁吁地来到墙头。鼹鼠们喘着粗气，瘫倒在卵石堆上。

"哟，腿太短，偶（我）们鼹鼠。听说奴（你）们绅鼠又要偶（我）们帮忙。"

这一次马赛厄斯听懂了。"是的，头鼹先生。你看，你和你的小队能移走这堆石块和卵石吗？我们需要查明石头堆下的某样东西。"

头鼹伸展开短粗的爪子，得意地笑道："哟，说话就完，小家伙。你想挪哪儿？"

马赛厄斯耸耸肩。"啊,我看哪儿都行,只要不碍我们的事。"

头鼹在爪上啐了口唾沫,然后双爪互搓。"好,伙计们,拉(那)最好把这堆倒回原处。"

两只老鼠利索地跳至一旁,鼹鼠小队接手。随着不断的口号声,鼹鼠们忙碌地跋涉进石堆,将高高堆起的石块和卵石铲平,从墙头倾倒下去。石块阵雨般落回红城庭院中的壕沟内,它们原本来自那里。

在一旁观看的马赛厄斯赞叹道:"这些鼹鼠可真是出色的劳动者,玛士撒拉。"

眼见着小山逐渐变小,玛士撒拉衷心地赞同说:"可不是嘛!你知道,他们的知识和技艺是家传的。土、石块、板岩、树根,他们都能处理。你知道吗,为这所修道院挖地基的就是鼹鼠,而头鼹就是负责工程的鼹鼠的直系子孙。其实,是马丁将头鼹这一头衔赐给了他的祖先。"

在老鼠们说话的时候,鼹鼠们已将最后一批卵石倒下墙头,开始清扫岩砖。

头鼹抽动鼻子致意。"哈,偶(我)们干完了。呃,偶(我)就跟奴(你)们再见了。"

十秒后,鼹鼠们全部撤走了。

"鼹鼠不太喜欢待在高处,"玛士撒拉说,"好,让我们看看他们挖出了什么。"

岩砖上刻的是一个圆。

圆的一侧刻得很浅,另一侧刻得很深,中央凸起,凸起两侧的斜面上各刻有一道窄槽,顶部则刻有字母 M。圆的下方刻有十三个小圆,每个小圆上都有一张笑脸。

康斯坦丝一面查看下方土路上的情况,一面沿墙漫步走来。"嘿,两位!你们打算一整天都待在这里吗?如果不快点,就吃不上下午茶了。要款待三只松鼠、三只野鼠,再加上野兔巴兹尔·雄鹿,下午茶可剩不下多少。"

马赛厄斯研究着刻在岩砖上的图形，漫不经心地冲雌獾挥挥爪子。

"你去吧，康斯坦丝，我们很快就下来。"

雌獾的好奇心被勾了起来。她走来，站在两只老鼠中间。在好奇地张望了一眼后，她举起两爪，装出一副难以置信的神气。"啊，不，这个谜语不费解吧？"

玛士撒拉从眼镜上方严厉地瞪了她一眼。"亲爱的康斯坦丝，对于你一无所知的事，请不要轻视。请交给熟知它的动物。"

年迈的老鼠转向马赛厄斯，继续说道："是啊，非常有意思。这带有笑脸的十三个圆，你怎么理解？"

马赛厄斯只能摇头，他想不出这些圆可能意味着什么。

康斯坦丝插嘴道："什么，你们是说这些东西？哈，毫无疑问，它们是一年的十三个满月。"

玛士撒拉明显生气了。"你怎么知道？解释一下。"

康斯坦丝嘲笑道："哈，有关月亮的一切，只要是没白吃盐的獾都知道。你想让我背出月亮所有的周期吗。我背得出来，你知道。"

马赛厄斯的思路下子走上了正轨。他数着一个个月亮，数至第六个月亮时，他停了下来。

"这应该是六月这个月的！六月的满月在什么时候，康斯坦丝？"

"明天晚上，"雌獾迅速答道，"怎么啦，到时候会有事发生？魔法还是奇迹？"

玛士撒拉不理会雌獾的玩笑。

"如果我们在满月夜晚的凌晨一点站在这里，或许就能发现勇士马丁的宝剑。"他十分严肃地说。

康斯坦丝挠挠鼻子。"你们准备怎么找呢？"

马赛厄斯用脚绕着那个圆的边缘打转。"我们还不太确定，但我们正在努力寻找答案。你瞧，这跟在大礼堂和马丁的墓内发现的文字，以及在马丁的墓中发现的东西都紧密关联。在墓里，我们在门背后发现了这条佩剑腰带、一面盾，以及一段文——"

康斯坦丝插嘴道："什么样的盾？"

"哦，基本上是勇士们使用的那种标准类型，"马赛厄斯回答说，"一面圆形钢盾，有臂握和手握。"

雌獾会意地点点头，接着马赛厄斯的话说道："是啊，我以前见过那样的盾，没太多看头。其实，那种盾刚好能扣进这个圆里。你们没看见臂握的槽吗？再看看这刻出来的圆，你会发现这样的角度会使盾倾斜，或许是为了反射月光……"

两只老鼠瞪着雌獾，脸上写着惊叹和尊敬。

马赛厄斯郑重地握住雌獾的爪子。"康斯坦丝，了不起的雌獾！老朋友，不用担心下午茶，你就坐在这里，因为我将亲手为你端来一份红城修道院还从未提供过的最丰盛、最美味的下午茶。"

红色岩墙暖暖的墙头响起了三个朋友高兴的笑声。

第二十六章

克鲁尼的计谋

克鲁尼微睁着完好的独眼。

从睁开一条小缝的眼皮下，他盯着雌狐希拉。

他确信，那只狡猾的老坏蛋肯定在捣鬼。

克鲁尼秘密盘问过火牙，希拉和儿子说了些什么。毫无疑问，那两只狐狸想愚弄他克鲁尼。

克鲁尼用二十种不同的方法咒骂火牙笨蛋。竟然不识字，让希拉写下消息，传了出去！竟然不先查查树皮卷里写了什么，就放猎鸡贼走了。

要是他的身体状况好一些，他会自己动手，把他这名痴呆的队长宰了。受制于如今的身体状况，克鲁尼对这一切只字未提。即使希拉在玩两面派的把戏，他仍需要狐狸的治疗，重获健康和力量。

同时，恶魔之鞭克鲁尼展开了他的反间谍行动。他一边让希拉治疗伤口，私下却停服了帮助睡眠的草药和药水。

第二天一早，猎鸡贼带着满满一包药材返回营地。克鲁尼假装熟睡，却偷偷盯紧两只狐狸，他们相当频繁地相互点头眨眼。在肯定克鲁尼已睡着后，两只狐狸压低声音，匆匆说了些什么。恼火的是，克鲁尼听不见狐狸交谈的内容，但他们鬼祟的举动却令克鲁尼确信他的判断没错——狐狸在计划双重交易！

克鲁尼没有将他的怀疑告诉任何一名队长，他把一切藏在心里，这样秘密便不可能泄露。克鲁尼的身体每天都有一点起色，他满意地监视着，等待着。

不久后，他想到一个简单而邪恶的点子。他命令所有动物退出房间，让他独自待着，以便休息。当他确信不会受到打扰后，他从旁边的桌子里拿出羽毛笔和羊皮纸，绘制了一幅图，上面完整地标注着各队的位置、用箭头标示的攻守方向，以及文字说明。这是第二次大规模攻打红城修道院的计划。克鲁尼写下了说明，他将依靠攻城槌撞开正门，攻下红城。

写完后，克鲁尼将羊皮纸塞在枕下，小心地让它只伸出一个小角。他的那些队长太愚钝，不会发现从枕下探出的一小片羊皮纸。就算他们发现了，也不会上心。

然而希拉却会！

克鲁尼躺下等待。

一小时后，红牙和火牙带着扣留的客人回到房内。克鲁尼伸了个大大的懒腰，响亮地打了声哈欠。

"啊——没有你们三个在房里到处磕磕碰碰，发出响动，我睡了个安稳的好觉。那棵树砍得怎么样了？"

红牙斜倚着矛。"应该用不了多久了，头儿。我已经命令一些兵烧起一把大火，好把树干烤硬。"

克鲁尼慢慢弯起受伤的尾巴。"好，记得一定要把所有贴近树干的大枝杈全部切掉，让树干更好运送。好啦，狐狸，来把这些绷带换了，给我点药，让我今晚好入睡。昨天你给我的没什么用，我翻来覆去好几个小时才睡着。"

希拉赶忙行了一个谦恭的屈膝礼。"现在我儿子已经给我带来了新药材，我一定能给您配出让您入睡的药，先生。如果您原谅我的措辞，先生，我保证，您会睡得像毯子里的臭虫一样香。"

"只要能让我睡着就行啦。"克鲁尼心内暗笑，说道。

当晚，克鲁尼准许红牙和火牙畅饮之前从教堂酒窖里发现的一桶燕麦酒。他容许希拉也来上几杯。克鲁尼眼见狐狸假装和耗子队长们一样灌下大量的燕麦酒。在狐狸假装喝酒时，克鲁尼也假装喝下安眠药，但在表演中，谁也没让一滴入嘴。

深夜，克鲁尼同几名喝醉的队长一同发出鼾声。屋内温暖舒适，一根孤零零的蜡烛在烛台内跳动。克鲁尼感到枕头微微一动。

希拉上钩了！

克鲁尼假装打了声响亮的呼噜，满意地咂咂嘴。哪天他得去学学下棋，他敢打赌，他一定会天下无敌。

克鲁尼还敢打赌，到早晨，等希拉藏好复制的那份，那张作战计划还会被安全地塞回枕下。现在，他可以睡上几小时了。

老鼠们知道他用攻城槌撞击正门的计划，肯定会感兴趣的。他们会加固正门，并将防守的主力部署在附近。克鲁尼忍不住想大笑。

在他们守卫正门时，他则会在红城的西南角挖掘地道！

第二十七章

登顶寻剑

约瑟钟温暖而低沉的声音传遍宁静的草地，回声渐渐隐没在苔花林枝叶繁茂的深处。已是满月夜的十一点。

凯文洞内多根蜡烛明亮地燃烧着。林地守卫者和红城的老鼠们大多已上床休息，那些选择不睡的动物则聚在一起，马赛厄斯和玛士撒拉邀请他们参加聚餐晚会，所有的参加者都祝愿他们寻宝顺利。莫蒂默院长说道："朋友们，红城的老鼠们，以及尊敬的各位来宾，我们今晚在这里相聚，除了向玛士撒拉修士和马赛厄斯致敬外，更是为了向他们送上我们衷心的良好祝愿，希望他们在今晚的行动中幸运，获取成功，取回曾属于勇士马丁的宝剑，以壮我们修道院的声威。"

院长在一片叫好声中落了座。动物们纷纷前来拍肩握爪，马赛厄斯感到十分光荣，但他的心中非常焦躁——沙漏还要清空两次，关键的那一刻才到来。他偷瞥了一眼同伴，玛士撒拉的眼皮止不住地往下沉，之前辛苦的工作以及焦躁紧张的压力已在老看门鼠身上显露出来。马赛厄斯轻捅玛士撒拉。

"醒醒，老先生。要是你累了，我扶你回房，我和康斯坦丝会把盾拿到门槛去，你好好睡一晚，早晨我们会告诉你全部经过。"

气愤令玛士撒拉完全清醒过来。"你敢做那种事！小无赖，我就算让你十秒，也能比你先跑上墙头！你想试试吗？"

康斯坦丝咳嗽一声，喷出一颗糖栗子。她大笑道："哈哈，呵呵呵，我要是你，马赛厄斯，我可不会试。以他现在的情绪，他可能会使你惨败。"

年迈的老鼠也觉得此时的情形好笑，便也笑了起来。"别以为我做不到，花条纹的大块头。嘿，你看我们把这只小老鼠送到楼上的宿舍去，怎么样？现在早过了他该就寝的时间。你和我可以一起去门槛。"

康斯坦丝和玛士撒拉笑得不能自已，软倒在彼此身上。马赛厄斯拼命板着脸，假装玛士撒拉的话令他动了怒。

"嘿，你们两个老家伙！我用不了两秒就能给你们端上热牛奶，把你们裹上床，然后我便自由地单干。"

三个朋友放声大笑，笑得眼泪从脸颊上滚落下来。玛士撒拉按着身子两侧，在一阵阵大笑的间隙中说道："嗨，康斯坦丝——哈哈哈——老顽固——哦，哈哈哈，呵呵——你最好跟我们一起去——哈哈，呵呵，哦——干这类事，马赛厄斯太老了！哈哈哈。"

马赛厄斯已从椅中滚落在地板上，爆发出一阵阵或强或弱的笑声，他挥动两爪，恳求同伴不要再开玩笑了。

野兔巴兹尔·雄鹿发出严厉的喷喷声，对尖刺安布罗斯说："喷，喷，糟糕透顶的餐桌礼仪。瞧那三个，那样嘻嘻哈哈！用餐是桩严肃的事，你瞧，他们的饭还一口没吃呢。"

"是啊，没错，"刺猬不满地低声说，"嘿，你看他们不会介意，是吧？"

"不会，当然不会，亲爱的朋友，"巴兹尔将三个盘子中的食物平分给自己和安布罗斯，庄严说道，"免得这些都浪费了，哎呀，哎呀。"

凌晨十二点四十五分，三条身影穿过修道院的片片园圃。月亮冲破了飘浮的云堤，附近的池塘沐浴在银色的月光中，部分岩墙则反射回淡蓝色的光波。康斯坦丝和玛士撒拉拿着提灯，马赛厄斯的胳膊上戴着武士的盾。他们排成一列纵队，登上墙头。放哨的动物们低声祝福他们，他们则表示了感谢。

马赛厄斯决定，直到指定的时刻，才将圆盾放入凹槽中。他有种感觉，他们必须按照文字所述的规则，等到满月夜的凌晨一点，必须如此！试探变幻无常的幸运女神是没有意义的。

三个朋友肃穆地聚拢在墙头所刻图形的周围。马赛厄斯紧握着盾，等待一点的钟声。月亮高挂在红城上方天鹅绒般的小片天空中，宛如一枚发白的金币，它也在等待。在一片寂静中，时间漫长得仿佛无穷无尽。

约瑟钟又一次发出巨响，一点了——白昼的第一个小时。马赛厄斯虔诚地将马丁的盾缓缓放入下方的石圈中，那是多年前为容纳这面盾而刻的。随着一声轻微的金属撞击声，盾躺入凹槽中，与石圈严丝合缝。三只动物齐齐后退一步，观察会发生什么。马赛厄斯第一个喊道："瞧！盾正把月光反射回空中！"

月光似乎集中在石圈中的钢盾十分光亮的拱顶上，令一束白色的强光反射回夜晚的天空。

玛士撒拉眨眨眼，将爪子搭在眉毛上，凝望天空，试图追踪月光反射的轨迹。"的确美极了，真壮观，"他喘着粗气说，"唉，我这双老眼不行了，我只看见一道光无尽地延伸。"

"等等，看修道院的屋顶，"康斯坦丝低声说，"光柱从最高处的山墙直穿而过，跟白天一样，我能清楚地看见风向标。"

"好极了，"马赛厄斯叫道，"你说得没错！修道院的风向标，它正是光柱所射中的东西。"

"北方！北方！"玛士撒拉嚷道，"风向标的臂杆指向北方！宝剑一定在那里！"

三个朋友肃穆地将爪子搭上彼此的爪背。谜团终于解开，现在他们知道勇士马丁的宝剑这么多年来被放置在何处了。

在指向北方的风向标的臂杆中！

时梦时醒地睡了几小时后，三只一早坐下吃早餐的动物却闷闷不乐。他们遇到了一个大问题：怎样把剑拿下来？

"真可惜，我们没有三四十架备用的长梯，不然就能连起来，伸到屋顶去。"康斯坦丝喃喃道。

"哦，别说了，康斯坦丝，"马赛厄斯抱怨说，"在这一个小时里，这话你肯定已经说了十遍。"

"抱歉，我只是想帮忙。"雌獾咕哝道。

玛士撒拉将粥推至一旁。"我的朋友，你只有两种帮忙的方法：一、保持沉默。二、把你自己变成某种能到达屋顶的动物，比如鸟，或者松鼠什么的。"

坐在桌边的两只动物惊异地瞪着玛士撒拉。原来解决方法出奇地简单。

"真希望松鼠太太没打算睡懒觉，"马赛厄斯说，"她如果想在午饭时返回，就得早点动身。"

松鼠太太——她喜欢被称作杰丝——十分乐意满足这些红城朋友们的请求。

听完马赛厄斯的说明后，杰丝站在修道院大楼的墙脚，先跳了一段杂技般复杂的舞蹈，随后闪电般迅速地做了几个侧手翻。

"她只是在热身。"松鼠先生对马赛厄斯解释道。

一大群老鼠和林地动物聚拢来，见证这一攀爬的壮举。甚至在最古老的文字记载中，也未曾提及有动物冒险攀爬至与修道院屋顶同等的高度。这是项可怕的任务，因为高耸的屋顶几乎比钟塔高出一倍。

杰丝用手肘推挤，穿过一众动物。她吻了吻松鼠先生，拍拍儿子不说话的山姆的脑袋，又与康斯坦丝、马赛厄斯和玛士撒拉握了爪。她轻快地抄起一捧土，搓揉在爪中，好增加一些抓力。

"适于攀爬的好天气。"她随口说。

随后她开始攀爬，沿修道院大楼的正面一爪接一爪地向上爬去。

对于厉害的松鼠来说，攀爬下部带有拱形砂岩窗框的墙体没有任何困难，她爬得十分迅捷，毛茸茸的尾巴利索地一抖，便翻过檐槽，噔噔地越过侧面的小石瓦屋顶。第二阶段攀爬开始时，大家视野中一时不见她的踪影。等她再次出现，下方的围观者们注意到，随着攀爬难度增加，行进变慢了。

松鼠先生将爪子环在嘴边，喊道："你还好吗，杰丝？"

杰丝用尾巴缠住一只突出的滴水嘴，高声回答："没事，有进展，亲爱的。但石头对于脚爪来说有点困难，不像熟悉好爬的木头和树皮。"

下方围观的动物们抬起下巴，仰起头，目光跟随着勇敢攀登的松鼠杰丝。随着松鼠向上推进，她的身形在他们眼中越变越小。

头鼹——他从来不怎么喜欢高处——用爪子挡住眼睛。"呃，偶（我）的天啦，天啦。达（她）在那高处就像只鸟。啊，偶（我）不敢瞅啦。"

马赛厄斯虽然不得不认同头鼹的话，但他坚持向上看，杰丝的身形现在已缩成一个小点。小老鼠咬紧牙关，祝愿勇敢的松鼠顺利攀登。"加油，杰丝，你办得到！已离山墙不远了！"

围观的动物们陷入了沉默，耳边唯一的动静是不说话的山姆紧抓着父亲的尾巴，不断吮吸小爪子的声音。

水獭维妮弗蕾德突然打破了沉默。"瞧，杰丝翻过了檐槽，上屋顶了！"

动物们发出一片欢呼声。松鼠已跑至最后一圈，现在她得使出所有的攀爬本领，沿着光滑陡峭的石瓦，危险地爬至顶端。

玛士撒拉不安地擦拭眼镜。"谁能告诉我，她现在到哪儿了？"

"她已经到屋顶了，正跨着顶脊两侧，走向山墙。"莫蒂默院长叫道。

玛士撒拉抱怨道："不用喊，院长神父。我只是视力不佳，不是听力。"

松鼠先生高兴地鼓掌。"哦，她成功了！我的杰丝成功了！"

在一片欢庆声中，马赛厄斯没有移开视线。风向标微微摆动，说明杰丝应当已爬上北臂杆，她一定在努力取剑。

多么无畏的攀登！多么勇敢的动物！松鼠杰丝无疑应当载入红城修道院的编年史。

松鼠先生将不说话的山姆抱入臂弯。"瞧，山姆。妈妈成功了！她现在要返回了。"

不说话的山姆握紧小爪子，高举在头顶挥动，仿佛一位获胜的小冠军。妈妈是世界上最厉害的攀登者。

马赛厄斯等不及想看一眼宝剑，可是杰丝还未到一半归程。突然，下方的围观者发出一声惊呼。

"瞧，麻雀在攻击她！"

的确，很多只凶狠的麻雀正在勇敢的杰丝身边盘旋，他们试图把松鼠啄走，或者分散她的注意力，令她跌落。如果她失足，那将会是令人晕眩的可怕坠跌。

马赛厄斯迅速反应过来，命令道："快，找六名最好的禾鼠和田鼠射手！必须立刻制止这些鸟。"

愤怒的麻雀不断凶猛地攻击，杰丝则果断地向下爬，但她几乎无法自我防御。

院长和康斯坦丝不得不跳上前，拦住不说话的山姆。山姆跳下父亲的怀抱，用牙齿咬紧小匕首，试图沿着墙底向上爬。

康斯坦丝试着劝服山姆。"让开吧，小东西，你只会令你妈妈分心。瞧，她干得很棒！一群麻雀打扰不了她。快往后站，鼠射手们来了！"

射手们迅速将箭搭上弓弦，引弓向上。

"不要射杀鸟，"院长喊道，"放箭把他们吓走。"

"放箭。"马赛厄斯叫道。

第一批箭射了出去，但麻雀远在射程外。杰丝继续向下爬，并时刻利用爪子得闲的时候，击退进攻的麻雀。

"现在他们进入射程了，"马赛厄斯叫道，"瞄准，放！"

鼠射手们射出一阵梭子般密集的箭，这次距离够近了，麻雀被逼得飞散开。杰丝利用麻雀短暂的混乱，下爬至侧面的小屋顶上。

固执的麻雀们再度聚拢，向杰丝发动攻击。下方站立的射手们做好了准备。

"杰丝要下来了，"尖刺安布罗斯嚷道，"再好好射一轮，应该就能把麻雀吓走。"

"准备，射！"马赛厄斯叫道。

致命的箭猛然射入空中，在攻击杰丝的麻雀群中引起惊恐的骚乱。一支射偏了的箭极为凑巧地射中一只小麻雀的腿部，正扎在膝关节之上。小麻雀如同石头般，从小屋顶的斜坡上滚落至地面。麻雀们误以为老鼠们立意射杀，愤然叫着飞走了。

康斯坦丝用爪子牢牢抓住小麻雀，用牙咬住箭，将箭从麻雀腿上拔下来。然后她抓起一只灯芯草编的洗衣篮，把篮子反扣过来，将气得发狂的麻雀囚禁在下面。

迎着一阵混杂着宽慰的欢叫声，松鼠杰丝疲惫地跳落在草地上。

"呼！"她喘着粗气说，"那群麻雀可真野蛮！有一两次他们真差点把我逼落。"

英勇的松鼠还没能与家人团聚，马赛厄斯便横冲过来。

"杰丝！剑在哪儿？"他气喘吁吁地问道。

松鼠耸耸肩，摇摇头。"剑不在那儿，马赛厄斯。我爬上风向标的北臂杆，发现臂杆上的确有剑的形状，那里以前应该确实是放剑的地方，臂杆上甚至有几根零散的锈铁丝，它们或许曾被用来固定宝剑，可现在那里确实没有剑。对不起，马赛厄斯，我尽力了。"

"你当然尽了全力，杰丝，"马赛厄斯掩藏起自己的失望之情，说道，"十分感谢你英勇的努力。"

半小时后，围聚的动物们散去，各自工作。马赛厄斯背靠门楼的墙壁，脑中一片混乱。历经这么多艰辛，解开线索，甚至危及朋友的生命去争取，却一无所获。他用爪子捶打岩墙，沮丧的眼泪在眼中闪烁。

"为什么，马丁，为什么？"他呻吟道。

被俘虏的麻雀用翅膀扑打反扣的洗衣篮。"杀你！"她冲着马赛厄斯愤怒地喳喳叫，"杀老鼠，放战喙出来，臭蠕虫。"

马赛厄斯透过篮子的缝隙，望向出言不逊的俘虏。

"哦，闭嘴，小怪物！"他愤愤地低声说，"以你现在的处境，谁也杀不了。"

麻雀的脾气更坏了。"大王公牛，他杀你，一下就没命。"

马赛厄斯干笑道："是吗？那好，如果你再碰到那个讨厌的大王，告诉他你见到了勇士马赛厄斯，还要告诉他我的命没那么容易拿，坏脾气的小朋友。"

这最后一句令小麻雀狂怒地扑动。"老鼠不是战喙的朋友！杀——杀你，杀——杀——杀你！"

马赛厄斯用脚轻踢洗衣篮。"听着，战喙——如果那是你的名字，你最好把脾气改好点，否则就得不到食物和救治。所以如果我是你，我会安静地坐一会儿，好好想想。"

马赛厄斯转身走开了，麻雀敌对的叫声依然在耳边回荡："不需要食物，不需要治疗，战喙雀，一身是胆，杀你！"

马赛厄斯发出一声疲倦的叹息。

跟某些动物根本无法沟通。

第二十八章

獾的袭击

狐狸希拉不停地抱怨——她的药箱里确实缺某种草药，而那种草药只能在夜间的苔花林中找到。

克鲁尼听着狐狸的恳求，他知道这些话不过是希拉出去的借口。他踌躇片刻，假装在思考，同时观察希拉脸上期望的表情。

"嗯，我能看出你需要那种草药，那你为什么不派你的儿子猎鸡贼去采呢？"

希拉的回答张口就来，从不卡壳。"不不，那恐怕不行，先生。猎鸡贼太年轻，没有经验，他不知道去哪儿找。"

克鲁尼理解地点点头。"啊，或许你说得没错，看来我只好通融了。你可以去苔花林寻找那种重要的草药，但是我警告你，狐狸！两只耗子将一步不离地跟着你，走错一步，我就拿你那条毛茸茸的尾巴装饰我战袍的领子。明白了吗？"

希拉连连点头。"当然，先生。我有什么理由欺骗您呢？一旦您伤愈，攻克红城，我还指望着好好分上一批战利品呢。"

巨大的尾巴蛇行而出，轻抚着狐狸。"当然，我的朋友。我真傻。"

克鲁尼竟然笑了，希拉打了个冷战。

当天傍晚，希拉在红牙和火牙的陪同下离开教堂。她高兴得想跳舞，只有两个看守！凭她对于苔花林的了解，十五分钟左右便能相当轻松地甩掉他们。

教堂内，克鲁尼从床上起身，他想试着走一走。他拄着战旗，绕着屋内小心地僵硬行走。

好！用不了多久，他便能恢复昔日的状态。

克鲁尼对挂在战旗上的马丁像大声说："哈，那只狐狸应该能轻松地把我手下的那些笨蛋甩掉，然后她就能把我的假计划交给你的院长。一切进行得相当顺利。对于你那一方是个小小的打击，是不是，老鼠？"

暮色浸染着苔花林。希拉嗅嗅微风的气味，又抬头看了一眼天空。天快黑了，她能赶上与老鼠院长在老树墩的会面。

红牙和火牙都很难受，很不高兴。因为过去的一小时里，希拉带他们走的不是多刺的荨麻丛，就是满是蚊虫的湿地。他们用短剑和长矛劈砍着灌木，跌跌撞撞地走着。

"我看，我们应该离老鼠修道院不远了。"火牙说。

"别瞎扯！盯紧狐狸。"红牙低吼道。

"真希望我们带上了几盏灯。"火牙哀声说。

红牙的耐心早已濒临耗尽，听见火牙的抱怨立刻完全崩溃。他一把抓住火牙，摇晃着他呜咽的战友。"听着，笨蛋！如果不停止呻吟，我就用短剑把你的舌头割下来！听见了吗？"

挣脱的火牙用长矛愤怒地刺向红牙。"就凭你那把又老又钝的早餐刀，你敢来试试？你的眼睛还没来得及眨，我的矛就刺穿了你的喉咙。"

"哦，是吗？"

"没错，自以为是的耗子！"

"那就尝尝这个，大嘴巴！"

"哎哟！打我，是不是？我马上要你好看！"

两只耗子一同撞入多刺的灌木丛，相互踢打撕咬，爪子、尾巴、牙齿全部上阵。奋力扭打了好几分钟后，红牙获得了胜利。他丢了颗牙，鼻子在流血，但对手的样子更难看。

火牙可怜地爬出损毁的灌木丛，他两眼乌青，左耳少了一大块，全身盖满了刺和一道道长长的抓痕。他痛苦地弯腰去捡长矛，红牙抓住机会，在他的屁股上狠踢一脚，火牙的鼻子在土里犁出一道沟。

红牙喘着粗气，痛斥火牙：“没脑子的笨蛋！看看你干的好事！狐狸趁你忙着袭击长官，早开溜了。”

火牙坐起身，眯起变了色的眼睛。“我让狐狸跑了？我？哦，不，你是负责的！是你让她跑了，不是我。等我把这事报告给克鲁尼，我要告诉他你……”

“你能不能闭上嘴？”红牙吼道，“我们站在这儿争吵有什么用，赶紧去找狐狸。我走这边，你走那边，先找到的就不断呼喊，直到另一个赶来。听见了吗？快去。”

两只耗子沿不同方向，跌跌撞撞地在林中穿行。

与此同时，在苔花林的另一片区域，希拉东张西望地鬼祟前行。那里是三杈橡树，那里是修道院的岩墙。啊，在这里，老树墩。

会面地点在月光照耀下一览无余，没有别的动物。老鼠院长在哪儿？

一只沉重的爪子从后面一把掐住希拉的脖子，狐狸的挣扎毫无用处，她吐出舌头，喉间发出窒息的声音。

康斯坦丝粗哑的低吼在她耳边响起：“安静，狐狸，不然我就像折断枯枝一样折断你的脖子！”

希拉僵住了。成年的獾是最危险的，他们可是出了名的强壮凶猛。

康斯坦丝用另一只闲着的爪子，一把抓下狐狸腰带上的草药袋，将袋里的东西抖在树墩上。她抓起克鲁尼侵略计划的复制图，简单研究后，塞进了自己的腰带。

"你们的院长应该跟我会面，给我奖赏的。"希拉小声说。

雌獾的眼中燃烧着鄙夷的怒火，她将雌狐掉转一百八十度。"这就是你的奖赏，叛徒！"

砰！

康斯坦丝在希拉的两耳之间猛然一击，狐狸失去知觉，软倒在地。康斯坦丝低身躲在树后，尖声叫道："这儿！我找到狐狸了！快，这里！"

红牙首先赶来。他冲出灌木丛，看到晕在蕨草丛中的狐狸，他停下了脚步。

"见鬼了，狐狸。火牙在哪儿？你溜走究竟想干什么？站起来，回答我。"

康斯坦丝从树后现身。"她看来一时半会儿醒不了。想不到在这儿见到你，耗子。"

红牙很快便从震惊中回过神来。看见雌獾没带武器，他猛然挥起短剑，恶狠狠地笑道："好哇，好哇，是老鼠的朋友！我们又见面了，雌獾！"

康斯坦丝挺直身子，将两只巨大的爪子交错放于胸前。"红牙，是不是？看来墙头的落败让你还记得我，那时我就告诉过你，我们有账要算。"

红牙露出獠牙吼道："这笔账我喜欢算，雌獾，我保证让你慢慢死掉。"

耗子娴熟地挥动短剑，扑向康斯坦丝。然而他的对手虽是只沉重的雌獾，行动却轻盈而灵巧，她利落地侧身闪开刺来的短剑，猛然一拳打中耗子的鼻尖。恼怒的红牙发起反击，用剑尖扎向康斯坦丝。

侧肋承上有力的一脚，爪子遇到迅猛的一击，耗子和短剑向不同的方向飞去。红牙昏头昏脑地躺在地上，康斯坦丝弯腰看着他。

"起来，重新拿起武器。"獾低吼道。

红牙站起身时，抓起一把泥土，扔入康斯坦丝的眼睛。雌獾搓揉着眼里的沙土，踉跄后退。耗子捡起短剑，凶猛地挥舞着刺向敌手厚实的皮毛。

他刺中了几剑。

突然，红牙慌了。受伤的雌獾不顾锋利的剑刃，抓住剑身，将红牙拉至身边，随即一个侧推，将剑身折为两段。她将断剑扔开，一脚将耗子踢得仰面跌倒，随后用两爪紧紧抓住耗子的尾巴。

红牙发出一声惊恐的惨叫，他感到身子离地而起，高高地在雌獾头顶旋转。随着尾巴越绷越紧，风在獠牙间呼啸，树木已变成模糊的绿色，红牙哀声号叫。康斯坦丝仿佛一位掷铅锤的运动员，两条后腿转得越来越快。突然，她用力一掷，将爪子里的负担扔了出去。

要不是几码开外有一棵粗壮的梧桐树，红牙飞行的距离将会创下纪录。

康斯坦丝不顾伤痛，冲周围的树林内喊道："这里，他在这里！"

随后她拿起截获的计划，拖着身子立即向红城走去。

不出几分钟，火牙跌跌撞撞地走出蕨草丛，被刚刚醒转，正在呻吟的狐狸绊了一跤。

"嘿，怎么了？红牙在哪儿？"他焦躁地问道。

希拉坐起身，揉着脑袋，试图辨认出周围的环境。她发现，老树墩上散落着她的草药和药剂，药袋则躺在一旁。希拉用两爪抱住头，试图止住重击后的疼痛。

那只该死的雌獾！竟然像没收老鼠宝宝的橡子一样，从她身上拿走了攻打计划，"丰厚的奖赏"就这么飞了。

火牙用长矛捅捅希拉。"嘿，你，集中精神！我问你红牙去哪儿了？"

希拉用舌头探了探一颗摇晃的牙。"别烦我，我怎么会知道？"

火牙坚持追问。"听着，狐狸，我要知道这里发生了什么。我肯定听见了红牙的喊声。魔鬼的胡子，等着让克鲁尼听说了这事！"

希拉用颤巍巍的爪子一指。"你要找的耗子在那儿，那棵大梧桐树边。哼，看来他也遇到了点小麻烦。"

火牙用脚碰碰红牙。"啊哈！他死了。瞧，这把剑都断成了两截。"

狐狸和耗子面对面地站着，他们想到了一起。很明显，他们要想保住自己的皮，就必须干点什么。

"那么，"希拉说，"回去以后，我们最好编一个没有漏洞的故事告诉克鲁尼。他不傻，所以我们最好现在就编。"

这对倒霉的家伙在夜色中深一脚浅一脚地在林中穿行，一边走，一边共同低语、比画，编织希望能骗过恶魔之鞭克鲁尼的谎言。

第二十九章

战喙被俘

院长室再度成为晚间集会的地点。康斯坦丝带回的消息确定无疑地证明，克鲁尼很快便将再次来袭。

莫蒂默院长首先承认了错误。"我们的朋友康斯坦丝带给我们的情报终结了所有的疑问，克鲁尼不将红城踩于脚下，便永远不会罢手。因此，我感到，我必须为我对于形势所做的错误判断道歉。我的指挥官们，你们是正确的。现在，感谢克鲁尼，我们知道了敌军下一次攻击的机密细节。"

院长将爪子啪的一声放在攻打计划上。"所有的内容都在这里。但正如我之前所说，我不参与战斗，我负责治疗伤患，给守卫者提供给养。各位指挥官，你们则负责计划击退这次侵略。"

马赛厄斯举起爪子。"院长神父，我们的任务不仅是守卫，还要反击。"

桌边响起一片嗡嗡的赞同声。

院长鞠了一躬，将两爪笼在宽大的修士袍中。"那好吧，"他十分庄重地说，"指挥官们，我将拯救红城的任务交托给你们。"

院长再次鞠躬，留下马赛厄斯、康斯坦丝、维妮弗蕾德、头鼹和尖刺安布罗斯，便告退休息去了。

167

会议继续进行，野兔巴兹尔·雄鹿和松鼠杰丝也加入进来。玛士撒拉作为调停和顾问，也列席了会议，他支持一些想法，反对另一些，他令发热的头脑冷静，为怯懦者鼓劲。会议商谈出许多有用的意见，决心不惜一切代价获取胜利的动物们为会议定了调，理性的讨论一直持续至临近破晓。会议结束时，一群朋友满意而充满信心地相互握爪。

巴兹尔坚持带康斯坦丝去医疗室处理伤口，雌獾则耸耸肩，试图拒绝。

"哈！不过是几处小小的抓伤，不要大惊小怪。"她低声抱怨。

野兔钦佩地笑了。"几处小抓伤！听听女英雄说的！啊，亲爱的雌獾，这些是在战斗中负的可怕的伤。嘿，杰丝，帮把手，你没看见朋友康斯坦丝所负的几处可怕的刀伤吗？扶左边。朋友，你该算作重伤员，连雄鹿受了这样的伤也承受不住。来吧，让我们扶着你，这才是理智的姑娘。"

康斯坦丝小声抱怨着，被巴兹尔和杰丝扶走了。其余的动物都告退休息去了，除了马赛厄斯和玛士撒拉，他们沿着回廊漫步，品味夜间的宁静。

"你知道吗，老先生，我虽不愿这么想，但我认为，要是找不到马丁的剑，便无法保证胜利。"

玛士撒拉惆怅地点头同意。"的确如此。可是，唉，尽管我们做了种种努力，却像处在寒冬的深夜，线索都断了。恐怕我们必须低头承认现实——宝剑已经遗失，或者被藏在什么永远也找不到的地方。"

老看门鼠倚着小老鼠的臂膀，一路走，一路闲谈，话题最终转回至麻雀袭击杰丝的事。

玛士撒拉摇摇爪子，警告说："麻雀是非常危险的鸟，他们十分好战，喜欢争吵。幸运的是，他们单独居住，只在领地遭到侵犯时才攻击，就像你今天见到的。顺便说一句，你见到那只被弓箭手射下来的小麻雀了吗？"

"当然，"马赛厄斯回答，"康斯坦丝把那只坏脾气的小恶棍困在洗衣篮下，那可真是个讨厌的小坏蛋。其实那支箭不过是扎伤了她，她更多是因为惊吓才掉了下来。她说她叫战喙。"

玛士撒拉吃了一惊。"你是说，你跟她交谈了？了不起！麻雀的语言，俗称为'雀语'，是很难懂的。"

"哦，我不知道，"马赛厄斯漫不经心地说，"我没觉得太难，至少那个小恶棍似乎听得懂我对她说的。"

玛士撒拉的好奇心被勾了起来。"那她跟你说了什么，那个，呃，战喙？"

"你基本上能猜到，"马赛厄斯回答，"不过是说她，或者领头的大王公牛会杀了我。很明显，她敌视一切不能飞的动物。"

他们漫步至门房边。尽管已经晚了，年迈的老鼠仍邀请马赛厄斯进去，喝点临睡前的小酒。玛士撒拉似乎对麻雀非常感兴趣，他翻看着记录册。

"让我看看。'大旱年的夏天'……'暴雪的冬天'……啊，我想我找到了。我曾经跟你说过，大约四年前我救治了一只雀鹰，你记得吗？嗯，这里是我当时所写的报告和几条小注。那只雀鹰提到了麻雀，她把麻雀称作长翅膀的老鼠。我这辈子也无法理解，拥有高度文明的老鼠和那些原始野蛮的麻雀有什么相同之处。但关键是，那只雀鹰说，她听说麻雀曾偷了一件对于我们修道院来说非常珍贵的东西。她没说那件东西是什么，我也没有再进一步询问，当时我认为那只鸟不过是想用没有根据的流言讨好我。现在我刚意识到那件东西是什么。"

马赛厄斯一脸沉思的表情。"你认为那件东西可能是宝剑？"

年迈的老鼠坐在椅中，用爪子轻轻敲击记录册。"有可能，马赛厄斯，有可能。你瞧，麻雀从不与我们交流，也从不打扰我们，他们从来不飞入修道院。可是屋顶上，嗯，就不一样了，他们认为那是他们的领地。照我看，宝剑是屋顶上唯一珍贵的东西，虽然我们以前并不知道它在那里。所以，除了另一只鸟，有谁知道麻雀偷了剑？"

"哎呀，老先生，"马赛厄斯激动地说，"我认为你说中了要害。你觉得关于这条流言，我们坏脾气的俘虏有可能知道什么吗？"

玛士撒拉露出一丝顽皮的笑容。"把你的匕首借给我，我想在我们的俘虏身上做一个简单的实验。来吧。"

马赛厄斯陪同朋友来到放于岩墙边的洗衣篮旁。篮里没有动静，玛士撒拉用匕首的刃口猛烈地敲击篮子。

战喙正在打瞌睡，她怒气冲冲地醒转。"蠕虫，都是蠕虫，老鼠老蠕虫！滚开，战喙杀你！"

玛士撒拉尽量以最好的演技装出凶狠的样子。"闭嘴，小丫头，不然我就把你扎在这把匕首上，还有你的大王，如果他胆敢下来的话。"

盛怒的战喙用小小的身子猛烈撞击篮子的侧面，令年迈的老鼠后退了一步。

"哈，来呀，用匕首杀战喙！等着瞧！用蠕虫的小刀，你们杀不了大王公牛。大王有把大剑！把所有老鼠砍死！一下就要命，你等着。"

玛士撒拉高兴地笑道："你瞧！麻雀王有把大剑！"

马赛厄斯来了个侧手翻，快乐地叫道："玛士撒拉，你真是位魔术师，古代的巫师。"

年迈的老鼠谦虚地摇摇头。"哦，天哪，我可不是。我喜欢把自己看作一个博学的老学究。"

第三十章

骗子们的谎言

克鲁尼背靠枕头，舒服地坐着，一面从高脚杯中小口喝着燕麦酒，一面听希拉和火牙编造离奇的故事。希拉和火牙紧张不安地解释着，他们极力让谎言不自相矛盾，同时避开克鲁尼冰冷无情的眼睛。

"呃，是这样的，头儿，"火牙结巴地说道，"我和老红牙正盯着狐狸，突然红牙听见林子里有动静，所以他去察看。"

"声音来自哪里？"克鲁尼厉声说。

两个骗子同时开口。

"北方。"希拉说。

"西边。"火牙同时说道。

"呃，呃，有点偏西北方。"希拉吞下一大口唾沫。她意识到自己听上去有多愚蠢，而克鲁尼比他们俩都聪明。真希望一同编故事的不是这只蠢笨的大耗子。

"所以红牙去察看那动静是怎么回事，"希拉颤声说，"我们叫他别去，可是他坚持要去。"

克鲁尼看见希拉的双腿瑟瑟发抖。

"接着说，然后发生了什么事？"他低声道。

火牙再度接过故事。"嗯，你瞧，头儿，他去了好长时间，我俩都呼唤过他，可是没有回音。"

"所以我们一同去找他。"希拉说。

克鲁尼把玩着高脚杯，眼睛紧盯着狐狸。

"我们找了又找，先生，"希拉含糊地说道，"可是我们只找到了一大片沼泽……"

"可怜的老红牙溜达了进去，陷下去，再也找不到了。"克鲁尼补充说。

希拉不停地祈祷地板裂开，把她吞下去。

火牙发出断断续续的抽泣声。"我们可怜的朋友红牙，永远地去了！"

"是啊，我们可怜的朋友红牙。"克鲁尼饱含同情，附和说。突然，他的声音变得冷酷无情，对火牙问道："你！你怎么会鼻青脸肿，还有那些长长的抓痕是哪儿来的？"

希拉急忙插嘴："呃，呃，他撞上了一棵多刺的大树，是不是，火牙？"

"什么？哦，是的。我当时四处跑，没留意，头儿。狐狸能告诉你，她看见了。要是她没看见，嗯，我也已经告诉她了。"火牙说，他的声音悲惨地越变越小。

克鲁尼阴森地大笑，露出蜡黄的锋利獠牙。"你撞到了一棵多刺的大树上，所以两眼乌青，耳朵裂了，还满身都是长长的抓痕？"

火牙盯着地面，咽下两口唾沫，然后才开了口，小声说道："是的，头儿。"

克鲁尼的语调中充满讽刺。"我猜，接下来三只长了翅膀的小猪飞下来，给了你三个甜苹果？"

"呃，是的，呃，我是说，那是什么，头儿……哎哟！"火牙单足跳起，希拉踢了他的脚踝，让他闭嘴。

"你，狐狸！"克鲁尼低吼道，"你去找的特殊草药呢？"

希拉彻底慌了。"特殊草药？我——"

172

克鲁尼猛然扔出爪子里的高脚杯，杯子从火牙的鼻子上弹落在地，燕麦酒溅了两只动物一身。

"滚出去！别让我看见你们，趁我还没下令把你们折磨死，烤来吃！"克鲁尼冲那一对倒霉蛋咆哮道。

两个共谋者争抢着狼狈地爬了出去，门在他们身后砰然关闭。克鲁尼露出得意的笑容，再度躺倒，一切都在按计划进行。他损失了红牙，可那算得了什么？红牙一直野心勃勃，而克鲁尼只欣赏一只耗子身上的野心——他自己。

苔花林深处，夜晚的微风柔柔拂动树冠，月亮游弋于无云的天空，淡淡的月光透过摇曳的树叶，在林中的地面上形成一张摇摆不定的闪光地毯，美丽但透着诡异。

"阿斯莫德，阿斯——莫德。"

地面上月光照亮的枯草在沙沙颤抖。什么伪装能强过一个刮着微风的捕猎月夜呢？闪亮的黑色眼睛在夜晚搜寻，分叉的舌头探尝着空中的气味，披着鳞甲的长长蛇身蜿蜒扫过正在生长的矮小植物时，它们仿佛在瑟瑟发抖。

"阿斯莫德，阿斯——莫德。"

宛如斑驳的树影，巨大的蝰蛇漫游于自己的领地，发出轻柔的沙沙声。长期的经验已令他掌握了鬼祟和耐心。有时他会一动不动地躺着，等待毫无戒心的动物走近；有时他高高抬起拉直的身子，在树枝中寻找窝中的鸟和鸟蛋；有些夜晚，他则倾向于捕猎。许多动物察觉到这条滑行的魔鬼在靠近，很多嗅到了他如尸体般干朽的气味。跟以往许多这样的时候一样，蛇饥肠辘辘，但是鬼祟和耐心，鬼祟和耐心；这一课越早学到，食物便能越早进嘴。梧桐树脚下，蝰蛇在红牙的尸体边展开身子。好哇，意外的收获！又是一只不会逃走的耗子，不需要耗费毒液，不需要费力催眠，真走运！巨大的蝰蛇懒懒地盘在耗子的尸体旁。

"阿斯莫德，阿斯——莫德。"

不需要什么葬礼了，自然和苔花林有自己的丧葬安排，只需一位高效的殡仪员。蝰蛇张开嘴的样子近似噩梦中的微笑。通往永恒的路开启了。

第三十一章

地 道 工 程

马赛厄斯获免不必参与加强门房防御的任务，议会同意他、玛士撒拉，以及他们选中帮忙的动物可以干他们自己的事。红城里大多数的老鼠认为马赛厄斯的举动有些奇怪，但小老鼠明确知道他在干什么。他牵着在身后蹦跳的战喙，在修道院的庭院中悠然漫步。战喙的脖间系着项圈，没有受伤的腿上拴着一块砖，砖块并不大，但足够阻止麻雀飞入空中，或试图偷袭俘获她的敌手。宛如被铁球和铁链束缚的罪犯，麻雀虽长了羽翅，也只得怒气冲冲地蹦跳着，在小老鼠身后亦步亦趋。

起初，战喙盛怒地咆哮威胁。死对于马赛厄斯来说都太过仁慈！战喙要杀他两回，然后切成碎块，从高高的树顶扔下去喂蠕虫！听到这些威胁，马赛厄斯只是猛地一拉牵引的皮带，加快脚步。如果野蛮的小麻雀表现出一点良好的行为，马赛厄斯便喂她一口糖栗子。

这一方法渐渐有了效果。

马赛厄斯在门房外歇脚，他又喂了麻雀一些糖栗子。

"喏，乖麻雀，做得好。"他表扬道。

战喙的眼光愤怒而凶狠，嘴里却毫不犹豫地大嚼栗子。

玛士撒拉探了一下脑袋，召唤道："进书房来，马赛厄斯。哦，把那个小讨厌也带进来。"

年迈的老鼠从凌乱的书房中翻出一本发黄的卷册。"我们的老朋友，杰曼修女翻译的《红城修道院的蓝图》原本。我想我在主图中，找到了我们要找的东西。瞧！"

马赛厄斯仔细地研究蓝图。

"太棒了！"他叫道，"你又成功了，朋友！一条从修道院内部通往屋顶的路。"

玛士撒拉在眼镜上哈了一口气，在皮毛上擦拭。"是啊，得感谢杰曼修女保存了如此细致的记录，小老鼠。你可以从这里开始。"

一小时后，马赛厄斯离开门房，战喙蹦跳着跟在身后。小老鼠一边走，一边低声自言自语："得要五六条结实的爬绳、一些钉子，哦，还有锤子，一定得带把锤子。嗯，让我想想，用个大麻袋装上足量的食物和水，啊，再加上一些给你的糖栗子，朋友。"

战喙的口中流水般地冒出一串脏话，她被砖块绊了一跤。马赛厄斯等她爬起身。"啧啧，这么小一只麻雀竟说这样的脏话。"

这古怪的一对从康斯坦丝和尖刺安布罗斯眼前走过，雌獾用爪子拍拍脑袋的一侧。

"跟钟塔里的蝙蝠一样怪。"

"应该说跟麻雀一样怪。"刺猬笑道。

许多动物自觉地参与搬运木料和填充料，加固主门，野兔巴兹尔·雄鹿指挥他们。野兔令劳作带上了一抹高效军事化的色彩，他让志愿者们组成一条生机勃勃的流水线，不断传运加固的材料。

巴兹尔在领导中显示了他的好脾气。"嘿，你！倒数第四个家伙！提起干劲，小雄鹿。这已经是你洒落的第三篮土了。喏，让我演示给你看怎

176

么搬。"

羞怯的老鼠们相互露出微笑。大声吼叫的野兔其实很好心，从来只动口，不动手。他与他们一同劳作，干得和大家一样卖力。

"不，不对，那叫什么的修士，应该这样传木料。嘿，你去吃点东西吧。快点，剩下的这些做美梦的家伙！让木料动起来，不然我拔了你们的胡子当鞋带。"

帮忙的动物们哈哈一笑，尽力工作。不说话的山姆的表现令他们不时发出按捺不住的轻笑。山姆站在巴兹尔身后，挺起小胸膛，神气活现地走来走去，模仿着野兔的一举一动。

修道院的厨房中，矢草菊正用新鲜的酸模叶细致地包裹马赛厄斯的食物。马赛厄斯悄悄走近，偷吃了一颗糖栗子，矢草菊用长柄木勺敲了敲他的爪子。

"真贪嘴，这些栗子是给那只可怜的小麻雀的，不许碰。"她斥责道。

马赛厄斯愤愤地哼了一声。"可怜的小麻雀？瞎说！听着，小姐，要是我把那个小丫头脖子上的皮带解开五分钟，我们都会被害死在床上。"

小田鼠帮助马赛厄斯捆好麻袋。她担心马赛厄斯，但努力不显露出来。"马赛厄斯，我知道你不会告诉我要去哪里，可是不管你去哪儿，都请保重。"

马赛厄斯整了整插在黑色佩剑腰带上的匕首，站在门道中，自信地笑道："别担心，矢草菊。我一定会照顾好自己，为了红城修道院的安危……也为了你。"

片刻后，他离开了。

马赛厄斯在顶楼宿舍走廊的中央停下脚步，天花板上有一扇通往阁楼的木门，门的下方立着一架活梯。随同而来的玛士撒拉牵着战喙，麻雀依然戴着项圈和砖块的镣铐。

马赛厄斯抬眼望向木门。"那么，这就是要通过的门了，嗯。"

老看门鼠递给他一张绘制得十分清楚的地图。"所有的都标在这里，马赛厄斯。那扇门通往阁楼，右转，一直走至墙边，在你的右侧，你会找到墙上的一处缺口。穿过缺口，外面是砂岩拱柱间狭长的壁架，那里大约已是大礼堂墙壁的半腰。你必须从那里爬上较高处彩窗边的壁架。沿第一扇窗户中间的格条，攀爬至最左边，你会发现一道与屋顶走势平行的木梁。沿着木梁走，那里会有另一扇阁楼的木门，但我无法确定它的位置，对不起，你必须自己去找。找到木门，穿过去，你的正上方便应该是屋顶最高处的阁楼。从那里开始，我就帮不上忙了，要靠你自己了，马赛厄斯。"

年迈的老鼠将爪子搭在小朋友的肩上。道别时，他声音发颤。"祝你一路好运，马赛厄斯。真希望我能再年轻一次，能身手敏捷地跟你一起去。"

玛士撒拉宛如拥抱亲生的孩子般抱住了小老鼠。在马赛厄斯登上梯子时，年迈的老鼠大声最后指导说："要是那只麻雀给你添麻烦，毫不犹豫地把她踢入空中，她会像拴在她脚上的砖块一样快速落地。"

战喙怒目而视，但没有说话。她知道玛士撒拉说得不错，绑在脚上的砖块就像铁锚。

马赛厄斯将阁楼门用力向上一推，令它滑至一侧，经年的尘土倾泻在头顶，他蒙住眼睛，连连咳嗽。

马赛厄斯拽着身后的麻雀，爬入阁楼。

阁楼内非常阴暗，马赛厄斯凝望右侧，依稀看到一道暗淡的浅灰色光芒透进来。

"那应该是墙上的缺口，像老蠕虫老鼠说的。"战喙插嘴道。

"嘿，嘴里干净点，麻雀！你说的是我的朋友。"马赛厄斯紧咬牙关说道。他拉紧皮带，大步向右侧走去，一个没留神，姿态难看地踩在一根托梁上，沉重地摔倒在厚厚的尘土中。

战喙闪电般扑向小老鼠！

麻雀用力抓挠马赛厄斯的脖子，狠狠地啄他的后脑勺，逼得他站不起来。

马赛厄斯努力翻转身体，挣扎过程中，他感到呛人的尘土涌入口中。战喙疯狂地又抓又啄，大麻袋挡住了目标。小老鼠伸爪至身后摸索，终于抓住麻雀的脚用力一拽，翻身至战喙上方，将她牢牢压在地板上，同时他抽出匕首，用刃尖抵住麻雀的喉咙。

"听着，战喙，"马赛厄斯喘着粗气说，"再这样干一次，你就没命了，听见了吗？"

两只动物脸贴着脸，喘着粗气，安静地躺了一会儿。麻雀依然不服。"有机会，战喙杀老鼠。雀鸟不放弃，你瞧着！"

马赛厄斯跳起来，恶狠狠地一拉皮带，拽着麻雀跌跌撞撞地向透着亮光的缺口走去。他将麻雀甩至前方，从狭窄的空隙中推出去，随后也艰难地挤了出去。

他们站在了第一层的壁架上，在大礼堂的高处。

突然，马赛厄斯一把将战喙推下壁架。

大惊失色的麻雀快速坠落，又猛然被拽住——要是没有脖子上厚实的羽毛，她便被勒死了。麻雀悬挂在大礼堂上方扑腾，马赛厄斯则用两爪牢牢抓住皮带，尽力向后拉。

"现在你发誓会守规矩，不然就坠下去，朋友。"马赛厄斯叫道。

这一次突然袭击令战喙的心怦怦直跳，眼下的困境使她意识到，她的命完全掌握在老鼠手中，砖块的拖累令她根本没有起飞的机会。麻雀倒挂着，徒劳地扑腾，马赛厄斯冲下方喊道："快决定！我的爪子累了，皮带开始打滑。"

一个绝望的声音轻轻答道："战喙不想死，老鼠赢了。拉雀鸟上去。乖乖的，我发誓。"

抵着一块拱起的石头，马赛厄斯将麻雀安全地拖了回来。两只动物都一身尘土，疲惫不堪，他们一同坐在壁架上，分享一壶水。马赛厄斯对自己的俘虏依然不放心。

"麻雀的誓言可靠吗？"他问道。

战喙挺起胸膛。"雀鸟的话绝对可靠。战喙不撒谎。以妈妈的蛋发誓，重誓。"

马赛厄斯回想刚才获取承诺的做法的确凶险，但那是不得已。对于他的俘虏和他自己，他都得硬起心肠，再不能像在这场危机到来前，那个傻乎乎的见习修士那样在修道院内跌跌撞撞。他在成长，在学习勇士之道。这次的任务至关重要，红城依靠他，宛如从前仰仗勇士马丁。

战喙疑惑地把头偏向一侧。"马赛厄斯在想什么？"

小老鼠将水壶装回麻袋。"哦，没什么，战喙。来吧，我们最好继续前进。"

虽然感觉有点古怪，但马赛厄斯意识到，他和战喙已开始相互直呼名字了。

克鲁尼可能要进行队内提拔，现任的三名队长都死了。

首先是死在车轮下的骷髅脸。随后是再也没见踪影的破耳，据说他被蛇吞了。现在失踪的是克鲁尼的副将红牙，应该是没命了。

克鲁尼军中的大多数士兵盯着这次提拔。升职不仅是为了名头——他们想的是分得更多的战利品。

那只名叫兔子杀手的雪貂吹嘘着皮包骨的优点，他的那个黄鼠狼朋友死在了大榆树脚下。"啊，告诉你们，伙计们，皮包骨可是只有头脑的黄鼠狼！毫无疑问，他是当队长的材料。你们知道吗，我还是想不明白，那么聪明的家伙怎么会从棵老树上掉下来摔死？"

奶酪贼讥笑道："他笨呗，要我说。我当时在场，都看见了。再说，克鲁尼不会提拔一只黄鼠狼来指挥耗子。"

"为什么不行？"雪貂反驳说，"我打赌，头儿会提拔任何一只表现出聪明头脑和战斗精神的动物。你看看我？我是只体面的雪貂。哼，我要是头儿，就会提拔我这样的当队长！"雪貂将爪子按得咔咔响。

奶酪贼轻蔑地看着兔子杀手，往地上啐了口浓痰，但他知道他自己也没有多少提升的机会，他被分派的职务是最微不足道的。如果要选的话，头儿自然会选黑爪。火牙自从那次希拉和红牙的事件，已经失了宠。然而黄鼠狼以及他们的同党白鼬和雪貂们却激烈争辩，为什么其他动物不能得到提拔？耗子凭什么高高在上？癞皮、酒糟鼻和血蛙认为耗子是克鲁尼军中的上层精英。黑爪心里也是这样想的，但他努力安抚其他动物，企图能在两边阵营都获得支持。谁能说得准！

恶魔之鞭克鲁尼可不会容许什么民主，他合眼躺在床上，不理会周围小声的争吵和辱骂。在他的身体完全恢复后，他才会提拔队长，在此之前，看哪个部下胆敢试图催促！

希拉和儿子躲在角落，他们感到已陷入困境。自从红牙死后，便没有动物理会他们，似乎他们是罪魁祸首。

突然，克鲁尼冲希拉喊道："嗨，狐狸，带着你的捣蛋鬼去外面待会儿！呼吸点新鲜空气，记着，别走错路！让黑爪进来，还有那只多嘴的雪貂，他叫什么来着？兔子杀手。"

两只狐狸急忙遵令而行，他们乐于远离气氛压抑的病房。

黑爪和雪貂走了进来，他们不知道应当自信，还是应该害怕，谁也摸不准克鲁尼。

他们都敬礼道："头儿？"

克鲁尼下床来回走动，测试自己的腿，这双腿一天比一天更强壮。他从两只动物面前走过，并没有转身面对他们，问道："谁知道有关挖地道的事？"

兔子杀手利索地上前一步。"啊，挖地道？大人，您可找对动物了。"

克鲁尼用战旗撑着身子。"你？"

"除了我还有谁，先生？"雪貂欺骗道，"我还知道其他一些厉害的动物可以帮忙，我这样的雪貂，还有白鼬和黄鼠狼。啊，没错，说到挖地道，我们跟鼹鼠一样厉害：支撑、固坡，挖掘竖井和水平通道……"

克鲁尼将战旗在地上重重一敲。"够了！你提的其他动物在哪儿？"

兔子杀手将爪子斜置在肩头。"当然，他们都在外面，大人，要不要我出去叫他们？"

"去，别拖拖拉拉的。"克鲁尼答道。

兔子杀手行了个花哨的礼，离开了。克鲁尼将黑爪拉到身边。亲密地说："你不知道有关挖地道的事，黑爪？"

耗子闷闷不乐地摇头。克鲁尼用爪子搂住黑爪的肩。"啊，没关系，我有别的任务要交给你。我们不能让雪貂、白鼬和黄鼠狼把功劳全占了，是不是？你一直很可靠，黑爪。辅助我，到时候，我保证会让你得到丰厚的奖赏。"

黑爪顺从地点头。

一段时间后，克鲁尼正与兔子杀手和他集结的队员们深入商谈，屋外扭打的动静打断了他们的谈话。奶酪贼大步走进来，一爪拖着猎鸡贼，一爪用矛捅着身前的希拉。

"这是怎么回事？"克鲁尼问道。

奶酪贼胜利地笑道："这两只狐狸，头儿，我发现他们把耳朵贴在门上偷听。"

他有技巧地用长矛的尾端将希拉和猎鸡贼绊倒，令他们在克鲁尼的脚边摔作一堆。两只狐狸瑟瑟发抖地趴在地上，为自己辩白。

"我们没有，先生，我们没有偷听。"

"我们只是靠在门上休息，我们只是郎中。"

克鲁尼理解地点点头。"我明白，你们只想帮忙挖土，是不是？"

慌了神的猎鸡贼急于讨好，他脱口而出："是啊，没错，先生。给我们一个机会，我们会跟其他动物一起挖地道。"

希拉发出绝望的呻吟，克鲁尼恶狠狠地踢打猎鸡贼。"谁提到挖地道的事了，狐狸？我只是说挖土。"

希拉试图挽回局面。"求求您，先生，别理会那个小傻瓜。他只是想说，您说挖……"

战旗击地的声音令希拉闭上了嘴。克鲁尼定罪的声音冰冷无情。"叛徒！他只是想说，你错误地复制了一份用攻城槌进攻的计划。现在你知道，我的打算是利用地道进入红城。"

希拉舔舔发干的嘴唇，用哀求的眼神凝望克鲁尼，但那只独眼中没有怜悯。

"你知道得太多了，狐狸，你和你儿子玩的把戏太危险。没有动物能骗我克鲁尼，我赢了，你们俩输了。"

狐狸握紧两爪，跪倒在地，悲声哭泣。克鲁尼盯着他们，享受审判的权力。他向奶酪贼和黑爪示意。

"把这两个卑鄙的叛徒从我眼前带走，你们知道该怎么办。"

两只尖叫饶命的狐狸被拖了出去，克鲁尼再度转向那群雪貂、白鼬和黄鼠狼。

"现在，说地道的事。"

第三十二章

勇闯雀鸟宫廷

　　马赛厄斯和战喙进展缓慢，爬上拱柱和彩窗的路漫长而艰辛。为了使攀爬容易一些，马赛厄斯解下了拴在麻雀腿上的砖块，但缚住了她的双翅。小老鼠不时将钉子砸入岩砖的接合处。他刻意不往下看，下方修道院地面的距离实在遥远，令人胆寒。他只冒险匆匆地瞥了一眼，地面上那个黑点不知是不是仰望他们的玛士撒拉。

　　攀爬拱柱顶端的弧面极为危险。马赛厄斯紧紧抓住固定的钉子，危险地探身——要是不果断，或是爪上乏力，他便会急坠惨死。马赛厄斯咬紧牙关，登上拱柱顶端。一道石壁架将拱柱和上方的彩窗分开，他伸爪牢牢攀住壁架，将自己向侧上方拉去。在双腿上了壁架后，他将脸颊贴在石面上，最后用力一拉，安全地翻上了壁架。

　　马赛厄斯坐起身，将两根绳子结在一起，放下去给战喙，她在下方拱底处等待。麻雀将绳子绕在身上。在登上壁架的过程中，她利用钉子，寻找落爪处，帮马赛厄斯节省力气。

　　两只动物倚靠着彩窗吃午餐。战喙咯咯笑道："马赛厄斯红老鼠。"

"哈，你还有资格说我，战喙！"马赛厄斯答道，"瞧瞧你自己，你浑身染上了蓝。"

阳光透过彩窗，造成了这种奇异的效果。战喙一边吃，一边左右闪动脑袋，改变颜色。"瞧！现在我变绿，又蓝了，现在像老鼠马赛厄斯变红。"

"你要是不安静坐好，就会吓得脸发白，因为你会摔下去。"马赛厄斯警告说。

等体力完全恢复。可以再度出发后，马赛厄斯试了试彩窗中央的砂岩格条。格条上镂刻有大量的花纹，极大地便利了攀爬，很快他们便登上大楼拱顶下的木梁。木梁窄得让人惊心，马赛厄斯和战喙在上面缓缓挪动，天花板的弧度迫使他们危险地向前佝偻着身体。

他们都没有注意到彩窗角落中一张带喙的脸——一只麻雀窥视着他们。发现他们可能是入侵者后，他飞走了。

两只动物停下脚步，寻找下一扇阁楼门，马赛厄斯抽出匕首，插入木质的天花板，稳住身体。

"我看见了，"马赛厄斯说，"那儿，你的左侧。你得走在前面了，战喙。"

麻雀沿着光滑的木梁，小心地滑动爪子。突然，马赛厄斯感到插在木头中的匕首松动了，他爪子一滑，身子向前倾倒，他摆动双臂，摇摇欲坠。关键时刻，战喙把他拉了回去，使他免于坠落，而那把匕首则旋转着落了下去，好长时间后，他们才远远地听到匕首落在修道院地面上的声音。

"哎呀！"马赛厄斯惊叹道，"刚才我真以为完了，肯定要摔下去了。谢谢你救了我，战喙。"

他们一寸寸地挪动，终于来到阁楼门下。门太高了，他们谁都难以够到，马赛厄斯尝试了好几次，终于被迫承认了失败。他愤然坐在木梁上，对自己很生气，彻底没了办法。

"我真是个傻瓜！这一路攀爬上来，却被一扇破旧的阁楼门打败。"

麻雀用爪子轻拍马赛厄斯。"马赛厄斯为什么不放开战喙？用雀鸟的翅膀飞，打开蠕虫小门。"

马赛厄斯一脸茫然。"再说一遍？"

战喙再度解释道："你没懂。战喙说，把翅膀松开，飞上去开门。"

"发下雀鸟的誓言，你不会飞走。"

"好，发雀鸟的誓，保证不走。"

"用你妈妈的蛋发誓。"

"战喙用妈妈的蛋发誓。"

马赛厄斯解开缚住麻雀翅膀的细绳，战喙尝试着拍动翅膀。"好长时间没飞了。我很厉害，你瞧。"

小麻雀扎下木梁，绕着圈子不断疾飞，又表演了几个杂技般的回旋，让同伴观赏。

马赛厄斯咧开嘴笑了。"好啦，我大开眼界。回来吧，卖弄的小东西，把这扇门打开。"

战喙迅速飞回，悬停于阁楼门的高度，用爪子抓住门闩。"小心……开门，砸到老鼠。"

小老鼠向后退去，麻雀打开了门。在合页上摆动几下后，阁楼门轰然落下。

这一次马赛厄斯料到，门向下打开时，又会落下一阵土雨，因此他之前沿木梁移动了足够的距离，既避开了落下的门，又避开了洒落的尘土。

战喙飞至马赛厄斯身后支援，防止他坠跌。马赛厄斯用打开的门作为梯子，很快穿过门，爬了上去。阁楼里虽然十分昏暗，但马赛厄斯看出，他们站在一条壕沟般的狭长甬路中，一侧的墙壁相当直，另一侧则是高高的拱面，那是木质拱形天花板的背面。

马赛厄斯把战喙叫至身边，把麻雀颈间的项圈解下，收入麻袋内。他拍拍长了翅膀的朋友。"战喙，我再也不能用项圈勒着你了。你是个非常忠实的朋友，你自由了。"

小麻雀眨动目光犀利的小眼睛。"马赛厄斯，老鼠朋友，我不走，跟你在一起。"

两只动物花费了几分钟，一同在头顶高高的屋顶上搜寻。战喙拥有飞行的优势，首先找到了他们认定的最后的暗门。

　　马赛厄斯沿着木质拱形天花板的背面，激动地爬了上去，攀爬并不困难，只是样子有些难看。这一次，他们发现门是向上开的。门很沉，两个朋友一起用尽了全身的力气，终于，门发出响亮的吱嘎声，被推开了。

　　马赛厄斯爬了进去，战喙紧随其后。门在他们身后轰然关闭，他们发现已被麻雀团团包围。麻雀们不断大声争吵着，猛烈地扑向马赛厄斯，众多爪子将老鼠钉在门扇上，令他一根胡子也动弹不得。如同乍然响起一样，所有的声音又突然消失，鸟群分成两边，马赛厄斯发现眼睛的正前方现出一张蛮横凶狠的脸。那是只身形强壮的雄性大麻雀，他怒视着马赛厄斯，眼中闪动着疯子般狂乱的光。

　　"老鼠蠕虫，你是我的俘虏！这是雀鸟宫廷！我是大王公牛！"

第三十三章

小狐狸猎鸡贼

两个叛徒——狐狸希拉和猎鸡贼的身体没有生气地躺在土路边的排水沟中。克鲁尼手下的耗子们用长矛处决了他们，将尸体扔进了排水沟。希拉静静地躺着，死亡令她曾经明亮狡猾的双眼变得呆滞无神。

然而猎鸡贼开始慢慢扭动呻吟。

他还活着！

伤痛灼烧着狐狸的全身。之前耗子们刺了他两下，一下在后腿，另一下正穿过后颈蓬松的皮毛。猎鸡贼尖叫一声，向排水沟中倒去，耗子刽子手又加了一脚，猎鸡贼当时便失去了知觉。希拉的尸体躺在浅浅的泥水中，压在儿子的身上。

两只狐狸都死了，耗子们放心满意。就算他们没断气，嗯，谁会穿过这一大片多刺的荨麻，爬到下面滑腻腻的泥浆里去检查呢？他们朝水沟中可能是狐狸尸身的东西扔了些土块，然后站在沟边观察。等苍蝇开始聚集在狐狸身上，耗子们失去了观赏的兴趣，溜溜达达地走开了。

猎鸡贼恢复了意识，他静静地躺在希拉的身体下，确信危险已经过去，他痛苦挣扎，推开那具曾是他母亲的可怕尸体。

老蠢货！要是让比她年轻得多、聪明得多的狐狸来应变，她便不会落得这样悲惨的下场。

猎鸡贼对于母亲的死，一点也不伤心，他开始盘算下一步的行动，他必须在这条臭水沟里躺至夜幕降临。虽然伤势很重，眼下这具有讽刺意味的局面还是令小狐狸无声地笑了。是他，而不是他的母亲骗过了克鲁尼。很快，他便会去披露攻打红城修道院计划的修正案，那肯定有点价值的吧？

天色刚黑，猎鸡贼便行动起来，他巴不得加紧行动。一下午，苍蝇、黄蜂、虫子，以及各种爬行动物为他做了彻底的全身检查。他小心地在泥浆中慢慢翻滚，直至形成一层泥膜，令腿上和后颈的伤口不那么灼热，防止进一步失血。在夜幕的掩护下，他摇摇晃晃地站起来，沿着沟底，一瘸一拐地向红城走去。

猎鸡贼走得痛苦而缓慢，但在漫长的旅途中，他自吹自擂安慰自己："一群愚蠢的耗子或许能结果希拉的性命。哼，她老了，大部分狡猾劲已经没了，不像我！他们没料到我这样年轻的狐狸如此伶俐有才智，我会让他们瞧瞧！我会报仇的！他们会知道，跟谍报专家对抗是什么滋味。"

几小时后，修道院的岩墙已经在望，猎鸡贼发现了一处不那么陡峭的斜坡，便气喘吁吁地爬出排水沟，边爬边发出痛苦的呻吟。利用一些攀缘植物和一丛悬垂的灌木，小狐狸终于爬上了土路。

猎鸡贼精疲力竭地躺在尘土中。他不知道，他拖着重伤的身子，在排水沟底走了多久。现在，他已虚弱得一步也走不动了，他近乎晕厥般睡了过去。

矢草菊跟每晚一样，绕着墙头，给夜间警戒的哨兵送上一缸缸热汤，哨兵们非常感激。不说话的山姆是矢草菊的保镖，他严肃地走在小田鼠身旁。尖刺安布罗斯一副饿急模样，看着矢草菊为他倒出一缸热腾腾的鲜汤。刺猬向矢草菊再三道谢，并希望其他动物分完汤后，还能再有他一份。

"你可真是体贴的小家伙，矢草菊小姐。我一直认为，美味的家常蔬菜汤最能保持我根根老刺的活力。今晚天气不错，可是别忘了，深夜和凌晨时还是有点凉，亲爱的。"

刺猬和田鼠在交谈，不说话的山姆却一刻不停，他不断吮吸着爪子，在墙头跑来跑去，从一块石头跳往另一块石头，用迷你匕首击退假想敌。

突然，他站定在门房入口的上方，小刀指着下方的土路，用舔得湿漉漉的爪子召唤矢草菊和安布罗斯过去看看。矢草菊起初以为，松鼠宝宝在跟平时一样玩闹。

小田鼠晃晃长柄勺。"把那把匕首收起来，别再攀高爬低了，小调皮。"

不说话的山姆保持姿势不变，仿佛一只训练有素的指示犬。

"或许他想告诉我们什么，小姐？"安布罗斯嘟哝说。他摇摇摆摆地走到墙垛边，向下看往山姆所指之处。

"嗯，啊呀，矢草菊小姐，看来我们的小战士的确发现了东西。有只动物躺在下面，可是见鬼，那东西身上那么多泥土，看不清是什么，"刺猬轻声道，"你待在这儿别动，小姐。我去找帮手。"

矢草菊和不说话的山姆从墙头向下张望。安布罗斯则在松鼠杰丝和头鼹的帮助下，冒险去土路上察看。野兔巴兹尔·雄鹿指挥十二只强壮的老鼠，站在他们背后，守卫门房的入口。

"那边的战士稳住，"野兔轻声说，"留心伏击的迹象，现在不要说话。"

猎鸡贼被尽量迅速地运入红城。守卫者们按捺不住好奇，在抬着猎鸡贼穿过庭院时，他们询问尚未完全清醒的瘸腿狐狸。

"是你的耗子朋友干的？"

"看来现在你想避难？"

"哈，奴（你）躺在路上，想干什么？"

猎鸡贼的脑袋随着抬运的步伐左右摇摆，他只念叨着一件事："院长，我一定要见院长。让那只雌獾离我远点，不然你们什么也别想知道。"

巴兹尔解散部队，赶上安布罗斯。"我说，你最好把这个无赖直接送

190

到老院长那儿去。你知道的，让他在断气前，把话说出来。"

猎鸡贼被送入修道院主楼，安置在一条长椅上。莫蒂默院长身穿睡衣，揉着惺忪的睡眼，拖着脚走来。他用熟练审视的目光检查完狐狸的伤口后，平静地开口说："嗯，狐狸，你想从我们这里得到什么？你肯定是你的主子克鲁尼派来刺探情报的吧。"

猎鸡贼虚弱地摇头否认。"求求你，我得喝点水。"

松鼠杰丝拿起水罐，但并不递给狐狸。

"告诉院长神父你想干什么，狡猾的家伙。"她板着脸厉声说。

狐狸虚弱地把爪子伸向水罐，令院长失望的是，杰丝依然将水罐留在远处。

"先说出来。我们得到情报以后，你才能喝到水。"松鼠坚持道。

看到动物这样受伤，院长心中难过，但他明智地决定将处理权交给杰丝，松鼠知道她在干什么。

"我这副样子，是克鲁尼的手下害的，"狐狸哑声说，"我的妈妈，希拉……被他们杀了。我知道克鲁尼的新计划，治好我，我都告诉你们。"

猎鸡贼彻底晕了过去。

"哼，我肯定不会在这家伙身上浪费上好的药材和宝贵的时间。"杰丝冷冷地说。

尖刺安布罗斯思索着挠挠肚皮。"没错，杰丝，我也不会。但或许他有重要的消息，不然他伤得这么重，为什么要拖着身子来这儿？"

院长为狐狸检查后颈处泥泞的毛皮下的伤口。"安布罗斯说得有道理。能不能请你们把这只可怜的动物抬到上面的医疗室去？"

矢草菊和不说话的山姆看着狐狸被抬走了。山姆抽出匕首，站在矢草菊身前，保护他们俩。矢草菊抚摩着小松鼠尖尖的直立的耳朵。

"现在没事了，山姆，"她柔声说，"狐狸伤害不了我们。谢谢你保护我。"

小松鼠把小刀收回鞘内，又开始吮吸爪子。

维妮弗蕾德和院长坐在医疗室的床边，他们不眠不休地守着，直至猎鸡贼恢复意识。狐狸发出一声悲鸣，四下打量温馨的小房间。

"啊，我的脖子！这是什么地方？我在哪儿？"他呻吟道。

维妮弗蕾德轻柔地将病人靠在枕头上，又将一碗水端到他干裂的唇边。"喝了这碗水，躺好别动。"她嘱咐说。

在猎鸡贼贪婪地大口喝水时，院长告诉他情况："你在红城修道院的医疗室。现在我还不清楚你全部的伤势。等你睡上一觉，我的朋友们会把你的身上清理干净，把伤口包扎好。"

猎鸡贼几乎难以相信自己的耳朵。"你是说，我能留下！可我还没告诉你们新计划呢。"

院长抹去病人下巴上的小水珠。"听我说，孩子。我们不会把你赶出门去，除非你是企图伤害我们的敌人。红城修道院照顾所有的动物，而照顾伤患是我的任务。你是我的责任，至于你说不说情报，则是你自己的心必须面对的选择。在此期间，我们会友好地款待你，庇护你，直至你完全康复。"

猎鸡贼躺在床上，想着善良的老院长所说的话。突然，他脱口说道："攻城槌不过是幌子，克鲁尼打算用它转移你们的注意，好让他在修道院的墙下挖地道。我不知道挖掘的确切地点，但我能确定，他会从地下袭击你们。"

在维妮弗蕾德压低烛火，拉下窗帘时，院长摇头责骂道："克鲁尼真是黑暗的产物，我现在明白了，什么也不会让他收手。孩子，我相信你告诉我的是真话，可你为什么要带着这条消息，一路爬到红城来——几乎丧了命？"

猎鸡贼尽最大的努力，装出悲愤的样子，撒谎道："因为他们杀了老希拉，她是我的母亲，不让杀她的罪犯得到惩罚，我无法安心。"

院长拍拍小狐狸的爪子。"感谢你信任我们，小家伙。现在闭上眼睛，努力休息一会儿。"

等院长离开后，猎鸡贼在雪白的干净床单上，将肮脏的身体舒适地向下缩了缩。他已经感觉好些了，足以发出无声的窃笑。

世上再没有比那个老傻瓜更愚蠢的了！

那只老鼠跟希拉一样蠢。让老鼠跟耗子相互打斗去吧。对于一只聪明的小狐狸来说，他关心的是，红城里所有的财物。

第三十四章

斗智斗勇

褐羽是战喙寡居的母亲，也是大王公牛的妹妹。女儿被箭射落时，褐羽本以为她没命了。现在战喙平安健康地归来，褐羽在责打她的同时，也深感宽慰。战喙好不容易插上嘴，用雀鸟语快速向母亲讲述了奇特的经历。

战喙叙述时，马赛厄斯被多名凶狠的雀鸟战士用利爪钉在地上。以他目光所及来看，大王公牛的这间宫廷是一间巨大的阁楼，而公牛的怒气似乎即将落在他身上。

麻雀们杂乱无章地群居在这里，形成一个散乱的巨大部落。上方的屋顶交汇成一个倒 V 字形，因此这间宫廷呈狭长的三角形结构。两边的屋檐下有无数邋遢的鸟巢，每只巢中似乎都装满了尖叫的幼雀。阁楼的一端被屋顶的石板和筑巢的旧材料阻隔开，那里是大王专属的私人寝室。马赛厄斯猜测，风向标大约就在那下面。

大王公牛可不是只能被小瞧的鸟。他发现小老鼠对于周围环境有明显兴趣，便很快调整了注意力，一脚凶狠地踢在无助的老鼠身上。

"老鼠蠕虫来大王的宫廷想干什么？"他厉声问道。

马赛厄斯意识到，现在可不是闲聊的时候，他立即谦恭有礼地大声说："哦，大王，我来送还您勇敢的小战士！"

这话顿时引起一片喧闹。公牛猛地一拍翅膀，麻雀们安静下来，他侧头端详这只大胆闯入的小老鼠。

"撒谎，老鼠蠕虫。不是帮雀鸟！老鼠敌人，"他叫道，"大王公牛说杀死敌人，杀——杀！"

雀鸟战士顿时叫嚷着一拥而上，用利爪抓，用尖喙啄，马赛厄斯不得不为生命而战。他设法挣脱了一只爪子，左右击打，重重击中了好几只麻雀。但公牛疯狂地敦促："杀——杀，杀——杀，杀死老鼠，杀！"更多的麻雀向他扑来，他意识到，他很快便将寡不敌众。

正当马赛厄斯奋力要挣脱另一只爪子，他感到两双翅膀围住了他的身子。战喙和褐羽试图护住他，褐羽叫道："别杀！老鼠好！救了我的小雀。"

公牛并不信服。"老鼠敌人，要杀掉。"

公牛自己没有孩子，战喙是他最疼爱的外甥女。战喙向舅舅叫着，请他发发善心："不，不，公牛大王，不要杀老鼠马赛厄斯！他救了战喙！向老鼠发了雀鸟的誓，你不杀。"

公牛跳入战士群中，把他们像谷糠一样驱散。对着在他身前瑟瑟发抖的麻雀们，他大声宣布了一道新旨："蠢虫！住手！大王说不杀老鼠！我妹妹的小雀发了雀鸟的誓。"

雀鸟战士们退了下去。马赛厄斯站起身，掸去袍子上的灰，幸运的是他没受多少伤。"呼！再次感谢你，战喙，朋友，你救了我一命。"

公牛命令两名雀鸟战士。"战鹰，风羽！拿包，看看老鼠带了什么。"

马赛厄斯一动不动地站着，两名雀鸟战士从他背后将麻袋扯落，但不知道怎样打开。他们用爪子和喙撕扯麻布，终于将麻袋扯破，里面的东西散落在地板上。公牛翻看老鼠微薄的物品，马赛厄斯则谦恭地站在一旁。

公牛从壶中喝了点水，又吐了出来。

"没有虫子，只是老鼠的食物。"他评论道。

公牛找到一包糖栗子，战喙发出一声渴望的叹息，眼巴巴地看着舅舅。公牛一下扯开包裹，迟疑地尝了一颗，他的脸上露出高兴的神色。"这给雀王的好吃的，对老鼠蠕虫不好，我拿着。"

他把糖栗子塞在翅膀下，然后拿起项圈和皮带，召唤马赛厄斯。"老鼠蠕虫，过来。你走运，大王饶你的命。"

小老鼠不安地走近公牛，他可不想惹这只喜怒无常的危险麻雀。公牛将项圈紧紧地扣在马赛厄斯的脖间，几乎令他无法呼吸，然后接上皮带，放声大笑。其他麻雀尽职地陪同大笑。

马赛厄斯感到血液在沸腾，他努力压制住升起的怒火，雀鸟王的宫廷可不是发脾气的地方。他在心中发誓，他再也不会给任何生物戴上项圈，那种羞辱简直难以形容。

公牛将皮带递给战喙，然后转身面向臣民，指着马赛厄斯疯狂笑道："大王公牛饶了老鼠。外甥女，拿他当宠物，喜欢吗？老鼠，听我妹妹和她小雀的话。有趣，哈？"

所有麻雀放声大笑，他们都相互较着劲，争取成为笑得最欢的。大王是完全不可预料的暴君，他说的笑话当然最好笑。

战喙一拉皮带，对朋友轻声说："马赛厄斯，你看战喙和妈妈没笑。对不起。"

小囚犯对自己的看守眨眨眼，他正在秘密谋划。"别担心，朋友，至少我还活着。"

战喙将皮带递给母亲。"这是褐羽，妈妈，好雀鸟，不伤害老鼠，瞧！"

褐羽轻轻一拉皮带，冲马赛厄斯点头微笑。马赛厄斯知道，他喜欢战喙的母亲。

公牛命令战喙和褐羽。"你们牵着老鼠蠕虫，不许独自乱走。给很多活，像这样，多踢。"

公牛抬起爪子向马赛厄斯踢去，老鼠敏捷地躲开，开始一脸傻相地又唱又跳。

公牛把脑袋偏向一侧，惊奇地看着这只怪老鼠的表演。

马赛厄斯滑稽地四处蹦跳，一边跳，一边即兴唱道：

> 从没到过这样的高处，
>
> 屋顶近在眼前，
>
> 大王给我戴项圈，
>
> 王妹牵着皮带。

他一遍遍反复唱着，跳了一圈又一圈。

公牛摆动翅膀，歇斯底里地笑道："哈哈哈哈哈！看，战鹰！瞧，风羽！老鼠蠕虫脑子坏了，他疯了！哈哈哈哈哈。"

所有麻雀顺从地附和疯狂的君王一同大笑。

过了一会儿，麻雀们渐渐散去，有些返回巢中，有些则去猎食虫子。被选中的几只跟随公牛去玩"三根羽毛"，这是雀鸟流行的赌博游戏，公牛很喜欢玩。褐羽和女儿牵着跳舞的老鼠，返回巢中，她们的巢在宫廷后部最远端的屋檐下。

虽然巢的外部邋遢，里面却整洁舒适。战喙已将马赛厄斯的物品收拢，她将物品重新装入撕破的麻袋，还给老鼠朋友。她望着老鼠，露出担心的神色。

"马赛厄斯脑袋病了？"她问道。

小老鼠感激地躺在褐羽的巢中，对两只麻雀露出笑容，让她们宽心。"没有的事，我跟你一样正常。装疯是我的计策，你们的大王和手下的战士或许会不再把我视作威胁，把我抛在脑后，不再来理会我。"

正在做饭的褐羽抬起头，她的眼神很严肃。

"老鼠马赛厄斯做得对，"她说，"公牛很邪恶，脾气坏。有时褐羽觉得公牛疯了。最好他认为老鼠你没威胁。"

马赛厄斯向褐羽恭敬地鞠了一躬。"谢谢你，褐羽。你是只非常勇敢的麻雀，刚才救我，你和战喙冒了很大的风险。"

褐羽为马赛厄斯和战喙各端了些食物。马赛厄斯感激地注意到，褐羽没在他的那份中放肉虫和死昆虫。麻雀妈妈用聪慧的眼神柔和地看着马赛厄斯——这只老鼠跟女儿差不多年岁。

"马赛厄斯救了我的战喙，"她说，"我们没有雀鸟战士照顾。战喙勇敢，像父亲。她父亲死了，我学着保护我俩，等战喙哪天成为伟大的战士。"

三只动物谈谈讲讲，时间不觉飞逝，马赛厄斯学到了许多雀鸟的风俗和生活方式。

褐羽是公牛的妹妹，有着王室血统。去年春天在跟一些八哥的战斗中，她的丈夫阵亡了。因为她丈夫曾救过公牛的命，公牛发誓会照顾褐羽和战喙，但他转眼就忘了自己的誓言，让这对母女自生自灭。褐羽知道公牛是危险的暴君，所以在公牛面前，她通常圆滑地保持沉默，只在紧急时刻，才会提醒公牛他曾经许下的誓言。

有时公牛会退回他的私人寝宫，在里面沉思多日，然后突然出现，用宏大的计划和疯狂的念头煽动手下的战士，谁也不敢不从；但半小时后，他就将之前莽撞的念头抛于脑后，溜达出去猎食肉虫了。等他晚些时候回来，发现他的种种计划没有付诸实行，便大发雷霆。在斥责和辩驳的争吵中，他会将军官撤职，提升最不能服众的普通士兵。第二天，他把一切又都忘了，又开始策划更疯狂的计划。雀鸟宫廷的行事方式常令马赛厄斯吃惊。麻雀们彼此间没有丝毫温情和礼仪，他们经常以最微不足道的借口，野蛮地相互厮打。战士们，甚至连刚学飞的幼鸟都加入群殴，他们彼此间会造成惊人的伤害。

麻雀们对于生火的技术一无所知。白天，阳光透过碎裂的石板和檐边射进来，为宫廷提供了照明。他们生吃所有的食物，肉虫和小昆虫是主食。

他们不会辨认各种不同的昆虫，所有昆虫一律被称为"蠕虫"。因此，某只麻雀一餐可能吃了蝴蝶和蚂蚱，将其称为"蠕虫餐"。"蠕虫"还被用来指称敌人、胆小鬼，或任何雀鸟不熟悉的事物。蠕虫餐之外的辅食有鲜花、植物的嫩芽、浆果，以及麻雀能在飞行中携带的各种水果。对于这一辅食习惯，马赛厄斯很感激，生吃肉虫和死昆虫的念头令他厌恶。

麻雀们从不严格按时完成日常杂务。除了父母能按时给幼鸟喂食之外，所有家务都留待明天，那便意味着永远地拖延。这一习惯使宫廷里灰尘遍地，一片脏乱。

马赛厄斯渐渐发现，一旦他能跟上麻雀说话时飞快的语速，雀鸟语并不难理解。一些麻雀说得那样快，马赛厄斯肯定——连他们自己也听不懂。

马赛厄斯拿不准战喙是否知道，他的任务是拿回马丁的宝剑，但褐羽肯定不知情。小老鼠已仔细察看过宫廷内大部分的地方，但不见宝剑的踪影。马赛厄斯推断，剑一定在那个他还未曾探寻过的地方——公牛的卧房。他反复思索，如何才能进入雀鸟王的卧房？他不想给朋友们找麻烦，也不想让他们怀疑他来这里的动机。而且，假如他的确拿回了宝剑，紧接着的问题便是如何把剑安全地带到下面的修道院，带到他的同类中去。

马赛厄斯估计，他在新环境中已待了一天一夜。那天傍晚，他坐在鸟巢外，缝补撕破的麻袋，清点个人物品。每当有麻雀经过，他便露出茫然的笑容，哼唱起他那首歌，没有麻雀费神给予他太多的注意。

独自去猎食蠕虫的战喙飞了回来。她站定，望着马赛厄斯。

"我猎蠕虫，"她说，"给马赛厄斯带了蒲公英，老鼠喜欢吃花。"

马赛厄斯用雀鸟语回答道："战喙好猎手。老鼠喜欢花，是好吃的晚餐。褐羽妈妈在哪儿？"

战喙指指公牛的卧房。"褐羽给公牛备好蠕虫餐。大王没有妻子做饭。"

马赛厄斯显出一副没留意的样子，拉扯项圈，想将它弄松。

"项圈伤老鼠脖子。"他笑道。

战喙同情地耸耸肩。"大王让你戴，谁也不能取下。我很抱歉。"

马赛厄斯继续清点物品，他无意中发现了一个没打开的小包。运气真好！是糖栗子。他急忙将栗子塞进麻袋，不让战喙发现。如果是平时，他会把这些糖栗子高兴地送给自己的朋友，但现在不同，马赛厄斯需要拿它们当诱饵。

他们继续闲聊，直至褐羽返回。隔了好一段时间后，小老鼠问褐羽："你常去大王的房间？"

褐羽点点头。

"大王公牛只让我进，"她笑道，"疯雀鸟，自己不做蠕虫餐。"

马赛厄斯与她一起大笑。

"看来大王不会自己做饭，"他笑道，"我给大王找到份礼物，你觉得怎么样，褐羽？"

雀鸟妈妈猛然抬头。"老鼠说的是什么礼物？"

马赛厄斯凑近，悄悄地小声说："你记得大王多喜欢老鼠的糖栗子吧？我又找了些。你带着我，我们把栗子给大王。"

褐羽一脸怀疑。"老鼠为什么想给大王栗子？"

马赛厄斯摊开双爪，似乎在陈述显而易见的事。"让大王放了老鼠，想回老鼠家。"

马赛厄斯屏住呼吸，凝望褐羽。褐羽的脸终于柔和下来，她同情地笑道："好吧，马赛厄斯，我们试试。没多大坏处，可是记住，别让公牛生气，他肯定杀你。"

马赛厄斯松了一口气，他迅速掏出那袋栗子。

"谢谢你，雀鸟妈妈，"他说，"老鼠不给你添麻烦，栗子会让大王高兴，你看。"

褐羽牵着跟在身后的马赛厄斯。她轻敲公牛卧房墙壁的石板，里面传来怒气冲冲的声音。

"飞走,雀鸟!大王要睡觉。"

褐羽意识到,他们选错了时间,但她加了些力,继续敲击。"准进,王兄,是褐羽和疯老鼠蠕虫。有礼物给大王。"

睡眼惺忪的脑袋绕过门洞探了出来,公牛冲他们像猫头鹰一样眨眨眼,又当着他们的面打了个哈欠。

"最好是大礼,大王不喜欢被耍。"他低声抱怨说。

马赛厄斯跳来跳去,唱着小调,随褐羽走入房间。他迅速掏出小包,选了颗栗子,冷不防直接扔入雀鸟王张开的鸟喙中,公牛吃了一惊。

"老鼠蠕虫为雀鸟大王找了更多的糖栗子,"马赛厄斯笑道,"快来拿。也许老鼠会给大王所有的栗子,大王放老鼠回家。"

公牛一面贪婪地大嚼香甜的栗子,一面垂涎地盯着小包。"哈,老鼠蠕虫给大王所有的栗子。大王考虑要事。我想想,嗯,放老鼠回家。"

马赛厄斯四下跳跃。他单膝跪倒,献上栗子。公牛一把夺过包裹,将远非一口能吃下的栗子贪婪地塞入喙中,狂喜地闭上眼睛狼吞虎咽,栗子的碎屑从喙中散落在胸口的羽毛上。

马赛厄斯环顾房内搜寻。雀鸟王的住处并没什么特别:一张稻草褥、一些粘在墙上作为装饰的蝴蝶翅膀,以及角落里一张堆满杂物的旧椅子——这么一张巨大的椅子是如何被塞进角落的,将永远是个谜。椅子背后突出的东西吸引了马赛厄斯的注意。那件东西用黑色皮革制成,上面有许多银色的装饰,样子很古老,与他佩戴的腰带样式相同。

马丁宝剑的剑鞘!

宝剑应该就在附近!

马赛厄斯很想绕到椅子背后查看,以确认自己的发现,但他不得不拉回心神,处理眼下的事。

公牛将最后几颗糖栗子塞入喙中,一脸快意地大嚼。

褐羽试图为老鼠讨个说法。"大王吃礼物,放了老鼠吧?"

公牛伸出贪婪的爪子。"更多!老鼠蠕虫有更多糖栗子礼物给大王?"

马赛厄斯跪着不动，恳求贪婪的统治者。

"哦，大王，老鼠没有更多的糖栗子，全给了大王，请放老鼠回家。"他抱着希望说道。

公牛从羽毛上啄取栗子的碎屑，他的眼中闪动着狡诈的光。

"啊！大王发雀鸟誓，如果老鼠蠕虫给更多糖栗子，就放走，但必须给很多。"他大展双翅，"这么多！"

小老鼠低下头。"可是大王，我没有更多的栗子。"

公牛的情绪一下子变坏了，他捏皱空空的酸模叶小包，甩在马赛厄斯脸上。

"老鼠蠕虫拿更多！更多，听见没？"他的双眼闪动着疯狂的光芒，颈间的羽毛根根立起，"大王不跟疯老鼠蠕虫吵，快滚！快点，不然我杀你。快滚，大王睡觉。"

发觉公牛已变得危险，褐羽没有犹豫，她猛然拉动皮带，将老鼠拽出卧房。

马赛厄斯怒不可遏，冲口说道："褐羽，你们怎么能让这个傻瓜当雀鸟王？"他的脖间一紧。

麻雀妈妈发出轻柔的嘘声，示意马赛厄斯闭嘴。她把马赛厄斯拉回安全的巢中。

战喙又出去猎食了。褐羽坐下，试图向愤怒的小老鼠讲道理。"马赛厄斯不能让公牛听见说他傻瓜，你很快就是死虫饵。"

马赛厄斯张嘴想要反驳，麻雀举起翅膀，拦住了他的话。"雀鸟都知道公牛是厉害的战士，他多次退敌救了雀鸟部落。他有时懒，有时坏脾气，但不蠢。公牛狡猾，像狐狸，只是装笨，就像马赛厄斯。"

褐羽已经猜到，马赛厄斯去公牛的卧室是出于其他目的，而并不是为了获取自由。她真是一只非常聪明的鸟妈妈。马赛厄斯决定打开天窗说亮话。

"褐羽，嘿，我想告诉你一个故事，"他说，"关于生活在我们脚下修道院内的老鼠们，关于一只特别的老鼠，他叫勇士马丁……"

麻雀专注地倾听小老鼠讲述红城修道院的故事，讲述他在危急时刻所扮演的角色。马赛厄斯讲完时，褐羽在他坦然的脸上看见了真实，她凑近轻声说道："马赛厄斯，褐羽知道！你第一天来，我看见了你的腰带，跟大王房间里椅子后面的东西完全一样。"

"可是为什么……"马赛厄斯插嘴道。褐羽再次拦住了他的话。

"小老鼠安静坐，"她说，"现在我给你讲故事。很久以前，在我妈妈还是一个蛋以前，那时的大王名叫血羽，他从风向标的北臂偷了剑。剑令雀鸟族骄傲，令战士们勇敢，小雀们健壮，有了很多虫餐可吃。剑挂在雀鸟的宫廷里。血羽死了，死因谁也不知道，公牛成为大王。我丈夫灰尾死前告诉我，公牛佩勇士的剑，盒子太重，把盒子留在房里椅子后面，用脚爪握剑，很卖弄，用剑挖蠕虫。我丈夫跟着他。一天他们在苔花林猎食，有毒牙的大虫出来，一直说'阿斯——莫德'，像这样。公牛掉落大剑，他也怕毒牙。大虫缠绕剑柄。公牛命令我丈夫灰尾夺回剑。灰尾努力，但被大虫的毒牙咬了，伤得很重，坚持跟着公牛飞回了宫廷。剑留在苔花林，留给大虫。我丈夫死了，公牛说死于跟八哥的战斗，谎话，灰尾死前都告诉了我。战喙还是蛋，不知道爸爸怎么死的。"

马赛厄斯同情地看着褐羽强忍住眼泪，他温柔地轻拍丧偶的麻雀。"灰尾独自面对毒牙，厉害的战士，该高兴战喙是他的小雀。"

褐羽含着眼泪笑了。"马赛厄斯好老鼠。"

在一阵尴尬的沉默后，马赛厄斯低声自语道："那么，看来我白找了。可剑鞘呢？"

"剑鞘是指剑盒吗？"褐羽问道。马赛厄斯点点头。

"我告诉你关于剑盒的事，"褐羽苦涩地说，"公牛害怕告诉其他雀鸟，他丢了剑。哼，他不知道灰尾告诉了我。褐羽观察大王，我知道，公牛假装剑还在盒里，那样他继续当王。如果我说，他会杀我和战喙，这我知道。将来战喙，我的小雀当女王，她有王室血统，那时雀鸟族日子变好，幸福。

现在公牛统治，哼，丢了心，丢了剑，疯鸟，一无是处，公牛。"

那天晚上，躺在褐羽巢中的马赛厄斯有太多事情要想。那么，公牛丢了剑，被生有毒牙的大虫捡走。马赛厄斯知道，这样的描述只可能是一种东西——蛇！

有毒或许意味着是条蝰蛇。马赛厄斯从未见过蝰蛇，他从未见过任何一种蛇，只在红城听别的动物谈起，他们口中的蝰蛇仿佛是一种半是传说半是噩梦的蛇类。据说，连院长神父也会拒绝医治蛇类，无论蛇的伤势多么严重。幸运的是，还从未有蛇需要医治。在苔花林地区从未听说有蝰蛇，所以大多数动物认为蝰蛇只在神话中出现。但睿智的动物，比如康斯坦丝、院长和老玛士撒拉曾确切地告诉大家，致命蝰蛇的存在是冰冷的现实。他们说，在整个世界中，蝰蛇是最可怕的：有力的缠绕、催眠的眼睛、剧毒的獠牙。

马赛厄斯打了个冷战。蝰蛇听上去甚至比恶魔之鞭克鲁尼更可怕！区区一只老鼠怎能从褐羽口中的那条蝰蛇处取回宝剑？那条说"阿斯——莫德"的蝰蛇？马赛厄斯努力将这一念头赶出脑海。睡意渐渐袭来。

"快来，老鼠蠕虫，大王想见你。"

鸟爪粗暴地抓住马赛厄斯，将半睡半醒的老鼠拖出鸟巢。是两名雀鸟战士，战鹰和风羽。他们没有进一步地解释，只是残忍地拉扯皮带，拽着马赛厄斯就走。老鼠在被拖入黑暗的宫廷前，最后见到的是褐羽和战喙苍白忧虑的脸。

他高叫着安慰她们："别担心，我没事，照顾好自己！"

战鹰用硬邦邦的满是骨头的翅膀打在马赛厄斯脸上。"老鼠蠕虫，闭嘴，不然我杀你。"

"在我见到大王前，你不会。"小老鼠反驳道。

战鹰向他飞起一脚，但风羽挡开了这一脚。"离老鼠远点，你杀他，大王杀我们。"

风羽对马赛厄斯笑道："老鼠无礼，但勇敢，像雀鸟战士。"

公牛睡醒了。抓住的老鼠身上有东西让他不安，当时他忙着大吃糖栗子，没顾着管。但现在他完全清醒了，那东西令他如同遭到一吨砖块的重击。

老鼠蠕虫的腰带！

公牛终于看清了褐羽一眼便发觉的事实，马赛厄斯的腰带与他椅后的剑盒一模一样！

一面残缺的镜子反射着月光，那是雀鸟王卧室内唯一的光亮。公牛让两名战士退至房外等待，他则沉默地坐着，盯着小老鼠。

马赛厄斯不知道将会发生什么，但他勇敢地挺身站着。公牛站起身，在马赛厄斯身前踱步，然后又绕至老鼠身后。马赛厄斯感到，一双有力的爪子紧紧抓住了他的腰带，疯狂的雀鸟王在他耳边轻声说：

"老鼠蠕虫哪里得的腰带？"

马赛厄斯咽下一大口唾沫。他努力装出毫不在意的样子。

"腰带？哦，你是说这条腰带？老鼠一直戴着腰带，很久了，不知道哪里得的。"

砰！

公牛在马赛厄斯背后凶狠地一推，老鼠摔倒在地。"老鼠撒谎。大王公牛不是笨蛋蠕虫！哪里得的？说，说！"

麻雀疯狂叫嚷着拉扯腰带。马赛厄斯知道，这个精神失常的统治者又陷入了疯狂的盛怒，他的生命岌岌可危，他必须发挥急智。

"没有更多糖栗子，"小老鼠哭道，"发发慈悲，大王，发老鼠的誓，没有更多的糖栗子。我给大王这条腰带，大王放老鼠回家。"

马赛厄斯的哀求起到了想要的效果，疯狂的雀鸟王在巨大的椅中坐下，眼中闪动着狡狯的光。

"雀鸟法说大王必须杀死老鼠蠕虫，可我好大王，不杀老鼠，把腰带给大王。"

马赛厄斯解下腰带，递了过去。公牛把玩后，将腰带扣在身上，在破损的镜子前神气地踱步，一面欣赏腰带，一面用正常的声音开口道：

"漂亮，好腰带。老鼠知道大剑？"

马赛厄斯立刻小心提防，说错一句便可能给褐羽和战喙招致杀身之祸，他必须装傻，减轻公牛的怀疑。

"哦，大王，那腰带好，让大王样子神气，像厉害的武士。在老鼠身上样子不好看。"

这些话似乎让公牛很受用，他用喙理理身上的羽毛，随后用欺哄的语气再次问道："马赛厄斯应该知道大剑？"

虽然眼下的处境艰难而危险，马赛厄斯心中仍然觉得好笑，公牛竟称呼了他的名字。他猛然坐倒在地，将脑袋埋在两爪间，一副无辜沮丧的样子。

"啊，强大的王，老鼠没有更多糖栗子。不知道什么剑的事，现在连腰带也没了。请早点放我，不然我活不成。请让可怜的老鼠蠕虫回家。"

马赛厄斯装可怜的表演似乎令雀鸟王相当得意，他将翅尖插入从老鼠蠕虫手中骗来的腰带中。哈，他还吃光了老鼠的糖栗子！他想永远当仁慈的鸟。公牛吹了声尖厉的口哨，召唤两名战士跑进房内。

"瞧这只老鼠蠕虫，"公牛嘲笑道，"他不相信我饶了他。你们把老鼠带回给我妹妹褐羽，告诉她，大王说照顾好老鼠蠕虫，他给我好礼物，糖栗子、腰带。也许老鼠能给仁慈的大王找到更多礼物，大王饶他的命。快带走，得再睡。去吧。"

马赛厄斯又被拖走了，他假装悲痛地大声哭泣，令公牛十分开心。他挥动翅膀道别，并向囚犯喊道："睡个好觉，老鼠蠕虫。想办法给大王搞更多礼物，哈哈哈哈哈！"

两名战士和附近一只半梦半醒的幼鸟顺从地跟雀鸟王一同大笑。

马赛厄斯感谢自己的幸运星，他又一次保全了性命。倘若拒绝交出腰带，他肯定没命了。反正他认为那只是暂时的出借，他已决心从公牛那里偷取剑鞘，到时候何不一并捎上腰带？

第三十五章

夺回马丁像

野兔巴兹尔·雄鹿和松鼠杰丝像贼一样鬼祟：不帮守卫者干活时，他们总躲在偏僻的角落里小声地交头接耳。谁也不知道他们谈了些什么，或正在谋划什么，但跑步健将加上攀爬冠军，将要发生的事一定很精彩！

矢草菊和不说话的山姆眼见两只动物在午饭时偷偷溜入果园，在树丛下继续密谋，在那里他们不会受到打扰。

"你觉得你妈妈和巴兹尔想干什么，山姆？"小田鼠问道，她的好奇心被勾了起来。

不说话的山姆耸耸小肩膀，把头扎在午饭的牛奶碗中，婴儿般美滋滋地喝着，发出热闹的响动。不管杰丝计划干什么，山姆一律完全支持，原因很简单——因为在山姆看来，妈妈不可能做错。

巴兹尔在树荫下舒服地展开身体，杰丝则坐在阳光下，尾巴卷曲在头顶，仿佛一把遮阳伞。

"啊，这才是生活，杰丝，老登高健将。"巴兹尔一面给蚂蚁喂面包屑，一面大张着嘴打了个哈欠，"多么丰富，足以让内心满足。火辣辣的六月天气，再加上供白天打瞌睡的一流营房，哎呀，哎呀。"

杰丝细细地啃着一块奶酪。"是啊，我们林地动物应该负责保护这样的生活。要是克鲁尼和他的手下占领了这片地方，这里会变成什么样，让像我家山姆一样的小动物怎样成长？"

巴兹尔从军人式的胡须间重重地哼了一声。"唉，不敢想象，朋友！那些个坏耗子，完全是群野蛮的无赖！你知道，恶劣的影响。"

两只动物意见一致地点头，严肃的脸上满是义愤。要面对的事实可怕得难以承受，激起了他们心中久藏的怒火。

"哼，恶魔之鞭克鲁尼！从未见过那样自大的恶霸。"

"没错，而且还是个贼，竟从老鼠手中偷走了马丁的壁毯！不知道他们对马丁下了什么毒手？"

"你知道吗，我突然想到，如果能看见壁毯回归原处，院长神父会感到宽慰。"

"没错，队伍也会重振士气。"

"哈，可是对于克鲁尼那个家伙和他那群肮脏的强盗，那将会是个沉重打击。"

巴兹尔跳起来，果断地吃掉了杰丝剩下的最后一点奶酪。"嗯，那么我们还等什么？来吧，杰丝，贪吃榛子的家伙，起来战斗，前进！"

杰丝屈伸攀爬的爪子，气愤地露出牙齿。

"你拦我试试！"她凶悍地说。

两位运动健将没有告诉任何动物他们的打算，悄悄从修道院岩墙上的一扇小门溜了出去。很快，他们便潜行在正午的苔花林绿意勃然的深处。

克鲁尼已起来四处走动。他的第一个决定是，让部众练练步法。他认为，部众在他卧床期间，散卧在教堂的庭院里，已变得又懒又胖，但现在他正在康复，他们也该操练一下。克鲁尼站在一块墓碑上，微微倚靠着战旗，监督军队操练。

一大群耗子喘着粗气，大汗淋漓，扛着沉重的攻城槌来回飞奔。几名队长为了讨克鲁尼欢心，大声呼喝倒霉的跑步者："把脚抬起来，胆小的废物！快，好好抬攻城槌，懒散的混蛋。"

由于耗子和其他种类的动物缺乏沟通，挖掘地道的工程进展得一团乱。雪貂、白鼬和黄鼠狼满脸潮湿的黑土，总从最意料不到的地方猛然破土而出。他们不习惯如此艰苦的劳动，常随心所欲地停止挖掘，舒服地晒太阳，却被一队队跑动的耗子踩个正着。争吵随即开始，直至双方都意识到克鲁尼投来的眼神，方才垂着头，继续操练，重新挖掘。

霸王鄙夷地看着乱糟糟的演习，轮番批评立于他所站墓碑两侧的黑爪和兔子杀手，责骂他们所代表的动物的缺点。在克鲁尼毒舌的鞭笞下，两只动物都局促不安。

"黑爪，瞧瞧那些耗子行军的样子！蠢货！他们好像乡村小学外出郊游的一群小破孩儿！你教了他们什么？"

"哦，见鬼！扛攻城槌的那群蠢货直接冲进了地道！兔子杀手，告诉你手下的那些笨蛋，不要把地道挖入操练场。等等，那边那只黄鼠狼——那只一脸傻笑的像喝醉了的鸭子似的家伙——把他关起来，三天不准喝水吃饭！那样才能抹掉他脸上的傻笑。哼，你们俩原来是这么出色的指挥官，我背转身一分钟，你们就把手下带得好像桶里发疯的青蛙。"

克鲁尼怒气冲冲地大声训斥战旗下的动物们，他们要浑身大汗地行军、操练、挖、抬、打洞，直至表现令他满意。懒散马虎的东西！他要让他们看看，他回来了；如果需要，他会让他们没日没夜地操练。克鲁尼在受伤卧床时曾发誓：他再不会让自己被老鼠和林地动物打败。

而此时，两只林地动物正站在苔花林边，窥探公用地那头克鲁尼军队的操练场。

要不是形势严峻，巴兹尔和杰丝会抓住机会一次又一次地大笑。红城守卫者们的操练方式与这群乌合之众的可笑举动多么不同！杰丝看出，鲜明的对比在于：一方是暴君统治下强制的练习，另一方则是基于同仇敌忾的深厚友谊之上的自愿合作。

两位战友的计划已拟订妥当。巴兹尔认为，现在是执行计划的好时机。他转向杰丝。

"嗯，攀爬高手，让我们看看能不能用科学挫败坏蛋！"

他们握握爪，勇敢地走入公用地：伪装高手、用后腿战斗的野兔巴兹尔·雄鹿在前，攀爬冠军和找路专家松鼠杰丝紧随在后。他们仿佛两道云影，无声地飘过公用地。

克鲁尼已爬下立足的墓碑，站在教堂墓园的栅栏边，打算在几只被他称作"笨拙小组"的耗子身上，试试他可怕的尾巴鞭打的力量。他一面高声指挥，一面屈伸鞭子般的长尾，试验性地甩动了几下。

"向左转！我说左转，蠢货。那边那个，你不知道左右的区别吗？伸出左爪。"

那只惊恐的耗子伸出爪子，他一心希望那是左爪。

嗖，啪！

被鞭子般粗壮的尾巴抽中的痛楚令不幸的耗子惨叫一声，跳了起来。克鲁尼怒气冲冲。

"笨蛋！那是右爪。现在伸出左爪，蠢货！我会用你做例子，让你们这群家伙记住。"

一个声音打断了他。"啧啧，军官责打招募入伍的动物？！没教养，老家伙，真没教养！"

克鲁尼猛然转身。野兔巴兹尔·雄鹿用"稍息"的姿势站在栅栏外的公用地上，刚好在他够不着的地方。

克鲁尼吃惊得说不出话，瞪大眼睛盯着大胆的巴兹尔，而野兔却不在乎地装出气愤的样子，斥责道："队伍的指挥官竟干出这种事，哎呀！要是我，就会把你从教堂的地界赶走。"

克鲁尼嚷起来，仿佛喉咙被扼住："抓住他！抓住那个间谍！我要他的脑袋！"

巴兹尔笑道："怎么啦？你自己的脑袋不够用？是啊，我看是不够用，丑陋的混蛋，是不是？"

一群耗子爬过栅栏去抓巴兹尔，就如试图捕捉风中的轻烟般徒劳，上一刻还在那里的野兔一下子消失不见了。杰丝在藏身处努力忍住笑声。

在耗尽气力的几分钟后，形势便清楚了。耗子们，以及在克鲁尼的命令下加入追逐的一打左右的雪貂、白鼬和黄鼠狼根本无法抓住古怪的野兔。

克鲁尼用失去血色的爪子紧握战旗，翻过栅栏，前往公用地。

两位战友的计划开始奏效。

巴兹尔在克鲁尼身边跳动。"哎，老耗子！有点主动的表现了？千万别让士兵干你自己也做不到的事，你也就那么回事！棒极了！"

野兔玩闹地躲开去，克鲁尼怒吼着在他身后追逐。巴兹尔穿插躲避，将克鲁尼进一步引入公用地中。所有的眼睛都盯着那两条身影，使跟随他们的杰丝较为轻松地变换着藏身地点。

克鲁尼不懈地追逐。他并不莽撞行动，而是等待野兔变得过于自信才出手。他手下的士兵们在离这场追逐战大约二十步远的地方，克鲁尼警告他们离远些——他想要单独对战。

野兔心中暗喜，他们正逐渐靠近苔花林，很快杰丝便可行动，在此期间，他必须进一步诱敌深入。克鲁尼用战旗扎向巴兹尔。躲开旗杆的戳刺和鞭子般的尾巴迅猛的抽击，巴兹尔意识到，眼前的耗子并不笨拙。他冒险地侧眼瞥去，察看杰丝是否在附近。侧眼时，他的左后腿陷入了地面上的一个深坑，后腿一扭，巴兹尔重重摔倒在地。

克鲁尼扑上来，举起旗杆，砸向野兔毫无保护的脑袋。巴兹尔迅速扭向一旁。

"快，杰丝，动手！"他叫道。

在巴兹尔的叫声中，好几件事同时发生。

杰丝仿佛红色的旋风，突然冲出来。旗杆重重砸在柔软的泥土上，巴兹尔的脑袋一秒钟前还在那里。巴兹尔将腿拔出时，杰丝像大马哈鱼一样跃起，在半空中干净利落地将壁毯一下从旗杆上扯了下来。

克鲁尼发出盛怒的吼声，他的手下拥过公用地，前来支援。巴兹尔跳起来，瘸着腿勇敢地挡在克鲁尼身前，掩护杰丝。松鼠则快速地四处跑动，试图令克鲁尼分神。

巴兹尔忍痛向朋友叫道："快跑，杰丝，我挡住他们！"

杰丝躲开克鲁尼尾巴的一击。"不行！如果你留下，我也不走。"

巴兹尔一瘸一拐地跳动，挡在克鲁尼和杰丝之间。

"固执的家伙，"他嚷道，"你走不走？"

克鲁尼的手下已经逼近。突然，杰丝闪电般抓住克鲁尼的尾巴尖，用尽全身的力量一甩，令克鲁尼失去平衡，直撞向跑在前面的耗子。随后杰丝将巴兹尔的爪子搭在肩上。

"快，巴兹尔，跑向苔花林，我们一起走。"

两只动物穿过公用地，向苔花林深处飞奔。克鲁尼的手下叫嚷着在他们身后快步追赶。杰丝边跑边气喘吁吁地说："喏，拿着这个，把仿品给我！快。"

巴兹尔抓过壁毯，又伸爪至外衣下，拿出早先他们一起准备的仿制品，递给杰丝。那块粗糙的仿制品其实是雨果修士厨房里的旧抹布。

追击者的声音越来越响，他们逼近了。

"快，你藏起来，"杰丝喘着粗气说，"我会吸引他们的注意，你便能折回，穿过墓园，沿土路回红城。他们绝想不到搜索那条路。"

杰丝一边说，一边侧头看去，巴兹尔已经消失，一个气喘吁吁的声音从灌木丛下，用军人的声调轻声说："好，老伙计，修道院见。来一场精彩的追逐赛吧，加油。"

伪装专家野兔巴兹尔·雄鹿钻入了地洞。

杰丝看见克鲁尼和他的手下穿过树丛跑来，她站在原地，等待他们发现她。她看见克鲁尼指着她叫道："那儿！那只松鼠！她拿着壁毯。抓住她！尽量活捉她。"

杰丝冷静地站立不动，直至耗子们几乎已扑至面前。在最后一秒，她身影一晃，迅速爬上一棵七叶树，停在刚好令耗子们够不到的高度。一些较灵活的耗子试图爬上树去，抓住松鼠，但杰丝只需跳至更高处。

"下来，蠢货，"克鲁尼嘶声说，"别想在爬树上胜过松鼠。在我想办法的时候，看能不能让她离地面近点。"

耗子们爬下树。杰丝趁他们下树时，回到较矮的树枝上，她必须争取尽可能多的时间，让巴兹尔逃脱。

克鲁尼懒散地斜靠在树上，不动声色地说："干得漂亮，松鼠。的确很聪明。我的军队里用得着你这样的动物，聪明的、有头脑的动物。"

兔子杀手也展示了他的劝说才能。"啊，听头儿的话，他正在找一名可靠的副将，你干吗不下来谈谈呢？战利品肯定会很丰厚，等我们占领红——啊哟！"

一颗栗子砸在叫嚷的雪貂头上，小栗子包裹在长满尖刺的绿色外壳里。杰丝带着更为充足的弹药，转移至较高的枝条上。她向克鲁尼挥动假壁毯。

"你在找这个吗，耗子？"

克鲁尼努力压下怒火。黑爪捅捅头儿，轻声说："另一个怎么办，头儿？要不要我带些兵，开始找他？"

"不用了，那只野兔我下次再处理。现在我要你们都待在这儿，说不定有机会困住这一只。"克鲁尼低声道。

杰丝敏锐的耳朵听见了克鲁尼说的每一个字。计划成功了！她扔下一颗坚硬多刺的栗子，冲克鲁尼喊道："嗨，耗子！你真认为困住了'这一只'？哈，我自由得像晴朗天空中的云雀！你们谁也近不了我的身。"

"我知道，松鼠，"克鲁尼答道，"可是你想一想，如果我战胜老鼠，赢得战争——胜利会属于我，你知道——我发过誓，要杀死红城内所有的动物。那里应该有你的亲人吧，你知道我的意思：伴侣、孩子，还有家庭——"

多刺的栗子雨倾泻而下，克鲁尼左躲右闪。

"你这肮脏卑鄙的暴徒！"杰丝叫道，"腐烂恶心的垃圾！你要是靠近我的家人，我立刻把你那只邪恶的眼睛从脸上抠出来！"

更多坚硬的栗子猛然落下，克鲁尼知道他对付松鼠的计划正在生效。

"扔东西对你没什么帮助。听着，我是讲道理的动物，我只是要你考虑一下家人。你并不一定要加入我们，如果你不愿意。你可以永远待在这棵树上，只要你乐意，我不介意。我要的只是那一小片壁毯，小要求，是不是？只要你交出壁毯，你所爱的家人就安全了。"

杰丝刚想扔下更多的栗子，并再次出言羞辱，却突然明白了克鲁尼的计谋。耗子想的跟之前她和巴兹尔所做的完全一样，诱使她大意犯错。她可以将计就计，杰丝暗想。盯着松鼠的克鲁尼手下发现松鼠有点不对劲，她一脸不安的表情，啃着嘴唇，搓着两爪，随后焦躁地紧紧抓住壁毯，抱在胸前。

"我不在乎红城的其他动物，可是我有丈夫和小儿子，你不会伤害他们，是不是，克鲁尼？"

克鲁尼听出了松鼠声音中的呜咽。

"不会，不会，当然不会，"他安慰道，"你要做的只是松开那一小块布，让它飘落到我这里。只要你那么做，就确保了所爱的家人的安全。相信我，松鼠，我以荣誉发誓。"

杰丝用假壁毯擦擦眼睛，可怜地抽泣着答道："啊，那好吧。如果你保证我家人的安全，你就能拿回这片旧东西，它对我没有意义。"

杰丝松开那片东西，它从枝条间飘落，克鲁尼几乎忍不住想跳起来接。兔子杀手急忙上前，两眼闪动着敬畏的光，轻柔地拾起那片抹布，献给克鲁尼。

“给您，大人，美丽的壁毯，完好无损。”

克鲁尼急切地一把夺过那片布。他眯起眼睛，不对劲。他发出一声可怕的怒吼，用有力的爪子撕扯，将布撕成碎片，疯狂叫道：“这是假货，仿制品，没用的垃圾，啊——”他的手下们立刻争先恐后地爬入灌木丛中。

杰丝坐在树上，满意地冷眼旁观。“啊，没用的垃圾，耗子，就跟你一样。真壁毯现在已经回到红城，你被骗了。”

“杀了她！杀了这个肮脏的小骗子！”克鲁尼叫道。但耗子们还没来得及掷出武器，杰丝已经走了。获胜的松鼠远离苔花林地面，在最高层的枝叶间，优美地从一棵树迅速跃至另一棵树，向红城修道院撤退。

接近傍晚时，杰丝回到红城，她从高高的榆树枝条上轻盈地跳至修道院的墙头。从快乐的说话声和一片欢腾的景象看来，马丁像已安全回归。

松鼠蹦跳着下至庭院，朋友们的欢呼声将她团团围住。欢呼声最为响亮的是松鼠先生，他不断的亲吻令杰丝窒息，而他们的儿子不说话的山姆坐在母亲的肩头，他舔得湿漉漉的小爪子的爱抚使母亲的脑袋上一片湿润。

林地动物们将杰丝扛上肩头，抬入凯文洞，那里坐着另一位庆功的英雄，野兔巴兹尔·雄鹿。他暂时从堆成小山般摇摇欲坠的美食间抬起头，望向战友，并指指自己的腿，那条腿被夸张地裹成了一个巨大的绷带包。

“战伤，”巴兹尔一面咕哝，一面将满满一盘榅桲和接骨木果馅饼送入腹中，“要恢复从前的力量，你知道。大量的营养是治愈可怕伤势的唯一办法，吃吧，哎呀，哎呀！”

不说话的山姆跳上桌，让巴兹尔看他没有塞进嘴里的爪子，那上面有一条微小的抓痕。友好的野兔一脸严肃地审视着。“哎呀，看样子又是一道严重的战伤！最好坐在我身边，小勇士，用大量的美食疗养，这是诀窍。”

两只动物尽情地狼吞虎咽。雨果修士摇摇摆摆地走进来，满脸喜气。

"勇敢的朋友，"他笑道，"晚玫瑰又渐渐繁茂了。你们尽情吃吧。"

杰丝用爪子搂住胖老鼠的肩，松鼠的脸上混杂着悲伤和关切。

"雨果修士，老朋友，做好准备，我带来了悲惨的消息！"

惊慌在雨果肥嘟嘟的脸上蔓延开。"告诉我，杰丝。发生了什么可怕的事？"

杰丝用哽咽的声音断断续续地说："恐怕克鲁尼撕碎了你最年高德勋的抹布之一。唉，红城再也见不到它擦下一个盘子了！"

雨果修士身后，正在吃奶油苹果布丁的巴兹尔和山姆哈哈大笑，差点被呛死。

一束束落日的光芒涌入大礼堂，老玛士撒拉辛劳地穿针走线，他正把勇士马丁缝回原处，缝回壮丽的红城壁毯的一角。

第三十六章

逃离雀鸟宫廷

马赛厄斯深深蜷缩在褐羽的巢内。他舒服地抖抖身子，钻入羽绒、晒干的苔藓和柔软青草的更深处。夜间刮起了风，他透过巢边张望，天空是那种初夏过于灿烂的日头升起前常见的灰色，飘满了云朵。虽然没有下雨，风也相当和煦，但房檐和屋顶的裂缝放大了飘忽不定的风发出的叹息和呻吟，令小老鼠再度缩回巢中，他也经常这样缩回宿舍自己的床上。马赛厄斯怀念那张整洁舒适的小床，想家的浪潮席卷全身，他还能再次躺在那张小床上吗？

一阵急促的翅膀拍打声宣告着麻雀妈妈的归来。

"老鼠马赛厄斯懒鬼！起来！今天有事做。"

马赛厄斯伸伸懒腰，打了个哈欠，挠挠项圈下的皮毛。

"早上好，褐羽，"他礼貌地说，"今天要做什么？"

麻雀坐下，严肃地看着小老鼠。"今天马赛厄斯逃离雀鸟宫廷。我订了计划。大王没有权力囚禁老鼠。"

马赛厄斯一下子清醒过来，他全神贯注地看着麻雀。"计划？什么样的计划？哦，请告诉我，褐羽！"

麻雀妈妈解释道："首先，通过阁楼门回不去。大王很生气，命令在门上堆了很多大石板，阻拦入侵者。门没法再打开，我想。"

马赛厄斯吹了声口哨。"嗯，狡猾的老麻雀！那我怎么回到下面去呢？你看你能设法带我飞下去吗？你比战喙强壮——"

褐羽立刻击碎了这个主意。"马赛厄斯说疯话。战喙和褐羽一起也做不到。麻雀很轻，或许爪子、喙强壮，但翅膀小，不像大鸟。带老鼠，像石头一样坠落。哼，有时连蠕虫都太重，一点点带，两三趟。"

马赛厄斯为自己的无知道歉，但麻雀妈妈打断了他的话。"褐羽想了计划。听好。我派战喙告诉老看门鼠，你怎么叫？*阿什撒拉*？好啦。我的小雀告诉老看门鼠，找大红松鼠，带很多爬绳。看见你在房顶，她爬上来，帮老鼠马赛厄斯下去。"

"哎呀，是啊！"马赛厄斯叫道，"多棒的主意！有杰丝帮我下去，我一丁点也不会害怕。可是公牛和他手下的战士怎么办？要是他们发现了我，我就没有任何机会逃脱了。"

褐羽不耐烦地摆摆翅膀。"那是下一步计划。很快战喙回来，告诉松鼠和你见面的时间。好。然后褐羽向其他雀鸟悄悄撒个大谎，很快传开。"

马赛厄斯很困惑。"撒谎，那有什么用？"

褐羽理理羽毛，狡黠地笑了。"有用的谎。我到处悄悄说大毒牙的事，说他受伤躺在苔花林里，看样子要死，毒牙有宝剑，你瞧。"

马赛厄斯敬佩地凝望战喙的母亲。"啊，真没想到！你打算散播谣言，说有宝剑的大蛇在下面的苔花林里奄奄一息。厉害，我明白了。公牛会即刻带着战士赶往那里，那时我便逃至屋顶，对吗？"

褐羽点点头。"马赛厄斯偷腰带、剑盒，快。跟红松鼠爬下屋顶。"

小老鼠无法直视麻雀妈妈的眼睛，他的心中充满羞愧。"褐羽，对不起，你怎么猜到的？"

麻雀将爪子按在老鼠的爪上。"我一直知道。马赛厄斯老鼠来，不光是带我的小雀安全回家。来拿剑。没拿到剑。剑盒也属于老鼠，你必须拿走。这些东西对于雀鸟麻烦，丈夫因为剑丧命。"

褐羽温暖地扣紧马赛厄斯的爪子。"褐羽喜欢老鼠。你，战喙的好朋友。你带她回来前，我认为她死了。我帮你偷剑盒、腰带。"

马赛厄斯说不出话来，他将头靠在麻雀妈妈柔软的羽毛上，擦去了脸颊上的一滴泪。

战喙拍打着翅膀急急飞了回来。"风太大。老看门鼠说他告诉松鼠杰丝，约瑟钟敲蠕虫午餐，你上屋顶，松鼠杰丝带爬绳，在那儿碰头。"

马赛厄斯几乎没碰战喙带回的食物，他满脑子想着那个计划。计划极其冒险，不管是对于他，还是对于雀鸟朋友都将十分危险。

假如公牛带走了腰带和剑鞘，怎么办？

假如公牛没带腰带和剑鞘，却把它们藏在了新的地方，怎么办？

杰丝能看见他吗？

假如他没能登上屋顶，怎么办？

这么多的事情都不能出丝毫差错。勇士马丁在这种情况下会怎么做？马赛厄斯认为，马丁会摆出勇敢的姿态，相信勇士的运气。他也打算那么做。

褐羽在约瑟钟敲响午餐钟声前的一小时飞出巢去，她得开始散播大蛇的故事。雀鸟群中经常传播谣言，只要在正确的地点有选择地说上几句，公牛的宫廷内很快便会骚乱。等过后发现一切都是虚妄，也不会有谁记得散播谣言的源头——麻雀总是这样。

马赛厄斯在巢中与战喙度过了痛苦的几分钟。等假消息传开，小麻雀便不得不与公牛和其他雀鸟战士一起飞走，两个朋友或许永远不能再见了。

然而，几乎没有时间伤感地道别，巢外的雀鸟宫廷内已开始骚动。

褐羽顺利地完成了任务。空中响起一片轰鸣声，似乎是众多鸟翅拍击地板的声音。

"大王召唤所有战士，"战喙低声说，"得走了。我跟马赛厄斯老鼠将来再见。"

战喙解开项圈，项圈从马赛厄斯的脖间掉落。"老鼠朋友放了我，现在我放你。战喙走了，马赛厄斯。猎虫好运。"

两个朋友握爪，小老鼠用雀鸟语道别说："马赛厄斯期待战喙，将来见。你去吧，当勇敢的小雀，厉害的雀鸟战士，好朋友。"

一阵急促的拍翅声，战喙飞走了。

马赛厄斯低头藏在鸟巢里，听着翅膀的拍打声和麻雀的叫声渐渐变弱，终于一切安静下来。突然，褐羽从巢边探出脑袋。

"马赛厄斯快来，别耽误时间！"

一鸟一鼠快步走过空荡荡的雀鸟宫廷。褐羽知道每只鸟巢中都有带着小雀的母鸟，周围没有战士保护他们时，他们便静静地躲藏在视线外。公牛的卧室挂着片麻布作为门，马赛厄斯和褐羽匆匆掀布而入，开始搜寻。

剑鞘已不在椅后。

"哦，我就知道！"马赛厄斯叫道，"那个狡猾的公牛把它们带走了。"

褐羽摇摇头。"不，我看见大王飞走，他没带腰带或剑盒。努力找，得很快找到。"

卧室内几乎没有家具，根本不需要搜寻。褐羽拍翅四下翻飞，马赛厄斯却开始丧失信心。

"哦，有什么用？"他叫道，"不见了，都不见了！只有一点没吃完的食物、旧石板、蝴蝶翅膀和这张笨重的旧椅子。"

沮丧的马赛厄斯重重一推松松垮垮的扶手椅，一条椅腿塌了，椅子向后倒去，露出下面交错的麻布条。

褐羽跳上翻倒的椅子，兴奋地叫道："瞧！瞧！大王把东西藏在旧蠕虫椅下！"

透过交错的布条，马赛厄斯能看见黑色皮革和银饰的闪光。他们急忙用喙和爪子撕扯，经年的灰尘和堆积物四下飞扬，终于，马赛厄斯从碎片中成功地拉出了剑鞘和腰带。

爪子中柔软的黑皮闪亮，装饰着纯银雕花。剑鞘与腰带上做工精致的剑托完美契合，这的确是属于红城修道院勇士马丁的装备！

"没时间做老鼠梦！抓紧，快！"

褐羽的请求令马赛厄斯打起了全部精神，他迅速收起腰带和剑鞘，甩在肩头。

"我听你的，褐羽！接下来怎么办？"

麻雀离开宫廷的惯常方法是从檐下飞出，但马赛厄斯不是麻雀。获悉接下来他必须要做的，马赛厄斯的胃一阵翻腾。他必须仰面朝天躺在屋檐下，小心移出，绕过弯曲的檐槽，登上向上攀升的陡峭屋顶。下方没有保护，只有令人心惊的虚空。

马赛厄斯越过檐边向下方张望了一眼，这是他犯的第一个错误。修道院的庭院在下方那么遥远的地方，仿佛一块摊开的手帕，高大的岩墙是手帕的镶边。呼啸的大风吹倒了他的耳朵，使呼吸堵在喉间。马赛厄斯头晕目眩，用爪子遮住双眼，光是想到下一步的行动已令他感到浑身不适。

"不行，褐羽，我根本不可能做到。"他吞下一大口唾沫，说道。

麻雀妈妈用喙狠啄他的爪子。"老鼠马赛厄斯必须做到。不走，你老鼠蠕虫。公牛回来，杀你。哼，我以为你是勇士。"

"在我看到这儿有多高前，我也这么以为。"马赛厄斯哀声说。

褐羽用爪子安慰地拍拍他。"你有爬绳。拿来，我演示方法。"

小老鼠急忙冲回巢中，在麻袋中翻寻，找到了一条结实的爬绳。

褐羽等马赛厄斯回来，将爬绳牢牢绑在老鼠腰间。在聆听麻雀讲述计划时，马赛厄斯不安地检测着绳结。

"我飞上屋顶，紧抓住爬绳另一头，你荡出来。别担心，我拉住。"

褐羽将爬绳牢牢叼在喙中，飞上屋顶，牢牢站定。

"马赛厄斯来吧，我好了。"她叫道。

"别多想，"马赛厄斯大声告诉自己，"只管去做！"他死命抓住爬绳，将身体荡出檐边。

马赛厄斯紧闭双眼，身体坠落时，他的心脏仿佛停止了跳动。爬绳绷紧了，猛然止住了下落的势头，呼啸的风将他吹得左右摇摆，仿佛一根羽毛。他咬紧牙关，开始一爪一爪地向上攀爬。他无法借助墙壁，因为爬绳被突出的檐槽向外顶出，使他悬挂在外。

"爬得好。褐羽绳子抓得很紧。"麻雀从房顶叫道，她的声音在风中含混不清。

拉起全身重量的负担令马赛厄斯两爪颤抖，但他英勇地向上爬去，够到了檐槽。小老鼠鼓足勇气，松开绳子，抓住弯曲的窄槽。他壮起胆子，利落地猛然将爪子抠入被风雨侵蚀的砂岩槽中，在这突然的重压下，檐槽碎裂了！

马赛厄斯一个倒栽葱扎了下去，一块大石从他身边疾飞而过，冲向地面，猛然拉紧的绳子勒得他喘不过气。他的身体在绳端悬停摇摆了片刻后，开始慢慢下滑。

屋顶上，褐羽已站立不住，绳子所悬的重量拉着她滑下陡峭的斜坡，麻雀的爪子在屋顶石板上发出刺耳的摩擦声。褐羽向后倾身，努力用爪子寻找能抠入的地方，遏制无情的下滑。碎裂的檐槽突然危险地出现在眼前，出人意料地带来了一线拼死的生机。褐羽猛力一拽，将爬绳拉松了些许，随后巧妙地快速一晃，将绳索卡入碎裂石槽的裂缝中。爬绳滑动了片刻，终于卡住了。褐羽飞出，将绳索又绕了几圈，牢牢缠住突起的檐槽，随后麻雀放开她的那一头，飞至马赛厄斯下方，开始将他向上推。

马赛厄斯从未如此奋力地攀爬，在褐羽的帮助下，他成功了。两件事同时发生，就在他抓住檐槽的一刻，新碎裂的石头锋利的边缘磨断了绳索。

啪！

绳索断开时，马赛厄斯紧紧抓住了檐槽。借助褐羽鼓翅将他向上推的力量，他翻过檐槽边，滚入安全的内侧。

褐羽来到他身旁。大风在身边呼啸，他们一同精疲力竭地躺倒，刚才所经历的危险实在惊心动魄。

麻雀妈妈首先缓过精神，她将老鼠朋友无情地催促起来。"马赛厄斯，快！我们在浪费时间。"

攀爬倾斜的屋顶极为危险。之前的历险已令马赛厄斯信心大增，他对朋友笑道："这是勇士的日常工作内容。勇士不用担心，哈哈哈。"

考虑到不稳的石板、呼啸的大风，以及不时的下滑，爬上屋脊的马赛厄斯认为自己干得挺不错。他分开双脚，跨坐在屋脊上，凝望正前方风向标的北臂。

褐羽飞在他身边。她见到马赛厄斯脸上必胜的表情，于是用爪子揉了揉老鼠的耳朵。"老鼠马赛厄斯，我得走了，帮不上忙了。小心，猎虫顺利。"

褐羽飞回雀鸟王宫廷内的巢中，马赛厄斯则沿着屋脊继续前进。

他永远不会忘记褐羽和她的小雀战喙，患难之交才是真正的朋友。

马赛厄斯靠着风向标，稳住身体，然后手搭凉棚，向下方修道院的庭院张望，并将目光紧密地向上移动搜索。下方大部分都地方都太过遥远，看不清什么。

约瑟钟敲响了午餐时间。

马赛厄斯起初不能肯定，他眯起眼睛细看，一个小黑点的确在向上移动。他屏息等待，小黑点越来越近。

是松鼠杰丝！

马赛厄斯用一只爪子紧抓住风向标，疯狂地上蹿下跳，拼命挥动爪子，用最大的嗓门高声喊道："杰丝！是我，马赛厄斯。快，哦，求你快点！"

杰丝尽了最大的努力，但从一开始，她弯曲的、毛茸茸的大尾巴便阻碍着她。狂风玩闹地舞动她的尾巴，她无法阻止自己的尾巴拖着身体左摇右摆。

英勇的松鼠不屈地继续向上攀登，通常在这样的大风天，她不会尝试这样的攀爬。她集中全副精神攀登，没有听见风中马赛厄斯飘忽不定的声音，但有动物听见了小老鼠的叫声：雀鸟王公牛！

公牛既没有找到大蛇，也没有找到宝剑，正怒气冲冲。他命令搜索队留在林地，直至有所发现，而他则得返回雀鸟宫廷，他说宫廷中有要事得处理。公牛飞离苔花林时，心中暗自松了一口气。仔细想想，他可不想再见到那条巨大的毒蛇，不管他是死是活，还是装死，毒蛇经常装死。雀鸟王一面低声嘟哝，替自己辩白，一面向屋顶下自己的宫廷飞去。

"杰丝，上面这里！瞧，我拿到了剑鞘！"

公牛闪动着疯狂光芒的眼睛向高处的风向标望去，那只该死的老鼠蠕虫，叫嚷着挥动剑盒，身上挂着腰带。现在公牛全明白了，他被骗了，被愚弄了！

盛怒令公牛发狂，他笔直地向上飞去。高高地飞至小老鼠头顶，他像石头一样砸落，正中目标。

雀鸟王的喙埋入马赛厄斯的肩头，老鼠发出疼痛的惊叫，他本能地挥出自由的爪子，击中了公牛的眼睛。公牛抓住腰带，试图将腰带从老鼠身上拽落，那双盛怒的鸟爪几乎将马赛厄斯抓离风向标。马赛厄斯松开风向标，用两只爪子连续猛击公牛的头。发了狂的麻雀猛拉腰带，马赛厄斯感到双脚已离开屋顶。拉扯中，剑鞘松了，拍落在小老鼠的脸上。

在疯狂的战斗中，马赛厄斯抓住剑鞘，如同挥动宝剑一般，用剑鞘无情地击打公牛的脸，一次、两次、三次。沉重的剑鞘击打的力量把公牛敲得失去了知觉，他从屋顶摔落入空中，但他的爪子仍然死死地抓着佩剑腰带，马赛厄斯发出惊恐的尖叫。

下方，松鼠杰丝惊恐地用爪子捂住嘴。她听见了尖叫声，随后看见马赛厄斯和公牛被佩剑腰带扣在一起，从房顶滚落，从修道院屋顶的最高处摔落入空中。

第三十七章

猎鸡贼的罪行

猎鸡贼又发出一阵窃笑，他甚至想跳上一小段快步舞，他可以为所欲为了。

那个傻乎乎的老院长和他手下那群愚忠的动物们都在外面，加固门房、搬运、操练……

真是一群傻瓜！

狡猾的狐狸背上扛着麻袋，从一个房间游荡至另一个房间，修道院是他的宝库。

"嗨，这个绿色的玻璃花瓶不错。"

"啊，哈啰，多可爱的小银盘。"

"哎呀，哎呀，竟然让你这样美丽的金链子孤零零地待着。"

"好啦，我会把你们统统收进袋子里。别担心，猎鸡贼叔叔会照顾你们的！"

狐狸欢喜地咻咻窃笑着，沿走廊踱入下一个房间。老鼠们和客居的林地动物们的小件贵重品，以及家庭纪念品越来越多地消失在小贼的麻袋中。狐狸难以抑制地不断偷笑，想想克鲁尼那样辛苦谋划打杀，不过是为了得到这些，而他却捷足先登！

他是猎鸡贼，最厉害的大盗。他比希拉命硬，比克鲁尼聪明，还瞒过了修道院内所有老鼠的眼睛。将来他们会称呼他为盗贼王子！猎鸡贼停下脚步，欣赏一对漂亮的黄铜胡桃夹子。哦，没错，确实非常精美！将它们扔入麻袋后，他踱下楼梯，走入凯文洞。桌上已摆好了下午茶，他从一处移往另一处，只挑选最美味的塞进嘴里。巡视凯文洞的过程中，他收集了大量的刀叉和一些古老而精美的调味瓶。所有不符合小狐狸品位的东西都被砸碎损毁，牛奶被泼洒在地，面包被踩烂在牛奶里，蜡烛被折断，蔬菜被砸烂在墙上。

猎鸡贼将麻袋扛上肩头，又将注意力转向了厨房。他一脚踹开厨房门，径直走了进去，正撞在雨果修士身上，将胖老鼠撞得完全滚翻在地。

这一突然状况令猎鸡贼惊慌，他扭身飞奔入凯文洞，修士愤怒的喊声在他耳边回荡。

"不许跑，小偷！拦住狐狸！"

猎鸡贼跃上通往大礼堂的楼梯。在他身后，雨果修士已重新站起身，正气喘吁吁地追赶，并叫喊道："不许跑，小偷！回来，你这坏蛋！"

修补壁毯的玛士撒拉正怀着满腔的爱，细致地缝上最后的边线，只有目光异常锐利的观察者才能发现壁毯曾被撕破。报警的叫声令他停下手上的工作，转过身去。他发现，狐狸正向门口冲去，雨果修士拼命高叫着，远远地在后面追赶。

玛士撒拉只移动几步，便挡住了门口。他对着跑来的狐狸勇敢地举起瘦弱的爪子。

"小坏蛋！你就这样回报我们的好心。你比你邪恶的妈妈更坏！"

猎鸡贼用两只爪子抢起沉重的麻袋，砸向老看门鼠的脑袋。

"别挡路，走不动路的老傻瓜。"他喘着粗气说。

沉重的麻袋击中了玛士撒拉，那是致命的一击，他顿时软倒在地，一动不动。

猎鸡贼呆愣了片刻，装着劫掠品的麻袋从他无力的爪间哗啦一声滑脱。追赶的雨果修士停下了脚步。狐狸瞪着团在地上的可怜身形，他没想打这么狠。

"凶手！哦，野蛮的畜生！你杀了玛士撒拉修士！"

雨果修士的哭喊令狐狸一激灵，他抓起麻袋，逃出了修道院。

矮胖的修士跪倒在地，眼泪在肥胖的脸上奔涌。他搂住那可怜的一小团身体，那红城最年长、最睿智的老鼠。

猎鸡贼贴着楼边鬼祟前行，偷偷地迅速穿过庭院，来到高大的外墙上的一扇小门边。他必须在雨果恢复足够的理智报警前，逃入外面的苔花林。狐狸疯狂地扭动门闩，终于设法打开了小铁门。他头也不回地冲入苔花林。在他逃跑时，约瑟钟开始敲响警报。

猎鸡贼快速钻入林中后，信心便增强了。他咔咔窃笑。愚蠢的老傻瓜！活该，谁让他挡路的，难道他不知道面对的是猎鸡贼，一切罪犯的霸主？

在继续走向苔花林深处的途中，狐狸停下脚步，倾听风中追踪者的声音。他依稀听出了一些声音，那不知是谁的追踪者似乎来势迅猛，丝毫不在意挡路的灌木或枝叶。树枝断裂的声音和灌木被踩倒的声音越来越近，狐狸敏锐的嗅觉告诉他，两只动物在追踪他，其中一只是刺猬，可另一只呢？猎鸡贼的腿开始发抖，心跳声在耳中回响。整个苔花林中，仅有一只动物有这样浓重的味道，绝不会错——雌獾康斯坦丝。

惊恐的狐狸本能地疯狂四顾，寻找藏身处，在此时惊慌的状态下，他根本没有可能逃跑。某种黑暗的力量似乎听见了狐狸无声的哀求，距离猎鸡贼脚边不到十码处便有一个理想的藏身处——一棵死去橡树根部的空洞，那个洞位于两段粗根之间，被蕨类植物遮盖了大部分洞口。猎鸡贼将麻袋扔入洞中，随后自己也跳了进去。

令狐狸惊奇的是，他发现洞内相当宽敞干爽，衰草和枯叶构成了一张厚厚的地毯。虽然洞中昏暗，但此时这里是最好的地方，追踪者难以发现他。现在让他们猛力找吧！

康斯坦丝在林中横冲直撞，尖刺安布罗斯跟随在她身后。雌獾悲伤愤怒至极，她将潜行追踪的念头抛于脑后，从任何挡路的植被中径直冲撞而过，宽大的条纹脸上蒙着冰冷的怒气。刺猬始终跟在康斯坦丝身后。那双巨大的钝爪随时可将某只动物撕成碎片。如果康斯坦丝抓住了行凶的狐狸，这世上没有任何力量能够救他，但雌獾没能复仇。

当林地的大力神从藏身处几码开外的地方雷鸣而过时，猎鸡贼屏住呼息，吓得瑟瑟发抖。毁灭之路渐渐伸入苔花林深处，狐狸满怀希望地倾听，林中再次安静下来。

猎鸡贼终于长吁一声，松了一口气。

新近自封的罪犯之王又一次用智慧战胜了区区几只动物。

他们以为自己是谁？

等他的英勇事迹传播开，其他动物——那些狐狸们——便会来投奔他。没错，未来出现在他眼前——猎鸡贼率领一群狐狸盗贼，随时在他兴起时偷盗劫掠。当然，他会改一个更适合身份的名字：红色闪电，或夜色獠牙，又或是老鼠死神。啊，老鼠死神，他喜欢这名字听在耳中的感觉！他的那群手下将崇拜他，交口传颂他惊人的事迹，深信神秘的老鼠死神从来是著名的贼王，而不知他作为老希拉的儿子猎鸡贼的卑贱出身。

蜷缩在黑暗中的小狐狸断定危险已经过去，能够壮胆返回林中了，于是他伸出爪子到身后摸索麻袋，那里装有他第一次独自窃来的赃物。这些财宝是开展全新冒险事业的幸运开端，在他离开前，他想再次把玩他的宝贝，再次确立信心。在昏暗的洞中，他伸出的爪子摸到了什么。

不是装有赃物的麻袋。

"阿斯——莫德！"

那天傍晚，约瑟钟向红城修道院宣告了一条悲伤的消息。

老鼠和林地动物们散坐在大礼堂的石头地面上，个个满心悲伤。

两只红城老鼠在同一天逝去。

松鼠杰丝坐在地上，将头埋在两爪间。松鼠先生已将伤心欲绝的山姆送上了床。杰丝已向院长和议会一五一十地讲述了她如何目睹马赛厄斯与麻雀一同从屋顶滚落。他们并没有笔直坠落，阵阵狂风将他们吹出了杰丝的视线范围。谁也不知道马赛厄斯的遗体现在何处。

双脚一落地，松鼠便组织了多支搜索队，搜索红城修道院的庭院和苔花林，直至光线变得太暗，已无法继续，方才返回，但多个小时的搜寻毫无结果。

慈悲的院长神父安慰悲伤的松鼠道："杰丝，这不是你的错，你已经尽力了，我的朋友。从那么高的地方坠落，没有动物能够活命。明天我们再搜索一次，之后我们必须安葬老朋友玛士撒拉。可怜的老鼠，他没有任何过错，命运不该这样残忍地待他。"

院长指向壁毯，摇头说道："瞧，玛士撒拉最后的杰作，他令马丁重归光荣的位置。玛士撒拉是我见过的最温文有礼的老鼠。唉，两条生命如此悲惨地去了：一条生命曾多年探寻知识，而另一条年轻生命的生命之树还未有机会成长，便被砍倒了！"

矢草菊开口了，她脸色惨白，两爪紧握成拳，但她没有流泪。"院长神父，马赛厄斯并没有白白死去，他用生命体现了非凡的勇气和自我牺牲精神。他是为了帮助红城，帮助我们所有的动物反抗邪恶势力而牺牲，他的朋友玛士撒拉也是如此。我确信，他们会希望作为勇士和英雄，铭记在我们心中。"

全体在场的动物立刻发出一片低沉的赞同声。随后，被悲惨事件压垮的守卫者们离开了大礼堂，一些去担任哨兵，另一些则去休息。

康斯坦丝仍旧面无表情地坐在地上，将有力的爪子反复松开、握紧。

阿尔夫修士站起身，伸展了一下腿脚。

"你最好睡一会儿，康斯坦丝。"

雌獾疲惫地站起身，揉了揉眼睛。

"谢谢你，修士，但在这样的时候，我一刻也睡不着。你理解这感受。"

阿尔夫修士深深叹息。他理解。自从马赛厄斯走进修道院大门的第一天，阿尔夫修士便照看着他，这个林地孤儿始终礼貌、开朗、热心，可是现在……

"那随我来吧，"阿尔夫修士说，"我有活要干，所有的渔网都得在夜间张好。或许你愿意同去，帮我一把？"

雌獾同意了，手头有事可干会令她振作。她与阿尔夫修士谈论着旧日时光，大步同行。

"你还记得你和马赛厄斯一起钓到的那条大鳟鱼吗？"康斯坦丝说。

阿尔夫修士笑道："当然！直到那条鱼被拉上岸，马赛厄斯才满意了。我本想放弃，可是他不同意。"

康斯坦丝钦佩地点点头。"啊，那条鱼喂饱了整个修道院！我记得，因为我吃了三份，比那个多刺的垃圾桶安布罗斯少两份。"

两个朋友沿着修道院池塘的岸边漫步，拢起渔网，准备撒入水中。阿尔夫修士沿岸边多走了几步，寻找鱼漂。康斯坦丝正准备在水边坐下，突然听见阿尔夫喊道："康斯坦丝，看！这里！有只麻雀！"

雌獾跑至老鼠身边，望向他所指的地方。的确，雀鸟王的身体在水中载沉载浮。康斯坦丝蹚入浅水，激起大片水花，将尸体拖至布满苔藓的岸上。

"看样子他好像是淹死的，修士。快，去找些帮手，带几盏灯，快！"

雌獾在水中扑腾。为什么，哦，为什么搜索队没想到在修道院的池塘内搜寻？

帮手迅速赶来。

"走开，康斯坦丝！其余的把灯举高。"维妮弗蕾德带领三只水獭滑入水中，几乎没有荡起一丝涟漪。维妮弗蕾德一边游动，一边命令道："散开，潜入深处。我们各探四分之一的池塘，我负责南边。"

紧张的时刻一分一秒地过去。动物们密密地排在岸边，眼前只见黑乎乎的水塘，水獭光滑的身体不时冒出，打破平静的水面，随即又潜入水中。

一声喊叫突然响起，维妮弗蕾德出现了，拖着一个一动不动的身子。许多双爪子主动将水獭拖着的身体拉上了岸。

维妮弗蕾德像狗一样抖动身体，气喘吁吁地说："瞧我发现了什么，半沉在那边的水中，幸好灯芯草托住了他。"

动物们聚拢来，全部询问同样的问题。

"是马赛厄斯吗？"

"他还活着吗？"

康斯坦丝推开一众动物，来到湿透了的绵软身体旁。院长和矢草菊紧跟在她身后。

莫蒂默院长向围观者请求道："请给我们空间！如果你们确实想帮忙，那就请退后。谁给矢草菊一盏灯。好姑娘，把灯举高。"

动物们顺从地向后退去，而更多的灯被送至前方。院长捶打按压马赛厄斯俯卧的身体，急切地要将他救醒。

矢草菊提出了在场所有动物脑中所想的问题。"哦，院长神父！他还活着吗？他的身体似乎一动不动。"

水獭用湿漉漉的爪子紧搂住小田鼠的肩。"嘘，现在别说话，院长正尽其所能，我们很快就知道了。"

阿尔夫修士拿着一些东西，挤上前来。"维妮弗蕾德，你手下的一只水獭在发现马赛厄斯的地方附近，发现了这条佩剑腰带和这个剑鞘。"

"把它们拿过来，"康斯坦丝说，"如果马赛厄斯睁眼的话，它们或许会有些帮助。"

院长急切地召唤道："矢草菊，给我那盏灯，孩子，快！"

院长将玻璃提灯凑在马赛厄斯的口鼻附近，随之所见的是玻璃灯上微微出现的薄雾。"他还活着！矢草菊，马赛厄斯还活着！拿几条毯子来，把担架扛来，我们得把他抬回修道院内……"

康斯坦丝二话不说，温柔地抱起马赛厄斯，仿佛他跟羽毛一样轻。她小心地将小老鼠紧贴在自己温暖厚实的毛皮上，迈开大步迅速向修道院走去，跟随在雌獾两侧的动物们构成了一条通道。一盏盏灯萤火虫般在黑暗中跳动，巨大的约瑟钟将快乐的消息和希望送入苔花林。

克鲁尼反攻

破晓时柔和迷蒙的阳光照亮了新的一天。阳光偷偷越过乡间，突然灿然喷薄，遍洒于宁静的草地和苔花林上。金、蓝、粉三色相染，令每颗露珠都变成了绚烂的宝石，令蜘蛛网变成了闪亮的金银丝网。小鸟们的欢歌响起，仿佛今日是最清新美丽的一天。

恶魔之鞭克鲁尼对自然的壮景完全视而不见。他眯起完好的独眼，透过早晨燃起的营火散出的烟雾向上看去。

"哼，又会是热得像地狱熔炉的天，但至少不会下雨。"他自言自语道。

在霸王不耐烦的眼神下，克鲁尼手下的士兵们急忙将食物大口咽下，匆匆拿起四下散落的武器。由于已经配备了适合作战的武器，他们很快便站好了队。

克鲁尼专属的铠甲护理员为头儿的战甲做完了最后的修饰。克鲁尼用战旗尖一指几名位队长，黑爪、血蛙、火牙、奶酪贼、酒糟鼻和癞皮争先恐后地急忙就位。

克鲁尼仍然没有选定新的副将，但他已宣布，追随者中不论是谁，只要在接下来的战斗中表现出色，便能在战场上立时得到擢拔。那只叫兔子杀手的雪貂站在克鲁尼身边，拿着用旧水桶做的战鼓，他已私自任命自己为鼓手兼占卜师。他专注地望着克鲁尼，头儿要讲话了，他重重击鼓，令部众安静。克鲁尼抬起战盔的面甲，放眼凝望等待的部属。

"这一次我们不会失误！"他嚷道，"也不会撤退！我们要坚持，即使那意味着围困红城。我们决不动摇！不管是谁，退后一步便是死，不服从命令便是死，不拼命战斗便是死。

"这是我的承诺，而我克鲁尼始终信守诺言。听好！我们面对的不过是一群温和的老鼠，以及一些本地的林地动物。打败他们，我会给你们想象不到的奖赏。敌人不像我们，不是训练有素的战士，不是天生的杀手。我领导你们，而他们之中没有我这样的领军的人物。"

前排中央站着一只在首次攻打红城中受伤的耗子，他从嘴角对身边的战友轻声说："哼，领导我们，得了吧！上一次我们冲锋，他却站在后面的草地上，远远躲开。"

那名倒霉的耗子兵的话落入克鲁尼灵敏的耳中。霸王从演讲台上一跃而下，抓住那只浑身发抖的议论分子，一脚将他踢至全军眼前。

"看见这个叛徒了吗？"克鲁尼叫道，"这只耗子认为，我没有领导大家。什么也逃不过恶魔之鞭克鲁尼的眼睛和耳朵。现在看好，谁胆敢质疑我，这便是教训。"

那名可怜的耗子兵瑟瑟发抖，躺在教堂墓园的小路上。所有部众陷入沉默。耗子兵凝望着克鲁尼无情的眼睛，哀求道："哦，求求您，头儿，那只是个玩笑，我没想——"

啪！

有力的尾巴娴熟地抽出，带着浸了毒的金属战刺，抽过那名耗子兵的脸。全军惊恐地看到，被击中的可怜家伙一阵抽搐，死在克鲁尼脚边。克鲁尼毫不理会被杀死的士兵，他粗鲁地拨开部属，来到墓园门口。扛着沉重的攻城槌和所有的战斗装备，军队行至红城的路会很漫长，他们将不得不在路边扎营过夜，第二天一早再大规模攻打红城。既然无秘密可言，为了营造最大的震慑力，全军必须全副武装，雄赳赳地开拔至修道院门前。

克鲁尼摇起战旗。兔子杀手敲击战鼓发出雷鸣般的响声，疯狂叫道："杀向红城！砸烂大门！杀，杀！"

土路上闪着微光的热浪应着大军的吼声震荡："克鲁尼，克鲁尼，杀，杀，杀！"

第三十九章

马赛厄斯归来

在烧得昏昏沉沉的梦境中，小老鼠徘徊于连绵的黑暗洞穴中，一个声音从某处召唤他。

"马赛厄斯，马赛厄斯。"

声音似曾相识，但他有其他的事情要做，无暇辨认。他必须找到宝剑。在昏暗的地狱中，他看见了沐浴在淡蓝色光芒下的晚玫瑰，它为什么会在这昏暗的阴间？

马赛厄斯发现玫瑰花梗上的小刺仿佛一把把小宝剑，他觉得应该问问玫瑰。

"请告诉我，晚玫瑰，哪里能找到宝剑？"

顶端的玫瑰微微颤抖，在马赛厄斯眼前绽放，绽开花瓣的中央是玛士撒拉的脸。"马赛厄斯，朋友，我再不能帮你了。请寻求马丁的帮助，我得走了。"

老看门鼠的脸渐渐隐去。马赛厄斯沿着一条长廊前行，双脚几乎不需碰地。在长廊尽头出现了两个影子。第一个影子拦住了马赛厄斯，他虽然辨认不出那影子是谁，但感到影子身上散发出亲切友好的气息。马赛厄斯向第二个影子望去，那是他从未见过的东西，既无手也无脚。鬼影发出嘤嘤声，张开大嘴，嘴里有两根尖利的獠牙和一条闪烁的舌头。那根舌头一抖，变成了宝剑。小老鼠发出一声喜悦的喊叫，迈步向前跑去，却被第一个幽灵般的身影拉住。马赛厄斯并不吃惊地发现，那是勇士马丁。

"马丁，你为什么不让我去拿剑？"他问道。

马丁的声音温暖而友好。"马赛厄斯，别去！小心阿斯莫德。"

马丁抓住马赛厄斯的肩，小老鼠试图挣脱。

"放开我，马丁！这世上没有活物能令我害怕。"

马丁毫不留情地加力抓紧马赛厄斯的肩，小老鼠感觉到就像被烧红的长矛刺中般的痛楚。马丁叫道："按住他，别让他动！"

痛楚加剧了，马赛厄斯猛然睁开双眼。

"按住他，别让他动！"

是院长神父，所说的话与马丁刚才说的完全相同。阿尔夫修士紧紧按住马赛厄斯的肩膀，院长用探针深深刺入，挑出一块尖尖的黑色物体，扔进矢草菊托着的碗中。

"哎哟！疼，神父。"马赛厄斯虚弱地说。

院长在一块干净的布上擦拭爪子。

"啊，孩子，你终于醒了，"他说，"肯定很疼，麻雀的半片喙埋在了你的肩头。"

马赛厄斯眨眨眼，环顾四周。"你好，矢草菊。你瞧，我是完整地回来了。哦，你好，阿尔夫修士。嘿，旁边床上的是巴兹尔吗？"

"嘘，别说话，马赛厄斯，静静躺着，"矢草菊嗔怪道，"你活着已是幸运。昨天一整个晚上真是危险。"

莫蒂默院长指指从窗口淌入的第一道阳光。"是啊，但现在你醒了。你瞧，你带来了六月夏日一个迷人的早晨。"

小老鼠靠着雪白干净的枕头，除了头疼欲裂，以及肩膀上的伤痛，活着的感觉真好。

"可巴兹尔为什么睡在旁边的病床上？"他追问道。

"哦，他啊，"矢草菊笑道，"他说他受了可怕的战伤，需要大量的食物和充足的休息，老无赖。"

"他或许是有些无赖，"院长说，"但不满足他的愿望可不礼貌，毕竟他从克鲁尼手中夺回了壁毯。那是非常英勇的行为。"

马赛厄斯大喜。"马丁的壁毯回到了红城？太棒了！壁毯回归，老玛士撒拉肯定乐坏了。"

屋内一时沉默下来，院长转向阿尔夫修士和矢草菊。"能不能让我们单独待着？我有事要告诉马赛厄斯。你们可以明天来看他，他还需要好好休息。"

两只老鼠理解地点头离去。

半小时后，院长在讲完玛士撒拉的悲惨故事后，也告辞离去。

马赛厄斯脸扭向墙，不久前的紧张经历令他哭不出来，但珍贵老友死亡的消息压在他心头，仿佛巨大的铅块。他蜷起身子，试图把自己的心也藏起来。

他不知道躺在那儿，痛苦伤心了多久。但刚醒来的野兔巴兹尔·雄鹿叫道："哎呀！啊，哎呀，那不是小马赛厄斯嘛！你怎么样，小雄鹿？"

马赛厄斯悲哀地小声答道："求求你，巴兹尔，让我单独待着。我失去了玛士撒拉，我不想说话。"

巴兹尔一瘸一拐地跳过来，在马赛厄斯床边站定。"哎呀，哎呀，小家伙，伙计。你认为我不理解你的感受？一个像我这样的老战士，嗯？每当我想起在旧日战斗中牺牲的好朋友们……他们是真正的好朋友。但我告诉自己要坚强地翘起胡子，你瞧。"

马赛厄斯继续背对着野兔。

"你不懂，巴兹尔。"

野兔战士发出轻蔑的哼声。他抓住马赛厄斯，将小老鼠扭转身，与他面对面。

"不懂？我告诉你，我不懂什么，小家伙。我不懂，为什么像你这样应当成为伟大勇士的家伙会这么躺着，没完没了地哭泣，就像只刚丢了鱼的水獭奶奶。要是老玛士撒拉还在，他会一罐水浇在你身上，立刻把你这小榆木脑袋揪下床！"

马赛厄斯抽泣着坐起身。

"是吗，巴兹尔？"

野兔龇牙咧嘴地拍拍他的"伤"腿，然后哈哈大笑。"是吗？当然！你认为玛士撒拉牺牲性命，是为了让你躺着自怨自艾？哼，他也会告诉你，这不是勇士的做法。起来，先生，振作起来，让玛士撒拉为你骄傲！"

马赛厄斯的眼中又亮起了坚定的光芒。

"是啊，你说得对，巴兹尔！那的确会是我老朋友的期望！对不起，你一定觉得我的举动像一个糟糕的小傻瓜。"

野兔滑稽地垂下两只耳朵，摇摇头。

"没那回事，好伙计，根本没那么想。坦白说，在我是未满周岁的小兔时，我有点像你，你知道。嘿，我们还是想想怎么再次好好生活吧？要我说，我肯定饿了，你呢？"

如此乐观的野兔令马赛厄斯忍不住笑了。

"太好了，"巴兹尔叫道，"我能吃下一整头雄鹿，包括鹿角。嘿，你知道，他们为我们这样受伤的英雄准备的草料包好极了。你瞧着，伙计。"

野兔敲响桌边的一口小铜钟。没一会儿，雨果修士和矢草菊出现了。

"啊，好啊，负责餐饮的朋友们，"巴兹尔说，"呃，咳咳！若能给那位受伤的勇士，还有我一些给养，我们将不胜感激。你们知道，不用太丰盛，不过是一些让我们磨磨受伤牙齿的东西。不能让皮毛从身上脱落啊，哎呀，哎呀。"

矢草菊高兴地看到，马赛厄斯的精神好多了。她与马赛厄斯和雨果修士相互眨眨眼。胖修士仆从般鞠躬答道："好的，雄鹿先生，两碗粥马上就来。"

马赛厄斯和矢草菊竭力忍住笑声。巴兹尔爆发了。"粥？你说的粥是什么该死的意思？给著名的勇士那种流食，嗯？我们想要痊愈，不是送命！给我听好了，你们两个伙头军，我要一份体面的早餐：六个煮鸡蛋、一些脆生生的夏日沙拉、两厚片热腾腾的面包、两份榛子乳酪、两块——不，最好做四块——苹果烤饼，啊，如果有的话，再扔几块那些中等大小的楹梓馅饼。嗯，别张着大嘴站在那儿！快去，赶紧。"

矢草菊装出一本正经的样子，行了个屈膝礼。雨果修士举起爪子。"您忘了果棕色的十月麦芽酒，先生。"

巴兹尔重重地捶床。"天哪，没错！呃，少少地来上四壶，谢谢，尽职的老鼠。"

矢草菊和雨果修士强忍着笑，脸憋得通红，互相扶持着走了出去。

"奇怪的家伙，"巴兹尔自言自语道，"两位英雄想吃点东西维持生命，有什么好笑的？世上动物的想法真是无奇不有，小家伙，真是各种各色。"

随后，在他们享用丰盛大餐时，马赛厄斯开始向野兔打听消息。

"巴兹尔，什么是蝰蛇？"

"嗨，蝰蛇？嗯，那是一种古老的毒蛇，你知道。我跟那种黏糊糊的家伙从没打过什么交道。你最好离他们远点，老伙计。"

马赛厄斯继续从野兔那里打探消息。"在苔花林这一带附近有蝰蛇吗，巴兹尔？我的意思是，如果有的话，你作为无所不知的专家肯定知道。"

巴兹尔一面挺起窄窄的胸膛，一面在不经意间消灭了马赛厄斯的一块楹梓馅饼。"苔花林里的蝰蛇？让我想想。嗯，我想现在应该没有。据说很久以前有一条，但我认为那条蛇应该已经不在了。那些蝰蛇是恶心的爬行动物。不像雄鹿，你知道。见鬼，那条蝰蛇叫什么来着？啊，我这辈子从来记不住那名字。"

"是不是阿斯莫德？"马赛厄斯一脸纯真地问道。

半块苹果馅饼从巴兹尔·雄鹿的嘴边掉落在旁边的桌子上，野兔突然变得极为严肃。

"阿斯莫德？这名字你是从哪里听说的？"

"是一只小鸟告诉我的。"马赛厄斯答道。

巴兹尔拿回馅饼，若有所思地填入口中。

"那些麻雀，嗯？野蛮的小东西。缺乏纪律性，毫无疑问，但打斗起来十分厉害。那你告诉我，关于阿斯莫德，那些个麻雀知道什么？"

"这都跟马丁的宝剑有关，"马赛厄斯解释说，"你瞧，很多年前，麻雀的某任大王从修道院屋顶风向标的北臂中偷走了宝剑。从那以后，宝剑便传给了一代代的麻雀王，最后落入了新近去世的雀鸟王公牛爪中。"

"不是昨天自己把自己淹死的那个傻瓜吧？"巴兹尔满嘴塞着榛子乳酪，含糊地问道。

"就是他，"马赛厄斯回答，"但长话短说，蝰蛇从公牛那里拿走了宝剑。所以我想知道有关阿斯莫德的事，你瞧。"

"玩火会烧着自己。"野兔警告说。

马赛厄斯知道野兔耳根子软，于是继续求道："哦，求求你，巴兹尔，请一定把你知道的都告诉我。玛士撒拉辛苦了一辈子，努力寻找宝剑，为了他，我一定要继续寻找。"

野兔沉思着，又大嚼了好些面包和沙拉。"那好吧，要是这样说的话，小家伙，我会尽量帮忙。你需要一名好向导——"

马赛厄斯插嘴道："我一定要靠自己找到宝剑，巴兹尔。关于那条名叫阿斯莫德的蝰蛇，你知道些什么，请坦率地全部告诉我。"

野兔喝下一大口十月麦芽酒，躺倒在床上，这才开口答道："老实说，老伙计，关于那条讨厌的蛇，我什么也不知道。我以为那坏家伙早死了。"

马赛厄斯大声悲叹，但巴兹尔打断了他。"可是说到那条蛇，我想我相当清楚谁会知道。听着，如果你向东北方挺进，穿过苔花林，在遥远的林边你会找到一座废弃的农舍。你要见的家伙是一只特大的雪鸮，名叫暴雪上尉，他总在林边和古老的砂岩石场巡视。但记住，只要有机会，他立刻便会吃了你！他是只英勇的鸟，但确实粗鲁。"

"那我怎么能跟他交谈呢？"马赛厄斯脱口问道。

"冷静，冷静，老弟。"巴兹尔笑道。他把爪子伸到床边的储物柜，拉出他的外衣，上面挂满了从上百次战役中得来的奖章和勋章。野兔选中一枚勋章，把它从衣服上摘下来，扔给马赛厄斯。

"喏，接着！你知道吗，这枚勋章是暴雪上尉给我的，因为我救了他的命。"

"你救了雪枭的命？"马赛厄斯问道。

"没错，"回忆令巴兹尔哈哈大笑，"那个扁毛的老傻瓜在一棵朽烂的枯树里睡觉，突然一阵狂风把树吹倒了，把那讨厌的家伙困在了下面。要不是我经过，他就没命了。我在树下挖洞，把他像卡在门下的羽毛球一样猛拉了出来。我们一同作过战，你知道，我不能把他留在树下被压扁，他的脸已经够扁了。"

"所以我只要让他看这枚勋章？"小老鼠问道。

朋友的天真劲令巴兹尔大笑。"没错，只需要那样。可是如果你不想被吞了，一定要让他在看见你之前，先看见这枚勋章。告诉那个蠢老头，是野兔巴兹尔·雄鹿派你去的。千万注意礼貌！一定要以正确的军衔称呼他'上尉'。哦，我希望我还能拿回勋章，少了装饰，可会毁了我式样最帅气的外衣。"

马赛厄斯研究着爪子里的勋章。那是一枚银色的十字勋章，上面装饰着一只展翅的猫头鹰，折叠的绶带由白色的丝绸制成。勋章已有不少年头了，但在阳光下依然闪闪发亮。

"谢谢你，巴兹尔，"小老鼠说，"我一定把勋章拿回来。还有什么我应该了解的吗？"

"没什么了，你只要记住我刚才的话，老弟。顺便提一句，那位暴雪上尉是个夜间的猎手，整个白天，他大概会在哪棵老树上睁着一只眼睛睡觉。记住我的话，老弟，什么也逃不过老暴雪的眼睛。他知道他领地内所有的动物，他们住在哪儿，通常出没的路径，等等。哈，大家都说猫头鹰聪明，可不是没有缘由的。尽管如此，他还是有点蠢，让棵树砸在自己身上。可你得提防着他，要是他发现你在睡觉，可会把你连勋章一起吞了。"

巴兹尔喝光了麦芽酒，打个哈欠道："现在睡会儿吧，马赛厄斯。吃完这顿小点心，我可倦了。我光荣的旧战伤又开始折磨我了，我得小睡一会儿。"

巴兹尔闭上眼睛，很快便开始轻声打鼾。马赛厄斯知道已了解了足够的信息了，于是决定也休息一下。野兔巴兹尔·雄鹿，一名多么令人惊奇的老战士，小老鼠想着，迷迷糊糊地睡去。

十二点过了没多久，马赛厄斯醒来。正午的阳光涌入房内，巴兹尔平躺着，鼾声如雷。虽然肩膀仍在抽痛，马赛厄斯感觉神清气爽，精神抖擞——完全可以旅行。但他知道，他必须小心地秘密行动。如果院长、矢草菊，或任何一个朋友知道了他的计划，他便全无机会，他们一定会让他卧床，等待进一步的消息。

他悄悄起身，穿好衣服，把草鞋用鞋带挂在脖子上，随后拿过一个干净的枕套，将桌上剩下的食物装了进去。不知是谁细心地把他的匕首放进了床边的储物柜，他们一定是在大礼堂的地面上发现了它。马赛厄斯四处搜寻，发现了一根结实的杆子，或许是用来撑开窗户或拉开窗帘的。他断定迟早会用得上这根杆子。

他小心地一寸寸地推开门，又迅速把门关上，院长和阿尔夫修士从门边走过。马赛厄斯听见阿尔夫说："我十分钟前查看过他们，神父，他们俩睡得像冬眠的松鼠，看来不到傍晚不会醒。"

脚步声渐渐消失在走廊尽头。马赛厄斯溜出房间，蹑手蹑脚地向另一个方向走去。

溜出修道院容易得令他吃惊。他从岩墙上的侧门偷偷进入了苔花林，他不知道，杀死玛士撒拉的凶手前一天也穿过了这扇门。

独自待在林中，马赛厄斯感到两腿有些打战。他靠着一棵山毛榉坐下，直至那阵感觉过去，然后他将枕套包袱系在杆上，把杆子架上没有受伤的肩，勇敢地在苔花林内穿行，向东北方迈进。

第四十章

尖鼠部落

马赛厄斯根据太阳判断，已是下午三点以后了，之前他在林中稳步推进，没有任何意外事件发生。他已歇息过一回，稍稍吃了些东西。喘息平复后，他继续前行，并小心不发出太大的动静，以免扰动出来猎食的动物。小老鼠发现了一条勉强能称为路的小径，他绕过浓密的灌木，避开一片片小块的沼泽，始终让树上的青苔位于他的左侧，不断向东前进。

马赛厄斯把勋章别在袍子上，他告诉自己，他随时可能误打误撞地闯入暴雪上尉的领地，一边继续跋涉。煦暖的阳光、清凉的树荫和鸟类的欢歌抚慰着他，令他心无杂念，享受着自由行走于美景中的感觉。

突然，一只老鼠似乎凭空跳了出来，拦住了马赛厄斯的去路！马赛厄斯停下脚步，打量面前奇怪的老鼠。那是只样子古怪的野老鼠，马赛厄斯甚至不太肯定那的确是老鼠。

那只动物的额上扎着一条颜色鲜艳的头巾，浑身的毛以古怪的角度钉子般根根刺出。虽然比马赛厄斯整整矮了一头，陌生的动物却挑衅地挡住马赛厄斯的去路，用小老鼠见过的最疯狂的眼神怒视着他。

马赛厄斯露出了礼貌的笑容，对怪老鼠说："你好！迷人的下午，不是吗？"

"别说废话，"动物硬邦邦地粗声回答，"你是谁？为什么擅入尖鼠的领地？"

马赛厄斯一愣。那么这就是尖鼠的长相？他以前从未见过尖鼠，但听说过他们的坏脾气。

小老鼠决定以暴制暴，面对小流氓，没必要彬彬有礼。于是他吼道："你管我是谁！你以为你是谁，头顶破布的家伙！"马赛厄斯希望自己吼叫的样子够凶悍。

尖鼠似乎有片刻慌了神，然后她以低沉粗硬的声音同样吼叫道："我是苔鼠游盟，你还没告诉我，你来尖鼠的领地想干什么？"

"苔鼠游盟，"马赛厄斯重复道，"这算什么名字？再说，如果你们不希望动物穿过你们的领地，便应该立起标志。据我所知，对于所有的动物来说，苔花林一直是片自由的地方。"

"除了这一片！"尖鼠厉声说，"你什么都不知道吗？苔鼠游盟代表苔花林尖鼠部落。"

马赛厄斯鄙视地笑道："我才不管它代表什么！给红城的勇士让路，我要过去！"

马赛厄斯边说，边向前迈了一步。苔鼠游盟将爪子放入唇间，发出一声尖厉的哨音，灌木丛下一阵迅疾的沙沙声，马赛厄斯发现他已被至少五十只尖鼠团团围住。

尖鼠们紧紧包围着马赛厄斯，用低沉粗硬的调子发出一片愤怒的吵闹声。他们全扎着彩色的头带，拿着又轻又细的短剑，苔鼠游盟高声喊叫，但很难让他们肃静。

"同志们，"她叫道，"告诉这只老鼠，擅入者是什么下场。"

她得到的回答五花八门——

"打断爪子。"

"活剥了皮。"

"砍掉鼻子。"

"用他的尾巴吊起来。"

"把他的胡子塞进耳朵里。"

一只表情严肃的老尖鼠把苔鼠游盟推开，然后吹了声尖厉的口哨，拿出一块圆圆的黑色卵石，高高举起。

"哪位同志想发言，必须握住这块卵石，不然就闭嘴！"

尖鼠们彻底安静了。他将卵石递给马赛厄斯。

"现在辩解一下吧，老鼠。"

尖鼠群中低低地冒出一两声异议，竟然让一只不是尖鼠的陌生动物第一个发言！老尖鼠气得直跳脚。"你们这群家伙能不能闭嘴？老鼠拿着石头。"

尖鼠们再次安静下来。马赛厄斯清清喉咙。"呃，啊咳。苔花林尖鼠部落，请原谅我：正如你们所见，我对这里很陌生，我并非有意闯入你们的领地，假如我早些知道，我会走另一条路。你们或许已通过我身上的袍子，察觉到我来自红城修道院。虽然我是勇士，但我们是治病救难的修道会。通常所有的动物都会让红城的老鼠和平通过，这是不成文的规矩。"

较为年长的尖鼠——他叫渡木——从马赛厄斯那里拿走卵石，对其他尖鼠说道："那好，同志们。现在我们对于情况有了更多一点的了解，我们就来举爪表决一下。所有同意放老鼠通过的举爪。"

很多只爪子举了起来，渡木统计了数目，恰好是在场尖鼠的一半。他让那些反对的举爪后，又统计了一次。

"一半同意，一半反对，那我的一票就是决定的一票了。我告诉你们，我知道我们一直自力更生，但红城老鼠是苔花林的传奇，他们从不伤害任何动物。事实上，他们做了很多好事。"渡木举起爪子，"因此，同志们，我投票放老鼠过去！"

这番话引起了同样数目的嘘声和欢呼声，争吵随之而起，紧接着又动起了手。苔鼠游盟从渡木爪子里夺过卵石，左右摆动。

"听我说，"她高叫道，"同志们，我知道渡木是聪明的长者，但我是联盟的主席。老鼠还没告诉我们，他要去哪里。"

尖鼠们暂时安静下来。又一只尖鼠抢过卵石。"对啊，没错！你要去哪儿，老鼠？"

卵石被扔回给马赛厄斯。

"我会告诉你们，"小老鼠说，"但我的名字不是'老鼠'，我叫马赛厄斯。红城修道院有危险，恶魔之鞭克鲁尼和他的手下……"

一片叫嚷声和粗暴的咒骂声顿时响起，但马赛厄斯知道程序——爪子里握着的卵石能在这样喜好争吵的喧闹一群中博得安静，可真令人惊异。马赛厄斯继续说道："正如我被那样粗鲁地打断前所说，红城正遭到克鲁尼和他手下的攻打。很明显，你们以前听说过克鲁尼，那好，我确信我有解决克鲁尼的办法。那是一把曾属于一只伟大的老鼠——勇士马丁的古剑。为了找到宝剑，我必须向暴雪上尉打听阿斯莫德的行踪。"

尖鼠们疯狂地冲入灌木丛，马赛厄斯发现只剩了他孤零零的一个。几分钟后，渡木和苔鼠游盟壮着胆，偷偷地再度走出。苔鼠游盟忘记了卵石的规矩，用敬畏的声音问道："你是说，你打算直接走到暴雪面前问他？"

马赛厄斯点点头。渡木接着同伴的问题问道："你要去问上尉，哪儿能找到大毒牙，老鼠？呃，我是说，马赛厄斯，你要不是勇敢非凡，就是彻底疯了。"

"大概两样都有一点，"小老鼠说，"关于暴雪上尉和阿斯莫德，你们知道很多信息吗？"

两只尖鼠明显在发抖，苔鼠游盟的声音提高了一个八度。"马赛厄斯，你一定是疯了！你难道不知道你走向的是什么？暴雪上尉……啊，对于他来说，你不过是块点心。至于另一个——冰眼巨蛇——谁能靠近他？他想吃多少尖鼠，就吃多少。世上没有动物能击败毒牙！"

灌木丛下的尖鼠们发出痛心的悲叹。

马赛厄斯依然握着卵石。他举起卵石，对尖鼠们勇敢地说："部落的尖鼠同志们，我并不要求你们替我作战，只要你们给我指出暴雪上尉所在的方向。谁知道？如果我最终拿到宝剑，或许能解救你们。"

渡木拿过卵石。"红城的马赛厄斯，你在我们的领地上，我们会护送你。苔花林尖鼠部落可不能活在让陌生动物替他们战斗的耻辱下。你也许不能始终看见我们，但我们会一直在你附近。来吧。"

马赛厄斯在尖鼠的陪同下向东北方走去，一路上尖鼠的数量似乎越来越多。夜幕降临时，尖鼠部落的陪同成员已升至四百名，他们围坐在篝火边，与红城的勇士分享面包。那天晚上，马赛厄斯睡在一长段中空的原木中，两端经过伪装，使原木看上去很扎实。

尖鼠跟巴兹尔一样是伪装专家，他们赖此活命。

破晓前半小时，一只尖鼠叫醒小老鼠，递给他一个橡子杯，里面满满地盛着甜莓汁，又递给他一片粗硬的栗子面包，和一些不知名的新鲜根茎，味道很好。黎明第一道阳光射下时，他们已再度出发，一直行至上午十时左右，苔花林的边缘出现在马赛厄斯的视野中。大树越来越少，灌木也越来越稀疏，他们的眼前出现一片开阔的草地，长长的浓密草叶上点缀着金凤花和酸模，马赛厄斯已能看见远处巴兹尔提及的废弃农舍。所有尖鼠已经消失不见，除了苔鼠游盟和渡木，渡木用爪子一指农舍边的谷仓。

"你或许能在那儿找到打瞌睡的暴雪上尉。现在是接近他的最佳时间，经过一夜的捕猎，他的胃正满着。"

两只部落的尖鼠重归苔花林。马赛厄斯独自穿过阳光明媚的草地，向谷仓进发。他严格按照巴兹尔所教授的：左右穿插，俯身蜿蜒前进。

马赛厄斯蹑手蹑脚地走进谷仓。在昏暗的谷仓中，马赛厄斯发现了各种旧农具，因不用已生了锈，但没有雪枭的影子。一捆捆陈年的干草高高堆放在谷仓一侧的墙边，马赛厄斯决定爬上干草堆，希望能接近暴雪上尉，他很可能停在房梁上睡觉。

小老鼠爬上干草垛,立于垛顶,四下张望,什么也没有。他冒险向前探,突然脚下一滑,从两捆干草间不显眼的空隙处摔落,四爪乱蹬,向地面直坠。

马赛厄斯的脚没触到地,他直接落入一只橙色巨猫张开的嘴里。

第四十一章

攻 城 槌

康斯坦丝站在墙头，俯望土路，她身后东方的天空已经泛白，但更重要的事扰着雌獾的心神。院长急急登上墙头，后面跟着一瘸一拐的巴兹尔，两只动物都是一脸极为忧心的表情。

"你看见马赛厄斯了吗？"院长问道，"自从昨天下午他从房里消失后，一直不见踪影。"

巴兹尔一脸羞愧。"恐怕都是我的错，我应该盯着那个小淘气。我们得再组一支搜索队。"

"没时间组织搜索队了，"雌獾厉声说，"瞧！"

远处的土路上升起高高的一柱烟尘。三只动物嗅着微风中的气味，没错，克鲁尼的军队正向红城而来！

"我们需要所有能上阵的守卫者，"康斯坦丝低声道，"不用慌，但看样子这是一场大规模的进攻，狐狸的警告不假。"

杰丝、维妮弗蕾德、头鼹和安布罗斯被叫上墙头。他们一同靠在墙垛上，探身观望逐步逼近的烟尘。战鼓声已传入耳中，个别耗子的身影也已依稀可见。

"他们直接向我们杀来了,"杰丝冷声说,"最好让所有守卫者就位,准备战斗。"

教堂鼠约翰收到信号,开始敲响约瑟钟,发出敌袭警报。修道院内以及庭院中所有的动物都停下手头的工作,拿起武器,在指定的位置集合,等待进一步的命令。

土路上升起的烟尘在阳光照耀下斑斑驳驳,克鲁尼将战旗在烟尘上高高挥舞,部队逐渐减速站定。

克鲁尼手搭凉棚,挡住阳光,向墙头望去。

"向恶魔之鞭克鲁尼投降。"他厉声叫道。

"去死吧,耗子!"康斯坦丝粗声回答。

克鲁尼后退一步,垂下战旗顶端。四十多名耗子投石手奔出,发出恐怖的号叫,转动载满石头的武器,向墙头齐射。石头叮叮当当地砸在岩墙上,落回土路,没有造成任何杀伤。

克鲁尼心内暗骂。这番展示武力的耀武扬威白费了,他犯了一个战略性的错误。

阳光直射他手下士兵的眼睛!

守卫者们却占有优势。很快,等一排水獭站上墙头,密集地齐射下沉重的卵石,这种优劣势就变得很明显了。被卵石击中者惨叫连连,克鲁尼的前队开始骚乱。一块石头竟然击中了克鲁尼的头盔。

"退回排水沟和草地去!撤至他们的射程外!"克鲁尼尽了最大的努力,使声音平稳。军队撤往安全区时,他主动留在队伍的最后,迈着不紧不慢的步子,仿佛这一切都在他的计划之中。

四只耗子的尸首躺在墙边,兔子杀手的战鼓孤零零地抛在路上。野兔巴兹尔·雄鹿冷声不屑地说:

"对于无敌的克鲁尼部队来说,这第一击的部署可不是非常精心,我们的战友们占了上风，不是吗？"

"呃，达（他）们得等到太阳移动啦。"头鼹评论道。

"可我们不用，"杰丝喊道，"弓箭手上前！投石手继续！让排水沟里的那群乌合之众尝尝厉害。"

在安全的草地上，兔子杀手试图抚慰克鲁尼的自尊心。"啊，您这是多么狡猾的一招，诱使他们产生错误的安全感！让他们认为占了上风，这是计。"

因为这时机不对的马屁，兔子杀手得到了意外的奖赏——战旗在脑袋上重重的一击。

"闭嘴，雪貂，"克鲁尼没好气地说，"在这儿给我设个指挥所。奶酪贼，扛攻城槌的那一队在哪儿？"

"马上就来，头儿。"奶酪贼叫道，他急忙跑去寻找扛攻城槌的耗子们。

没多久，矮小的禾鼠射手们便齐齐弯弓，将尖锐的小箭射入排水沟中。这些小箭，再加上田鼠们粗大一些的箭和水獭投石手们的卵石，令等待进攻的耗子们不少受伤倒下，非常难受。耗子们的士气低迷，因为克鲁尼下令，中午后才开始反击。

松鼠杰丝抓着绳索，迅速滑降至土路上。她将绳索的尾端绑在曾是雪貂手中战鼓的旧水桶上，随后跃入桶中，向墙头喊道："往上拉，康斯坦丝。"

在雌獾有力的爪下，水桶几乎是飞上了墙头。杰丝相当得意，她计划利用这面战鼓击败耗子！野兔巴兹尔·雄鹿臂下夹着一根军用短手杖，在墙头大步行走，从滚动水桶的松鼠身边躲闪而过。为了保持符合其军衔的尊严，野兔流水般不断发布命令："随时开火，你们这些鼠类！水獭，看清目标！这里有没有鼹鼠？马上下到庭院，向头鼹报道。"

野兔已经扔掉了腿上的绷带，一旦他回归激烈的战斗中，"光荣的战伤"

便彻底被抛于脑后了。

与此同时，克鲁尼坐在架设于草地上的临时帐篷里沉思。那只雪貂至少还有点用处。

奶酪贼催促着扛攻城槌的小队，匆匆赶来。为了讨好克鲁尼，他身先士卒，帮助队员们搬运那笨重的东西。

"加油，伙计们，"他叫道，"让我们撞开修道院的门！"

他们越过排水沟，随即猛冲过土路。一旦他们冲过了某一点，所处的角度便使墙头上的守卫者难以射中他们。

巨大的攻城槌猛然一震，重重撞击在门房的大门上。在奶酪贼的大声鼓励下，扛攻城槌的耗子们向后跑了几步，随即再次向正门撞去。

克鲁尼振奋地看着战局向有利的方向转化。奶酪贼还有点能耐，比他原先认为的多一些。

攻城槌第三次撞在门上。墙头上的动物们站起还击，向下方撞击正门的耗子开火，身体完全暴露在外。克鲁尼召集手下最好的射手和投石手，命令他们瞄准守卫者。克鲁尼的运气来了，太阳开始南移，墙头上水獭和老鼠们的身形一清二楚，克鲁尼的射手们造成了极大的伤亡，迫使守卫者们缩至墙垛下。攻城槌继续撞击，但尚未在结实的正门上造成有效的损伤。

墙头的远程攻击放缓，克鲁尼的部众抓住机会，离开排水沟，逃至相对安全的草地上。克鲁尼此刻似乎十分满意，他把兔子杀手叫到身边。

"这才像点样子，雪貂。好吧，召集挖地道的队员！集合你那些黄鼠狼、雪貂和白鼬，带他们沿排水沟往回走，去修道院岩墙的东南角。等到晚上，我会给你信号，你就开始挖地道，挖穿排水沟的侧壁，穿过土路，挖至修道院岩墙下方，明白了吗？"

野兔杀手夸张地敬了个礼。"明白，像早晨的露珠一样清楚，大人！"

克鲁尼闭起眼睛，他决心保持目前的好情绪。"那就去吧，这次尽量别出岔子。"

战斗时断时续，从白天一直持续至傍晚，扛攻城槌的耗子们不断进攻，但结实的正门顶住了撞击。在最后几片残余的暮光消失后，康斯坦丝召集几位指挥官，他们蹲在黑暗中的墙垛下，听雌獾分析形势。

"听着，我们现在还安全，但早晚必须想办法对付攻城槌。谁有什么好点子吗？合理的建议我都愿意采纳。"

下方，攻城槌依然在无情地撞击。根据尖刺安布罗斯之前的报告，大门顶部的边缘已有些细微的裂痕，但支撑的土木将门牢牢顶住。头鼹已向他们保证，任何挖掘地道的努力至少需要几天才能有成效，在此期间，他带领鼹鼠们会在修道院的庭院内仔细监视地下的情况。

在一天漫长的战斗中，那些没有直接参与战斗的动物们也很忙碌。院长神父在大礼堂里照料伤员；矢草菊以及她的助手们听从雨果修士的派遣，端着水和食物不断送往墙头；教堂鼠太太和野鼠太太用干净的旧床单缝制绷带；不说话的山姆则被留下照看教堂鼠家的双胞胎蒂姆和苔丝，他陪着宝宝们玩耍，直至他们在一堆绷带中睡去。

山姆想上墙头，但他的父母不同意。小松鼠偷偷溜出大礼堂，跟鼹鼠一起把耳朵贴在地上倾听了一阵子，但山姆很快就厌烦了，他用小匕首扎刺地面，假装耗子们从幻想的地道中冒出了头。过了一会儿，他又溜达至墙脚，坐下与杰丝一同吃了些东西。小松鼠向母亲打手势，询问她想拿大水桶干什么。

松鼠杰丝把小儿子抱上膝头，开口解释。她想把桶里装满东西，扔下去砸用攻城槌撞门的耗子，但她还没想好最佳的填充物。

山姆从母亲的膝头跳下，跃上躺在一边的水桶，迈开步，十分灵巧地令水桶在脚下转动，同时用力地吮吸爪子，努力想办法帮忙。

挖地道的一伙斜靠着排水沟的侧壁，懒洋洋地坐着。兔子杀手在一片青苔上将身体完全展开。

"啊，我告诉你们，这才是生活！比中箭强！我的老妈妈总是说，找份好工作，不要强出头。"

酒糟鼻摸着黑偷偷爬来，捅捅雪貂说："克鲁尼说，现在你可以开始挖了。"

兔子杀手用爪子在排水沟的侧壁上画了个十字。"好！我们从这里开始，伙计们。动手吧，挖向胜利。"

·第三卷·

勇士归来

第四十二章

错杀奶酪贼

对红城的攻击持续了一夜，夏夜明亮的月光照耀整个战场。双方对对手都毫不留情，大规模的战斗停止时，狙击战仍不时爆发：弓箭、弹弓、鱼叉、长矛全部上阵，制造了许多伤亡。攻城槌撞击修道院门房发出的无情的声响一直伴随着整个战斗。

克鲁尼将亲自核查地道工程的进展视为他的职责。排水沟侧壁上挖出的那个小洞令他极为不满，他厉声责骂胆敢抱怨难于清除障碍的动物。

"无法穿过岩石和树根，见鬼！"他吼道，"愚蠢和游手好闲的懒劲，才是阻碍地道进展的原因！我明天一早就来检查你们这群家伙进展了多少，如果不让我满意，我会挖个大洞，把你们这群偷懒怠工的家伙全埋了！"

克鲁尼对攻城槌的效果显然满意得多，他知道攻城槌的撞击令修道院的守卫者忧心。奶酪贼指挥扛攻城槌的耗子每小时轮换一次，他自己则始终待在槌边，鼓励撞击的队员们再加把劲。

克鲁尼对奶酪贼刮目相看，他在心中已把奶酪贼提拔为副将。奶酪贼感觉到了这一点，因此他加倍努力，像驱赶奴隶一样使唤队中的耗子，因为头儿如此看重他，没有耗子敢说他的坏话。

康斯坦丝与几位指挥官站在墙头，雌獾焦急地紧皱着眉头。野兔巴兹尔·雄鹿在他们之中作战经验最为丰富，只有他显出较为轻松的神色。

"恕我直言，"他笑道，"下面那些讨厌的家伙，扛着那根旧攻城槌那样干法，很快他们就不用挖地道了。我看最多半天，支撑木上就会挤满耗子，哎呀！"

尖刺安布罗斯对没心没肺的野兔动了真怒。"哼，这可真是条让人宽心的消息！还有什么真知灼见，让我们高兴高兴，嗯？"

巴兹尔又强调起他之前已忘记的腿伤，气冲冲地瘸着腿走开。"哎呀，老弟，没必要这么敏感！不过做了个军情报告，你知道。"

康斯坦丝把两个老朋友唤至一处。"嘿，我们自己争吵没有用，必须想出对策。好啦，你们两个，别生气了，和好吧。"

巴兹尔和安布罗斯不好意思地笑着握爪言和。水獭维妮弗蕾德沮丧地重击石墙。

"一定要想办法让那根讨厌的攻城槌停下来！我们已损失了太多守卫者，每当他们站起还击，便会被击中。一定有非常简单的对策，有什么我们都没有想到的、简单有效的小点子。"

松鼠杰丝在不说话的山姆帮助下，把水桶滚上墙头。她拍拍水桶。"简单的武器——比如这个！"

指挥官们围拢来，审视水桶，桶顶蒙着纱布，里面发出奇怪的声音。

"好啦，杰丝，别卖关子。桶里是什么？"雌獾沉声说。

"我们要不要告诉他们，山姆？"杰丝笑道。

不说话的山姆用力眨眼，用舔得湿漉漉的爪子轻拍鼻子，他和母亲都喜欢卖关子。

"这里面装着的是我英勇的战友们，"杰丝神气地说，"是我们摧毁攻城槌的第一步计划。感谢我的小儿子，是他发现了马蜂窝。"

巴兹尔重重一拍两只松鼠的后背。"太好了，就是它！把马蜂窝装在桶里，把桶砸向下面那些野蛮的敌兵，是不是？"

杰丝和山姆高兴地坏笑。

"哈，可那只是第一步，"杰丝说，"这是第二步。"

她和山姆快步走开，一会儿又推出两个桶。

"两桶上好的、滑溜溜的蔬菜油，"杰丝宣布，"他们一扔下攻城槌，我们便把油倒下去，使攻城槌上淋满菜油，看他们还想不想用它撞门！"

大家衷心赞扬杰丝和山姆，一张张不久前还忧心沮丧的脸上露出了笑容。山姆每得到一次赞扬，都会优雅地鞠躬致意。现在，没有谁反对他上墙头了。

下方，耗子们乱糟糟的脚步声和攻城槌单调的撞击声仍在继续。维妮弗蕾德和康斯坦丝将水桶抬至墙垛边，调整角度，让水桶获得巧妙的平衡。雌獾偷偷张望着下方的情况，等待最佳时机。时机来临时，她把不说话的山姆召至身边。

"请问，塞缪尔先生，您能否赏脸？"康斯坦丝假装谦恭地说。

山姆也装出庄重的神情，优雅地伸腿，对着水桶迅速而有力地一踢。水桶发出愤怒的嗡嗡声，从修道院的岩墙边坠落。

在碎裂声，以及一声叫嚷后，耗子们惊骇痛苦的尖叫声传来。无数疯狂的马蜂愤怒地发起攻击，耗子们在土路上团团乱转，痛苦地跳动。一些耗子沿土路向南逃去，另一些则被无情蜇刺的马蜂追赶着，冲入排水沟。

长长的攻城槌孤零零地躺在地上，恰巧被耗子们丢下的火把围在中央。两桶满满的蔬菜油被精准地扔下墙头，正中目标，桶摔了个粉碎，油浸透了整根攻城槌。

在马蜂还没选出新的受害者前，巴兹尔下令让守卫者们撤至门房内的书房，大家在那里吃点心庆祝。

克鲁尼曲身缩在坑道内，周围密密地挤着一群手下，再多一个便会引起窒息。兔子杀手举着克鲁尼的披风，挡住入口，外面一片嗡嗡声和惨叫声。

雪貂小心地摸摸自己肿大的鼻尖。

克鲁尼面无表情地弓着身子，默默忍受火辣辣的刺痛。怕手下嘲笑，他不敢坐，也不敢碰自己的伤处。远处的草地上，大群耗子争抢着投身于一片小池塘，马蜂们嗡嗡盘旋，等待露出水面的鼻子。

破晓的目光照射着一群丧气的兵，但克鲁尼明智地按下了怒气，许多士兵看来士气极为低迷，很可能逃离战场。他意识到，再训骂这些受伤的手下并没有什么好处。七只耗子、两只雪貂和一只白鼬死在排水沟中，他们没能逃离马蜂群的主力，因无数次的蜇刺断送了性命。

奶酪贼一身难看的肿块，一瘸一拐地缓慢走来。"头儿，他们在攻城槌上浇了什么东西！我们拿不住了。我们试过，可就像去抓湿漉漉的鳝鱼一样，那该死的东西一下就从爪子里滑出去了，滑落时，把其中一名队员的两条腿都砸断了。对不起，头儿，可我们真没料到他们会想出这样的办法：马蜂、滑溜溜的东西，怎么能这么干！"

克鲁尼用爪子指着对面的草地。"在那里重新集结军队，让他们吃点东西，休息一下。派些兵找酸模叶，擦蜇伤。我要去帐篷里认真谋划一下。我们还没有落败，还远得很，他们不可能每天扔出马蜂窝。"

克鲁尼垂头迈着沉重的步子离去，一边走，一边用爪子揉着屁股。

修道院的医疗室内有一两位遭马蜂蜇刺的伤患需要治疗。幸运的是，鲁弗斯修士有一种特效药膏，那是多年前他为了救治夏日偶然的蜇伤而研制的。

不说话的山姆正以哑剧的形式，为蒂姆、苔丝和其他一些小动物们再现整段情节。他拍打着皮毛，翻滚着，一脸滑稽相，可笑的样子令小动物们笑得直不起腰。

康斯坦丝和几位指挥官在休息几小时后，再度聚集在墙头。在远处草地上舔伤口的耗子们看来一时无法造成威胁，这便给了守卫者充裕的时间，检查门房大门的损伤。

松鼠杰丝系着吊索，从墙头迅速滑降下去，检查正门。很快，她回到墙头报告说，虽然门上有很多深深的凹坑，以及至少两条极长的裂痕，古老的大门依然很牢固。

康斯坦丝决定，晚些时候，他们可以吊几位木匠和铁匠下去修补。最近，一个念头始终在雌獾脑中盘旋，很快便发展为一种执念——割下头颅，身体便会死去，她一定要设法杀死恶魔之鞭克鲁尼！

她可以清楚地看见那边草地上克鲁尼的帐篷。在灿烂的阳光下，雌獾看着大耗子的剪影在帆布后来回移动。主要问题是，帐篷的位置远在弹弓或弓箭的射程之外，除非武器足够巨大有力，才能射那么远……没错！

一把强弓，一件类似弩弓的武器。那样一件武器如果能在克鲁尼和他的手下不知情的情况下，架上墙头；在特定的时间，比如下午三点，在那时灿烂的六月阳光下，透过帐篷的帆布，能清楚地看到克鲁尼的影子，装上一支大箭或弩箭，好好瞄准，弓弦一响！

克鲁尼就此退场。

这一计划令康斯坦丝心花怒放。她只把想法告诉了另一只动物——院内唯一的海狸。康斯坦丝把征来帮忙的海狸留在果园中，用极厉害的臼齿啃着一棵小紫杉，她则离开去寻找适合大弩的箭。雌獾发现一根用来熄灭烛火的梣木杖十分理想。她用一块沉重的石头，把装在木杖顶端的圆锥形铜制熄烛器砸扁，直至木杖变得好像一支样子邪气的长矛，然后又在上面插上有助飞行的鸭毛。一根编得细细的爬绳揉上蜂蜡，便制成了绝佳的弓弦。在海狸的帮助下，康斯坦丝把小紫杉靠在修道院大楼的墙壁上，弯至合适的弧度，绷紧弓弦。两只动物合力把巨弩用钉子和布带架设在一张餐桌上，随后抬上墙头。无论谁询问这古怪的装置是干什么的，康斯坦丝都只是简单地含糊应答，除了她和海狸，其他动物不需要知道答案。两只动物坐在墙头，在共进午餐的同时，秘密地低声交谈。

"这样应该就行了！"

"啊，希望如此。我们只有一次机会。"

"哈，我们只需一次机会。"

"我们是不是该等太阳过了最高点？那个时候他的身形我们能看得更清楚。"

"好主意。约瑟钟敲响下午三点时应该最理想。"

吃完午餐后，两只动物像上了年纪的看家狗一样，躺在被太阳晒得暖洋洋的岩砖上。

半小时后，他们都打起了呼噜。

克鲁尼是一只诡计多端的耗子。他经常希望手下的兵能跟他一样有脑子，而不仅仅是一群无能的乌合之众。可话说回来，如果部众都跟他一样聪明，那就不需要他来统率了。这就是生活，他想。除了他，谁也想不出新策略。

而这一次，克鲁尼认为他想出了一个万无一失的计划！他大步穿过草地，亲自挑选了三十多只耗子。

"跟我来，"克鲁尼厉声说，"奶酪贼，在我回来前，这里交由你负责。"

克鲁尼不再多说，带领选出的耗子们，迈开大步，先前往路南翻在沟中的干草车那里，然后迅速绕入苔花林。

跟他的前任红牙一样，奶酪贼野心勃勃。他把克鲁尼的命令理解为梦寐以求的提拔——副将！头儿连提都没提黑爪，兴高采烈的奶酪贼甚至忘了马蜂蜇刺的痛苦。他趾高气扬地踱往各处，行使他新得的权威。

"黑爪，派那些雪貂出去找更多酸模叶，听见没？"他命令道，"哦，注意别让其他兵溜达得太远。你要是需要向我请示什么，我就在帐篷里，但尽量别打扰我。"

黑爪愤恨地怒目而视，但还是执行了命令。他知道，如果他不执行，奶酪贼肯定会向克鲁尼报告，说他不服从上级的命令。

奶酪贼大摇大摆地走进帐篷，四下张望。克鲁尼留下了大半只林鸽和一些奶酪，而且在头儿的壶里，还留有不少圣尼尼安教堂上好的燕麦酒。

奶酪贼满意地大吃大喝，以前红牙经常这样，他为什么不行？作为克鲁尼的副将，这是他应得的。他懒洋洋地瘫倒在克鲁尼的椅中，翘起椅子，把双脚搁在铺满地图的军用桌上。得到了命中应得的令奶酪贼满心欢喜，他心中暗自希望，老天会突降暴雨，让其他的士兵在外面淋得湿透，而他却温暖干爽地待在帐篷里，那样他们就会认识到他高贵的地位。

奶酪贼试图研究地图，但他根本看不懂，很快便没了耐心。

那里放着克鲁尼在战斗中戴的浸了毒的尾刺。奶酪贼留神不让毒刺扎破爪子，小心地将毒刺戴在自己的尾巴上。随后他又将克鲁尼的披风围在身上，披风有些长，但他的样子一定很神气。对着那项巨大的战盔，奶酪贼肃穆地凝视了好一阵，然后他探出帐篷的挂帘偷偷张望，没有发现头儿回来的迹象。太好了！克鲁尼或许一两个小时内回不来。

约瑟钟敲响了下午三点。

康斯坦丝摇醒海狸。

"瞧，绝佳的机会！那正是披挂整齐、准备受死的恶魔之鞭。这样的机会可不会有第二次。"

巨弓射得十分精准。奶酪贼新近的这次升职虽然迅速，但很短暂，他永远也不知道是什么夺走了他的命。

第四十三章

巨猫乡绅

马赛厄斯在猫嘴中大声惊叫。猫嘴里热烘烘、湿漉漉的，散发着一股无法形容的味道，黑色和粉色之间似乎到处都是巨大的黄牙。

"呸！"

橙色巨猫把小老鼠吐在谷仓的地板上。马赛厄斯一身湿漉漉的黏液，毛皮上粘着尘土和稻草，倒在地上瑟瑟发抖。猫爪围着他的身子，他根本没有机会逃跑。本能告诫他要一动不动地躺下装死，但他无法遏制身体剧烈的颤抖。他呆呆望着巨猫的眼睛，那是两大片青绿色的池塘，带有斑驳的金色。

巨猫也厌恶地瞪着马赛厄斯。他傲气地用爪子精细地擦拭受到污染的舌头，呸呸地吐口水，似乎要努力除去舌头上可怕的味道。

"啊！我真难以忍受老鼠的味道，肮脏的小害虫，谁也不知道他们去过什么地方。"

猫说话虽然文明，调子却很尖细，倘若换一个环境，听起来会显得很滑稽。马赛厄斯尽可能静静地躺着。

橙色巨猫用爪子懒洋洋地拨拨小老鼠。"哦，起来吧，恶心的小东西！

我知道你没有死。"

小老鼠慢慢站起身，巨猫似乎对把他作为食物不感兴趣。但马赛厄斯的双腿抖得如此厉害，他不得不再次坐倒。

一猫一鼠面面相觑，马赛厄斯不知道该说什么好。巨猫再度开口，这一次他的声音透着气愤。"嗯，你没什么可辩解的吗，老鼠？你的礼貌呢？你难道不应该为这样突然跳进我的嘴里而道歉吗？"

马赛厄斯再次设法站起，颤巍巍地鞠了一躬。"我请求您的原谅，先生。那完全是意外，我失足了，您瞧。请接受我卑微的道歉。我是红城的马赛厄斯，我真心希望没有给您造成任何烦扰。"

巨猫冷哼一声。"啊，看来你至少还有些体面的教养，红城的马赛厄斯。我接受你的道歉。请容许我自我介绍，我是乡绅朱利安·金维尔。"

"很高兴见到您，朱利安老爷。"马赛厄斯礼貌地说。

巨猫气度尊贵地打了个哈欠。"你可以称呼我朱利安，我从不想要那个世袭的头衔。什么乡绅！一间摇摇欲坠的破败农舍，还有那边的一段河！没有真正的朋友，没有值得信赖的仆从，甚至没有生儿育女的配偶。看来在我死后，金维尔家的血脉就断了。"

马赛厄斯对于这位孤独的贵族，不禁感到有点同情。

"至少您看来生活平静。"他含着希望说。

"哦，请省省力气，不必对我说这些陈词滥调，老鼠，"朱利安用厌倦的声调回答，"在一个逐渐腐朽的世界，孤独地努力维持个人的标准，对这种感觉你知道什么？嘿，你看，你能不能把身上收拾得干净一些？你满身尘土和稻草，站在那儿的样子真可怕。清理时，你或许会愿意解释一下，你为何偷偷摸进我的谷仓。"

马赛厄斯一边拍掸身体，一边讲述了自己的任务和所要寻找的对象。朱利安低头惊讶地看着他。

"暴雪上尉，嗯？那个老疯子！要知道，我已经禁止他使用我的谷仓。讨厌至极的鸟！一切能爬行移动的东西都是他的食物，用餐礼仪也糟糕透顶，想想他吐的那一桌子的皮毛和骨头，啊！"

"您能告诉我，我在哪里可能找到他吗？"马赛厄斯问道。

"当然可以，"朱利安回答，"暴雪这几天住在一棵中空的树里。我破个例，带你去那里。但是，别指望我跟他说话，介绍你。禁止暴雪进谷仓的时候，我们狠狠地吵了一架。说出去的话已无法收回，那天我发誓，有生之年再不会跟那只老猫头鹰说话。"

马赛厄斯察觉到，朱利安和暴雪曾是好朋友。或许正是友情的破裂使朱利安现在这样消沉。小老鼠明智地决定，此刻不再追问这件事。

对于马赛厄斯来说，骑在猫背上是全新而难得的体验，虽然他极为小心地隐藏自己的情绪，可朱利安却是十分敏于观察的动物。巨猫轻松而优雅地大步穿过农场时，漫不经心地说道："你的尖鼠朋友今天阵仗不小。无知的小东西！以为我看不见他们。能不能请你替我给渡木和苔鼠游盟传句话？告诉他们，可以放心来谷仓取干草和其他东西，暴雪的窝已经不在那里。上天为证，我肯定不会伤害他们。我的食谱包括植物、青草，以及偶尔从河中抓获的鱼。多年前，我便放弃了红肉。或许请你再提一句，要是他们真来谷仓，能不能请他们不要争执打斗不休？在我冥想时，再没有什么比小尖鼠的吵闹声更烦心的了。"

马赛厄斯答应把这些话带给苔鼠游盟和渡木。一猫一鼠来到一片杂草丛生的小果园，朱利安停下脚步，不到二十步外的地方有一棵发育不良的矮橡树。巨猫让马赛厄斯爬下脊背时，提醒他说："你或许看不见暴雪上尉，但他在盯着我们。我觉察得到他在家。要极为小心，马赛厄斯，那个老饕很可能当即把你吞下肚——典型的猫头鹰。那好，我走了。如果你有机会，告诉他，金维尔老爷说，他必须完完全全地认错道歉，只有那样，我们才能重续友谊，一同在谷仓生活。再见，马赛厄斯，千万小心。"

"再见，朱利安，谢谢！"马赛厄斯向离去的身影叫道，那是金维尔王朝的最后一位遗族。

小老鼠从袍子上摘下巴兹尔的勋章，高高举起，壮起胆子小心前行。如果朱利安说暴雪上尉在附近，那一定没错。

一声怪叫打破寂静，紧接着是一阵急促的翅膀拍打声，猫头鹰突然出现，笔直地俯冲向马赛厄斯。

小老鼠一面按照巴兹尔教授的那样矮身穿插躲避，一面挥舞勋章，扯着嗓子叫道："休战！是野兔巴兹尔·雄鹿派我来的，请求休战！"

重重的一击令马赛厄斯仰面倒地，尖针般锐利的巨爪夺走了他爪子里的勋章。暴雪上尉降落在马赛厄斯面前，巨大的双翅激得尘土飞扬。小老鼠几乎难以相信，世上竟有如此神气的大鸟。

暴雪上尉的立高和两翼展开的长度惊人。他一身雪白的羽毛，只在翅膀上有零星几道棕色条纹，在头冠处有几个黑点。他的身前有六只危险的利爪，腿后有两只。锋利的鸟喙极弯。两只金色的巨眼中央是浑圆的黑色瞳仁。

马赛厄斯知道自己命悬一线，因此继续矮身左右闪避。暴雪上尉猛然伸爪，马赛厄斯敏捷地躲至一旁。

"报上名字和军阶。谁给了你我的勋章？"猫头鹰厉声说，声调极硬，毫无起伏。

小老鼠继续快速躲闪，同时气喘吁吁地说："老鼠马赛厄斯，红城修道院的勇士。勋章是我的朋友野兔巴兹尔·雄鹿的，他让我问候您，上尉，长官。"

"立正。"上尉厉声道。

马赛厄斯僵直站立。猫头鹰的爪子开始一寸寸地前移，仿佛拥有自己的意识。小老鼠不断后退，躲开那些利爪。暴雪上尉舔去喙边的口水，很明显，他极想吃了马赛厄斯。

"那只猫跟你说了什么，老鼠？"他粗声说，"他提到我了吗？"

马赛厄斯重复朱利安的话。"金维尔老爷说，长官，如果您承认错误，

271

向他道歉，那么你们俩就能和好，重新在谷仓生活。"

马赛厄斯在说话时，一直躲着猫头鹰探出的爪子。他突然本能地扑向一侧，作之字形跑跳，躲过了凶性大发、猛扑过来的猫头鹰。未击中目标的暴雪上尉疯狂地撕扯青草，弄得尘土四溅。忽然，他转身飞起，落在矮橡树上栖居树洞的入口处。"好了，现在你可以不用逃了，小勇士。回这里来，我有话跟你说。"

马赛厄斯在与橡树留有安全距离的地方站定。暴雪上尉不断换脚站立，气冲冲地低声抱怨："我，认错？没门，我决不会向那只猫道歉！不干！"

等猫头鹰结束了与自我的争论，马赛厄斯叫道："暴雪上尉，长官，有一个问题我一定要问您。"

大雪枭展翅一指自己的树洞。"嘿，老鼠，你不能总站在下面冲我嚷嚷。为什么不进我的巢穴，呃，鸟巢里来呢，那样我们可以舒服地交谈。"

马赛厄斯踮起脚尖，瞥了一眼那个"鸟巢"，里面的墙壁上一排排地挂着各种皮毛——尖鼠、老鼠、野鼠，甚至还有耗子，小动物们的头颅和白骨被高高挂起，成为恐怖的装饰。马赛厄斯不安地笑道："呃，如果您不介意，上尉，我想我宁愿待在现在的地方。"

猫头鹰粗声怪笑，伸直一根利爪。"那么，你宁愿待在现在的地方，先生？嗯，我不怪你。那好，说吧，你想问我什么？"

"你知道大蝰蛇阿斯莫德吗，在哪里我可能找到他，长官？"马赛厄斯勇敢地叫道。

猫头鹰理理胸羽，侧头说道："我知道在我的领地上移动的一切，老鼠。我当然知道阿斯莫德，我还知道被他称作家的地方在哪儿。你为什么问这个？"

"因为蝰蛇拿了属于我们修道院的东西，一把宝剑，长官。"马赛厄斯回答说。

"啊，宝剑，"猫头鹰说，"我记得那一晚，他拖着剑从这里经过。像你这样小小的老鼠，绝不可能从阿斯莫德那里拿到宝剑！那条蝰蛇的眼睛拥有魔法，能把你像雕像一样冻住。哼，真希望我的眼睛也行。"

马赛厄斯感到怒气上冲，他愤怒地冲武断的猫头鹰嚷道："就算他有魔眼、毒牙、铁打的身子，什么我都不在乎！我一定要拿到那把剑！我会把剑从蛇那里偷出来，夺过来。如果我必须战斗，我会……"

马赛厄斯剩下的话淹没在猫头鹰歇斯底里的刺耳笑声中，他笑得几乎从落脚处栽倒。他眨去巨眼中的眼泪。

"你会什么？我好像听见你说，你会与阿斯莫德作战？你！哦，小老鼠，在我震翅大笑前，跑一边玩去吧。哈哈哈嘿嘿呵呵呵！哦，天哪！你确定你没喝陈年的苹果白兰地？一只老鼠与蝰蛇作战！哦，老天，闻所未闻！"

暴雪上尉不可遏制地放声狂笑。马赛厄斯高声挑战道："哈，我敢打赌，你不敢与阿斯莫德战斗！"

猫头鹰用雪白的翅膀抹去眼中的泪，开口说道："我从来没试过。我也不愿意，小家伙！那条蛇和我恐怕最终都会没命。"

马赛厄斯嘲弄地叫道："那是因为你害怕。你瞧，我一定会挑战阿斯莫德，并战胜他。"

"你肯定赢不了。"

"我肯定赢。"

"你输定了，赌什么都行。"

马赛厄斯指指暴雪上尉爪中的勋章。"用那枚勋章打赌，我一定赢！"

猫头鹰把勋章扔回巢中。"好！"

"等等，猫头鹰，"马赛厄斯叫道，"你的赌注是什么？那勋章不是你的，你已经把它送给野兔巴兹尔·雄鹿了。"

暴雪把双翅伸展开，翅羽的长度让小老鼠难以置信，他刺耳地叫道："什么赌注都行，你随便说吧，老鼠。"

马赛厄斯狡黠地点点头。"哦，我可不想让你倾家荡产。就这样吧，你保证还我勋章，再承诺几件小事。"

猫头鹰再一次难以遏制剧烈的大笑。"哈哈哈！有胆量！好吧，小勇士！我赌了，说吧。"

"好，"马赛厄斯严肃地说，"你必须发誓，承诺如果我获胜的话，你便再不吃老鼠和尖鼠，不论什么种类。"

"可以，"猫头鹰笑道，"而且，我会再进一步。我向你保证，如果你打败蝮蛇，我会向那只呆板的老猫道歉。我甚至会跪下向他道歉，行了吧！"

"请以上尉的头衔发誓。"马赛厄斯逼迫道。

猫头鹰抬起一只翅膀和一条腿，复述道："我以上尉的官衔，以及祖先雪鸮和冰川显赫的声名发誓，如果你能战胜阿斯莫德，我便归还勋章，并信守我的承诺。"猫头鹰又爆发出一阵大笑，"哦，哈哈哈嘿嘿呵呵呵！这是我打过的最没悬念的赌！就像从死去的蝴蝶身上取下翅膀。"

"对于您，这个赌或许简单，先生，但对我可不简单，"马赛厄斯反驳道，"现在，请告诉我可能找到阿斯莫德的地点，上尉。"

"在那片古老的砂岩采石场，"猫头鹰答道，"你必须穿过河去。采石场里到处是洞穴和通道，一处处地找吧。你找不到阿斯莫德，但他会在你最意料不到的时候出现，而那时就太晚了，你会死得比地狱里的冰柱还硬。再见，老鼠。"

马赛厄斯转身背对雪鸮，大步离去，雪鸮连串的奚落声在他耳边回响。

"得回我的银勋章可真不错！"猫头鹰嘲笑道，"每次我戴上它，便会想起你。你应该让我吃了你，免得你跋涉去采石场……哦，差点忘了，你没办法替我向野兔致以最良好的祝愿了……蛇肚子里很舒服。"

马赛厄斯不理会猫头鹰残忍的嘲笑，继续前行。他穿过农场，越过草地，一步不停，一直走至苔花林边。尖鼠们跳出隐蔽处，围在马赛厄斯身边，吵闹地争相询问。

"哈，你竟然回来了？"

"暴雪为什么没吃你？"

"你肯定从来没见过那么大的猫头鹰，是吧？"

"有什么毒牙的消息？"

"你查明他在哪儿了吗？"

"别光站着！跟我们说说，告诉我们！"

激烈的争吵就此爆发。一把把剑抽出鞘时，马赛厄斯找出渡木，从他那里拿过黑色的卵石。

"闭嘴，住手，你们这群无赖，不然你们什么也别想知道！"马赛厄斯吼道。

苔花林尖鼠部落的成员果然安静下来。马赛厄斯发现难以掩饰声音中的鄙视。"我找到了暴雪上尉。事实上，是朱利安·金维尔老爷带我去的。这个名字听起来耳熟吗？"

倾听的尖鼠群显出一阵尴尬的推搡，许多尖鼠垂眼望向地面，尤其是苔鼠游盟和渡木。

马赛厄斯把两臂叠在胸前，厌恶地环顾尖鼠们。"哦，是啊，我正想感谢你们大家！尤其是你，苔鼠游盟，还有渡木。这事干得可真是狡猾、肮脏、卑鄙，把我送进那个谷仓，关于那只猫却没有一个字的提醒。"

渡木从额头上扯下布带，扔在地上。他把卵石抓在爪中。"马赛厄斯，我这不仅是替我自己说话，也是替整个部落说话。我们非常抱歉，你必须相信我们的歉意。我们完全忘了那回事，我们忘了那只猫。你瞧，我们是尖鼠，性格跟名字一样①，我们相互不断地争吵打斗，以至忽视了大事，我们就是这种样子。请接受我们的道歉，朋友。"

马赛厄斯拿回卵石。"这一次我原谅你们。你说你们是尖鼠，所以忘了。你还称我为朋友，我告诉你们，我是红城的勇士，我始终记得谁是我的朋友，我也永远不会忘记所受到的伤害！但这件事我们就不再提了。你们现在必须听我说，我要告诉你们的事极为重要，它能够改变这里每一只尖鼠的生活。暴雪上尉告诉我，阿斯莫德住在河对岸古老的砂岩采石场。

---

① 尖鼠的英文是 shrew，还有泼妇、悍妇的意思。

那只猫头鹰还向我发誓承诺：如果我打败阿斯莫德，他便再也不会猎杀尖鼠。"

等惊讶的骚动平息后，小老鼠继续说道："想想吧，部落尖鼠们！这对于你们来说，是双重的好事。阿斯莫德死了，暴雪上尉又信守诺言，你们便去了两害，能够安全地生活。说到这个，我的朋友朱利安是十分无害的猫，他不会伤害你们。他同意，无论什么时候你们需要谷仓里的东西，都可以去拿，只要你们安安静静的，不要争吵打斗。这些就是我要告诉你们的，还有一个要求——请带我去采石场。"

周围响起一片低低的交谈声，马赛厄斯耐心地站着等待，他们应该不会拒绝如此宽厚的提议吧？他竭力想要抓住交谈的意向。一些尖鼠似乎完全支持，但另一些则显然不愿相信他的话。最终，一只看上去很好斗的小个子尖鼠走上前，拿起卵石，用十足的官腔对马赛厄斯说："我们的盟规说，河对岸的采石场不是尖鼠的领地，老鼠。所以，我们不能陪你去！"

渡木跳上前，对着发言者用力一击，把他仰面打翻在地。

"胆小鬼，狼心狗肺的笨蛋！"渡木叫道，"在这位勇士为我们努力做了这么多之后，你们怎么能说出这种话？"

苔鼠游盟从地上抓起卵石。"住手，渡木！你没有权力打同伴！他不过在陈述事实，我们部落的盟规清楚地规定，不能逼迫任何一员冒险走出尖鼠的领地范围。"

渡木还没来得及应答，骚乱已经爆发。尖鼠们开始争辩、尖叫、呼喊、踢踹、扭打，苔花林边一片混乱。

马赛厄斯举起卵石高叫，试图压过这片嘈杂，但他的声音湮没在骚乱中。他愤怒地抓住离他最近的一只尖鼠，冲他嚷道："听着！告诉我河的方向，不然——"

尖鼠拼命挣扎，在扭脱马赛厄斯的双爪，一头扎入吵闹中前，他用爪子指了指东北方。

小老鼠怒不可遏，他晃动卵石叫道："那就继续打吧，你们这群蠢货，还有你们这个专横的小联盟。我不需要你们！我自己去。"

他用力扔出卵石。卵石从骚乱者的头上飞过，消失在苔花林中。

马赛厄斯转身，怒气冲冲地向河的方向走去。

第四十四章

三面进攻

草地上克鲁尼的军营笼罩在恐惧的气氛中。奶酪贼死了，他穿着克鲁尼最好的战甲，被一支巨大的箭射穿，躺在头儿帐篷的残骸中。没有哪个部众胆敢走近那可怕的地方，生怕在克鲁尼回来时被撞见，遭到斥责。

康斯坦丝不安地探出墙垛张望，有事情不太对劲，她闻得出来。雌獾最坏的猜测得到了证实，她看到克鲁尼正穿过土路，走回草地。康斯坦丝眼见克鲁尼纵身跳过排水沟。毫无疑问，那只耗子肯定是恶魔之鞭克鲁尼，她杀错了耗子！

克鲁尼把他选出的那队耗子留在苔花林中，他们知道该干什么，虽然需要点时间，但那是个稳妥可行的计划。克鲁尼迈着大步迅速穿过草地时，第六感告诉他情况有异。他用独眼扫视军营，部众们都聚集在远端，但他的帐篷怎么了？

克鲁尼依稀看见一条身影扭曲着团在帐篷的残骸中。猜测毫无意义，他加快了步伐。

278

火牙在半途迎了上来。克鲁尼举起爪子，让火牙闭嘴，他要查明情况，不要听结结巴巴的解释。他踢开帐篷的挂帘，奶酪贼惊恐的脸出现在眼前，巨大的箭杆刺穿铠甲，他的战甲毁了。

克鲁尼的目光往返于修道院和尸体间，一瞬间他便明白了所发生的一切。雌獾在墙头张望，是她干的！

克鲁尼的脑子转得极快。部属们在草地尽头，看上去十分不安。那支箭本要射杀的是他，却射错了对象。霸王诡计多端的头脑中突然冒出一个利用眼前不利情况的主意。

火牙——至少这样说吧——大吃一惊。克鲁尼热情地拍拍他的后背，带他穿过草地，走至其余惊恐等待的部众面前。克鲁尼高声大笑，夸张地挤挤眼睛，令部众们松了一口气。

"啊，看来我的小计谋进行得不错，我们抓住了肮脏的叛徒，是不是，火牙，老伙计？"

火牙完全傻了，但还没有傻到表示异议。

"什么？哦，呃，当然，头儿。"

克鲁尼冲尸体躺着的地方点点头。

"你们看见那个了吗？嗯，那是给你们大家提个醒。哈，我知道奶酪贼不对劲，你们这些家伙，难道都没有看见昨晚他在攻城槌边颐指气使的样子？"

一片低声的抱怨响起，大多数耗子曾被野心勃勃的奶酪贼逼迫，卖力去扛攻城槌。

"啊，我们看见了，头儿。"

"拖着一身肥肉走来走去，大喊大叫地命令。"

"他让我扛了两小时攻城槌。"

"是啊，好像他是军队的头儿。"

"没错！"克鲁尼叫道，"我盯奶酪贼好长时间了！他未经我的准许，发布了不少命令。啊，我敢打赌，我不在的时候，他一定命令了你们之中的一些小伙子。"

"他把我指使得团团转，头儿，"黑爪愤愤地主动说，"'干这个'，'拿那个'，'快去'，'我在头儿的帐篷里'，我看奶酪贼的尾巴翘到天上去了，头儿。"

克鲁尼搂住黑爪的肩。"谢谢，黑爪，你是个聪明的队长。你们跟我一样，都能看出奶酪贼在谋划控制我值得信任的属下。不然，他为什么开始用我的帐篷，穿我的战甲？"

士兵们一脸聪明的样子，相互点头，克鲁尼说得没错。没有士兵喜欢死去的奶酪贼，那个横行霸道，一心渴望权力的家伙。

克鲁尼继续说道："你们瞧，我知道雌獾和她的朋友打算杀我，所以我想，我可以用个一石二鸟的计策：骗过他们，同时省去我处决奶酪贼的麻烦。事实上，我是让红城的那群家伙替我做这脏活，我不想麻烦我任何一名忠诚的士兵。我给叛徒足够长的绳子，让我们的敌人吊死他！"

克鲁尼一拍大腿，放声大笑。他的手下也跟着大笑起来，为头儿的黑色幽默而笑得前仰后合。多么狡猾的点子！毫无疑问，恶魔之鞭玩诡计从不失手。

克鲁尼高兴地冲远处墙头上康斯坦丝的身形挥动爪子。

"谢谢你，雌獾！"他叫道，"干得漂亮！"

远在墙头上的康斯坦丝一个字也听不见，但在现在的情形下却是刚好。

克鲁尼转向部众时，几乎一脸喜气。"那好，我出色的战士们，我不在的期间，还有什么别的事发生吗？"

兔子杀手行了个最花哨的礼。"地道挖得很顺利，大人。"

"好，好，"克鲁尼说，"还有什么要报告的？"

癞皮和酒糟鼻同声说道："我们刚才出去找酸模叶，头儿，在那边那些田对面……"

克鲁尼拦住他们，然后冲酒糟鼻点点头。

280

"你告诉我。"

"嗯，我们在一片树篱边找，头儿，"酒糟鼻说，"我们找到了一整群睡得死沉沉的睡鼠，所以我们扑上去，把他们统统捆了。他们又肥又大，头儿。"

克鲁尼打断了他。"睡鼠，是吗？你还没杀他们吧，我希望？"

酒糟鼻急忙摇头。"哦，没有，头儿，我们把他们新新鲜鲜地养在排水沟里。您想见他们吗？我想一共大约二十只。"

"好，做得好。我要留着他们的命。"克鲁尼低声说着，走至排水沟边，低头打量那些俘虏。

睡鼠们可怜地挤成一团，他们的脖子全被残忍地套在一根绳子上，恶魔之鞭克鲁尼邪恶的眼光令他们惊恐地抽泣。

"你们谁是头儿？"克鲁尼吼道。

一只衣衫褴褛、样子颇为年轻的睡鼠怯生生地举起爪子。"我是，先生，我叫胖子。请放我们走吧，我们从未伤害过任何生物，暴力不符合我们的天性，我们……"

"闭嘴，"克鲁尼厉声说，"不然我就教教你们暴力的意思。"

躺在排水沟里的睡鼠们发出一声痛苦的呻吟。克鲁尼抽动尾巴，发出脆响。

"别那副瑟缩样，"他鄙夷地说，"你们是我的俘虏，我可以任意处置。啊，别担心，我还不会让他们杀了你们，我要考虑其他更有用的事。你，叫胖子，还是别的什么的，告诉你的部族，只要你照我说的做，他们就不会受到伤害。现在，你们就得被关押着，待在下面。酒糟鼻，癞皮！"

"是，头儿？"

"你们俩负责这些俘虏，"克鲁尼说，"不准让任何动物走近他们，日夜看守，这些睡鼠里只要有一只不见了，你们俩就都会上烤叉，明白了吗？"

奶酪贼的尸体被处理后，克鲁尼坐在一块雨篷下，那是用损坏的帐篷临时改的。铠甲护理员在他眼前勤奋地修复他珍视的战甲。怒火在他心中燃烧，他的铠甲毁了——而且还损失了一名有用的队长，攻城槌计划也惨遭失败，红城部队抢在了他前面。而想对策的任务又一次落在他自己身上，那群手下更关心的是舔伤口和填饱肚子，谋划战略不是他们的任务。然而，再仔细想想，天平已开始向利于他的一侧倾斜。现在，他拥有三把可能打开修道院的钥匙：一把是地道；第二把是苔花林里的耗子正在进行的计划；而这第三把——克鲁尼望向排水沟。只要他出对牌，抓获的睡鼠将是攻克红城的一条更为诡谲的路径。

临近傍晚时，对红城的攻击再一次展开。松鼠杰丝和尖刺安布罗斯加入了弓箭手的队伍，他们迅速蹲下、站起，随机地选择目标。

"我觉得不对。"杰丝说。

安布罗斯一面向排水沟射出一支羽箭，一面咕哝道："什么地方不对，杰丝？"

松鼠放下弓箭，坐在掩护的墙垛下。"他们的攻击似乎有些松懈，而且最近我们没怎么看见克鲁尼，这不像是克鲁尼部队的做法。要我说，他们正在玩什么我们不知道的诡计。"

站在附近的水獭维妮弗蕾德用力投出一块石头，随之而起的尖叫令她满意地点头。随后她也加入两个朋友的交谈。"啊，我看我同意你的意见，杰丝。恶魔之鞭或许又想出了什么新花招，现在的攻击不过是幌子。顺便问一句，头鼹和他的小队有什么消息吗？"

"哦，他们还把耳朵贴在地上呢，"安布罗斯粗声说，"头鼹说他们听到了某种古怪的回声，但还不确定。他认为，他们最终可能会从西南角钻出地面。"

"是啊，我也听说了，"杰丝支持道，"那些肮脏的坏蛋露头时，我们得给他们安排一场热情的接待！"

"我不明白的是，"维妮弗蕾德沉思道，"小马赛厄斯去哪儿了。错过作战的机会，这可不像他。"

莫蒂默院长正绕着墙头，分发食物。他听见了这番对话，忍不住评论道："你们知道吗？我也正想着这件事，但我们必须完全信赖马赛厄斯的判断。我有种感觉，他会是我们大家的救星。有一件事，你们可以放心，不管那只小老鼠在哪儿，他都会以某种方式关心着红城的存亡，我确信。"

"啊，好吧，"杰丝长叹一声，拿弓搭箭，"我们最好确保他有家可回。继续战斗，朋友们。"

松鼠把弓拉满，立起身来。她稍顿了片刻，顺着紫杉的箭杆注目凝望，然后猛地松开弓弦。随着弓弦响亮的震动声，下方的草地边，一只动物倒地不动，又少了一只执行克鲁尼的命令的白鼬！

第四十五章

采石场寻蝰蛇

那天晚上，马赛厄斯独自燃起一堆临时的篝火。在吃过简陋的一餐后，他把袍子紧紧裹在身上抵挡寒风，躺下睡觉。怀着对那些不知感恩的尖鼠的愤怒，孤独的小老鼠终于睡着了。

破晓前不久，马赛厄斯察觉附近有动静，他小心地把一只眼睛睁开一条缝。他的双脚暖洋洋的，他还感到了毯子的重量，在他熟睡时，有谁在他身上披了条毯子。

苔花林尖鼠部落跟来了！

他们燃起一堆堆小篝火，正在准备早饭。马赛厄斯判断，天应该快亮了。他侧转身，假装未醒，不理在场的尖鼠们，一会儿又沉入了暖暖的梦乡。

天光大亮时，马赛厄斯才再次醒来，阳光透过树间，与炊火淡蓝色的轻烟交糅。渡木送来一块烤燕麦蛋糕和一碗药茶，马赛厄斯坐起身，冷冷接过，默默地吃起来。渡木将毯子叠起收好后，站在他身边，发出一声短促不安的轻咳。

"咳咳，呃，马赛厄斯。关于昨天的事，我很抱歉。正如你所见，我们根据多数票的意见，决定跟你一起去。"

小老鼠还是不理他。渡木猛然坐倒在地。

"嘿，马赛厄斯。我们联盟的尖鼠努力用民主的方式生活，你不该把我们想得太坏。说不跟你去的那只尖鼠不过是在陈述盟规的内容，我不该打他，苔鼠游盟支持他也并没有做错。"

马赛厄斯站起身，把包袱扛在肩头。"嘿，渡木，不要跟我说你们那些愚蠢的规矩——第三部、第四段等那些废话。你们要不支持我，要不反对我，我的时间宝贵，没空浪费在尖鼠部落烦琐的盟规和争辩上。"

渡木拿起行李，对小老鼠灿烂地笑道："马赛厄斯，朋友，我们会像泼妇一样支持你，牙齿、爪子、指甲！带队前进吧，勇敢的勇士。"

马赛厄斯毫不掩饰自己的宽慰，笑道："好，渡木，朋友，我们动身吧。我们要挑战蝰蛇，夺回宝剑！"

身边的一队尖鼠已开始争论去往采石场的最佳路线，马赛厄斯不为所动，稳步前行。他们穿过树丛，把苔花林远远地抛在身后；他们穿过开阔地，小心地远远避开农舍；他们钻过一条条山楂树篱，跨过一道道干涸的排水沟，穿过多片寂静的夏日荒地。

午饭时，他们在一条流速缓慢的大河边停下脚步。

马赛厄斯坐在苔鼠游盟身边吃午餐，这将是他们所吃的最后一顿热食，到了河对岸，便必须悄悄行动，不能点火，也不能发出声响。马赛厄斯把一块石子弹入水中。

"我们该怎么过河？"他问道。

苔鼠游盟满嘴面包，说道："当然靠渡木，听他的名字就知道了。他的父亲和爷爷都叫渡木，他们一家都是这条河上的摆渡鼠。如果你需要过河，就站在河岸上喊'渡木'。喏，让我们看看这方法是不是还管用。"

苔鼠游盟走至河边，把爪子围在嘴边，呜呜地叫道："渡木——渡木！"

由一段树干做成的木船载着一只年长的尖鼠从芦苇滩中出现了。那只尖鼠用一根长竿娴熟地把浮木撑到河岸边，然后愤怒地跳上岸，责骂苔鼠游盟："笨尖鼠！你一定得把我们在这里的消息广而告之吗？像只大雾号一样大喊大叫！最好趁有威胁的动物来之前，立刻拔营渡河。"

"我只想让马赛厄斯看看，什么叫摆渡鼠。"苔鼠游盟暴躁地低声抱怨。

"是吗！"渡木激动地说，"那你为什么不让他看看那边泥地里蝰蛇留下的痕迹？还是你没发现？阿斯莫德在不到四小时前，从这里经过。他或许去苔花林猎食了，幸好我们没撞上他。天黑前，他可能会从这里返回。"

蝰蛇在泥地上留下了一道黏糊糊的宽印，马赛厄斯害怕而又着迷地盯着那道痕迹。尖鼠们都已急忙登上那只怪船。

"快，马赛厄斯！全部上船！"渡木嘶声说。

虽然乘树干过河很危险，小老鼠在旅程中却很快乐。几只尖鼠从随身的包裹里掏出渔线钓鱼，并大有收获，在船的头部轻轻撞上对岸时，他们钓到的小鱼已相当可观。尖鼠们下船上岸，马赛厄斯则帮助渡木把船藏在芦苇丛中。

"我在想，"马赛厄斯思忖道，"你看我们能不能藏在什么地方？那样，我们或许能发现返回的阿斯莫德，并跟踪他回巢穴。"

"我正是那样打算，"渡木回答说，"如果我们沿河岸散开隐蔽，就很有机会发现毒牙。这是个好主意，但我认为有一点不利。要是蝰蛇闻到尖鼠的气味怎么办？我们的数量太多了，这很危险。"

"那么，"马赛厄斯提议，"我们去采石场，等在那里不是更好？阿斯莫德必定要回家。"

"我希望事情能那样简单，朋友，"尖鼠回答，"采石场周围的土地太平坦荒凉，没有隐蔽的地方，而且毒牙老谋深算，他或许在采石场外设有秘密入口。我看我们最好还是等在这里。我让同志们直线散开，留神警惕。"

漫长的一下午，马赛厄斯卧在丁香丛中隐蔽，他两侧的尖鼠都埋伏在能听见他呼喊的位置，而更远处的尖鼠与邻侧同伴相隔的距离也是如此。

半英里的河岸上便以这样的方式满满地布下了埋伏，无论谁发现阿斯莫德，一分钟后，消息便能报告给马赛厄斯，他所在的位置大致是这条线的中央，两侧为苔鼠游盟和渡木。

炎炎的烈日仿佛一个火盘悬挂在等待者们的头顶。马赛厄斯紧盯着河水和眼前的地面，不敢动，也不敢吃喝或挠痒。好奇的苍蝇和昆虫嗡嗡盘旋，悠闲地在小老鼠身上穿来走去，而他则不得不忍受他们令人生厌的关注。他凝神得太厉害，以致经常被想象欺骗，水面上微微一道波纹，或飘荡在草间的一丝微风都成了阿斯莫德。那时他便眨眨眼，安慰自己，那不过是精神紧张引起的幻象。

小老鼠忘记了时间，直至他意识到，太阳已在浸染红色的天空中渐渐西沉，引来黄昏的暮色。蝰蛇应当很快便会经过这条路！

黑暗完全降临时，一只尖鼠偷偷穿过草丛走来，轻拍马赛厄斯的肩。

"怎么啦？发现阿斯莫德了？"马赛厄斯问道。

尖鼠指向苔鼠游盟领头的那一侧。"我不知道，老鼠，你最好自己来看。我去找渡木。"

马赛厄斯从丁香丛下爬出。一定出了什么事！他把谨慎抛在风中，沿着河岸飞跑。其他尖鼠也离开隐蔽处，跟在他身后。

苔鼠游盟坐在开阔地上，大睁着惊恐的双眼，牙齿疯狂打战，全身抖得像片树叶。

渡木跑来了，马赛厄斯冲他嚷道："苔鼠游盟吓坏了！帮我把她抬进水里去。"

渡木和马赛厄斯架起苔鼠游盟，冲入浅滩，把她按入河水中。出水后的苔鼠游盟说话虽然急促而慌乱，但连贯了。

"大毒牙，蛇，阿斯莫德，他来了！我发现他时已经太迟了。他拖走了明戈。用魔眼看他，然后咬死他，拖走了！可怜的明戈。啊！可怕，可怕，我告诉你们，那腐烂肮脏的爬虫！"苔鼠游盟猛然坐倒在草丛中哭泣起来。

渡木粗暴地拉起她。"好啦，别躺在那儿掉泪，尖鼠！蝰蛇可能留下了一道湿漉漉的痕迹，我们可以沿着痕迹追踪。他出现的地点在哪里？"

苔鼠游盟颤抖着向左侧跑了一段路，然后指指地面。"就是这里！你们可以看见那道滑腻的宽印！瞧！"

证据很明显。黑暗中，一道湿漉漉的路径在干草上闪着微光。

马赛厄斯和渡木带领尖鼠们沿着痕迹追踪。那道痕迹扭曲弯转，翻过小丘，穿过树篱，越过农田。即便湿印消失了，地面上仍粘着腐朽的死气。

在一座小丘的顶端，马赛厄斯猛然矮身蹲下，并示意尖鼠们也全部伏下身子，然后他向下一指。

"瞧，渡木！那儿！"

下方是一大片废弃的采石场，呈粗糙的椭圆形，仿佛某只巨手在地上挖了个巨大的洞。洞壁周围陡峭的红色砂岩直至半腰，被一层层地削为长而平的岩架，削下的石头一堆堆地散落在废弃的矿坑中。稀疏的植被令石场显得极为荒凉。

马赛厄斯和尖鼠们躺在坑边，竭力张望下方黑黢黢的坑底。渡木镇定地命令部落的尖鼠们退回农田后方，他们在那里能彻底休整，吃必需的饭食。只有他和苔鼠游盟留下，与马赛厄斯一同待在石场边。马赛厄斯拦住了进一步的争论，说道："等天一放亮，我就下去看看。"

"如果你一定要去，那我们跟你一起去。"渡木低声说。

马赛厄斯摇摇头。"不，不行，太危险。"

已经完全恢复的苔鼠游盟勇敢说道："你拦不住我们，马赛厄斯，你不是联盟的成员，因此我们不归你领导，盟规写得很清楚，所以决定权不在你手里。我们要去！你和渡木睡一会儿，我来值第一班岗。"

三个朋友在漫长的黑夜中轮岗放哨，轮流休息。马赛厄斯站岗时，黎明的第一根手指探入了采石场，日光令下方夜间凶邪的景象发生了极大的变化！

砂岩在淡淡日光的照耀下，呈现了黄色光谱中的所有色彩，包括一层层各种亮度的黄色：浅黄褐色、焦茶色、棕色，直至最下方灰扑扑的红色砂岩，很久以前的动物砍削的一定就是那些砂岩，为修建红城修道院提供石料。

小老鼠叫醒同伴，让他们看这一壮景。

"这平静的美丽之下竟然藏着那样冰冷的邪恶。"他不解地轻声说。

三个朋友排成一路纵队，开始默默地向下爬。向下的路并不困难，有许多供手抓脚踩的地方，砂岩也很结实，一点都不滑，他们用了不到一个小时便爬到了坑底。他们站在平坦的石场底部，四处张望。

"要是毒牙今天决定打猎的话……"苔鼠游盟轻声说。

"我感觉他不会，"渡木回答，"阿斯莫德昨天猎食了一整天，回家的路上还意外收获了可怜的老明戈，他今天或许会睡一天，晚上再出去猎食。"

"所以我们就有一天的时间，寻找他在哪儿，"马赛厄斯补充说，"我们应该一起找呢，还是分开找？"

"一起找。"苔鼠游盟说。她和渡木抽出了他们轻巧而细长的剑，马赛厄斯也拿出匕首，他们开始搜索采石场中每一处可能的孔洞或隐蔽的入口。

三个朋友戳刺拨探，仔细搜寻了低处的缓坡。他们在矮小的灌木下搜寻，翻开大块的岩石，爬入巨大的石板下，始终用敏锐的目光寻找能透露蜷蛇行踪的那一道弯曲的痕迹。陷入地下的圆形石场内静得压抑，没有鸟叫声，也没有昆虫的哼鸣。搜索了坑底的每一处地方后，他们向中间的各层推进，但结果也同样使人失望。他们在石场中找了一上午，但没有任何发现。

中午时，渡木让大家休息一下。他们在石场半腰一块桌子形状的平整岩石上坐下，一同吃了顿硬面饼午餐，并分享了一壶水。用餐的气氛并不愉快，他们各怀思绪地坐着。最后，苔鼠游盟站起身，掸去身上的尘土，轻快地一击掌，催促同伴们继续工作。

"好，抓紧，你们两个，我们只剩下半天了。"

马赛厄斯和渡木拿起行李和武器，苔鼠游盟则靠在一块狭窄的石板边，继续总结说："如果我们今天下午搜索最高处的场沿，那我们还剩下……"

惊叫的回声在寂静的空中回荡，苔鼠游盟不见了，她倚靠的那块窄石板在支点上悬荡。他们发现了通往毒牙阿斯莫德巢穴的入口。

第四十六章

矢草菊立功

恶魔之鞭克鲁尼焦急地等待黑夜的降临。他的三个计划之一已成熟，比他预料的提早了许多。

兔子杀手是一位有用的帮手。为了满足好奇心，他穿过树林来打探耗子们在干什么。看见一座正在建造的巨大攻城塔，雪貂并不吃惊。但有一个问题，干草车仍然翻倒在排水沟里，尽管耗子们很努力，但他们就是无法从车上拆下轮轴和那套轮子。

兔子杀手向克鲁尼报告了几句后，立刻被放下去指挥行动。那只饶舌的雪貂向耗子们展示他熟知支点和杠杆的原理。他装配了一组滑轮，代替耗子们用作杠杆的枯树枝，他不使用轮子和轮轴，而用绳子把干草车绑在滑轮上。凭借所有耗子的力量，以及极好的运气，他勉强将干草车半抬出了水沟。进一步在杠杆上施加压力令干草车失去了平衡，滑轮组被拉得四分五裂，压杠杆的雪貂和耗子们也被弹入排水沟。这一下却误打误撞地获得了成功，随着一声巨响，干草车直立在了土路上。

耗子们将干草车推入林中，兔子杀手监督他们把攻城塔抬上车板，扬扬得意的雪貂还增添了最后的装饰。很快，轮子被麻袋压实的攻城塔便完全立起，可以上阵了。

克鲁尼把几名位队长召集至身边，陈述了他的战略。今晚夜色降临后，火牙便加紧进攻门房的岩墙，作为佯攻。克鲁尼则选出一队最善战的士兵，带领他们把攻城塔从苔花林的隐蔽处推出，推至防守显得最为薄弱的那段岩墙。在夜色的掩护下，他们会从塔顶偷偷跃上墙头，迅速杀死守卫者，打开红城的大门。

克鲁尼焦急地盯着傍晚的天空，不会太久了。他示意火牙开始佯攻。

敌兵发出可怕的号叫，跃出排水沟，用密集的箭、矛和石块向墙头发起一波又一波的攻击。

"保卫红城！快，老鼠们！"康斯坦丝叫道，"让我们加倍地还击，保卫红城！"

野兔巴兹尔·雄鹿已在墙头组织起三排老鼠射手，他们在野兔严厉而快速的命令下，以军队般的高效还击。

"第一排，放箭！退后，跪下装箭！"

"第二排，放箭！退后，跪下装箭！"

"第三排，放箭！退后，跪下装箭！"

"第一排，再次上前，放箭！"

命令毫不放缓地继续，许多敌兵受伤倒在土路上。黑爪左奔右突，带来援军。

"继续投石！送更多矛上来！封住那条线！看到他们站起来再开火！"

教堂鼠约翰、野鼠先生和雨果修士弯腰四下跑动，把敌兵扔上墙头的箭、矛和石块统统捡起，传给守卫者。

"加把劲，水獭们！让他们尝尝他们自己开出的药的滋味！"维妮弗蕾德鼓励着手下的投石手，同时指挥新的弓箭手加入老鼠射手的行列。

康斯坦丝和海狸共用一堆敌矛，他们以惊人的力量和致命的准头，把矛一支支地掷还回去。

草地边的雪貂射手处于巴兹尔指挥的老鼠射手的射程内，已有不少伤亡。等松鼠杰丝、维妮弗蕾德和一些优秀的水獭投石手迅速而又精准地密集开火，几分钟内，雪貂便死了大半。

血腥的战斗从高高的墙头到深深的排水沟进行正酣时，约瑟钟发出轰然巨响。

克鲁尼猛然放下战盔上的面甲，拍拍兔子杀手的肩。

"好！是时候了！来吧，雪貂！"

他们弯腰沿着排水沟，一同偷偷向南，跑至相对安静的岩墙东南角。克鲁尼命令队伍尽量压低声响，把攻城塔推上前来。耗子兵们竭尽全力，将车轮上高大的新武器从苔花林的隐藏处推了出来。穿过柔软草地的那一小段路更为艰难，连克鲁尼都帮忙拉起了牵引索，他用力拉拽，笨重的攻城塔在起伏的草地上颠簸行进时，不断危险地摇晃。

"把它紧靠到墙边，"克鲁尼急切地轻声说，"没错！现在确保它的稳定性！我不希望塔顶乱晃。"

耗子兵们把石块和泥土压实在轮子上，把轮子稳稳揿住，立起的高塔已随时可以使用。

雨果修士匆忙赶去参加守卫战时，他把厨房交给了矢草菊负责。小田鼠忙忙碌碌地煮好一锅锅燕麦粥，烤好面包，把第二天的早饭准备停当后，她想起了墙头的哨兵，于是动手煮了一大锅蔬菜汤。夜间站岗的守卫者们非常喜欢蔬菜汤，尤其是矢草菊根据她自己的秘方做的蔬菜汤。

在野鼠太太和松鼠先生的帮助下，矢草菊把汤舀入三个大陶罐中。三只动物各拿一罐，并各挎一只装有新鲜面包和一些羊奶奶酪的小篮，迈步起程，矢草菊手拎提灯，走在最前面。第一站是修道院东南角，头鼹和他手下的队员们在那里执行着一项单调的任务——没日没夜地监听地下，留意地道挖掘的声音。他们很高兴能休息片刻，吃些热食。他们一边吃，一边用粗哑的声音，礼貌地跟送餐的动物们闲谈。

矢草菊始终不太懂头鼹的话，但她喜欢听那滑稽的乡村口音。

"呃，小姐，达（他）们那些坏蛋两天内会出现，偶（我）看。啊！要是达（他）们露头，偶（我）们会让达（他）们好瞅。"

矢草菊三个字里只能听懂一个，但根据头鼹脸上的怒气，她确信"好瞅"的耗子们不会得到什么愉快的"款待"。

头鼹冲矢草菊感谢地抽动鼻子。"唔！谢谢奴（你）的好心。莫（没）啥能像蔬菜汤一样保持偶（我）们鼹鼠的活力。"

松鼠先生向野鼠太太和矢草菊笑道："嗯，看来鼹鼠们相当喜欢家常蔬菜汤。我的杰丝也肯定准备好喝汤了。"

"是啊，如果没在床上呼呼大睡，山姆也会想喝的，"矢草菊答道，"这样吧，你和野鼠太太从门房开始一路送汤。要一直低着头，注意安全。我从这个角开始，待会儿回厨房见。"

矢草菊一只爪子拿着提灯和篮子，另一只爪子拎着汤罐，登上了去往墙头东南角的台阶。鲁弗斯修士帮助她登上墙头。

"啊，小田鼠和她的魔汤！很高兴见到你，矢草菊，这一头没有战斗，有点冷清。"

鲁弗斯修士伸出他的缸子。透过从缸中腾起的一团热气，他感激地看着矢草菊。"嗨，闻着真香！我最爱的蔬菜汤！"

矢草菊没在听，她张大嘴，视线越过鲁弗斯修士的肩头，呆呆地望向他身后，蔬菜汤溢出了缸子，滴滴答答地洒在岩砖上，但她还在倒。

一座摇摇欲坠的木台似乎突然出现在墙头外，木台顶部立着一只样貌邪恶的耗子，牙间紧咬着短剑，正准备腾身跳起。

矢草菊高声惊叫。

完全是偶然，绝非刻意，鲁弗斯修士猛然转身，缸中滚烫的菜汤全浇在那只耗子的眼睛上。那只耗子发出一声刺耳的痛叫，从木台顶部摔了下去。矢草菊下意识地扔出提灯。提灯在攻城塔顶摔得粉碎，灯油浸透了枯木，火苗立刻饥饿地舔遍木台，把它变成了一片火海。

熊熊的火焰照亮了夜空，守卫者们被火光吸引，从四面跑来探寻究竟。燃烧的攻城塔的上层有三十多只耗子，半腰处更多，而在底部火苗中的耗子则越发地多。耗子们互相踢打、撕咬、踩踏、劈砍，抢着爬下燃烧的高塔。有些跳了下去，有些则被推了下去，尖叫声伴随着他们落至下面遥远的地面。

克鲁尼一时失去了理智，他狂怒地四处奔跑，抓住被烧伤的耗子，有些耗子的皮毛上还跳动着火苗。

"回上面去，胆小鬼！跳上墙头！"他疯狂喊道。

攻击门房的耗子们放弃战斗，沿土路跑至浩劫的火场。火花噼啪作响，射入夜空，克鲁尼嘴边冒着白沫，疯狂地咒骂着，用尾巴抽打一切，在攻城塔的火光下，他脸上闪动着骇人的疯狂。

"只是小火苗！回上面去，笨手笨脚的蠢货！杀死老鼠！"

黑爪和火牙抓住克鲁尼着火的披风，把他向后拉。

"闪开，头儿！塔要倒了！"

随着燃烧的木头发出断裂的巨响，攻城塔猛然倒向一侧，在摇晃了几下后彻底坍塌，倒入一片摇曳的火苗和闪烁的火花中。干草车摇摆着向一侧倾斜，终于被拉翻在地，倒在熊熊火焰中。

这一事件结束了夜晚的战斗，墙头响起一片欢呼声。矢草菊是此刻的女英雄，头鼹赞扬的话语令她羞红了脸。

"啊，奴（你）在这光里瞅着更漂亮，小姐！呃，奴（你）还剩有蔬菜汤吗？莫（没）都给那些坏蛋吧？"

墙下则是一片惨象，地面上到处都是在这场运气不佳的攻城塔冒险中被烧死的耗子的尸体。几名队长围着克鲁尼，把他护送回安全的排水沟，克鲁尼对于周围的事态明显一无所觉，他恶狠狠地喃喃自语着其他耗子听不懂的怪话。

队长们在克鲁尼身后困惑地对视。

恶魔之鞭克鲁尼的精神终于崩溃了？

第二天早晨，大火已转为闷烧的余烬。康斯坦丝和院长从墙头看着火后的景象，一大片草地被烧成了焦土，部分的草地即便在晨露中，仍被烤得吱吱作响。

"幸好火没有扩散至林中，"院长说，"不然整个苔花林都可能被烧毁。"

雌獾悲伤地盯着焦土。"是啊，无论哪一方都不会把火作为武器，连克鲁尼也不会，火对于双方的动物来说都意味着无可逃避的死亡。院长神父，我们必须将这一次视作意外。"

"不管是不是意外，我们得感谢矢草菊，"院长回答，"她是只非常勇敢的小田鼠。若不是她反应迅速，我们今天便都在暴君脚下了。"

在修道院的厨房中，矢草菊一面搅动燕麦粥，检查烤箱中烘烤的面包，一面暗自微笑。要是马赛厄斯知道所发生的一切，会怎么想？

昨晚的女英雄，今晨的厨娘！

第四十七章

蛇穴取剑

渡木托着石板，免得它合上，马赛厄斯则向洞内望去，一条漆黑的长隧道沿着石场边缓缓向下。

不见苔鼠游盟的踪影，也听不见她的声音。

他们低声呼喊她的名字，生怕叫喊会惊动蝰蛇。马赛厄斯失去了耐心。

"走吧，渡木，我们必须进去。尽量别发出声音。"

"稍等一下。"尖鼠回答。他拿起一小块卵石，卡住入口的石板，以免它合上。"现在我准备好了。领头走吧，马赛厄斯。"

他们壮胆走入倾斜的长隧道，谨慎地站稳脚跟，防止一滑到底，苔鼠游盟很可能已直接摔至底部。抵达隧道末端时，他们驻足片刻，让眼睛适应昏暗。地面平坦起来，隧道又高又宽，足以让他们并肩行走，不必屈身。他们越走越深，在柔软的石面上，渡木发现了许多古怪的擦痕。虽然石场的隧道是天然的，但它们明显已是多代蛇类的巢穴，因为那些多数是蛇类的痕迹。两个朋友继续前行，隧道最终拓展出去，形成一间小室，另有两条隧道连通小室。

"你走左边，我走右边，"马赛厄斯轻声说，"用剑不时在墙上刻个箭头，我也会用匕首在墙上刻箭头，那样我们就不会迷路。要是你发现阿斯莫德，直接回到这间小室。如果他发现了你，那你最好的办法就是极力飞跑，疯狂大叫。"

"小心，勇士，回见。"渡木说。

马赛厄斯紧握匕首，做好准备，偷偷摸入右手边的隧道。这条隧道比刚才那条窄一些，但高度相同，两边的道壁为黄色的岩石，松软得好像潮湿的沙子。马赛厄斯几乎不敢呼吸，他很高兴在这沙子般的地上不会发出脚步声。他一路前行，不忘每走几码便刻一个箭头。从某处开始，小老鼠的耳边传来了滴水声，叮叮咚咚的悦耳回声在隧道不祥的寂静中透着怪异。

马赛厄斯摸着左边道壁的爪下一空，原来是一间长方形的前室。小老鼠惊恐地发现，里面满是蜕下的枯皱蛇皮，散落在地面上。想到这些皮以前包裹的东西，小老鼠打了个冷战，后颈的毛发根根立起，他急忙抛开这恶心的一幕，沿着隧道匆匆前进。

这条隧道的长度是入口隧道的两倍有余。马赛厄斯刻下又一个箭头时，发现岩壁上的刻痕看上去更古老，更原始了，这里在还没有采石场之前，已是蛇穴。隧道突然断了，马赛厄斯走入一个巨洞。

红城的大礼堂只能填满这巨洞的一角。洞中央是一片大湖，闪动着磷火般惨白的微光，水从高高洞顶的某个幽深处不断滴下，打破了地下湖的湖面，激起连续的涟漪。马赛厄斯注意到，还有众多其他洞穴和隧道与这间巨洞相连。

"阿斯——莫德！"

这声音冻住了小老鼠血管内所有的血液，蝰蛇在附近，但不知在何处，充满死气的咝咝声萦绕着马赛厄斯。

"阿斯——莫德！"

马赛厄斯勇敢地努力压下心中涌起的惊慌。

"如果蝰蛇知道我在这里，他不会浪费时间来吓唬我，"他推理道，"此时他应该已经把我吃了。"

小老鼠稍感安心，但依然很紧张，他绕湖而行，努力不去理会那可憎的咝咝声。

"阿斯——莫德！"

马赛厄斯鼓起勇气，偷偷摸入最近的一间洞穴。在湖水反射的微光中，出现在马赛厄斯眼前的情景令他心中一喜。

是背靠洞壁而坐的苔鼠游盟！

马赛厄斯跑去，抓起苔鼠游盟的爪子。"苔鼠游盟，你是怎么来到这里的，小麻烦精？我们一直在找……"

苔鼠游盟侧倒在地，一动不动。

小老鼠发出一声哽在喉间的抽泣，向后退去，他看见了毒牙在尖鼠胸口留下的清楚印记。苔鼠游盟的脸部肿胀，双眼紧闭，嘴唇乌黑。

"阿斯——莫德！"

马赛厄斯脚步踉跄，走出蝰蛇可怕的贮藏尸体的食品库，回到主洞。他坐了好一会儿，刚才所见到的恐怖景象令他浑身发抖。他难以相信，那具没有生气的身体不久前还是具有呼吸、体温和生命的动物。他迫使自己站起身，继续搜寻。

第二个入口是洞壁上的一个小孔，几乎不值得费力气，但马赛厄斯决定还是去探一探。他手足并用，缩身挤入孔中，里面竟然又是一条隧道。他开始沿着狭长的隧道，努力前行。

"阿斯——莫德！"

现在可怕的声音更近了！小老鼠奋力向前推进，来到隧道尽头。

突然，马赛厄斯的眼前出现了巨大蝰蛇的脸。

"阿斯——莫德！"

巨蛇正在睡觉，他的舌头随着每一次呼气倏然伸出，重复着那邪恶的名字："阿斯——莫德！"

马赛厄斯着迷地默默凝望。蝰蛇有规律地缓慢呼吸着，他没有闭合双眼，但沉睡的眼中蒙着一层薄膜。他巨大而强壮的身体覆满鳞甲，盘绕成无法辨识的形状。偶尔，盘绕的巨大身体会懒懒地移动，鳞甲发出冷冷的沙沙声，但蛇头始终停留在原处。透过一圈圈混乱盘绕的身体，马赛厄斯隐约瞥见了尖尖的蛇尾。

蛇穴中还有其他东西：一条狐狸的尾巴、多双林鸽的翅膀、一个大鱼头，以及许多种动物的毛皮。

但马赛厄斯只看见了勇士马丁的宝剑！

它挂在蛇穴后部一段分杈的树根上，剑柄顶端的球形圆头是一块巨大的红石，剑柄则是用镶银的黑色的皮革包裹着，与佩剑腰带和剑鞘吻合。在沉重的银十字形护手下，是用精钢制成的剑身，双刃的剑身逐渐变细，变为锋利无情的剑尖。剑身底部的中央是一道血槽，血槽两边刻着马赛厄斯看不懂的符号。

这的确是红城修道院的宝剑！取回剑是他的责任。马赛厄斯活这么大，行动从未如此鬼祟。经过铲子般的蛇头时，他竭力缩起身子，把身体紧贴在洞壁上，小心地一寸寸、一步步地缓慢移动。蛇伸缩的舌头几乎滑过他的脸，不断重复着那可怕的名字。

"阿斯——莫德！"

小老鼠能感到蝰蛇的呼吸，冰冷的呼吸带着死亡甜腻而腐朽的气息，搅动着他的胡须。盘绕的一段蛇身动了，微微擦过他的腿，马赛厄斯屏住呼吸，更紧地贴在洞壁上。蝰蛇眨眨眼，透明的薄膜弹了上去，一双大睁的怪眼出现在小老鼠面前，直勾勾地盯着他。

"阿斯——莫德！"

薄膜又罩住了眼睛，蝰蛇继续他邪恶的梦境。冰凉的冷汗湿透了马赛厄斯的皮毛。阿斯莫德睁着眼睛，却仍在睡觉，除此之外，没有别的说得通的解释。

揪心的时刻一秒秒地过去，似乎像几辈子那样漫长，终于马赛厄斯成功地从蛇头边挤了过去。他避开盘绕的巨大蛇身，无声地快步走向挂在洞壁树根上的宝剑。

马赛厄斯摘下古剑，虔诚地用两爪握住剑柄。他越握越紧，直至把剑尖抬离地面，闪亮的剑身平伸在眼前，他切实感受到了马丁每次举起这件美丽兵器时的心情。小老鼠知道，他是为此刻而生，剑身的轻颤从紧握的两爪传遍全身，剑是他身体的一部分！

马赛厄斯一心想着如何把宝剑安全地带出去，在狭小的蛇穴里，没有挥舞这把传说中的利剑的空间。如果他攻击阿斯莫德，蝰蛇在临死的痛苦中，猛烈摆动的有力蛇身会把他碾死在洞壁上，这样鲁莽的行动不会有任何好处。小老鼠像一位经验丰富的斗士一样，选择决斗的时间和地点。他四下打量蛇穴。他钻入的孔明显太小了，蝰蛇不可能通过，那应该是阿斯莫德的通气孔，同时作为放大器，令那可怕名字的回声在洞穴和隧道中更为响亮，警告入侵者。

横在他面前的蛇尾附近的洞壁上挂着许多皮毛，马赛厄斯发现它们在微微摇动，那些皮毛挡住的才是供如此身长的巨蛇进出的唯一可能的洞口。持有马丁的兵器令小老鼠增加了胆气，他用剑尖轻蹭蛇尾。这一招获得了所要的结果，覆满鳞甲的长长蛇尾涌动，蝰蛇调整了睡觉的姿势。马赛厄斯迅速穿过毛皮帘，溜入通道，这条新月形的弯道把马赛厄斯带回拥有闪光大湖的主洞中。

渡木脸色惨白，奔出存放苔鼠游盟尸体的岩洞，他睁大惊恐的双眼，径直冲入老鼠朋友的怀中，差点被剑刃刺伤。

马赛厄斯还没来得及让他安静，他已用恐慌的声音叫道：“马赛厄斯，苔鼠游盟死了！我刚在那个洞里看见她！她死了！苔鼠游盟死了！”

弯道尽头的蛇穴中，阿斯莫德醒了。

第四十八章

地道大战

　　红城的指挥官们仰仗康斯坦丝的指导，她的命令是绝不容忽视的。在红城内的所有林地动物中，她最年长，也最睿智。雌獾思维冷静，她反复思量，但绝对正直。她的知识源于丰富的经验，源于一个幸存者多谋的本能。

　　杰丝、维妮弗蕾德和巴兹尔一同站在康斯坦丝身后，他们刚向她汇报了最新情报，下午三时左右，敌兵会从完工的地道中露头。

　　雌獾会意地点点条纹脑袋，向他们表示了感谢。多亏头鼹，她没有被弄得措手不及。现在，她将需要头鼹的专业技能，防止对于修道院的这个最新的威胁。

　　恶魔之鞭克鲁尼依然行为古怪，他坐在草地尽头打满补丁的帐篷下，一言不发。连兔子杀手兴高采烈地前去报告，地道马上便可完工时，克鲁尼仍坐着凝视地面，似乎根本不为这条好消息所动。

　　兔子杀手尴尬不安地站着，等待命令，而克鲁尼一动不动地坐着，似乎已忘了雪貂的存在。兔子杀手又尝试了一次。

　　"是地道，头儿！我们今天下午就能完工！"

霸王茫然抬眼。

"哦，对，地道！好，继续。呃，你知道怎么干。我要想事情。"他心不在焉地低声说。

火牙和黑爪在外面的草地上，雪貂的话令他们难以置信。

"我告诉你们，他不正常了，"兔子杀手说，"像个假人似的坐在那儿，哈！'要想事情'，你相信吗！可这期间，我们全体部众已准备好了穿过地道，攻下红城。我们该怎么办？"

"我们只有一件事可干，"黑爪面无表情地答道，"头儿不舒服的时候，我们得自己完成任务。"

"黑爪说得没错，"火牙赞同道，"我们三个来负责全局。"

两只耗子一同望向兔子杀手，等待他发表意见。

"我想你说得对，"兔子杀手说，"但听着，一定不能让其他士兵知道头儿的情况，不然他们便会逃跑。你知道，我无法相信克鲁尼会疯，你们等着瞧，他或许又在想一条大计。"

三位自封的将军向地道走去。他们爬入地道，检查进展。长长的地道内又黑又臭，黄鼠狼和白鼬扛着一篮篮的泥土，或者拖着岩石和树根，从他们身边挤过。兔子杀手向他的同僚们指出更细微的细节。

"我们现在肯定在土路正下方，泥土坚硬，根本不需要支撑。看，那是岩墙的地基！小心头！从这里开始，我让士兵立了一些承重的支撑木。再前面的土变得很软，但我们手头结实的木料已经用完了，可我认为不会有什么大碍，只要我们让军队以足够快的速度穿过地道，那么他们还不知道攻击者是谁，我们便已经统统杀入修道院了。"

地面上，一个打制得极薄的铜盆被反扣着，一只鼹鼠侧耳贴在盆上，仔细倾听雪貂说的每个字，然后向沃尔特修士复述，修士便一字不差地全部写下。

康斯坦丝迅速看完报告，然后拿起她沉重的短棍。

"我们还不知道攻击者是谁，嗯？"她低吼道，"我们会在今天结束前，给他们好看。"

从岩墙的西南角，鼹鼠们已用固定好的两根绳子，标出了地道的准确走势。关于这条地道应该要知道的一切，头鼹和他手下的队员们全都了然于胸：深度、大致的规模、支撑木所在的位置，甚至包括第一只耗子可能露头的地点。康斯坦丝和头鼹共同制订的计划几乎不需要徒手近战，这令雌獾很不解恨。

两口特大号的锅盛着滚开的水，立在三脚架上，锅下烧着文火，保持水温。康斯坦丝和海狸站在锅后，蓄势待发。所有可以抽调的老鼠和林地守卫者们聚为两组，立在绳子标出的通道两侧，等待雌獾的进一步命令。路过的陌生动物可能会以为这是修道院的某种古怪仪式：两堆火、两根平行的绳索，所有动物一脸严肃，在草坪上聚为两组，在炎热的六月下午默默等待。

全副武装的部众在排水沟中列队，火牙来回走动，发布最后的指令。没有克鲁尼在场，让士兵们列队不是件容易的工作，但兔子杀手巧舌如簧，他使士兵们相信，头儿清楚他们的一举一动，不满或找麻烦的兵事后都会被处理。

"现在注意，"火牙叫道，"黑爪在地道尽头，等工兵挖开地面，他就会跳上修道院的场地，四个兵跟着他，他们会挡住进攻，让其他士兵登上地面。听好，一旦上了地面，不要耽误，径直杀向修道院大楼，努力抓住老鼠院长。黑爪不会跟着你们，他要带一些勇士，杀向大门。一旦打开大门，其他兵就可以冲入修道院。我不需要再强调，我们面对的这一群不是温和的动物。你们亲眼看见了，虽然到目前为止，他们是有些运气，但他们战斗得很坚决。所以，等登上修道院的地面，克鲁尼希望你们让他们看看训练有素的军队真正的能力！别忘了，等到分战利品的时候，头儿知道怎么奖赏勇敢的战士。"

克鲁尼在帐篷中睡去，他需要平静以使混乱的头脑清醒，但当老鼠勇士又一次造访他的梦境时，平静并不易得。

克鲁尼竭尽全力，但就是无法躲开那位拿着宝剑的无情复仇者。多年来死于他手下的动物的幽灵也回来嘲笑他，他们挡住他的路，伸足绊他，使他脚下不稳，摔倒在地。每次当他疲惫地站起，再度开始奔跑，复仇者便不紧不慢地迈着不变的大步，在他身后追击。他死去的队长——骷髅脸、红牙、破耳和奶酪贼——在他身边盘旋，催促他转身直面老鼠勇士，但他不敢转身，只得继续奔跑。

两名黄鼠狼工兵在狭窄的地道里向上推进。泥土猛然倾泻而下，日光涌入时，他们跃至一旁。士兵们在身后激动地推挤黑爪，黑爪走向等待的工兵，他们把他向上推去。黑爪把矛夹在胳膊下面，紧抓住青草，当他半个身体探出地洞时，他突然顿住了。

首先跃入眼帘的是挤在一起的两群小动物，他们站在固定住的两条绳索两侧。黑爪露出狼一般的狞笑——很明显，他们在玩什么愚蠢的乡村小游戏，他杀了他们个冷不防。

身后的动静令黑爪分了神。他猛然转身，赫然发现面前立着两口巨大的锅，在火上煨着，冒着不祥的气泡。锅后站着雌獾以及一只样子古怪的动物，但体格同样强壮。

黑爪用两爪按住地面，想把身体抬出地洞，但他来不及阻止，雌獾和同伴就已翻倒那两口大锅。

黑爪甚至没有机会发出临死的惨叫，滚烫的水冒着咝咝的蒸汽，洪水般浇在他的头上，流水的力量把他的尸体一下冲回了地洞。无数加仑滚开的水仿佛地狱的洪流冲向地道中的耗子，紧紧挤在一起的啮齿动物们立刻送了命。

地面上，康斯坦丝向等待的守卫者们喊道："跳进绳子中间，快！"
所有动物的体重之和砸向两根绳索间的地面。

康斯坦丝开始反复而有节奏地叫道："跳——二——三！跳——二——三！跳——二——三！"

在无数双脚不断地重击下，鼹鼠们标出的整片区域突然深陷下去。地道塌了。

守卫者们站在洼地里欢呼，那下面曾是兔子杀手的地道。雌獾让大家止住欢呼声，头鼹带领他的小队上前，用大石块和小碎石封堵地洞口。雨果修士吩咐把两口大锅抬回他的厨房。修道院的动物们默默地离开了封堵洞口那堆石头，那是敌军巨大墓穴的得体墓碑。

在排水沟内的地道入口，挣扎逃出地道的耗子、黄鼠狼、白鼬和雪貂疯狂地把火牙和兔子杀手推挤开。

"嘿，怎么啦？"火牙叫道，"赶紧回来！你们都想去哪儿？"

大败的士兵们对他毫不理会，他们披着一身肮脏的泥土，拖着折断的长矛，沿着排水沟飞奔而去。

兔子杀手向地道里望去，他只看见一只白鼬破碎的尸体浮在似乎是沸腾的泥浪上，向他飘来。突然支撑木断了，随着坑道中一阵低沉的隆隆声，地道工程坍塌了，雪貂急忙向后跃去。

克鲁尼在奔跑途中，又一个鬼影出现在他狂乱不安的梦境中。那样子可怕的鬼影全身盖满了冒着热汽的黑乎乎的东西，它挡住克鲁尼的路，展开双臂，似乎要拥抱他。克鲁尼野蛮地推开它，它可怜地呻吟道："头儿，是我，黑爪。瞧他们对我干了什么。"

帐篷外，兔子杀手和火牙不安地相互对视。

"你挖的地道，所以你先进去。"

"别害怕，我只是只雪貂，你可是天生优秀的耗子，你最好先进去。"

"那，我们一起进？"

"最好还是算了。看起来头儿似乎在睡觉，惊了他的好梦，他可能不会感谢我们。"

"啊，没错，那我们以后再报告吧。"

第四十九章

剑砍蝰蛇

阿斯莫德透过面前的小孔瞪视，有两只动物一同站在大岩洞中，一只尖鼠和一只老鼠。他发出愤怒的咝咝声，那只老鼠拿着他的宝剑——他拥有的美丽宝剑！

蝰蛇收缩肌肉发达的身体，射入悬挂皮毛的洞口。他露出邪恶的毒牙，没有哪只老鼠能偷走蛇的宝剑。

马赛厄斯抓住惊恐的尖鼠的爪子，拉着他飞奔。

"阿斯莫德现在肯定知道我们在这儿了。快，渡木！逃出这里，快！"

他们匆匆跑入最近的一个洞口，又立刻转身跑了回去，阿斯莫德正在那条隧道中向他们游来。他们在大岩洞中踌躇了片刻，马赛厄斯一爪拉着尖鼠，一爪握着宝剑，疯狂地四下张望。

"那边，渡木！快！"

两个朋友绕过闪光的大湖边，冲入另一侧最小的一条隧道。

他们身后的洞穴中，大蝰蛇开始悠闲地蛇行，舌头邪恶地闪烁着。

"阿斯——莫德！现在不用急了，他们逃不掉了！"

逃跑的一对发出惊慌失望的叫声，眼前是一堵没有出口的岩壁，他们跑入了死路。

渡木停下脚步，牙齿开始打战。"没……没……没……没有出口！我们被困住了！"

马赛厄斯跑至死路的尽头，用爪子上下摸索着岩壁。

"我们必须想想办法，"他喘着粗气说，"一定有什么办法，能逃脱蝰蛇。冷静下来，尖鼠，动动脑子！"

阿斯莫德把脑袋捅入洞口，蛇呼喊的咝咝声飘入他们耳中，那声音说："待在原地别动，小东西，我就来了，阿斯——莫德！"

渡木已吓得浑身僵硬，他一动不动地站着。马赛厄斯则开始用剑尖疯狂地挖凿岩壁，一面挖，一面自言自语道："至少我们除了自己的命和一把剑，没有任何损失。另一边好像有什么东西……"

宝剑碰到了一条树根，马赛厄斯绕开它，忙碌地挖掘，向前推进。终于，没有完全成形的柔软砂岩在剑刃下碎裂，小老鼠越发疯狂地挖凿。

渡木发出一声哽在喉间的呜咽，在隧道昏暗的远处，已能看见阿斯莫德缓慢但笃定地向他们游来。

马赛厄斯感到马丁的宝剑穿透了岩壁。他扭头向身后望去，随着时间一秒秒地过去，巨大的蝰蛇正越爬越近。小老鼠疯狂砍削，扩大刚凿出的缺口。他把剑插在地上，抓住渡木，重重摇晃。

"嘿，尖鼠！你的个头比我小。爬过去，然后看能不能拖着我的脚，把我拉过去。快，行动，如果你想活命！"

渡木从恍惚中回过神来，他迅速跳入孔中，左右抓刨潮湿的沙砾，随后弓身钻入树根下，艰难地爬出微小的孔洞。

阿斯莫德已逼近马赛厄斯，小老鼠挥舞宝剑，向后退去。他摸到了身后的洞，侧身钻了进去，但始终坚持举起宝剑，正面对敌。他对同伴喊道："渡木，能看见我的脚吗？抓住它们，把我拉过去。"

马赛厄斯的身体难受地悬着，他用爪子紧握住剑柄，随着巨大蛇头的摆动，左右移动着宝剑。突然，他感到尖鼠开始拉扯他的脚，他扭动身体，开始向后退去。阿斯莫德露出獠牙，扑向正在挣扎的老鼠。马赛厄斯挥舞宝剑，刺向毒蛇大张的嘴，蝰蛇咝咝叫着缩了回去。马赛厄斯一面扭曲身体，钻过树根，一面用剑尖对着敌人的头。

"退后，邪恶的家伙，不然我杀了你！"他叫道。

阿斯莫德发出轻柔的咝咝声。"到我身边来，小老鼠，让我用身体裹住你，我会赐予你一吻，让你永远安眠。"

小老鼠兴奋地发出一声叫喊，完全消失于小孔中，落在另一侧渡木的身上。蝰蛇用巨大的身体猛力撞击缺口，泥土和石块随着他挤入缝隙的身体纷纷碎裂。

"他来了！"渡木惊恐叫道。

马赛厄斯把朋友推至身后，随后分开两脚，稳稳站立，用两爪举起大剑。

"躲开，尖鼠！没有退路了，一切都要在这里结束！"

铲子般的巨大蛇头从小洞中钻出。

"把我的宝剑给我，老鼠，我会让你死得舒服点！"他咝声道。

马赛厄斯冲蝰蛇的脸大笑道："来拿吧，毒牙。"

阿斯莫德猛地向前一冲，试图把身体强行挤出，却发现盘曲的身体被树根牢牢卡住。他放松身体，左右摆动蛇头。

"看着我，小朋友。我能看出你是位厉害的勇士，你不害怕凝望我的眼睛，看着我。"

那双眼睛似乎不断扩大，直至填满了马赛厄斯的全部视野，它们控制了马赛厄斯，他无法把目光移开。阿斯莫德继续柔声劝说。

"瞧，它们是两汪永恒的湖水。沉入湖水，你就会发现黑暗和安眠。"

渡木已完全被催眠，马赛厄斯也感到极度昏沉，蝰蛇的声音是一片冰冷、黑暗、柔软的绿色迷雾，威胁着要笼罩他。他深深凝望那双致命的眼睛，眼皮开始沉重地下坠……

勇士马丁穿过黑暗的迷雾，勇敢地大步走来。

马赛厄斯！马赛厄斯，为什么睡觉！你还有勇士的工作要做！拿起宝剑，马赛厄斯！邪恶的动物不配拥有它。现在请为我而战，我勇敢的小勇士！

阿斯莫德正渐渐挣脱身体，向前推进。

马赛厄斯双眼紧闭，翕动的嘴唇吐出一个词：“战斗。”

毒蛇的魔咒被打破了，小老鼠猛然睁开清澈而明亮的双眼，高举古剑，砍向巨大的蝰蛇。

为红城而战！

为抗击邪恶而战！

为马丁而战！

为渡木和尖鼠们而战！

为死去的苔鼠游盟而战！

为满足玛士撒拉的期望而战！

为击败恶魔之鞭克鲁尼而战！

为反驳暴雪上尉的讥笑而战！

为世界的光明和自由而战！

他一直砍到两爪酸痛，已握不住宝剑！

等渡木从昏迷中醒来，站在眼前的是他的朋友——勇士马赛厄斯。

他的身体在颤抖，胸膛拼命起伏，两爪无力地垂在身侧，巨大的宝剑靠在他溅满蛇血的袍子上，致命的长长剑刃上染着胜利的猩红。

大蝰蛇毒牙阿斯莫德的脑袋被砍落在地，那双蛇眼因死亡而暗淡，再不能催眠活物！

第五十章

暴雪上尉

第二天下午，马赛厄斯率领苔花林尖鼠部落的所有尖鼠，大步走入农场。他让整个尖鼠军团停在谷仓外，然后转向渡木。

"请在这里等等，朋友，我得去见只动物。"

小老鼠站在昏暗的谷仓内。他知道有动物注视着他，他没有转身，或四处张望，直接对猫说：

"朱利安，是马赛厄斯，我回来了。"

橙色巨猫突然出现在昏暗的光线中。"我看见了。欢迎，小朋友！这就是你跟我提起的宝剑？"

马赛厄斯献出宝剑，以供参观。"没错。蝰蛇阿斯莫德死了，我用这把剑杀了他。这是勇士马丁的宝剑！"

朱利安·金维尔老爷小心地握着宝剑，把它放在一捆干草上，随后坐在剑旁，双臂交叠枕在脑后，半闭起眼睛。

"马赛厄斯，让我给你点有益的建议，我比你年长许多，生活经历也丰富得多。我已经不存有多少幻想，可我并不想打碎你的梦想，或扼杀你的雄心，我的朋友，但该说的话我必须说。

"我们金维尔家族是古老的血脉。过去，我曾见过许多像这把宝剑一样的利器，我的祖父拥有一间巨大的兵器库，里面存满了华丽而珍贵的兵器。毫无疑问，你的宝剑确实漂亮，不管是谁在久远的日子前打造了它都值得钦佩，像这样的宝剑当今世上遗存不了几把，但是记住，它只是把剑，马赛厄斯！

"它的剑身不藏有秘密的魔咒，也不拥有任何神奇的力量。这把剑被锻造出来，只为一个目的——杀戮，它的正邪只取决于它的使用者。我知道，你只打算用它保护你的修道院，马赛厄斯；请保持初衷，绝不要让你自己受到引诱，随意地使用它，那必然会使你，或你珍视的亲友付出生命的代价。

"勇士马丁使用这把宝剑只为了正义和善良，所以它才成为红城力量的象征。知识的获得需通过明智的头脑，朋友。明智地使用这把剑。"

马赛厄斯拿起宝剑。朱利安的话令他吃惊，这番话与老朋友玛士撒拉曾经的告诫相仿。

"谢谢你，朱利安，"他说，"我会牢记你的教诲。现在请你一定要帮个忙。你能不能跟我一起去，我跟暴雪上尉交谈时，希望你能在场。"

巨猫发出厌恶的哼声。"你的要求真不少。要是别的动物，我才不干，你知道。"

朱利安不情愿地跟着马赛厄斯，高傲地走入阳光下。尖鼠部落立刻惊恐地发出一片嘈杂声。朱利安·金维尔老爷不过点点头，用尊贵而冷淡的语气对他们说："午安。对于一年的这个时候来说，天气过于温和了，你们说呢？"

自从部落建立以来，尖鼠们第一次鸦雀无声地惊愕站立，完全不知道该怎么回答！

途中，朱利安向伙伴抗议道："真的，马赛厄斯，我认为你的要求有点太过分了。我要站在旁边，听那只长羽毛的讨厌老兵发表过时的军事观点吗？哦，受不了！"

313

马赛厄斯轻抚愠怒的巨猫的前爪。"好啦，朱利安。你应该会有惊喜。"

橙色巨猫捂住一个哈欠。"是吗，又有棵树倒在那个自负的老傻瓜身上了？"

暴雪上尉绕着栖息的树底打转。他怒视老猫一番，又瞪向拿着宝剑的老鼠，随后怒哼一声，弓起脖子，奓开颈毛，把双翅叠在身后。

"听着，老鼠。我不想听你是怎么做到的，反正我恐怕也不会相信你的话。但你既然来了，我想就是那么回事吧？"

马赛厄斯藏起笑容，装出不耐烦的样子，用脚轻拍地面。"我等着呢，暴雪上尉，先生。还记得您发过的誓吗？"

猫头鹰的眼睛气得鼓鼓的，他把巴兹尔的勋章扔在小老鼠脚边。

"喏！把你的勋章拿回去，无礼自负的傻小子。那只吃沙拉的猫能听见，我可一个字也不说。"

马赛厄斯用剑尖在尘土中随手涂画，礼貌地对猫头鹰说："嗯，暴雪上尉，先生，我可从来没想到您会耍赖。另外，我已经让整群尖鼠藏在这四周了，他们正等着听您兑现承诺呢。"

猫头鹰展开雪白的宽大翅膀，拍翅飞起，停在巢边，然后折起双翅，紧闭双眼，狼狈叫道："我发誓，在有生之年，再也不捕杀、吞食任何种类的老鼠或尖鼠，就这样！"

他怪叫一声，迅速消失于巢中。

尖鼠们立刻跳出藏身处，高兴地大呼小叫，舞之蹈之。

暴雪上尉从巢中猛然探出头。"滚开！滚！我受不了，这么多小份晚餐在周围跳舞，太过分了，我说！"

"请原谅我提起，先生，"马赛厄斯压过喧闹声，高叫道，"您关于我们的朋友金维尔老爷的承诺，该怎么办？"

猫头鹰怒气冲冲地飞出，颜面丧尽地对从前的朋友巨猫说："都是我的错，我向你道歉，朱利安老爷。"

巨猫的回答却让他大吃一惊。"根本不是，亲爱的朋友，是我必须向你道歉。那次的冲突完全是因为我过于自负，失了礼貌。"

暴雪上尉飞扑下树，停在巨猫身旁。"你真这么想？哦，得了，朱利安，老伙计，我肯定也有错，是我军营的饮食习惯引起了整桩事。你不该责怪自己，老朋友。"

一个罕见的微笑洋溢在平时寡言少语的朱利安的脸上，他欣慰地柔声说："不，不，我坚持承担一半的过错。再说，现在你已经发誓饶了尖鼠和老鼠，就不会再有问题。嘿，你有没有尝过加有芥末和水芹的新鲜鳟鱼沙拉？你何不来谷仓呢？我肯定足够我们俩吃的。我说，鳟鱼不完全是蔬菜，是不是？"

爪子握着翅膀，两个重归于好的伙伴友好地交谈着，漫步向谷仓走去，仿佛他们之间从未产生过矛盾。朱利安晚一步进谷仓，他对马赛厄斯猛地一眨眼。

"谁知道，朋友？或许那把剑的确有种魔力。我个人认为是持剑的勇士拥有魔力。"

许多天来头一次，马赛厄斯开怀大笑，他感到心中如此舒畅。经历过这许多跋涉、行动、忧虑和紧张，他突然感到获得了重生，心中溢满刚获得的自信，肯定了自己的不同凡响。虽然前方肯定还有巨大的困难和艰巨的任务，但那时，他会应对。现在，他满足于这种深深的幸福感。

他轻握宝剑，把剑尖抵在地上，开怀大笑。他的笑声感染了大家：渡木也笑起来，随后是一只又一只，越来越多的尖鼠，直至整个尖鼠部落和他们的朋友老鼠勇士一同大笑，令整个乡间，从河边到林地，从农场到田野，都回荡着爽朗快乐的笑声。

第五十一章

克鲁尼袭入红城

从草地上的帐篷里钻出的克鲁尼根本不是精神不正常的样子。

他在部众眼前迈着坚定的大步行走，独眼中又恢复了旧日的光芒，他的命令干脆利落，连长尾巴抽动的声音都干劲十足。头儿似乎比以前更犀利了。

在地道进攻的灾难一役后，克鲁尼命令休战一整天，把所有部属全部远远地撤回草地，给他们时间，让他们从惨败中恢复：一整天的悠闲时光，没有责骂，也几乎没有命令。

红城的指挥官们抓紧时间，利用这短暂的休战期，开始修复正门。林地的木匠、修道院的铁匠和劳力，以及自愿来帮忙的动物们坐在巨大的柳条筐中，被一组组地吊至下方的土路上。如果草地上的敌军发动突然袭击，工匠们可被迅速拉回墙头。一整天，拉绳索的那队动物们都忙于吊下木头、钉子、绳索、工具和各种修补的材料。

克鲁尼坐着，远望着他们，嘴里自言自语道："干得好，老鼠们，加固我的门，我可不想统治一所城门破损的城堡。"

克鲁尼的自言自语落入了从旁经过的火牙耳中，他不太肯定这话是不是对他说的，于是停下脚步。

"呃，您没事吧，头儿？"

"我好极了！"克鲁尼回答，他指指那群修补的动物，"看见那个了吗，火牙？辛勤地工作，为了什么，嗯？"

火牙冒险猜测道："把我们挡在外面，头儿？"

"不对，是阻止我们进入，"克鲁尼笑道，"找些兵，在排水沟里点堆火，暖暖地烧旺点。"

火牙明智地判断，无论头儿的命令听上去多么奇怪，都不能询问理由。

"一堆旺火？好的，头儿，我马上去办。"

火牙匆匆离去，他知道克鲁尼在盯着他。

很快，排水沟中便燃起了一堆旺火，部众们聚拢来，看克鲁尼想干什么。吐着火星的火焰散发出一股股热浪，使他们全部向后退去。排水沟上方，旋舞的空气闪着微光。

克鲁尼两爪叉腰，站在排水沟中。他啪的一声抽动尾巴。

"酒糟鼻，癞皮！把那些睡鼠俘虏带上来！"

二十只可怜的睡鼠被拉扯上前，蜷缩在霸王面前的地上，眼神呆滞，饿得半死。

克鲁尼伸爪一指。"你，领头的老鼠！你叫什么名字来着？"

"胖子，先生。"衣衫褴褛的睡鼠答道。

克鲁尼粗鲁地抓住胖子，把他从地上那堆狱友的身边拖开。

"其他那些可怜的动物跟你是什么关系，胖子？"他厉声说。

睡鼠用颤抖的声音解释道："我的亲属，先生。我的父母、兄弟姐妹，还有我的妻子和两个年幼的孩子。哦，求求您，先生，饶了我们吧，我求求您！"

克鲁尼残忍地大笑，他的眼神中没有怜悯。他俯身凑近胖子，刺耳地低声说："为了救他们，你愿意做什么？"

睡鼠看着克鲁尼把投在家人们身上的视线懒洋洋地移至熊熊的火堆。

"一切！您吩咐的一切！您想让我干什么？"他惊恐焦虑地尖叫道。

克鲁尼胜利地甩动尾巴，把胖子拉到面前，直至他们的鼻子贴在一起。大耗子的声音跟他的呼吸一样肮脏邪恶。

"仔细听好。你要为我打开修道院的大门，朋友。如果失败，你珍贵的小家庭就要付出代价！听好，你必须这么做。"

康斯坦丝拉拽着绳索，对于一只成年的雌獾来说，这项任务并不困难。控制其他绳索的动物们在力量上虽然无法跟雌獾相比，但他们也以同样的干劲拉拽绳索。矢草菊和不说话的山姆忙于提供冷饮和擦汗的布。修复工作稳步进行。

没有动物注意到，在土路上劳作的工匠中多了一只老鼠。

胖子！

克鲁尼给他提供了一件修道会的袍子，那是从墙头射落的老鼠身上扒下来的。胖子先躲在排水沟中偷偷前行，来到与修道院大门处于同一水平线的位置，随后他在恰当的时间，溜出水沟，肩扛木板，加入工匠的队伍。工匠们辛勤地劳作，直至担任监工的松鼠杰丝判定修复工作已经完成，古老的正门的确看上去跟新的一样。工作圆满完成，满意的工匠们收拢所有的工具和剩余的木料，打扫干净土路，坐在装谷物的柳条大筐中，被拉上墙头。胖子坐在阿尔夫修士和鲁弗斯修士中间，他能够看见草地那头克鲁尼一眨不眨注视他的眼睛。

胖子诅咒使自己和家人落入耗子手中的命运。红城的动物们是多么快乐而友善的一群。睡鼠坐在被回廊围绕的草坪上吃送上的下午茶，想到对鼠类同伴的背叛，他味同嚼蜡。但假如他想救家人，便别无选择。下午茶后，他借口做某件虚假的工作溜了开去。等周围没有动物时，他躲入门房内曾是玛士撒拉书房的旧房间，锁上门，孤单而痛苦地躺下，等待夜幕降临。

凯文洞内，院长神父向指挥官们发表了一番鼓舞士气的讲话。

"朋友们，克鲁尼围困红城没有用。正如你们所知，红城基本自给自足，我们维持舒适生活所需的一切都在这四面墙之内。因此，我建议大家尽量正常地生活。

"但是，岩墙必须把守。我把这项任务交托给你们几位指挥官，时刻保持对克鲁尼和他手下军队的警惕。我知道，有你们的协商和明智的判断，我们很快就能见到敌军被迫退走，不再骚扰红城的那一天。"

院长振奋的话语引起一片响亮的掌声，但康斯坦丝并不信服，她把自己的想法小声地告诉巴兹尔和杰丝。"不可能。只要克鲁尼还活着，还没有杀死我们，他就不会罢手。"

野兔巴兹尔·雄鹿赞同地点头。"我知道，老童子军。但院长是这样善良，他相信所有动物的心中都有良善，甚至包括克鲁尼，哎呀呀。"

"没错，"杰丝低语道，"我也相信克鲁尼总有一天会改邪归正。在他断气的时候！"

夜色逐渐降临，灯光慢慢变暗，红城准备进入辛劳一天后应得的夜间安眠，草地和林地都变得安宁而平静。墙头上，哨兵们斜倚着墙垛，聆听暮色中鸟类的欢歌。对面的草地上，敌营的篝火在六月温和的夜晚低低燃烧着。

胖子遵照克鲁尼的指示，又等了一个小时。现在，是时候行动了。睡鼠无声地摸出门房，完美地隐藏于岩墙深深的阴影中，向北走去。在北墙的小门边，胖子从袍子里抽出块红布，用布上的油脂涂抹门闩，然后悄悄拉开。

兔子杀手躺在林地的一棵无花果树后，监视着小门。其他各扇门附近也都隐藏着一名克鲁尼最信任的士兵，等待着信号。雪貂的等待有了回报，他看见了挤出门侧柱的红布，于是急忙跑去报告克鲁尼。

深夜时，克鲁尼的军队移出草地。在每堆残余的篝火旁，一捆捆的青草和树枝被包裹在毯子里。墙头上的哨兵没有起疑，在他们看来，那一捆一捆的是熟睡的敌兵，他们没有察觉到任何异常。克鲁尼的部队向北绕过草地，直至断定与红城已有足够的距离，不会被发现后，克鲁尼才率领军队穿过土路。

他们穿过夜色下苔花林枝繁叶茂的掩护，悄悄摸回修道院。目标已经在望了，克鲁尼动用了猎人悄悄潜行的全副本领，等待全体部众就位。所有士兵无声地伏在蕨草和灌木丛中，他们知道如果发出响动，暴露踪迹，会得到什么样的惩罚——不是被守卫者杀死，而是死在自己头儿的爪下。

克鲁尼能等，他又等了半个小时，直到他亲眼看见墙头上的一些哨兵开始在岗位上打瞌睡。他等这一刻已经等了这么久，三十分钟又有什么？他娴熟地溜出藏身处，摸到岩墙的门边，只轻轻地一推，小铁门便在涂了油的合页上慢慢摆开。克鲁尼站在门道中，手下的士兵排成一列纵队，从他身边走过，向修道院大楼进发。无须担心墙头的哨兵，那些清醒的哨兵都监视着土路或敌营，背对着秘密的入侵者。

胖子站在一旁，焦急地望着霸王。现在至少他的家人安全了，他忠实地执行了这可怕的计划中他负责的那一部分，克鲁尼肯定会信守诺言的。但他没看见克鲁尼和火牙交换的眼神。

火牙挥起沉重的棒子，从身后狠狠砸向胖子的后脑，不幸的睡鼠无声地软倒在地。

恶魔之鞭克鲁尼露出獠牙，在黑暗中邪恶地狞笑，他终于把手下带入了红城！

第五十二章

战喙报险

西沉落日的最后一道光射入敞开的谷仓门，照亮了先前黑暗的角落。马赛厄斯躺在干草上，周围是一场盛大的庆祝宴会后留下的残羹冷炙。摆出这样的席面，苔花林尖鼠部落的确尽了最大的努力。小老鼠拿起一块鳟鱼扔开后，发出一声满意的叹息，如果再往嘴里硬塞一口，他恐怕会被撑爆。

小老鼠身子的一侧高高地堆着朱利安·金维尔老爷、暴雪上尉和尖鼠们赠送的礼物，另一侧躺着他的宝剑，反射着夕阳的余晖。部落的尖鼠们选择睡在谷仓外的阳光下消食，他们散躺在场院各处，饱得甚至无力争吵。

渡木拖着脚，懒洋洋地走进来，沉重地倒在老鼠朋友身边。

"你好，厉害的勇士，"他咯咯笑道，"毒牙的终结者，尖鼠的救星，他跟猫交谈，跟猫头鹰做朋友，还团结……"

"哦，闭嘴，吵闹的小坏蛋！"马赛厄斯一脚把渡木从干草上踢入尘土中，笑道。

"关于鸟类，你知道得多吗？"渡木说，"关于麻雀？"

马赛厄斯打了个哈欠。"啊，关于麻雀？我跟他们有些交道，你需要知道什么？"

"其实没什么，"尖鼠困倦地低声道，"据报告，苔花林边现在正有一只。当然，那只蛮子的话，谁也听不懂一个字。据说，她在那儿又蹦又跳，不断尖叫，激动得像个老疯子。"

马赛厄斯抓住宝剑，一跃而起。"来吧，渡木。我能说雀鸟语，我们最好过去查明是什么让她不安。"

两个朋友和身后随行的二十几只尖鼠排成两列，向苔花林走去。

那名麻雀战士的身影出现在苔花林前长长的青草带上方，她上下飞舞，粗声吵闹着。渡木和尖鼠们吃了一惊，马赛厄斯在前面飞跑起来，扯着嗓子高叫道："雀鸟战喙，是你！我是老蠕虫勇士！"

两个朋友快乐地重逢了。他们在草丛中打着滚，捶打着对方的背，像一对疯子。

"老鼠马赛厄斯！老蠕虫朋友！变成大勇士，现在！你好吗？"

尖鼠们完全傻了，他们坐在周围，挠着头看着麻雀和老鼠的古怪举动。马赛厄斯用快速的雀鸟语与战喙交谈，讲述了他们分别后所发生的一切。战喙也告诉了马赛厄斯她迄今为止的经历。

雀鸟王公牛死后，正如她的母亲褐羽所希望的那样，战喙加冕成为女王。在有史以来最年轻的女王英明的统治下，麻雀一族很幸福，他们再也不用在一个无法预测的疯子爪下生活。

战喙在讲完自己的故事后，变得严肃起来。"马赛厄斯，红城有大麻烦。我们从屋顶看，耗子蠕虫使很多计，老鼠是勇敢的战士，一直反击，打败耗子蠕虫多次。战喙监视耗子蠕虫王，他比公牛还坏，他使毒计，攻占修道院。耗子蠕虫很快进到红城里，老鼠马赛厄斯快来，带剑。"

焦虑犹如冰冷的爪子紧抓住马赛厄斯的胸口，他猛然坐倒在草中。

渡木摇摇朋友。"她说什么，马赛厄斯？看你的样子，好像见到了毒牙的鬼魂。看在老天的分上，到底怎么了？"

"是我的家，红城，"马赛厄斯用空洞的声音说，"恶魔之鞭克鲁尼就要占领它了！"

渡木急切地对尖鼠们说道："快，用最快的速度，让全军准备。我们去红城修道院。大家放弃任何争论或投票！告诉所有尖鼠，全副武装。如果要救马赛厄斯的朋友们，我们必须日夜兼程。"

马赛厄斯拿起马丁的宝剑。"对啊，渡木！你说得对！我为这把剑艰苦战斗，就是为了拯救红城！出发！"

"尖鼠帮你，他有多少战士？"战喙插嘴道。

"整编，"渡木回答，"大约五百只尖鼠。"

战喙展开翅膀。"我带全族的雀鸟战士。我们来，帮忙。"

马赛厄斯热情地摇晃战喙的爪子。"谢谢你，战喙女王，朋友。现在我们必须出发了，我们可以在去往红城的路上制订战略。我们要抓紧，没有时间可浪费，再不行动就晚了！"

老鼠、尖鼠和麻雀一同冲入苔花林翠绿的世界。

马赛厄斯迈开大步。在林中迅速穿行时，他的心中对一件事毫无怀疑：结局必定是他单独对战恶魔之鞭克鲁尼。

第五十三章

红城临难

院长神父被抵在喉间的剑尖惊醒，他已被龇牙吼叫的耗子们团团围住。杰丝、巴兹尔、维妮弗蕾德和头鼹发现自己也处于同样的境地。行动中克鲁尼的军规得到了充分的证明，士兵们未发出丝毫响动，动物们在遭俘后才意识到克鲁尼部队的存在。

对于入侵者来说，最大的威胁是康斯坦丝。雌獾跟平日一样，睡在外面庭院内的草坪上。四十多只耗子抬着一张结实的绳网，偷偷接近熟睡的雌獾，把网撒在她身上后，他们用长长的木桩把网钉在地上，并在雌獾没有完全清醒前，用短棒把她击昏。克鲁尼无情地看着手下行动，心满意足，红城是他的了！

小动物们困惑地揉着惺忪的睡眼，被拖入庭院。林地的动物宝宝们紧紧抱住父母，一阵阵地大哭。霸道的耗子们把所有动物驱赶到空地上，令他们坐在草坪上。莫蒂默院长穿着朴素的睡衣，与几位指挥官被看押于一侧，爪子被残忍地绑在身后。他们面不改色地默默站立，听窃笑的耗子们称他们为"魁首"。

恶魔之鞭克鲁尼站在大礼堂内，审视壮丽的壁毯。现在，他不需要偷取残片了，这幅壁毯已完全属于他。火牙、血蛙、酒糟鼻、癞皮和兔子杀手潇洒地齐步走来，向克鲁尼敬礼。

"现在修道院是您的了，头儿。"

"我们已把所有动物赶到外面，头儿。"

"还有什么吩咐，头儿？"

克鲁尼若有所思地让尾巴从长长的爪间滑过。"好！把院长的椅子从他们称作凯文洞的地方抬出去，在门房边搭座台子，给我把椅子放在上面，我要宣布一些审判结果。"

克鲁尼军的队长们得意扬扬地摇摆着走了。克鲁尼对壁毯上马丁的像说："那么，老鼠勇士，现在你怎么评价你勇敢的红城守军呢？哼，大概不怎么样，我想！我会让你待在这儿，目睹一些剧变。"

克鲁尼用爪子戳着马丁，他的声音中充满威胁。"你再也不能纠缠我的梦境了！今晚，我站在树林里，在你珍爱的红城外等待时，我心里的一个声音说，今天日落前，我就会永远摆脱噩梦。你怎么看？"

马丁仍旧无畏地冲下方的克鲁尼微笑。霸王抽动尾巴，击碎大礼堂的宁静，勇士满脸不在乎的表情令他大为愤怒。

"从今以后，这里将被称作恶魔之鞭礼堂，"他狂吼道，"此地也不再是红城修道院，而会被称为克鲁尼城堡！一切都要变！"

霸王狂怒地重步走出大礼堂，他一面用尾巴抽打阴影，一面大声喊出他创立的新称呼，声音在墙壁间跳跃，又弹回他耳中——

"耗子墙！"

"溺死湖！"

"死鼠田！"

"雪貂门、白鼬园、黄鼠狼钟，哈哈哈哈哈哈哈！"

克鲁尼疯狂的笑声传出修道院大楼，飘入外面草坪上被俘的林地动物耳中，想到他们难以避免的厄运，他们瑟瑟地打冷战。克鲁尼吊着他们，好让他们感到紧张，他陶醉于他们的痛苦之中，品味着邪恶的胜利。

莫蒂默院长抬眼望天。

"天快亮了。"他悲伤地说。

一只耗子把他狠狠推倒在地。

"把你啰唆的嘴巴闭上，老家伙。"他无礼地吼道。

松鼠杰丝用双脚把那只耗子踹倒，一口狠狠地咬在那个恃强凌弱的家伙背上。一群耗子扑向杰丝，把她从尖叫的伙伴中拖出去，用矛尾和剑柄殴打她。

"放开她，你们这群胆小鬼！"松鼠先生奋力拉住不说话的山姆，叫道，"你们成群结伙地逞凶，但如果我的杰丝双爪自由，你们根本不是她的对手，坏蛋们，哪怕你们的数量是现在的两倍！"

院长神父挣扎着跪倒。"求求你们，我求求你们，不要为我战斗，那只会使你们受伤，他们占据优势。"

"啊，这话明智，阁下，"兔子杀手一面为抬出的院长椅让路，一面说道，"听我的建议，安静坐着，等头儿出来。别把自己搞得更惨，我的老妈妈以前总这么说。"

"老天，真想不到你这样的骗子还有妈妈。"巴兹尔发出鄙视的哼声。

兔子杀手猛拍大腿，发出刺耳的笑声。"啊，你不是那只滑稽的大野兔吗？我告诉你，神气的雄鹿先生，等恶魔之鞭收拾完你，你可就没有这么有趣了，没了，先生！"

俘虏们忧郁地坐倒在修道院的草坪上，等待天色放亮，等待恶魔之鞭克鲁尼的来临。

第五十四章

独战克鲁尼

战喙和渡木不得不迫使马赛厄斯稍事休息，从苔花林的最远端开始，小老鼠已心急火燎地赶了一夜的路。渡木再难以跟上他的步伐，他比马赛厄斯的体形小，也不具备麻雀能飞的优势。他喘着粗气，拖着跌跌撞撞的脚步，不屈地继续赶路，但始终落下几码远。连战喙也开始感到夜间长时间低空飞行所导致的疲劳——在林地中穿行，绕树，越过灌木，这不像在高空清爽利落地飞行。

马赛厄斯固执地一路猛冲，催促着双腿向前，一步不停。用一根长绳挂在肩上的沉重宝剑随着脚步，拍打在他身上。他的呼吸已上气不接下气，两个同伴虽然知道情况紧急，可他们看出，如果马赛厄斯继续逼迫自己以这样的速度赶路，他很快就会累垮。

问题解决了，马赛厄斯被一条树根绊倒，完全趴倒在地，两个朋友把他牢牢按住，同时努力劝说他。

马赛厄斯终于被说动，与同伴一同坐在了蕨草丛中。这不是浪费时间，他们要商议战事。

"你继续赶往红城，马赛厄斯，"渡木说，"我在这里等我的队伍。不用担心，大部分的路程，我们会强行军，我们会在这凉爽的夜风中快速前进，联盟的尖鼠们不会离你身后太远。"

小老鼠突然想到个恼人的难题，说："这都很好，可是我们怎么翻过岩墙，进入修道院的庭院呢？如果克鲁尼攻下红城，他肯定会在墙头上布岗。"

"耗子蠕虫干吗要警戒？"战喙耸动翅膀，"他拿下修道院，不知道我们会攻进。"

"战喙，你说得对！但还是没有解决我们如何进修道院的问题。"马赛厄斯答道。

年轻的雀鸟女王调皮地挤眼道："容易。我让雀鸟打开墙上的小蠕虫门：东、北、南。你瞧吧，他们干得好。那战喙走了，在红城见。老鼠朋友马赛厄斯。"

雀鸟女王像离弦的箭一样射入空中。马赛厄斯起身继续赶路。渡木则留在后面，等待尖鼠战士赶来。

北墙的门边，胖子的身体动了动。他呻吟一声，翻过身来，他后脑的伤很重，但他还活着。睡鼠模糊的视线首先看见的是站在他身前的三只麻雀，他们是褐羽、战鹰和风羽，他们无声地把胖子拖出打开的小门，拽入林中。

褐羽吩咐两名雀鸟战士："拿上红布和油脂，多带些雀鸟，悄悄地飞，把其余的小蠕虫门涂上油，等战喙女王回来。不要让耗子蠕虫看见战士，去吧。"

夜晚的这几个小时内，许多麻雀秘密地与岩墙小门上的锁、门闩及合页奋战。

马赛厄斯仍在苔花林内前进，奋力赶往红城。渡木和联盟的尖鼠部队在他身后急速追赶。一千名雀鸟战士已经停在修道院周围的树枝上，等待着他们的到来。

曙光出现在天空，太阳的光芒把岩墙染上淡淡的粉和迷蒙的红，晚玫瑰上挂着点点露珠。

虽然上天赐予了一个美丽的夏日，整个苔花林却沉沉地笼罩着可怕的紧张气氛，似乎随时会在坐于草坪上的俘虏们身上炸开。

克鲁尼军的队长们大踏步走出主楼，他们用剑尖戳刺俘虏，用剑身拍打无助的守卫者。

"快，你们这些家伙！站起来！站直，老鼠！站到一边！为恶魔之鞭克鲁尼让路！"

红城的守军们不甘愿地服从了。他们转过身，共同注视大礼堂的门口，准备把愤怒的目光投向即将出现的恶魔之鞭。

合页吱呀一声打破了寂静，门猛然敞开，克鲁尼大步走出，火牙和兔子杀手在他身后，拿着战旗和点燃的火把。

胜利的克鲁尼军的士兵们疯狂欢呼。克鲁尼出现了，他尾巴尖上套着毒刺，披戴可怕的盔甲，全副武装，全身每一寸仿佛都透着一副征服者的气派。

克鲁尼国王般从排于两侧的士兵们中间昂首走过，目不斜视，登上为他搭设的高台，将邪恶的披风旋风般一甩，坐在院长椅中。四下一片死寂，只能听见火把中溅出的火星轻微的噼啪声，以及一个被俘的红城宝宝伤心的轻声呜咽。脸罩面甲的克鲁尼冷冷地坐着，两只爪子紧握着扶手椅的双臂。

他慢慢抬起面甲，用独眼环视四周，最终将视线落在修道院的领导者身上。

"你，老鼠院长，过来！"

院长神父被身体左右两侧的两只耗子夹着，庄严地缓步上前，虽然身穿睡衣，但他的身上放射出冷静和刚毅的光芒。克鲁尼靠在椅中，公然地嘲笑莫蒂默院长。

"哈！这就是你们的头儿？一只穿着睡衣的矮胖老鼠！他看上去可真是位可怕的勇士！啊，现在怎么样，老鼠？你打算跪下，讨条活路吗，老家伙？"

莫蒂默院长冷静地凝望克鲁尼凶残的眼睛。"为了我自己，我是永远也不会屈膝的，但如果能够拯救哪怕一个朋友的性命，我会高兴地双膝跪倒。可是我了解你，克鲁尼，甚至比你自己还要了解你，你的心里没有一丝同情或怜悯，只有报复的热望。因此，我不会向你这种被邪恶吞噬的动物下跪。"

克鲁尼跳起来，盛怒令他浑身发抖。

"给我下跪，老鼠！跪下，不然我杀了你。"他咆哮道。

愤怒的低吼和罩在地上的绳网下青草断裂的声音预示着康斯坦丝的醒来。雌獾开始推拱，绳网渐渐变松了。她对克鲁尼粗声辱骂道："喂，你！你这个独眼的卑鄙害虫！把网拿走，跟我单打独斗！让我们看看最后是谁下跪！"

霸王爪子一挥，一群耗子扑向康斯坦丝，用握着的武器击打雌獾的后背，令她失去了知觉，随后他们将绳网周围的木桩更深地扎入地下。

野兔巴兹尔·雄鹿飞腿踢向耗子兵，把他们赶开后，他勇敢地面对克鲁尼。

"你，先生，不适合统领任何动物！你是个胆小鬼，是个邪恶的疯子，就算我的两爪没被捆上，我也得反复考虑，要不要让你这样的家伙污了我的爪子。呸！你卑鄙至极，你……你……耗子！"

一只黄鼠狼用狼牙棒打瘸了巴兹尔的腿，使他摔倒在地。那只黄鼠狼再度挥棒向他打去，又打在腿上，巴兹尔疼得弓起了身子，克鲁尼军发出嘲讽的大笑。

克鲁尼指指野兔。"还记得你在教堂后的公用地上玩的花招吗？今天结束前，你就再也无法奔跑闪避！"

克鲁尼的眼睛燃烧着疯狂的火焰，他猛然展开两爪。"所有红城的守军，你们给我听好了！我第一次来修道院的时候，给过你们选择：投降或死亡。你们选择了反抗我——恶魔之鞭克鲁尼！我输掉了多次小规模的战役，损失了不少士兵，但我赢得了战争，而你们是输家，现在必须付出生命的代价！"

克鲁尼说话时，院长的心底似乎有东西突然碎裂。他冲上前，试图抓住克鲁尼。

"不，不，你不能伤害这些动物！"他叫道，"这是谋杀。"

克鲁尼一把抓住院长神父，将他甩在地上。耗子用带毒刺的尾巴抽向院长虚弱的身躯，高声叫道："你是谁，敢教我怎么做？这里只有一条法则，我的话！谁也无法阻拦我，獾不能，兔子不能，水獭不能，老鼠不能。我要把你们杀光，杀，杀，杀！"

突然，一个雷鸣般的声音传来："恶魔之鞭克鲁尼，我来跟你算账！"

动物们发出一声惊呼，胜负双方都转向声音传来处，克鲁尼的尾巴从爪子里滑落。

在大礼堂敞开的门洞中，站着老鼠勇士！

勇士似乎走下了墙上的壁毯，他的胳膊上戴着锃亮的圆盾，腰间环着镶银的黑皮剑带。勇士从身侧的剑鞘中，抽出宝剑。

克鲁尼用颤抖的声音，对噩梦的造访者说："你是谁？"

勇士走入阳光下，阳光在宝剑上发出钻石般的光芒。

"我便是他！"

克鲁尼死死盯着勇士，踉跄后退。

他缩在院长椅后，双唇颤抖着说："你是我梦里的东西，滚开，我没有睡！"

老鼠勇士大步走入围聚的动物中，用剑指颤抖的克鲁尼。

"我就是他！马丁，马赛厄斯，随你叫。你我早就注定有此一战，耗子。"

"抓住他！"克鲁尼叫道。

血蛙挥舞着长矛跳上前，他还没来得及挺矛，宝剑在勇士爪子里一闪，便将他劈死在地。

"敌军哪个敢动,我就杀了他,"马赛厄斯叫道,"克鲁尼,这是你我之间的决战,你的兵不能插手。"

突然,约瑟钟开始鸣响。雀鸟战士涌现,几乎遮蔽了修道院上方的天空,他们成群地落在墙垛边。地面上也热闹起来,大量全副武装的尖鼠涌入,拿着利剑、棍棒和弹弓。马赛厄斯把宝剑在头顶挥舞,高喊道:"红城,红城,为红城而战!"

最后的决战开始了!

尖鼠们击杀敌军看守,麻雀战士们则用尖利的喙迅速叨啄,解开捆缚俘虏的绳索。获救的守卫者们抓起任何可以充当武器的东西,与麻雀和尖鼠一同扑向体形大过自己的敌兵。急了眼的耗子、雪貂、白鼬和黄鼠狼也凶猛反击,他们的性命决定于这场战斗的结果。

克鲁尼从兔子杀手爪中夺过燃烧的火把,猛力扔向逼近的勇士的脸,马赛厄斯用盾挡开,火花如瀑布般四溅。他继续追击敌军首领。为了获得短暂的喘息时间,克鲁尼把兔子杀手推向马赛厄斯。雪貂徒劳地格斗,被迅猛的一剑劈成了两半。马赛厄斯跨过雪貂的尸体,娴熟地挥舞宝剑,追击克鲁尼。

但马赛厄斯忽视了没有保护的后背,他没有察觉,火牙正从他身后鬼祟地袭来。火牙用两爪高举短剑,可他还没来得及刺下,康斯坦丝已将绳网甩在他身上,火牙像上了岸的鱼一样挣扎,雌獾抄起绳网,甩向门房的岩墙。几次甩击后,她扔下断气的耗子,发出一声可怕的怒吼,一头冲入一群黄鼠狼中。

克鲁尼粗壮的尾巴突然恶狠狠地抽向马赛厄斯的脸,小老鼠迅速用盾一挡,无惊无险地将金属毒刺当的一声挡开。克鲁尼再次抽动尾巴,这次尾巴迅猛袭向小老鼠没有保护的双腿。马赛厄斯敏捷地跳至一旁,宝剑划出一道光弧,砍下了耗子的尾巴尖。克鲁尼高声惨叫,血染的尾巴尖躺在草地上，上面依然套着毒刺。耗子把院长椅扔向敌手，同时抓起一根尖头铁棍，刺向老鼠勇士，一阵金属相交的声音，马赛厄斯挡开了克鲁尼的连续刺杀。

他们一路缠斗，穿过了修道院翠绿的草地，穿过了双方动物交战旋涡的中心。他们毫不留意身边的酣战，不断劈削砍刺，招招致命，一心要毁灭对手。

与此同时，一队队雀鸟战士正合力拖起挣扎的耗子，飞入高空，随后把耗子投入修道院池塘的中央。一群雪貂将一队尖鼠逼入了角落，正威胁着要杀光他们，突然一队水獭跳来救援，他们不断投出沉重的卵石，猛烈地砸向那群雪貂。墙头的耗子哨兵被凶猛的麻雀围攻，许多惊慌地从墙头跳了下去；那些没跳的则被松鼠杰丝解决了，松鼠挥舞着一根沉重的铁链，宛如一根致命的铁鞭。

岩墙下方，尖刺安布罗斯团成一个旋转的刺球，滚杀向各处，不说话的山姆则充当刺猬的眼睛，用长棍推着刺猬，滚入新聚集起来的一群群耗子中。

马赛厄斯和克鲁尼继续凶狠交战，铁棍和钢剑猛烈撞击。为了击败对手，克鲁尼调用了他的蛮力和诡计，他两次把满爪的土扔向马赛厄斯的眼睛，但每次小老鼠都迅速举盾挡开。沉重的铁棍和剑刃相交的猛烈震动已使马赛厄斯开始感到两爪发麻，但他坚忍地挥剑劈砍。克鲁尼也感到了每次宝剑砍在他握着的武器上的震动，疼痛传过他的身体，一直延伸至受伤的尾尖。他们沿着墙垛气喘吁吁地缠斗，汗水蒙住了眼睛，但谁也没有求饶或手下留情。他们相互刺杀劈砍，一路打下石阶，再次穿过草地，战至大礼堂门口。

克鲁尼躲入半开的礼堂门后，刺向敌手，马赛厄斯回击的剑尖却深深扎入了木门中。克鲁尼抓住机会，敏捷地跳出，疯狂地击打马赛厄斯举起的盾，终于强行击落了老鼠的盾。耗子的铁棍尖残忍地扎入老鼠失去保护的爪子，马赛厄斯痛叫一声，本能地把圆盾踢向对手。圆盾正击中克鲁尼的下巴，锋利的金属边割出一道长长的伤口。

耗子抓住自己的喉咙，转身而走，马赛厄斯拔下了门上的剑。耗子和老鼠都不顾伤势，立刻又叮叮当当地缠斗在一起。克鲁尼猛然甩出流血的尾巴，绊倒了马赛厄斯。乘老鼠勇士躺在地上时，耗子大吼一声，将尖头铁棍狠狠扎下。马赛厄斯滚至一旁，棍尖深深扎入地面。小老鼠奋力站起，一剑重重地砍伤了克鲁尼的肋部，但耗子甩动的长尾也几次狠狠抽中了老鼠的脸。

克鲁尼摇摇晃晃地走入钟塔。雨果修士一直在塔里敲钟，见到克鲁尼，他急忙松开钟绳，窜入楼梯下，浑身发抖地躲了起来。马赛厄斯怒喝着冲了进来，克鲁尼躲过他，猛然关闭钟塔门，将老鼠与他自己一同锁在塔中。只要能逼住老鼠，使他无法用剑，克鲁尼想，凭自己占据上风的力量，便能获得胜利。

两只动物又缠斗在一起，克鲁尼用铁棍架住剑锋，用两爪的力量迫使马赛厄斯后退。现在胜利在望了，只要他把老鼠逼至墙边，动弹不得，他便可以用棍边勒死他。克鲁尼绷紧双脚，竭尽全力，他能感到胸中的呼吸杂乱而困难，但他必须赢！有声音曾告诉他，在今天日落后，他便再不会看见老鼠勇士。这条预言必须彻底实现。

耗子借助自己占据优势的力量，冷酷地迫使小老鼠后退。现在，他们离墙只有几英寸远了。马赛厄斯明白了克鲁尼的意图，一旦他被困在墙边，不能动弹，他就完了。只有一件事可做。马赛厄斯突然偏转方向，仰面倒地，同时双腿笔直踢出，令克鲁尼猛撞在墙上，随后小老鼠跃过克鲁尼，跳上盘梯，冲入塔顶黑暗的钟室。

克鲁尼靠着墙，沉重地喘息。他勉力发出气喘吁吁的邪恶笑声。

"那上面可没有出路，老鼠，"他叫道，"我这就上去杀你，你现在死定了。"

马赛厄斯没有应答，他精疲力竭地坐在黑暗的钟室里，两腿垂在悬挂大钟的结实横梁上。下方，克鲁尼靠墙蹲坐，他很高兴有机会喘口气。雨果修士在满是尘土的楼梯下打了个喷嚏。

克鲁尼胜利地大笑，用尾巴缠住矮胖的修士，把他拖出藏身处。

"瞧，老鼠！"他叫道，"瞧，我抓住了你矮胖的朋友。哈，我终于不用爬那些楼梯了。把剑扔下来，不然我就把他扎成棒棒糖。"

马赛厄斯从有利的高处往下瞧，他看见身下远远的楼梯上，克鲁尼用棍尖抵着雨果修士的下巴。

克鲁尼轻轻一顶棍尖，雨果的喉间发出痛苦的咯咯声。"看见了吗？只需再推得狠点，他就没命了。现在，把剑扔下来，自己走下来，快。"

马赛厄斯透过约瑟钟的边缘张望。

"好，耗子，你赢了。可我怎么知道你会说话算话？先放修士走，我以勇士的荣誉发誓，我马上就下来。"

克鲁尼邪恶地狞笑。又来了，什么称作荣誉的愚蠢东西，勇士的准则！可那不是他的准则，他赢了！

"滚出我的视线，哭鼻子的小可怜。"他一把推开雨果修士，用刺耳的声音说。惊恐的老鼠奔回楼梯下。克鲁尼站在房间正中央，用独眼竭力捕捉钟室中马赛厄斯的身影。交战中，老鼠勇士令他受了十几处伤，鲜血从伤口处点点滴落，但他知道他赢了，那声音说得不错，很快他就再也见不到老鼠勇士了。

"下来，老鼠，恶魔之鞭克鲁尼正在等你。"他叫道。

马赛厄斯站在木梁上，用伤痕累累的宝剑用力劈下，砍断了悬挂约瑟钟的绳索。

大钟似乎在空中悬停了一秒，然后巨石般下落。

克鲁尼呆在原地，望着上方，他还没来得及思考，便已经太晚了……

当！

约瑟钟发出最后一声巨响，铜钟巨大的重量将恶魔之鞭克鲁尼压扁在钟塔的岩石地面上。

勇士马赛厄斯握着宝剑，疲惫地走下盘梯。他把抽泣的小个子修士领出藏身处，两只老鼠一同站着凝望立于地上的约瑟钟。大钟已从正中完全裂开，钟下伸出一只血淋淋的爪子和一条被砸得稀烂的尾巴。

马赛厄斯开口道："我没有违背对你的诺言，克鲁尼，我下来了。好啦，雨果修士，现在一切都结束了，擦掉眼泪。"

两个朋友打开门，一同走入夏日早晨的阳光中。

红城赢得了最后一战。

草地上、岩砖上到处散落着双方士兵的尸体，堆积在他们倒下的位置。许多尸首是麻雀、尖鼠，以及林地的守卫者，但他们的数量远不如被杀的耗子、雪貂、白鼬和黄鼠狼。臭名昭著的克鲁尼部队的士兵没有一个逃得了性命。

康斯坦丝缓步走来，她起伏的厚实肋腹上满是伤口。她指指钟塔，吐出一个词。

"克鲁尼？"

"死了！"马赛厄斯回答，"克鲁尼的手下都被杀光了吗？我们没抓住一个俘虏？"

雌獾疲惫地耸耸肩。"他们之中有许多试图逃跑，我们也没有全力阻拦，他们成功地打开了大门，冲上了土路，可土路上等着一只橙色大猫和一只雪白的猫头鹰。天哪！我从来没见过那样的一幕！"

野兔巴兹尔·雄鹿瘸着腿跳来，摇摆着向马赛厄斯敬了个礼。"你可以晚些再跟朱利安老爷和暴雪上尉打招呼，小家伙。现在你得去回廊，是院长，最好抓紧。"

马赛厄斯、康斯坦丝和雨果以他们疲惫的腿脚能够容许的最快速度，一同赶去回廊。

莫蒂默院长躺在回廊的花园中，身边围着老鼠和林地的朋友们。所有的动物不论主客，不分地位高低，都守在那里。克鲁尼尾上战刺致命的毒性发作，院长神父奄奄一息。

动物们尊敬地让出一条路，让马赛厄斯和几个同伴通过。康斯坦丝跪下，把老朋友的头搂入怀中。马赛厄斯温柔地握住院长苍老憔悴的爪子，神父慈爱地对小老鼠微笑。

"马赛厄斯，我的孩子，我看你已经为我们修道院找回了马丁的宝剑，那你的任务已完成了吧？"

马赛厄斯把额头贴在院长的爪上。"是的，神父，恶魔之鞭克鲁尼已经死了，我完成了任务。"

院长缓缓点头。"我的任务也完成了，孩子，我的任务也完成了。"

"院长神父，你不能死。"康斯坦丝哽咽着粗声说。

院长苍老的脸上露出一丝微弱的笑容。"老朋友，我不像四季，能永远存在，我总有一天要走的。"

热泪从马赛厄斯的脸颊上无法遏止地滚滚滑落。院长慈祥地拍拍小老鼠的爪子。

"啊，马赛厄斯，勇敢的马赛厄斯，擦去眼泪，孩子，死亡不过是生命的一部分。告诉我，你能看见晚玫瑰吗？"

马赛厄斯在院长宽大的衣袖上擦干眼泪。"是的，神父，它已完全怒放了。"

"那些可爱的玫瑰花是不是都像血一样红？"院长说。

"是的，神父。"马赛厄斯回答。

院长轻叹一声。"一切皆有缘法。阿尔夫修士在吗？"

阿尔夫修士跪在院长面前。

"啊，阿尔夫修士，我珍视的老伙伴，等我安眠后，请你继任我院长的职位。你是富有智慧和同情心的老鼠，我知道你会替我照顾好动物们。"

莫蒂默院长将眼睛闭了片刻，然后继续临终嘱托。

"真可惜，竟然要抛洒这许多鲜血，才将我们团结在一起。从此以后，麻雀们可随意来去，他们可以分享我们的食物，使用我们的修道院，不只是屋顶，而是修道院的全部。还有这些好心的部落尖鼠——他们再不用像吉卜赛人一样，在苔花林中游荡，只要他们愿意，他们将在红城拥有体面的家。现在，马赛厄斯，我的孩子，我必须向你讲述，有关你的决定。我希望你不要成为我们修会的修士！"

所有听见这话的动物都发出一声惊呼。马赛厄斯低下头，院长神父的话令他震惊。

院长继续说道："我的孩子，你的心太勇敢了。这所修道院需要你，但不是作为修士。因此，我命名你为红城的老鼠勇士马赛厄斯，修会的骑士马赛厄斯。从今天开始，你要保卫这所修道院和院中所有的动物不受邪恶欺凌。你的宝剑将作为'耗子死神'而远近闻名。还有，矢草菊，小矢草菊在哪儿？"

小田鼠走上前，站在院长身边，等待他的嘱托。

"你来了，亲爱的矢草菊，"院长微笑道，"一位勇士需要一个好妻子。你的美丽会管住马赛厄斯的心，并令红城增色。老门房将被扩建为属于你们的体面的家，用智慧好好守卫我们的门槛。"

马赛厄斯和矢草菊无法用言语表达他们的情绪，他们感到心中幸福和骄傲在欢歌。

院长抬眼望向康斯坦丝。"还有你，结交年头最长的老朋友，请最后为我做件事。请把我的头抬起一些，在我离开你们之前，我会告诉你们，我逐渐模糊的双眼的所见。"

雌獾顺从地抬起了院长的头。

"啊，是的，我看见了一生中最美丽的夏日清晨。我认识和所爱的朋友们都在身旁。红城，我们的家，安全了。阳光暖暖地照在我们身上，自然已准备好在今年的秋天，再一次慷慨赠予。这一切我已目睹过多次，可我依然无法停止惊叹。生命是美好的，朋友们，我把它留给你们。不要悲伤，因为我将平静地睡去。"

莫蒂默，红城的院长神父，就这样闭上了眼睛。

第五十五章

重获宁静的红城

一年后，教堂鼠约翰接替玛士撒拉修士，成为了书记员。这里是他所记编年史的摘录：

松树说话的夏天！

昨天，有动物听见那只名叫不说话的山姆的小松鼠开了口，与马赛厄斯和矢草菊的儿子交谈。他突然开始向老鼠宝宝讲述晚玫瑰之夏战役的传奇。恐怕我们已无力止住他滔滔的话语，以及他父母高兴的大笑。我们勇士的儿子已是个结实的胖小子，所有动物都唤他为马蒂米欧，因为"马赛厄斯·玛士撒拉·莫蒂默"实在太长了，可那是他的父母所希望的名字。现在，他便经常尝试举起宝剑"耗子死神"。将来他肯定会继承他的父亲的志愿，成为修道院的骑士。我们的院长莫达尔夫（难怪他一直宁愿被唤为阿尔夫，我是说，莫达尔夫？）宣布，他任职的第一个周年纪念日将以一场盛宴来庆祝。我们都收到了邀请信。康斯坦丝拉车，绕至林地和草地各处，将客人接入红城。

尖鼠们外出收集蜂群的蜂蜜。他们已与蜜蜂建立起深厚的友谊。他们甚至开始学习蜂语，好跟蜜蜂们拌嘴。

雀鸟女王战喙任命她自己为雨果修士的助手。她对于厨艺显示出了浓厚的兴趣，但我担心过不了多久，她就会变得很胖。矢草菊女士跟雀鸟女王的母亲褐羽、教堂鼠太太，以及我的妻子在外面的草地上采集装饰桌面的鲜花。六月的阳光在我头顶上方普照，仿佛流动的金水！

野兔巴兹尔·雄鹿动身去邀请他的朋友暴雪上厨和朱利安·金维尔老爷，同来修道院。巴兹尔已忘了这是院长的任职周年纪念，他总把宴会称为"军团老兵重聚晚宴"。水獭维妮弗蕾德和海狸陪着那只堕落的刺猬安布罗斯，在品尝十月果棕色麦芽酒。根据酒窖中飘出的多首粗俗歌谣判断，今年的麦芽酒应当特别够劲。睡鼠胖子和他的家人正在帮助头鼹和他的队员们，挖一个烧烤坑。今天一早，院长神父便与勇士马赛厄斯一同外出钓鱼，他们认为，带回一条比去年更大的鱼是他们义不容辞的责任。裂开的约瑟钟被重铸为两口小一些的钟，它们被命名为"马赛厄斯钟"和"玛士撒拉钟"。我的一对双胞胎蒂姆和苔丝在过去的一年中长得相当壮实，他们成了修道院的敲钟者，而且干得很不错！现在他们正把两口钟敲得当当响。

庄稼的长势很好，果园内的果树和浆果丛也显示了丰收的希望。古老的门房现在已是迷人的单层小屋。绿草、蓝天，蜂蜜也比从前香甜。现在我要停笔了，我要去为今夜的盛宴做些个人的准备工作。宴会将依循惯例，在红城修道院的大礼堂举行，如果你们经过，请一定来拜访我们。

书记员教堂鼠约翰（原圣尼尼安教堂的书记员）

故事到这里就结束了。

"红城王国"系列阅读课件设计

1986 年，布赖恩·雅克创作的"红城王国"系列第一部出版，至 2011 年，共出版 22 部，主要讲述了红城动物王国的勇士们为了和平而战的故事。在每本书里，作者都塑造了谦逊勇敢的英雄形象和臭名昭著的反面角色。

这个系列的书可以单独阅读，也可按照顺序连续阅读。故事的可读性非常强，特别适合课堂阅读实践。我们列出的"红城王国"系列阅读方案，适用于任何一本红城故事。教师可以很好地运用这些提示，指导学生阅读故事，了解构建故事的奥秘，提高阅读和写作的能力。我们主要从以下五个方面来提供指导。

一、了解作者

学生可以借助以下途径了解作者：读他的传记，看他的网页，分享他的访谈等。我们将通过"红城王国"系列的读者提出的问题及布赖恩·雅克的回答，帮您了解作者和创作之间的关系。

二、讨论主题

布赖恩·雅克的故事中包含多种主题。主题是阅读和写作的重要基点，结合写作的基础方法和角色特点，可以给学生一节完整的课时去讨论一个重要的主题。

三、故事五要素

布赖恩·雅克的书具有复杂的情节，丰富生动的角色和环境设定。通过阅读"红城王国"系列，可以教授故事创作的五个要素——角色、环境、情节、矛盾和结局。

四、延伸阅读活动

延伸阅读活动可以充实您的课堂。鼓励组成小组开展关于"红城王国"系列的各种活动。

五、课堂讨论

"红城王国"系列有许多值得探讨的问题，组织学生以小组为单位进行讨论，表述观点。

问：您写一本"红城王国"系列中的图书要用多长时间？

答：通常是四到五个月。

问：您是否对古代语言和神话学做了大量研究？

答：我不会钻研我读过的每一本书（我太忙了），不过我的记忆力很好，并且我的阅读范围很广泛，大部分是英雄的冒险故事，从书里读到的许多有用的信息已经被我采用到自己的作品里了。

问：您是在开始动笔写故事前就把故事主线想好了，还是让故事自由发展，只决定在哪里结束？

答：一般情况下，我会有一个很棒的中心思想，还会有一个非常好的结局构想。剩下的部分，就像是有人引领着我的手指和意识，我从来不确定还会有什么冒险将要展开。

问：您怎么能在书里创造出那么多的谜题？您是每时每刻都在动脑子想吗，或者是有别人帮您设计？

答：书里所有的谜题、诗句和歌曲，都是我自己写的，它们是我的挚爱。只要有时间，我就玩玩数字游戏或填字游戏。

问：为什么老鼠、松鼠、獾是"正面角色"，狐狸、耗子、雪貂等就是"反面角色"？您如何决定谁是好的谁是坏的？

答：在人们的传统意识里，狡猾、卑鄙、邪恶的是"反面角色"；体形小的动物常被认为是善良的"正面角色"，獾除外。

讨论主题

　　主题的归纳是阅读中一个重要的部分，它能够引导读者更全面地理解故事内涵。布赖恩·雅克的书，很容易引导读者进入故事情节，能引发很多可以在教室里讨论的话题。

(一)同情心

　　英雄是强壮的，他会体谅自己的同胞。他们经常为了营救自己的朋友或者家人而踏上冒险之旅。无论战争多么激烈，勇士们对于小动物们都是温柔的。红城的居民们一直在学习富有同情心。

　　让学生们写一篇小短文，内容是描写自己身边的一个善解人意的人。以此来探究富有同情心的行为如何能加强人际交往，营造融洽氛围。

(二)勇气

　　你需要勇气去面对强大到可能无法打败的敌人，或者去往一个未知的遥远的地方。有的时候，一个真正的勇士需要接受最后的挑战，牺牲自己去营救别人。红城的主角们都因为勇气而著名，但他们不是书中唯一展示出勇气的角色——再小的行为，都能够成就一个英雄。当角色们面对恐惧的时候，也正是他们展现英雄精神的时候。

　　让学生们选择一个能表现出勇敢的小片段，以此写一篇短文。为什么这些行为能体现一个人的勇敢？危机是怎样改变他们的？在现实生活中，我们能做的是什么？

(三)好奇心

任何一段旅程都是从第一步开始的，文明和文化的进步，源于个人对知识的渴求。红城里的英雄都愿意去学习和探究，不管是解开谜题，还是探寻他们从来没见过的传奇动物。

让学生们选择一本书，把里面的角色列一个名单，说说自己从这些角色身上学到了什么品质。还可以和自己的同学分享生活中遇到的新鲜好玩的经历。

(四)成长

角色们在书里的生活是一场表演，虚构的主角们需要经历很多冒险来成长，因此他们总是要踏上遥远的旅途。"正面角色"需要克服他们自身的缺点，经历磨难后成长。

在班级里，选择一本书，把里面的主角表现出的缺点列出来，并把这些主角克服这些缺点的过程记录下来。英雄们面对了什么挑战？从中学到了什么？他们是怎样成长的？

故事五要素

　　学习写作的最好方法就是向作者学习如何构建一个故事，如何建立属于他们自己的规范和技巧。学生们应该注意，"红城王国"系列是如何满足讲述故事的五个要素的。完成这一单元后，学生们可以自己试着创作短篇故事。

　　一个故事有最重要的五个基本要素。它们是：角色、环境、情节、矛盾和结局。这些要素保障了故事情节的运行，并可以让读者在故事合乎常理发展的基础上驰骋想象。

（一）角色：这个故事讲的是谁

　　作者介绍角色的时候描述一定要详细，使读者能够通过描述的文字来想象每个角色的形象、性格特点和一些身体特点。每个故事都要有至少一个主要角色。主要角色决定了故事情节的发展，故事会以他（她）为中心展开剧情，去解决一系列的问题。不过，配角们也是很重要的，他们赋予了故事一些额外的情节，让故事更加丰富。所有的角色都应该保持作者建构的世界的真实性，只有这样，读者才能够理解并相信书中所描述的一切，甚至推测出下一步剧情会怎样发展。

　　在创作故事时，首先要为角色起名字。角色是故事中不可缺少的部分，他们的名字会让读者留下对这个角色的第一印象。布赖恩·雅克在书中创造了很多角色，并且取了让人印象深刻的名字。虽然他的方法并不适用于所有类型的故事，但是它们提供了学习角色的发展和创造性写作的有益的启发。

　　列出"红城王国"系列中的五个英雄的名字，把和他们对立的敌人的名字写在另一栏。这些名字的共同特点是什么？不同点是什么？他们反映出角色的特点了吗？取几个自己认为具有英雄气概和体现坏蛋特征的名字。

起好名字后，要赋予角色各自的特点。从"红城王国"系列里挑出一本书，和同学们一起阅读。根据小组同学的数量选出足够多的角色去和同学们匹配。让同学们自行挑选一个角色，在卡片上给所选的角色写出几个形容词，不写角色的名字。同学们互相交换卡片，然后猜上面所写的角色是谁。

(二)环境：故事发生的地点

作者应该把书中的环境或者地形尽可能地描述清楚，这样读者脑中才能形成准确的画面。一般来说，环境——特别是幻想世界，是让人感兴趣的。环境的描写可以帮助读者更好地在脑中设想这个故事，并联想整个故事情节。

让学生们集中谈谈其中一本书中的描述性片段，鼓励他们研究作者如何用环境来表达感情。为什么作者要在一个特定环境里设计场景？尝试写一小段关于学校的描述性文章，描述几个场景并特别注意使用形容词。

(三)情节：整个故事所围绕的中心

情节要有一个非常清晰的开始、发展和结束——提供所有的信息——这样读者才能够被书吸引，从头读到尾。

布赖恩·雅克创作了贯穿每本书的故事情节，最后再把这些情节推向一个令人满意的结局。指导学生们绘制一个曲线图，在曲线上用点标示出开始、经过、高潮，还有结尾。当他们阅读其中一本书时，他们可以在图表上的各点旁边，写上一些重要的场景、环境和事件。

(四)矛盾：书中角色们需要去解决的主要问题

剧情围绕矛盾冲突展开，角色们努力去解决发生的问题。一旦剧情展开，矛盾是让人兴奋的关键。

让学生列举出几组矛盾冲突，分组具体讲述是什么样的危机和矛盾。

(五)结局：解决矛盾的方法

布赖恩·雅克在"红城王国"系列中设计过多组矛盾，正面角色和反面角色都会面临矛盾冲突，角色解决问题的办法必须适合后面情节的发展，并且具有创造性。

让学生列举一些矛盾及它们的解决方法，说明这些矛盾是如何为后面的故事做铺垫，从而引发新的矛盾和解决方法的。比如在《红城勇士》中，克鲁尼从高台上摔下——雌狐希拉治病——雌狐希拉是间谍——克鲁尼利用她传递假情报。

延伸阅读活动

(一)写一段战斗：假如你是一名战场上的士兵

"红城王国"系列描写了很多战斗场面。设想自己是一名士兵，记录你每天遇到的事，描写你的五种感觉——味觉、触觉、嗅觉、听觉和视觉；故事五要素——角色、环境、情节、矛盾和结局。

(二)写一篇新闻

写一篇新闻，报道"红城王国"系列的勇士和敌人的一次战斗。写的时候，仿佛你亲历了现场，仔细刻画战斗双方、战斗中发生的事情、战斗结果及影响。

(三)制作一份红城报纸

什么是红城居民关心的事情？马丁会有一个专栏吗？厨师会写出食谱吗？书记员整理的红城编年史是什么样的？红城里的居民们是如何了解到城墙外面的事情的？

(四)建立一张红城家族图表

红城的英雄们都和谁组建了家庭？他们的后代都是谁？列出家族图表，让红城的动物之间的关系一目了然。

(五)制作一份英雄行程的简表

这个练习特别适用于出现在不止一本书的角色身上。确认他们去过的地方，他们找到的盟友，还有他们面对的敌人。

以下问题可适用于"红城王国"系列的任意一本书。

在《红城勇士》中，克鲁尼偷了绣着勇士马丁的壁毯，他为什么这样做？他这样做的结果是什么？勇士马丁像征什么？

在危机中，马丁以英雄的姿态出现，和他的追随者们站在一起。然而，敌人也同样依赖想象和预言。红城里反面角色的预言是什么？想象和预言在"红城王国"系列里面起到了什么样的作用？

坏蛋们疯狂地杀戮，掠夺，摧毁一切，一次次地证明自己足够邪恶。你觉得为什么布赖恩·雅克会选择让他们做一个彻底的坏角色呢？

敌军会为他们自己的行为感到惭愧吗？请举出实例。

坏蛋是如何受到惩罚的？为什么你认为他们负伤，甚至送命是必然的？

相比于坏蛋纯粹的坏，爱好和平的红城居民们的好不是绝对的。为什么作者要赋予他们软弱的特质？当一个角色直面他的心魔时，是不是很吸引人？举几个例子，说出这些角色有什么软弱的地方，以及他们是如何克服，并从中得到教训的？

布赖恩·雅克很好地平衡了书中的战斗场面、庆祝场面、伤感时刻以及幽默的分量，很好地体现了"戏剧性"这个含义。这一点对"红城王国"系列的可读性有什么帮助？

　　"红城王国"系列的每本书里，通常会有很多的反面角色。作者对坏蛋的塑造也花费了很多笔墨。判断在反面角色中，谁是主角，谁是配角，谁是小角色。说说为什么布赖恩·雅克要在一本书里设定多组主角和对手？这样的设定对剧情有什么帮助？